이상한 나라의 정육점
1

미스터리 시리즈
두 번째 이야기

스카이마린 장편소설

이상한 나라의 정육점 1

일러두기
※ 소설의 인명, 지명, 관서명, 상표명, 사건 내용 및 설정은 모두 허구입니다.
※ 등장인물들의 대사와 독백은 현실성을 위해 일부 입말을 사용했습니다.
※ 맞춤법은 국립국어원의 원칙을 따랐으나 소설 내용상 일부 표현은 그렇지
  않을 수 있습니다.

장(場, Field)

쌍(雙, Twin)

망원경을 든

이상한 나라의 모자 장수

1

2024년 5월 15일 월요일, 아침 7시 5분.
동네 노천카페.

"안녕하세요? 이제 출근하시나 봅니다."

길을 가는데 정수리 위에서 말소리가 들렸다.

화창한 평일 아침, 나라 잃은 얼굴로 터벅터벅 걷던 젊은 직장인 남자가 화들짝 놀라서 고개를 들었다. 그러나 말을 건 이가 누군지 알아차리자 이내 시큰둥하게 대답했다. "아…네….'

들릴락 말락 한 발음도 부정확한 대답.

정오나 되어야 풀릴 입이기에 말대꾸도 하기 싫어서였다.

그러자 방금 말을 건, 원목 계단 위 카페테라스에 있던 장년의 남자가 다시금 양 눈가에 부드러운 잔주름을 지으며 말을 건넸다. 장년의 남자는, 50대 중후반 정도의 인상에 따뜻한 색조의 베이지색 중저가 롱코트를 걸쳤으며 노트북과 크루아상, 커피 한 잔을 테이블에 두고 있었다. 재미있는 건, 장년 남자가 집에서 담근 수제 오이피클도 가져와서 커피잔 옆에 두었단 거다. 아침 빵에 곁들이면 그것만큼 좋은 것도 없다.

"방금 기사가 떴는데, 오늘 오후 2시경에 하늘에서 금환일식이 일어날 거라고 하는군요. 약 1분 정도지만 태양의 외곽이 금색 고리로 빛나는 우주쇼를 관람할 수 있다고 하니 벌써 기대가 되는데요? 한국에서는 103년 만에 처음 있는 일이라고 합니다."

"아, 네. 그렇군요. 그럼, 또…." 건성으로 대답하며, 장년 남자가 더 말을 붙이기 전에 직장인 남자가 잰걸음으로 카페를 지났다.

일식이 1년 만에 일어나든 100년 만에 일어나든 나와는 상관없는 일이다. 일식 같은 걸 보겠다고 자식들이 대뜸 비싼 망원경이라도 사달라고 조르면 부모들로서는 속 꽤나 쓰리겠지만 말이다.

출근길에 늘 건너는 4차선 교차로 신호등에 다다르기도 전에 짜증이 났다. 아침에 정장 재킷 주름이 펴지지 않아서 애를 먹었는데 그 짜증의 여분이 가시지 않아서 더 그랬는지도 모른다.

'할 일이 없으면 집에서 인터넷 바둑이나 두시지, 아침부터 귀찮게….'

일주일이 또다시 시작되는 불행한 월요일 아침이기에, 어젯밤 꿈에 돌아가신 할머니가 나타나서 혹여 로또 번호를 불러줬어도 쉽사리 회복되지 않을 기분이다.

흡사 전쟁터라도 끌려가는 것처럼, 무거운 표정으로 걷는 직장인의 뒷모습을 지켜보며 장년 남자가 그제야 찻잔을 들어 올렸다. 코끝으로 뜨거운 김이 훅 스친 커피 향을 느끼며 생각했다.

'흠. 천체 현상 같은 거엔 흥미가 없으려나. 그런데 주류 회사 영업사원이라고 했지 아마? 직업치고 술은 그다지 즐기지 않는 것 같던데….'

내가 사는 금강 아파트 503호 바로 옆집, 502호에 사는 30대 초반으로 보이는 남자다. 오래 사귄 애인이 있는 것 같고, 길거리나 아파트 복도에서 마주칠 때면 방금처럼 무뚝뚝하거나 짜증 난 표정, 둘 중 하나를 하고 있다. 단 주말만 빼고.

이웃이 된 지는 2년이 넘었지만, 가끔 담배를 피우러 옥상으로 갈 뿐 딱히 시끄럽다거나 특별한 건 없는 남자였다. 가까운 이웃임에도 인사는 내가 먼저 하면 마지못해 대꾸해 주는 정도고, 사람을 별로 좋아하지 않는 것 같다. 아, 그렇지. 일주일 전에 602호 노인이 한 번만 더 위층으로 담배 연기가 올라오면 관리실에 이를 거라고 단단히 화를 내서 이젠 담배도 빼고.

다시 노트북으로 돌아가 오늘 자 최신 인터넷 뉴스를 읽었다.

〈 12년 전 기적의 심장 이식 수술! 그 후의 이야기! 〉라는 타이틀을 단 의학 뉴스에 장년 남자의 눈길이 멈췄다. 몇 년 전, 전 세계 의학계의 비상한 관심을 끌며 심장 수술을 집도한 서울이삼병원 심장 흉부외과 전문의 신 모 박사의 인터뷰 내용이 실렸다.

〈 …2012년 당시, 태어난 지 겨우 6개월 된 신생아의 심장을 15세 중학생에게 이식하는 수술은 세계 최초의 시도였으며, 심장 이식 연구와 임상에 있어 혁신적인 도전이었습니다. 저 또한 20년 동안 수많은 심장 수술을 집도해 왔음에도 불구하고 과연 이 수술이 성공할 수 있을지에 대한 의문이 들었죠. 영아의 심장은 청소년의 심장과 비교할 수 없을 정도로 작고 연약하며, 혈류 동역학, 조직 구조, 전기생리학적 특성에서도 큰 차이가 있으니까요…(중략)…신생아의 심장 크기, 구조, 심장 호환성 등 많은 복잡한 변수들을 고려했고, 중학생 환자의 체내에서 아기의 심장이 원활하게 기능할 수 있도록 당시 우리

병원 심장 흉부외과 전문의 6명이 꼬박 20시간에 걸친 수술을 진행했습니다.〉

그리고 수술은 성공했다. 한국에서 이루어진 이 선구적인 사례는, 단순히 한 환자의 삶을 구제한 것을 넘어 전 세계의 많은 심장 질환 환자들에게 새로운 희망의 불씨를 지폈고, 이후엔 심장 이식 분야의 새로운 임상 지침과 프로토콜을 개발하는데 큰 기여를 했다.

그리고, 12년이 흐른 지금, 당시의 수혜자였던 중학생 즉, 아기의 심장을 제공받고 현재는 정상인의 생활을 하는 강 모양의 인터뷰도 실렸다. 신상 명세와 얼굴을 비공개 처리하여 신문 지면에 등장한 그녀는, '처음 수술을 받았을 때는 죽음에 대한 불안감이 컸지만, 지금은 아기의 심장 덕분에 새로운 삶을 살고 있다. 고맙게 생각한다.'라며 간단히 피상적인 소감을 밝혔다.

그 후, 오늘날의 의학 기술이 얼마나 발달했는지에 대한 논지까지, 기사의 마지막 한 줄까지 꼼꼼히 읽고서 장년 남자가 노트북 화면에서 다음 뉴스의 헤드라인을 클릭했다.

'잘된 일이군.'

종래와는 비교도 안 될 만큼 발달한 의학 기술 덕분에 인간의 수명은 길어지고 고통은 줄어들어 다행인 한편, 마음 한구석은 어딘가 모르게 씁쓸하기도 했다.

'될 수 있으면 아기 심장을 이식하는 일은 없어야겠지.'

인기척이 나자, 장년 남자가 문득 고개를 들었다. 카페 아래를 지나는 낯익은 이를 보고는 그가 또 먼저 말을 건넸다. 장년 남자는 깡마른 체형과 희고 점잖은 얼굴 생김새와 다르게 넉살이 좋아 보였다.

"벌써 장을 다 보셨나 봅니다. 그런데 뭘 그렇게 많이 사셨어요?"

"과일이랑 고등어를 할인하길래 좀 많이 샀어요. 마침 남편이 생선구이를 먹고 싶다고 해서 싸게 잘 샀죠. 우리 집 고양이들 츄르랑 사료도요."

빨간색 머리띠를 하고 펑퍼짐한 잔꽃 무늬 블라우스를 입은 40대 초중반쯤으로 보이는 여자가 상냥하게 대답했다. 한 시간 전에 이 길을 지났던 그녀가 식료품이 잔뜩 든 마트 봉지 두 개를 일부러 높이 들어 보였다. 그러더니 뭔가 떠오른 듯, '아!' 하고는 장년 남자에게 고개를 꾸벅했다.

"일전에 주신 오이지, 정말 맛있었어요. 남편도 아주 좋아하더라고요. 잘 먹었습니다."

"잘 드셨다니 제가 더 감사한 일이죠. 오이지가 필요하시면 언제든지 말씀해 주세요. 제가 오이를 좋아해서 집에서 좀 떨어진 텃밭에서 오이를 기르고 있습니다. 그건 그렇고, 남편분은 좋으시겠습니다. 매일 아침 장 봐서 식사를 차리는 게 보통 일이 아닐 텐데, 부인 같은 분을 만나셔서 말이죠."

장년 남자의 칭찬에 기분 좋은 듯, 살지고 비대한 체구의 여자가 샐쭉 웃었다. 웃는 두 눈이 투실한 볼살에 가려져 볼펜으로 쓱 그은 직선처럼 보였다.

"아니에요. 주말도 없이 일하는 우리 그이에 비하면 아침밥 하는 거야 일도 아니죠. 선생님도 아침에 빵 같은 거 드시지 말고 밥을 드셔야 하는데…아침에 커피랑 빵을 먹는 게 건강에 제일 안 좋대요."

"흠, 그렇군요…. 몰랐던 정보네요. 감사합니다. 차츰 줄이도록 해 봐야겠어요."

장년 남자가 빵과 커피를 가리키며 장난스럽게 말하자, 여자가 쑥스럽게 인사했다. "그럼, 또 봬요."

 총총걸음으로 금세 한길 너머로 사라져 버린, 같은 아파트에 살고 있는 전업주부인 여자였다. 저 여자 또한 옆집인 504호에 살고 있다. 언제부터 우리 아파트에서 산 지는 모르겠고 일전, 몇몇 집의 화장실 누수 문제로 아파트 전체 반상회가 있었는데, 그때 안면을 터서 만나면 인사나 가벼운 담소 정도 나누는 사이가 됐다. 고양이 두 마리를 키우고 있고, 남편은 무슨 사업을 한다는데 업종은 잘 모르겠고, 지방이나 해외 출장으로 자주 집을 비우는 듯했다. 누구에게나 상냥하고 친절한 여자지만 뭐랄까, 매번 몸매 때문에 스트레스를 받는 것 같고(물만 먹어도 살이 찌는 체질이라 너무 화가 난다고 말한 적이 있다. 일주일 내내 토마토와 닭가슴살만 먹었는데도 단 100g도 빠지지 않았다고), 외견상으로는 바위처럼 큰 머리와 툭툭 튀어나온 이마와 광대뼈, 무턱과 마구잡이로 삐져나온 덧니 등이, 본인에게는 조금 미안하지만, 누군가 한밤에 그녀와 불쑥 마주친다면 심장이 떨어지는 경험을 할 수 있다고, 아파트 입주민들이 쓰레기 분리수거장 앞에서 나누는 대화를 들었다(외모로 사람을 평가하는 건 바람직하지 않다). 그런 그녀가 사람들의 입방아에 오르내리는 건 사실 개성 있는 외모 때문이 아니라 열두 살이나 어린 남편 때문이었다. 아이돌 가수처럼 잘생긴 남편의 얼굴을 본 여자들은 하나같이 그녀가 정말 부럽다며 입을 모았다고 했다.

 504호 여자를 돌아보느라 뒤틀렸던 자세를 바로 하고, 카페의 장년 남자가 커피잔을 들었다.

 동네에 하나뿐인 작은 노천카페인데, 유명한 카페 가맹점은 아니지만 커피값도 저렴하고 이만하면 생두의 질이나 로스팅도 훌륭하다. 향긋한 원두 향과 김이 공기 중에 퍼지자, 장년 남자가 저도 모르게 지그시 눈을 감고 커피 향을 음미했다.
 알맞은 습도를 지닌 5월의 아침 기온, 그리고 이제 막 꽃피기 시작한 라일락과 더불어 삶이 바쁜 관계로 바뀐 계절을 실감 못하는 외인外人들에게 성큼 다가선 초여름을 알리는 '노련한 향기'라고 생각했다. 표현에 있어선 인간인 나보다 월등하고 지혜롭다.
 커피 한 모금을 마신 뒤, 잔을 내려놓은 그때였다.
 '쨍그랑' 소리와 함께 두꺼운 머그잔이 바닥에 떨어지며 깨졌다. 엉성하게 쥔 잔 손잡이가 손에서 미끄러진 것이었다.
 "괜찮으세요?!"
 테라스의 사고를 알아차린 점원이 부리나케 밖으로 뛰쳐나왔다.
 "데이진 않으셨어요? 아, 치울 테니 잠시만 비켜주세요."
 커피잔이 깨지는 등의 사소한 사고는 매일 꼭 한두 번씩은 겪는지라, 어리지만 경험 많은 점원이 벌써 바닥에 쪼그리고 앉아 걸레와 빗자루로 테이블 밑의 머그잔 조각을 치우고 있었다.
 장년 남자가 미안함을 감추지 못하고 서툴게 사과했다.
 "미안합니다. 손이 미끄러져서 그만…. 잔 값은 계산하겠습니다."
 "아니에요. 늘 있는 일인걸요, 뭘. 괜찮으니까 신경 쓰지 마세요."
 점원이 손사래까지 치며 밝게 거절했다.
 이 장년의 신사분은 거의 매일 같이 우리 카페를 이용하는 단골손님이시다. 품위 있고 점잖으신 데다 아들뻘인 나한테도 항상 깍듯한 존댓말로 대하시는 분이라 가게 주인 형과 다른 아르바이트생들한테도 인기가 좋다. 기분 내키는 대로 갑질을 해 대는 지역 소모임 커뮤니티나 어리다고 대뜸 반말부터 하는 진상들에 비하면 선녀가 따로 없다.
 "어?" 손님의 발 주변을 걸레로 훔치던 점원이 행위를 멈췄다. 그리고는,

눈을 동그랗게 뜨더니 바닥을 자세히 살펴보며 말했다.

"커피 모양이 신기한데요? 꼭 비 오는 날 우산 같지 않아요?"

그제야 장년 남자도 자신의 발아래를 내려다보았다.

점원의 말처럼, 바닥에 쏟아진 커피가 활짝 펼쳐진 검은 우산 같은 형태를 띠고 있었다. 우산 위로 튄 커피 방울들 또한 특이하게도 꼭 하늘에서 툭툭 떨어지는 빗방울들처럼 보였다.

손님의 테이블과 주변 자리를 깨끗이 정리한 후, 점원이 카페 계산대로 되돌아갔다. 괜찮다며 거듭 사양하는 점원에게 손님은 기어코 깨진 잔 값으로 3만 원을 건넸고, 원두커피 한 잔을 새로이 주문했다. 그러나 안도도 잠시, 이번엔 어디서 나왔는지 커피잔에 들러붙은 달팽이가 문제였다. 크기가 검지만 한 놈이었다. 처음에는 큰 벌레인 줄 알고 심장이 떨어질 만큼 놀랐다가 달팽이인 걸 알고는 뜨거운 잔에 놈이 익기 전에 재빨리 손으로 떼어내 잎이 무성한 나무 화분에 휙 하고 던져버렸다.

날이 흐리거나 비가 온 것도 아닌데 도대체 어디서 기어 나온 달팽이지…?

잠시 후, 모든 상황이 정리되고 겨우 소동이 가라앉았다.

장년 남자가 침착한 태도로 새로 주문한 원두커피를 마셨다.

종전과 다를 바 없는 따스하고 감미로운 향을 느끼며 천천히 주변을 둘러보았다.

변함없이 흘러가는 시간.

테라스 아래를 걷는 사람들은 바쁘고, 표정은 없으며, 거리의 상가와 건물들은 커피를 쏟기 20분 전과 동일한 모습이다.

남자가 하늘을 보기 위해서 고개를 들었다.

'구름 한 점 없이 맑고 청명한 5월의 아침 하늘.'

만약 소설의 첫 문장이 이렇다면, 작가의 실력을 의심하며 독서를 더 이어갈지 말지 고민하겠지만, 지금 이보다 더 적당하고 진부한 표현을 찾을 수는 없었다. 남자가 고개를 더욱 뒤로 꺾었다.

마치, 끝없이 펼쳐진 하늘을 작은 동공에 모두 담으려는 것처럼.

잔주름이 진 눈가와 입매가 온화한 미소를 띠었다. 와중에도 행인의 행렬은 끊임없이 이어졌다.

…구분되지 않는 영역의 하늘과 에메랄드빛 지중해 바다, 넌 어느 쪽일까?

당장은 정답을 알 수 없어서 눈을 느리게 깜빡거렸다.

누군가가 나를 향해 나잇값도 못 하고 월요일 댓바람부터 감상에 빠진 늙은이라고 흉을 본대도, 그래도 모처럼 미세먼지 하나 없는 깨끗한 초여름 하늘이라, 조금만 더 이렇게 가까이서 보고 싶었다.

한적하고 여유로운 어느 외국 휴양지의 주말처럼, 하늘을 응시 중인 남자의 행복한 모습만 아니라면, 바쁜 월요일 아침 시간대인 것을 잊어버릴 뻔한, '월요일' 아침이었다.

노천카페의 원목 테라스 하나를 사이에 두고, 그렇게 세상은 둘로 나눠지는 듯했다.

***

아침 7시 5분.

헉!
눈이 번쩍 뜨였다.
헉헉…. 뭐야? 꿈이야…?
격한 호흡으로 입술이 메말랐지만, 숨은 내 의지대로 쉬어지는 게 아니었다. 습지처럼 축축이 젖은 머리칼과 목덜미에 묻은 끈적한 땀이 느껴졌다. 아직도 꿈속인 것만 같은 느낌에, 아니 두려움에 퍼뜩 창문으로 고개를 돌렸다.
이런….
이제 봄이라서 겨울보다 빨라진 해가 벌써 하늘 높이 떠 있다.
아침 7시가 조금 넘은 시각.
눈이 부시지는 않아서 숨도 가다듬을 겸 베개에 누운 채로 밖을 내다보았다.
어젯밤, 커튼 치는 걸 깜빡하고 잠들었나 보다.
활짝 걷힌 군청색 커튼 너머로 익숙한 동네 풍경이 펼쳐졌다. 잘 자란 사이프러스 나무들과 빨간 우체통, 이웃집 중학생 녀석의 새 자전거가 낮은 담벼락에 기대어 세워져 있었다.
꿈이었구나….
한시름 놓으며 눈을 감았다 뜨니 손목에 걸린 팔찌가 보였다.
꼬인 줄에 노랗고 둥근 꽃받침을 한 12개의 카밀러 꽃잎 장식이 듬성듬성 박힌 팔찌인데 일주일 전쯤, 인터넷 쇼핑몰에 접속했다가 광고 알림창을 잘못 클릭하는 바람에 액세서리 판매 사이트로 강제 이동 당해서 산 물건이다. 여태껏 팔찌 같은 걸 내 돈 주고 사본 적은 없으나,

팔찌의 제품 설명란에 쓰인 불면과 스트레스를 다스려 숙면에 효과적이라는 글귀와 꽤 그럴싸한 논리적인 이유, 그리고 구매자들이 남긴 좋은 평가의 댓글들에 왠지 마음이 끌렸다. 근자에 악몽을 꾸는 등, 밤잠을 설치는 일이 잦아진 것도 한몫했다.

하지만 이틀 후, 택배 상자를 뜯자마자 금방 후회했다. 뭔가에 홀린 게 틀림없다고, 여고생이나 차고 다닐 것 같은 이런 물건을 왜 3만 원씩이나 주고 샀는지 이틀 전의 나 자신을 나무랐다. 돈이 아까워서 며칠간 차고 있었지만, 과장 광고에 속은 게 분명한 것이 오늘 아침에도 악몽을 꿨다.

팔찌에 관한 생각을 중지하며, 무시무시한 악몽에서 탈출한 것을 실감하고 싶어서 조금만 더 침대에 있기로 했다.

땀에 젖은 얼굴과 머리를, 눅눅한 베개에 맡긴 채 꼼짝도 하지 않고 바깥만을 응시했다. 환한 아침 햇살과 8미터 높이로 하늘까지 치솟은 초록색의 사이프러스 나무들이 새삼 처음 본 것처럼 조화롭다….

잠이 덜 깬 눈을 느리게 깜빡였다.

싱싱하고 무성한 잎들은 밤사이 젊은 생명을 마신 것처럼 어제보다 더욱 푸르고 생기있게 빛나며, 봄바람이 불어오자 사락사락, 소리를 내는 것만 같았다.

착각인지도 모르지만 그래서 문득, 그 남자 '고흐'가 떠오른 것인지도 모른다.

솜이불처럼 포근하고 새하얀 구름은 없지만, 시작이 사라져 끝없는 영원으로 존재해야 하는 하늘은 지금도 내 동공 안에서 너울거리고 있기에….

1889년에 완성한 빈센트 반 고흐작 [사이프러스가 있는 밀밭] 속에 들어와 버린 것처럼, 오늘 아침의 내 동네 풍경은 그 남자, 고흐가 사랑했던 도시 '아를'과 닮아 있었다.

"나, 나가!"
현관에서 허둥지둥 운동화를 신으며 거실을 향해 소리쳤다.
아, 정말…. 그러게 왜 평소 잘 먹지도 않는 아침밥을 먹는다고 부산을 떨어서는. 게다가 아침에는 잠깐 창밖을 본다는 게 그만 깜빡 잠이 들어버렸다.
"헉! 벌써!" 교복처럼 즐겨 입는 체크 남방셔츠마저 더럽혀서 옷을 찾느라 꾸물거렸더니 벌써 시간이 이렇게나 됐다! 늦으면 또 교수님의 불호령이 떨어질 것이다. 이제 그것만은 피하고 싶다. 더군다나 혜지가 있는 앞에서는….
"아, 아니, 얘가…밥 먹다 말고 어딜 가? 한술이라도 더 뜨고 가."
현관까지 나를 따라온 엄마가 안쓰럽게 말했다.
"저녁은 같이 먹어. 나 그럼 학교 갔다 올게!"
빨리 가야 해서 문을 부술 기세로 여는데, 뒤통수에서 엄마가 이상한 말을 했다.
"그런데 현호 너, 연구실이 어딘지는 기억해?"
응? 뭐라고? 당장 지각보다 급한 건 없지만, 현호가 현관 손잡이를 잡은 채 멈춰 섰다. 어리둥절한 표정으로 그가 엄마에게 되물었다.
"뭐라는 거야? 연구실이 어딘지 기억하냐니? 무슨 뜻이야?"
"응? 무, 무슨 뜻이긴. 말 그대로지…. 너, 최근 여름 방학이라서 거의 집에만 있었잖아."
"내가 집에만 있었다고?"

출근하는 나를 붙잡고 왜 이런 얼토당토않은 말을 하는지 영문을 모르겠다. 아직 50대인 엄마인데 벌써 치…하지만, 그럴 리가 없어서 얼른 나쁜 생각을 지우고 현호가 눈을 찡그리며 말했다.

"내가 언제 집에만 있었어? 방학 내내 주말도 없이 랩실(*연구실)에서 살았잖아. 그리고 방학 끝난 지가 언젠데…. 어제도 랩실에 출근해서 자정에 들어온 거 기억 안 나?"

그랬다. 그리고 특히, 오늘은 내 인생에서 가장 중요하고도 중차대한 날이다.

왜냐하면, 설황민.

누구냐고? 미생물 분자생명공학과 석사 과정 중인 내 지도 교수님의 성함이다. 그리고 오늘은 스승의 날이기 때문이다.

축하 선물을 미리 택배로 보냈고, 오전 중으로 연구실에 도착할 거라는 택배업체의 메시지를 받았다. 어쨌든 나가야 해서 돌아섰지만, 엄마가 다시금 물었다. 이번에는 여느 때처럼 평범한 말투였다.

"그래서 네 연구실이 어딘지 기억하냐고 물었잖아. 어딘지 알아?"

주말도 없이 다닌 랩실이라고 아까도 분명히 말했는데….

아닌 게 아니라, 정말 하루 휴가라도 내서 엄마와 병원에 가봐야 하는 건 아닌지 잠시나마 고민됐다. 벌써 밖으로 나선 현호가 닫히는 현관문 틈으로 빠르게 말했다.

"알아. 집 근처에 있는 호라이즌 빌딩 1층이잖아."

아들이 손에서 놓아버린 도어록이 '철컥'하고 닫혔다.

그리고 현관 앞, 망연자실한 표정으로 우뚝 선 채 움직이지 못하는 엄마였다. 그녀의 낯빛이 창백한 낮달처럼 하얗게 질리고만 있었다.

잠시 후, 정면을 향해 눈을 부릅뜨고 있던 엄마가 기계처럼 딱딱한 동작으로 협탁 위에 있던 무선 전화기를 손에 들었다. 부들부들 떨리는 손으로 전화번호를 누르자 곧바로 누군가가 전화를 받았다.

"…네. 저예요. 문제가 생겼어요."

상대방이 대꾸하자 엄마가 경직된 억양으로 말했다. 흡사 상사에게 보고하는 부하 직원 같은 모습이었다.

"네. 아침에 일어나서 냉장고에서 유통기한이 하루 지난 딸기 요거트를 먹었어요. 맛이 이상하다고 하더니 그다음엔 핸드폰으로 애니메이션을 보면서 초코파이를 먹었어요. 그런데 실수로 반쯤 남은 초코파이가 바닥에 떨어졌고 무심코 뒷발꿈치로 밟아버렸어요."

마른침을 꿀꺽 삼킨 그녀가 말을 쉬었다. 무선 전화기를 쥔 손가락이 여전히 미세한 진동처럼 떨리고 있었지만, 그럼에도 보고는 이어졌다.

"그 후엔 시리얼을 먹다가 그릇을 엎질렀어요. 그 때문에 오늘 입을 예정이었던 체크무늬 셔츠를 벗어두고 로고가 들어간 검정 티셔츠와 점퍼로 갈아입었어요. 그러고는 스승의 날이라며 이십만 원을 달라고 했어요…."

무선 전화기의 배터리가 부족하거나 유선 통신망이 끊겼거나….

왜냐하면, 전화기 너머로 어떠한 소리도 들리지 않았기 때문이다. 숨소리 하나조차도. 이것이 무슨 뜻인지 알고 있기에, 죽음과도 같은 정적을 깨고 엄마가 먼저 입을 뗐다. 기체를 떨어뜨릴 뻔해서 두 손으로 꽉 움켜쥐었다.

"그래서…그래서 방금 연구실로 뛰어갔어요."

["…."]

"분명히 집에서 5분 거리에 있는 호라이즌 빌딩이라고 했어요."

쾅! 하는 소리와 함께 방금 지구가 멸망한 줄 알았다.
"뭐라고?!"
월요일, 아침 9시 20분.
노천카페 테라스에 앉아 길을 지나는 사람들을 보면서 노트북으로 인터넷을 하기도 하고 사색에 잠기기도 하며 한가롭게 모닝커피를 즐기던 '소문식'이었다.
카페 점원이 지구가 멸망한 줄로 착각한 큰 소음의 주인공은 바로, 이 소문식이 테이블을 주먹으로 내리쳐서였다. 언제나 조용하고 점잖은 손님이 왜 저렇게 화가 났을까?…라고 점원이 생각한 것도 잠시, 이번에는 소문식이 동네가 떠나가라 소리쳤다.
"정말이야?! 제대로 확인한 거 맞아?!! 이전처럼 '피스'가 빠진 게 아니고?!"
무슨 일인가 싶어서 카페 내의 점원과 손님들이 유리창 너머로 바깥 테라스를 힐끔거리는 사이, 성질을 참지 못한 소문식이 의자를 박차고 일어섰다. 탁, 하고 탁자 다리에 발목뼈가 부딪힌 것도 모르고 노트북을 낚아채서 쏜살같이 카페 주차장으로 달려갔다. 급히 차에 올라 시동을 거는 그의 손이 육안으로 보일 만큼 떨리고 있었다.
귀에 꽂은 무선이어폰으로 운전 중에도 대화는 이어졌다. 하지만, 월요일의 서울 도심 한복판이라 금방 개미지옥 같은 8차선 도로 속에 꼼짝없이 갇혀버렸다. 초조함을 감추지 못하고 소문식이 핸드폰 너머의 상대방을 닦달했다.
"그렇지? 이번에도 오류지? 이제껏 수천수만 번이나 그랬잖아. 그때마다 틀림없다고 했지만, 전부 다 틀렸었잖아! '조성組成'은 구현된 적이 없다고!"

말하는 중에 이미 반이성을 잃었다. 질문이 아닌 대놓고 대답을 강요하는 중임을 알아챈 소문식이 스스로 입을 다물었다. 그때를 놓치지 않고 이마에 생겨난 땀방울 하나가 관자놀이를 타고 목으로 주르륵 미끄러졌다. 차체 정면의 윈드실드를 쏘아보며 소문식이 이를 악다무는 것처럼 상대방을 다그쳤다.

"대뜸 보고부터 했으면 쥐꼬리만 한 증거라도 가지고 있겠지? 뭔지 말해봐."

당연히 이번에도 틀렸겠지만, 카페에서 걸려 온 전화를 받자마자 어딘가 평소와는 다르다는 걸 깨달았다. 사고, 감정, 감각, 직감, 직관에 이르기까지, 내 모든 지남력은 이미 불길하고도 예측 불가능한 뭔가를 감지하고 있었다. 그래서 다만 내 촉이 틀리기만을 간절히 바라며, 꼭 그렇게 말해달라고 아이처럼 떼를 쓰는 중인지도 모른다.

하지만, 핸드폰 너머의 이지적인 발성은 소문식의 이성理性에는 별 관심이 없는 듯 차분히 자신의 의견을 전할 뿐이었다.

["조성이 구현된 적은 있습니다…. 기억하시겠지만."]

"…"

["제 기억으로, 오늘 발생한 조성은 네 번째입니다."]

"어긋난 건 셀 수 없이 많은 것도 사실이잖아. 그래서 한 번 더 확실히 확인해 보라는 거고!"

["네. 근접한 조성이었으나, 거의 다 어긋난 것도 사실입니다. 그리고 초기부터 현재까지 발생한 근사 오류는 방금 말씀하신 수천수만 건이 아니라, 정확히 150,585,426번이었습니다.]

정체 차량이 움직이기 시작했다는 이유로 서행하며 소문식이 묵언했다. 그 틈을 놓치지 않고 핸드폰 너머의 목소리가 말했다.

["…피스가, 0.00385166 확률의 측정 오차를 제외하고 완벽히 결합하였습니다. 바꿔 말씀드리면 시스템의 모든 변수와 조건이 극도의 '정확 상태'에 놓인 긴급 상황입니다."]

"확률은? 사실이라면 '노바'가 알렸을 거 아니야."

진땀으로 늪처럼 축축해진 손바닥을 느끼며 물었다. 만약, 이게 정말로 '사실'이라면….

"그래서 확률은?"

침묵이 흘렀다. 그리고 잠깐 사이 운이 바뀌었다.

꽉 막혔던 도로 상황이 풀리는가 싶더니, 소문식의 낡은 2010년식 검은색 자가용이 이젠 신호도 받지 않고 도심 도로를 달려 나갔다. 핸들을 잡은 손가락이 수축한 혈관으로 말미암아 창백하게 변색하며 대오리처럼 딱딱해졌다.

이윽고 침묵을 깨며 핸드폰 속 남자가 대답했다.

["노바가 진단한 확률은…1.066×10^{-31}입니다."]

끼익! 도로 한 가운데서 타이어가 찢기는 것 같은 새된 소리가 났다. 주행 중이던 낡은 승용차 한 대가 급브레이크를 밟는 바람에, 노면에 하얀 스키드 마크를 남기며 미끄러졌기 때문이었다.

***

호라이즌 빌딩 오피스 1층.

외부에 있긴 하지만, 세하대학교 정문에서 고작 130미터 떨어진 곳에 있는 빌딩이기에 사실상 대학 내에 있는 여타 단과 대학 건물, 강의실들과 큰 차이점은 없었다.

〈 세하대학교 대학원 미생물 분자생명공학과 Graduate School of Microbial and Molecular Biotechnology, Seha University 〉

이 오피스가 대학원 연구실임을 알리는 흰색 사인보드가 불투명 유리 출입문의 정중앙에 붙여져 있었다.

헉헉….

계절상 봄이지만 덥긴 여름과 매한가지다. 근처 집에서부터 한달음에 연구실로 달려 온 현호가 더운 숨을 고르며 손목시계부터 확인했다.

오전 9시 58분.

단내가 나도록 뛰었어도 당연히 지각이다. 집에서 5분 거리에 있는 연구실이지만, 늦잠을 잔 데다가 공교롭게도 오는 길에 아는 사람을 만나서 더욱 늦어버렸다.

벌써 선물 택배가 도착했으면 안 되는데…. 제발 교수님보다 먼저 출근했길 바라며, 연구실 문 앞에 선 그가 작게 심호흡했다.

자신의 RFID 카드를 출입문 리더기에 태그한 그때였다.

"차현호! 거기서 뭐 하냐?!"

등 너머로 들린 남자 목소리에 현호가 문을 밀던 손길을 멈췄다.

***

호라이즌 빌딩 근처, 한 카페.

"그게 뭐야? 그럼, 얘 혼자 연락을 못 받았단 말이야?"

연구실 랩장(*Lab長)인 '곽영후'가 도수 없는 뿔테안경을 천에 닦으며 쓴웃음을 지었다. 그의 시선이 닿은 곳에는 말없이 방금 나온 커피를 입에 가져가는 차현호가 있었다. 알이 깨끗해진 안경을 다시 고쳐 쓴 곽영후가 테이블 끝에 앉은 후배 대학원생 한 명을 질책했다. 마치 자기 업무가 아닌 것처럼 책임을 떠넘기는 투였다.

"야, 금요일에 퇴근하면서 내가 꼭 단톡방에 공지하라고 했어, 안 했어? 형 말 씹었어?"

랩장으로부터 꾸지람을 들은 석사 2년 차 '하태형'이 차현호를 슬쩍 보고는 이내 시선을 피하며 말했다.

"깜빡했어요. 형이 저한테 말할 때 랩원분들 다 있어서 모두가 들었는데, 현호 형만 그때 없으셔서…."

"그러면 토요일은? 과제 때문에 전원 출근했는데, 그때 말하면 됐었잖아."

"그게, 토요일은 과제 끝나고 퇴근 전까지 사육실이랑 실험장 청소하느라 정신없었던 것 같아요. 피펫 팁 채우고 여과기만 분해해 두고 단톡방에 공지 띄우려고 했는데, 너무 바빠서 그만…. 죄송해요. 형."

하태형이 변명 겸 해명은 곽영후에게, 사과는 차현호에게 했다.

평소라면 '괜찮아, 그럴 수도 있지' 등의 말로 이런 유의 가벼운 실수 정도는 웃음으로 흘려 버릴 현호였지만, 지금은 여느 때와 다르게 침묵하고 있었다. 침묵과 닮은 현호의 검은 커피가 조금씩 줄어들고 있었다.

부드럽고 잔잔한 클래식 음악이 흐르는 이곳.

좋은 날이다. 그런 날에 후줄근한 체크 셔츠와 야구 모자, 자 대학 로고가 큼지막하게 새겨진 티셔츠와 아직 못 버린 과科 점퍼 등을 입은, 벌써 지치고 꺼칠한 낯빛을 한 어둠의 대학원생들이 이른 아침부터 카페에 모여 느긋하게 커피를 마시고 있었다.

크리스마스, 부활절, 석가탄신일을 다 합쳐도 모자라는 기적 같은 날이며, 매주 한 번, 월요일마다 진행되는 랩 미팅을 생각하면, 이런 인간?으로서의 호사는 올해는 더는 없을지도 모른다. 마지막일 수도 있다는 말이다. 그래서 누군가는 기꺼이 불편한 대화에 참여하며 눈치껏 공기를 파악하고 있는 반면에, 소위 '왕고'라고 불리는 연구실 최고참들은 샌드위치를 더 시켜야 할지 떨리는 눈으로 메뉴판을 훑으며 목하 행복한 고민 중이었고, 남이야 뭘 하든 테이블 밑에 둔 핸드폰으로 여자 친구와 문자 주고받기에 여념 없는 연차 낮은 신입과 그냥 다 때려치우고 잠이나 잤으면 좋겠다고, 까치집인 머리를 하고서 짙은 다크써클이 낀 눈만 껌뻑거리는 대학원생도 있었다. 아침에 잠에서 깼을 때도 핸드폰을 켜고 기상 루틴인 온라인 커뮤니티부터 접속했다. 밤사이 출현한 거대 소행성이 68,280km/h의 어마어마한 속도로 지구로 날아든다는 기쁜 소식은 없었는지 업데이트된 게시글을 훑었지만, 불행히도 어젯밤도 지구는 아무 일 없이 무사했다.

세하대학교 미생물 분자생명공학과 연구실 소속의 그들이다.

연구실 인원은, 현재 연구실 책임자로 석박사통합과정 5년 차인 곽영후(남. 31세)를 비롯해 각각 6년 차, 7년 차인 김세울(남. 31세), 고석채(남. 33세), 석사 1년 차인 황혜지(여. 24세), 방소명(남. 24세), 석사 2년 차인 하태형(남. 26세), 강 미주(여. 27세), 그리고 지금 대학원 실에서 전화통 앞에 앉아 있을 학부생 연구 인턴 배겸희(여. 23세), 마지막으로 올봄이야말로 석사 졸업 예정인 석사 3년 차 차현호까지, 9명이었다. 아! 한 명이 더 있는데, 작년부터 이 연구실에 포닥(*포스트 닥터 postdoctor)으로 근무 중인 35살의 남자다. 그럼, 총 10명이 되겠다. '포닥'은 집안 유산 상속 문제로 며칠간 휴가를 내고 미국에 있는 조부를 만나러 갔다가 어제 입국했다. 오늘부터 연구실로 출근한다고 했다.

"그…그건 그래요. 나한테 그랬더라면 난 어쩌면 기분 나빴을 것 같아요. 내가 우리 랩실에서 왕따도 아니고 말이에요."

누군가 불쑥 이 침묵에 끼어들었다. 올해 3월 입학생으로, 이제 석사 1학기 차인 혜지였다.

현호 오빠 어떡해. 그러잖아도 속상할 텐데….

안쓰러운 표정의 혜지가 차현호를 안 보는 척 힐끔거렸다.

사람들이 뭐라 해도 현호 오빠가 입만 꾹 다물고 있는 건 '그 일' 때문임이 틀림없다. 과묵한 성격이긴 하지만, 그래도 사람이 말하면 대꾸 정도는 해주는데…. 하긴, 입장 바꿔서 생각하면 나라도 열 받지. 그래서 편이라도 들어주고 싶었다.

"하지만 실수잖아요. 태형 오빠도 실수라고 하고…. 교수님이 학회 참석하시는 게 특별한 것도 아니어서 태형 오빠가 공지한다는 걸 깜빡한 것 같은데, 이건 현호 오빠가 오해하시면 안 될 것 같아요. 시…실수야 누구나 하는 거니까요."

월요일인 오늘, 연구실 지도 교수님의 학술회의 참석 일정 때문에 매주 월요일 아침에 있는 랩 미팅이 오후로 미뤄졌다. 그래서 연구실 출근 전, 전원이 카페에 모여서 커피와 샌드위치로 아침을 먹으며 논문 리뷰 발표 자료 등을 검토하기로 한 것을, 지난 금요일 저녁,

랩원들보다 10분 일찍 퇴근한 죄로 차현호만 모르고 있었다.

하지만, 혜지가 말까지 더듬거리며 도와주려고 노력해도 차현호는 요지부동이었다.

대답이라도 좀 해주지….

가만히 눈만 깜빡거릴 뿐 미동도 없는 남자여서 민망해진 혜지가 아무 말이나 던졌다.

"사, 사실, 나도 태형 오빠 같은 실수를 많이 해요…. 구체적으로 예를 들자면, 아, 지난 수요일에 TSB 1차 배지 접종할 때 시약 계량을 실수해서 멘탈 터진 적이 있고…아니, 이건 좀 적절한 비유는 아닌 것 같지만…."

"그런데 너, 오늘 아침엔 뭐 했어?"

곽영후가 옆자리의 혜지에게 바짝 몸을 기울이며 물었다. 그 바람에, 테이블에 올린 그의 팔꿈치가 혜지의 가슴을 스쳤지만, 랩원들은 못 본 척 대화에만 집중하는 척했다. 석사 3학기 차인 '강미주'의 동공이 스륵 움직인 듯했으나, 길게 내린 앞머리 때문에, 확실히 그런 지는 알 수 없었다. 강미주는, 머리에 바가지를 덮은 뒤 일자로 싹둑 잘라버린 것 같은 귀밑 3cm의 단발 스타일을 사계절 내내 고수했다. 어떤 장난감 회사의 시그니처 피규어가 떠오르는 그 헤어스타일을 강미주 자신은 보브 단발이라고 주장했으나, 랩원들 사이에선 일명 '레고'로 통하는 그녀였다.

급작스러운 사태에 혜지가 눈에 띄게 당황하며 곽영후의 팔을 쳐냈지만, 강한 남자의 팔뚝이 고작 그 정도로 떨어질 리가 없었다. 모두가 보란 듯, 대놓고 그녀의 가슴에 팔을 얹고서 곽영후가 다시 물었다. 창피함으로 양 볼이 빨개진 여자가 귀여워서 남자의 목소리와 표정에 약간의 애교가 묻어났다.

"응? 뭐 한다고 내 전화를 안 받았어? 월요일에 네 집에 너 태우러 간다고 말했었잖아. 잊었어? 연락이 안 돼서 전화를 두 번이나 하고 문자도 남겼는데, 못 본 거야?"

"그랬어요? 아! 브록의 미생물학 16판 직수입 양서가 필요해서 서점에 있었는데 그때 오빠가 전화했나 보다. 서점 직원분한테 책을 구해 달라고 부탁했었는데 오늘 아침에 일어나자마자 연락이 왔거든요. 서점 안이라 핸드폰을 묵음으로 해 둬서 오빠 문자를 못 봤나 봐요."

묵음으로 설정된 핸드폰을 꺼내 들며 혜지가 부랴부랴 곽영후의 메시지를 확인했다. 그런 그녀를 보며 남자가 미심쩍은 눈으로 물었다.

"서점?"

"네. 랩실 근처에 있는 스핀 서점이요."

곽영후가 기분 상하지 않게 팔을 밀어내면서도 혜지가 차현호를 곁눈질했다.

오늘 아침에 현호 오빠를 스핀 서점 앞에서 만났다. 책을 사서 서점 문을 열고 나오며, '어머, 오빠네? 여기서 뭐 해요?'라며 길거리에 서 있는 그에게 반갑게 인사까지 했으나, 애석하게도 현호 오빠는 나를 못 본 모양이었다. 아니, 나를 보고도 무시한 것 같은 느낌을 받았지만, 그럴 리가 없어서 나중에 남들이 없는 데서 물어볼 생각이었다.

다른 사람들이 눈치채지 못하게 현호를 흘끔거리는 혜지에게 곽영후가 또 말을 걸었다.

"그래? 스핀 서점, 거기 작아서 뭐 볼 것도 없던데…그런데 서점 같은 데 자주 가? 소설책 같은 거야 전자책 다운 받아서 보면 되지, 서점까지 가서 책을 사고 그래? 종이책 모으는 거 취미야?"

부드러운 가슴 감촉을 모른 체 하며 곽영후가 팔의 방향을 살짝 비틀었다. 손바닥이 안으로 향하며, 이제 마음만 먹으면 남자는 갓 맺힌 꽃봉오리처럼 탄력 있는 가슴을 단숨에 움켜잡을 수도 있었다. 혜지가 곽영후의 팔을 치우려 애쓰며 더듬거렸다.

"조…종이책이요. 그런데 저기 오빠, 팔 좀…."

야릇한 시간이 흐르고, 하지만, 아직도 저마다 바쁜 일이 있는지 랩원들은 바깥 풍경을 본다든지 혹은 열심히 핸드폰을 하는 등, 요상한 손장난을 치는 남녀에게는 눈길도 주지 않으려 했다.

왜냐하면, 저 둘은 커플이기 때문이다.

막 대학을 졸업한 어린 혜지를 곽영후가 단 일주일 만에 꼬셔버렸다. 서른한 살의 나이임에도 영화배우 조인승과 닮은 얼굴 하나로, '여자들의 시간은 너한테나 없는 것이지 나는 차고 넘친다'라는 즉, 시간時間은 상대적 개념이라는 아인슈타인의 특수상대성이론을 가뿐히 실증했다. 역시 타 랩실까지도 소문난 '선수'다웠다.

정작 곽영후 자신은 학부생 인턴인 배겸희도 나쁘지 않다고 생각했다. 둘 다 예뻐서 고민했지만, 혜지가 좀 더 가슴이 커서 선택한 것뿐이었다. 하지만 다 잡은 물고기라고, 연구실이나 밖에서 배겸희가 가까이 올 때마다 아쉬운 것 또한 사실이었다.

"밖인데 자제하시죠."

얼음장처럼 냉랭한 어투로 랩원들 중 누군가 말했다.

곽영후의 야한 손장난 때문에 귀까지 벌게진 혜지였다. 어쩔 줄 모르는 그녀를 짓궂게 괴롭히던 곽영후가 멈칫 동작을 멈추고 눈을 들었다.

"애가 싫다잖아요."

죽은 건가 싶을 만큼, 이 카페에 오고부터 단 한마디도 하지 않고 침묵하던 석사 3년 차, 차현호였다.

"싫다는데…그만하시는 게 좋을 거 같아서요."

차현호를 뺀, 카페에 모인 일곱 명 랩원 전원의 눈길이 그를 향했다. 빼곡히 멈춰버린 눈 대신 사람들의 귀는 본분에 충실했다. 랩원들 대부분이 지금 카페에 흐르는 곡이 피아졸라의 '부에노스아이레스의 사계'라는 걸 알겠지만 잘 모르겠는, 이상한 모순이 발생했어도 그런 사소한 것쯤은 넘어갔다. 이 분위기에서 봄에 듣기 좋은 클래식 20곡이 뭔지는 중요치 않다.

"아까 샌드위치 시킬 때도 아침 먹고 와서 싫다더니…."

곽영후가 입을 열었다. 하지만 어이가 없는지, 말을 끊고는 헛웃음처럼 짧게 실소했다. 그의 목소리와 눈빛에 기분 나쁜 기색이 역력했다.

"사실 아까부터 나라 잃은 거처럼 앉아서 뭐가 못마땅한 건지 말 시켜도 입만 꾹 닫고 있는 것도 좀 거슬리긴 했는데…아침에 뭐 잘못 먹었어?"

곽영후의 나쁜 손은 마지못해 제자리로 돌아왔지만, 기분은 그렇지 못했다. 랩원들만 없다면 당장 욕부터 박았을 테지만, 보는 '눈'이 많다.

"응? 말해봐. 아침밥에 어제 실험하고 남은 메틸이라도 탔냐고 묻잖아. 그리고 누군 월요일 아침부터 좋아서 떠드는 줄 알아? 너만 교수님 학회 일정을 몰랐다고 하니까 내가 너 생각해서 태형이 나무란 거 아니야. 아니면 나한테 뭐 할 말 있어?"

"…."

"할 말 있냐고."

혜지가 곽영후와 차현호를 번갈아 보며 안절부절못하고 있었다.

영후 오빠 성격을 모르지 않을 텐데…영후 오빠가 좀 짓궂게 장난을 쳤지만 나도 다 생각이 있었는데…. 현호 오빠가 그냥 놔뒀으면 됐을 걸 싶었다. 원인이 '나' 때문이기에 자신이 나서서 이 사태를 해결해야 한다고 판단한 그녀가 두 남자 사이에서 멋쩍게 하하, 웃으면서 가방을 챙겨 들었다.

"이제 커피도 다 마신 것 같은데, 슬슬 랩실로 돌아갈까요? 여기 있는 동안 교수님이 벌써 전화하셨을 수도 있고…."

"뭘 벌써 가. 나 방금 치즈 치아바타랑 페이스트리 와플 새로 시켰어."

석박사 통합 과정 7년 차 33세, 랩실에서 두 번째 연장자인 고석채가 랩원들은 거들떠보지도 않고 말했다. 아예 태블릿 거치대까지 챙겨 온 그였다. 카페에 들어온 지 30분 내내 고석채의 눈은 테이블에 세워둔 태블릿PC에 고정되어 있었다. 귀에 꽂은 무선이어폰으로 실시간 생중계되는 온라인 게임 라운드를 시청하느라 나머지 일엔 관심도 없었다.

그러자 혜지가 고석채에게 변명했다.

"아, 그러니까 오후에 있을 논문 리뷰도 체크해야 하고…겸희 혼자 전화 대응하고 있을 텐데 걱정되어서요."

"월요일 아침 댓바람부터 누가 전화한다고 그래. 그리고 교수님 10시부터 학회라니까? 귀찮게 하지 말고 앉아."

'왕고'가 단칼에 자르니, 혜지가 앉은 것도 아니고 일어선 것도 아닌 엉거주춤한 상태가 되어버렸다. 주변 눈치를 살피며 하는 수 없이 슬며시 다시 자리에 앉았다. 맞은편에 있던 석사 동기인 방소명이 그녀에게 '눈치 챙겨라.'라며 수신호를 보냈다.

혜지가 조마조마한 눈길로 두 남자를 보는 사이, 곽영후가 재차 차현호를 다그쳤다. 먼저 싸움을 걸어온 이상, 이 새끼한테 사과받기 전에는 물러설 수 없다고 생각했다.

"진짜 나한테 할 말 없어?"

"없어요."

"그럼, 아침부터 왜 시비야? 너 때문에 이게 뭐야? 모처럼 카페에서 하루를 시작하는 좋은 날에 기분 개잡쳤잖아. 월요일부터 이러면 일주일 내내 영향 있는 거 몰라?!"

말릴 틈도 없었다. 느닷없이 터진 고함에 뜨거운 고구마라테를 삼키던 강미주가 깜짝 놀라서 입에 든 라테를 왈칵 뱉어냈다. 입가와 머리칼에 하얀 거품이 묻은 것도 모르고 그녀가 눈을 동그랗게 떴다. 열 받은 곽영후의 표정과 말투가 더욱 험악해졌다.

"위계도 모르고 까불면 안 된다고 내가 몇 번이나 경고했지? 내 말이 우습냐?"

원래는 이 정도까지 화를 낼 일은 아니었다. 랩원들이 모인 자리이니만큼 공개적인 사과만 받으면 끝낼 수도 있었다. 문제는, 차현호 이 새끼의 뻔뻔한 태도에 부아가 치밀어 이대로 끝낼 수 없게 됐다.

"그리고 알아? 난 혜지한테 아무 짓도 안 했고 커플끼리 장난 좀 친 것뿐이야. 그렇잖아?"

그 말을 하며, 곽영후가 동의를 구하는 듯 옆에 앉은 혜지를 쳐다보았다. 움찔한 혜지였으나, 곧 남자 친구에게 어색하게 웃어 보였다. 누구든 나서서 좀 말려야 할 텐데, 감히 이 싸움에 끼어들 용자가 없는 것도 안다. 위계 서열을 중시하는 폐쇄된 연구실에서 교수님과 직접 교류하는 '랩장'의 지위는 확실하다. 밉보이면 졸업 때까지 괴롭힘의 지옥이 기다리고 있을 것이다.

곽영후가 가소롭다는 듯 차현호에게 빈정거렸다. 주변이 제 눈치만 살피자 더욱 기고만장해진 건 두말할 것도 없다.

"그런데 네가 뭔데 자제하라 마라 꼰대질이야? 내가 뭐 어쨌는데? 내가 뭐 얘 성희롱이라도 했어? 커플이 어떻게 놀든 왜 끼어들어서 가만있는 사람 변태로 만들어? 응?"

"변태라고 한 적은 없고요. 그리고 형은 장난이라고 생각하든 어쩌든 혜지는 싫은 것 같았어요. 그뿐이에요."

이번엔 현호가 혜지의 동의를 구하는 듯 그녀를 쳐다보았다. 눈이 마주쳤으나, 현호가 재빨리 다른 곳으로 시선을 돌렸다. 혜지를 곤란하게 하기 싫었다. 그리고 그때, 둘의 시선을 눈치채지 못한 곽영후가 뜬금없는 질문을 했다.

"너, 혹시 지난주에 내가 교수님 심부름을 너한테 토스해서 그래?"

"…."

"인천 공항 가서 사모님과 베키 픽업하라고 한 거? 그거 때문이야? 아니, 그거 때문이지? 맞지?"

곽영후가 확신하고 물었다.

베키는, 우리 연구실 지도 교수, 설황민의 딸이고 현재 중학교 3학년이다. 사모와 함께 뉴질랜드에서 4주 영어 캠프를 마치고 지난주, 일요일에 입국했다. 문제는, 그들의 인천 공항 입국 시각이 새벽 1시 30분이었다는 것이다.

곽영후가 말했다. 아까의 위협적이고 고압적이던 태도가 약간은 누그러졌다.

"오클랜드 날씨 상황 때문에 한국 입국 시간이 3시간이나 딜레이 됐다고 듣긴 했어. 그렇지만 어떡하냐? 그날은 나도 갑자기 어머니가 아프셔서 밤새워 간호하느라….”

"알아요. 그렇다고 했잖아요. 형 어머니가 쓰러지셔서 119구급차로 병원 응급실로 실려 가셨는데 급성 장염이었다고…그래서 지금은 괜찮으세요?"

"뭐, 그건 네가 알 필요 없고, 내가 묻는 말에나 대답해. 나한테 이러는 게 그 일 때문이야? 내가 피치 못한 일로 공항 픽업을 못 가서 네가 대신 간 거 때문에?"

"그건 아니에요. 픽업이 그날 한 번뿐이었던 것도 아니고…. 교수님 지인분들이 수시로 한국에 오시니까 그때마다 갔었고, 일주일에 두 번 간 적도 있으니까요."

이러다가 둘이 주먹다짐까지 하는 거 아닐까 조바심 내던 랩원들의 표정이 조금은 밝아졌다. 공기도 꽤 부드러워졌다.

교수님이 시키는 온갖 잡무와 뒤치다꺼리를 놓고 누가 더 불쌍한지 내기를 하는 거면, 이 연구실에서 단연 차현호를 이길 사람이 없다. 지난주 공항 픽업 건도 연구실의 누구나가 차현호 담당이 될 것으로 생각했지만, 그에겐 이번에 아스트로 기업과 새로 시작한 두 달짜리 단기 프로젝트 RFP(*과제계획서)를 쓰라는 지시가 떨어졌고, 그 대신 공항 픽업은 랩장인 곽영후에게 하달됐다. 그런데 곽영후로부터 어머니가 위급한 상황이라 응급실에 있다며 차현호에게 연락이 왔고, 일요일 밤, 모두가 퇴근한 랩실에 혼자 남아있던 차현호는 하는 수 없이 공항으로 갔다. 혹시나 몰라서 모녀의 입국 시간보다 30분 일찍 공항에 도착해서 기다렸다. 그 후, 3시간이나 더 기다려서야 모녀를 픽업할 수 있었고, 그녀들을 집까지 운전해 주고 연구실로 돌아오니 시계는 어느덧 새벽 4시를 가리키고 있었다. 마중을 위해 연구실을 나간 밤 9시부터 장장 7시간을 밖에 있었던 셈이다.

석사 2년 차인 하태형이 커피를 드는 척하며, 현호를 곁눈질했다. 현호의 설명에 곽영후가 이해했다는 듯 고개를 끄덕였다. 새벽의 픽업 건으로 내심 현호에게 불편한 마음이 있던 터라 그가 못 이긴 척 한 발 뒤로 물러났다.

"그러면 됐어. 나도 정말 가려고 했지만, 어머니가 너무 위중해서 못 간 거라…. 뭐 어쩌겠어. 살다 보면 그런 일도 있는 거지. 이해하지? 대신, 다음에 똑같은 일이 생기면 그땐 내가 대신 해줄게."

그때였다. 카페에서 줄곧 표정이 없던 현호가 실소하는 듯했다. 하지만 웃음은 희미했고 금방 사라져 버려서 카페의 누구도 눈치챈 사람은 없었다.

둘 사이가 회복돼서 저도 덩달아 기분 좋아진 혜지가 말했다.

"아, 그럼, 우리도 샌드위치 더 골라볼까요? 아까 부족하면 더 시키자고 해서 다섯 개만 주문했는데…."

"다들 여기 숨어있었냐?!"

카페 입구의 문종을 시끄럽게 울리며 그보다 더 시끄러운 한 남자가 잰걸음으로 카페 안으로 들어왔다.

구릿빛으로 그은 얼굴과 188cm에 달하는 키, 떡 벌어진 어깨.

누가 봐도 한 덩치 하는 그가 거침없는 보폭으로 걸어오더니 눈 깜짝할 새 랩원들의 테이블에 도착했다. 그러고는 김세울이 먹다 남긴 와플을 손으로 덥석 집었다.

"어?! 형! 그거 한 입밖에 안 먹은 거란 말이에요!"

김세울이 경악에 소리쳤지만, 이미 늦었다. 남자가 김세울에게 눈을 찡긋하며 페이스트리 와플을 반으로 동강 접어 자기 입속에 던져넣었다.

존재 자체가 세상에 '존재'한 적이나 있었는지…. 부스러기 하나 남기지 않고 비어버린 접시에 김세울이 벌컥 화를 냈다.

"아, 형! 이건 아니잖아! 내 와플 내놔요!"

"야! 너 축하해!"

절규로 몸부림치는 김세울의 정수리를 큰 손으로 찍어누르며, 남자가 빈 의자에 털썩 걸터앉았다. 그러면서 누군가에게 축하 인사를 건넸다.

"하하하. 이번에야말로 너 합격할 줄 알았어. 당연하지. 누가 석사를 4년씩이나 해? 원래라면 디펜스(*박사 졸업) 준비하고 있어야 하는 거 아니야? 하하하."

남자가 축하 인사를 건넨 사람은 다름 아닌 차현호였다. 남자와 차현호는 대학원 랩원이면서 같은 부현구 주민이기도 했다. 상남자 포스에 어울리지 않게 어깨에 닿을락 말락 한 긴 권발卷髮을 한 그가 다시금 하하 웃으며 호탕하게 말했다.

"발표도 질의응답도 상당히 잘했다고 들었어. PPT와 요약본 자료는 말할 것도 없고, 실험 내용도 충실했고 논문 심사본의 초록에서 부록까지 완벽했다는 평이야. 매번 1차 프로포절(*연구 계획서)에서 떨어져서 진심 안타까웠는데…. 아. 그리고 이건 끝까지 비밀로 하려고 했는데, 이번에 네 논문 심사위원 중 한 분인 장갑원 교수님이 나 중2 때 과외 선생님이셨어…어? 왜 그렇게 봐? 아, 사실 나도 며칠 전까지는 몰랐어. 최근 학회에서 알게 됐다고. 하하하."

누구 한 사람 대꾸하지 않아도 혼자 떠드느라 느끼지 못하는 남자였다. 연신 차현호를 향해 신뢰 가득한 눈빛을 보냈다. 이날만을 위해 현호가 얼마나 고생했는지 알고 있어서이다. 남자의 너스레 가득한 칭찬이 이어졌다.

"하기는 그럴 만도 하지. SCI급 저널, 해외 컨퍼런스, 국내저널 각 1편씩에 국내 컨퍼런스 2편, 거기다 IELTS 7.0…아, 이건 뭐…현기증 날 정도잖아? 너 유학 한번 간 적 없다면서 이건 좀 심하지 않냐, 현호야? 아무튼 드디어 석사 3년 꽉 채워서 졸업하는 역사적인 현장이라 나도 이번 공개 발표만큼은 꼭 참석하고 싶었는데 미국에 있는 바람에 아쉽게 됐어. 대신, 발표 당일 결과는 바로 알았어. 랩장이 알려줬지."

 장발 남자가 가까이 앉은 곽영후에게 윙크했다. 곽영후가 대번 눈살을 찌푸렸지만, 아랑곳하지 않고 장발이 말했다.

 "이러니저러니 해도 35살 먹은 포닥, 왕따 안 시키고 먼 미국까지 전서구 날려 준 우리 랩장, 형이 칭찬해. 아! 그리고 참, 영후야, 네 어머니, 지난주 금요일에 인천 공항 입국장에서 만났어."

 0.5초 만에 표정이 싹 바뀐 곽영후를 깨닫지 못한 남자가 더욱 신이 나서 떠벌렸다. 그런 장발 머리의 남자를 '레고' 강미주가 연신 가자미눈을 해서 안 보는 척 힐끔거리고 있었다.

 "11박 13일 일정으로 베트남 하노이 패키지 관광 가셨다며? 큭큭, 너무 기대된다면서 여행사 깃발 맨 앞줄에 서 계시더라? 아, 그건 그렇고…."

 불현듯 장발 남자가 목소리를 죽였다. 그러고는 가만히 앉아 있던 석사 2년 차인 하태형에게 미안한 듯 말했다.

 "우리 랩에서 합격한 석사가 한 명뿐이란 말은 영후한테 들었어. 너도 나름대로 최선을 다했을 텐데 아쉽게 됐어. 그래도 넌 아직 3학기밖에 안 됐으니 힘내고…다음 학기에는 꼭 졸업할 수 있을 거야. 과제도 실험도, 열심히 하다 보면은…."

"형."

누군가 그를 불렀다. 하태형을 위로하던 포닥 양필헌이 '응?'하는 표정으로 고개를 들었다. 양필헌의 수다가 멈추자, 김세울이 말했다.

"이번 학기 프로포절 통과한 한 명…. 차현호가 아니라 걔예요. 하태형."

2

 내가 '사람'이 아닐 수도 있다는 생각이 든 건, 석사 1학기 때부터였다. 4년 학부를 마치고 그 해 동 대학원 '미생물 분자생명공학과'에서 대학원 생활을 시작한 나는, 그 당시 실험이라고는 엄살 좀 섞어서 피펫질과 스패츌러 사용법밖에 몰랐다. 그래서 참으로 들뜬 꿈에 부풀어 있었던 것 같다. 앞으로 난 어떤 연구 주제로 실험하게 될 것인지, 열심히 하면 혹시 석사 졸업쯤엔 SCI급 저널에 제1 저자(*first author)로 내 논문을 낼 수 있지 않을까? 좀 더 욕심을 내면 어쩌면 2편까지도⋯. 하지만, 대학원 생활은 내가 누구인지에 대해 이제껏 고민하지 않았던 내 정체성을 하루도 빠짐없이 의심케 했고, 어느 날부터인가 나는 그마저도 생각할 수 없는 바퀴벌레 같은 '충蟲'이 되어 있었다. 바퀴벌레란 일종의 예시이니, 더 비슷한 다른 충이 있다면 얼마든지 대체해도 좋다. 자신을 충蟲과 동일시하면, 감정은 없어지고 뇌는 기계화되어서 고통은 줄며 일 처리는 빨라진다는 장점이 있다.
 대체 어디에서 이렇게 쏟아져 나오는지, 매분 매초 쌓이는 잡무는 상상을 초월했다. 지구 어느 한 편에 잡무만 전문적으로 토해내는 거대한 블랙홀이라도 존재하나 싶었다.
 기본적으로 연구실 청소와 실험 후에 쏟아져 나오는 각종 용기의 설거지와 뒤처리의 양은 살벌했고, 시약대 정리, 배양실과 사육장 청소,

교수님 개인 수상 자료의 엑셀, 워드 정리, 특허 정리, 기업체와 기관에서 의뢰한 프로젝트의 RFP부터 과제 수행은 물론, 분석비와 재료 구매비 세금계산서 정리 등의 잡다한 행정 처리까지도 내가 도맡아 해야만 했다.

해가 바뀌어 신입 대학원생들이 들어왔음에도 내 잡무는 조금도 줄지 않았다. 그리고 그 이유로 짐작되는 것.

그건 대학원에 입학해서 처음으로 지도 교수님께 내 개인 연구 주제를 받았을 무렵으로 기억한다. 아마도 〈풀잎 샘플을 이용한 특정 유전자의 Real-time PCR에 의한 DNA 증폭 분석〉이라는 실험 명이었을 것이다. 미생물의 유전자 발현과 변이를 분석하고 생리학적 반응과 신진대사, 병원균 감지 등을 연구하기 위한 실험이었다.

당시, 석사 4학기 차의 성태 형이 내 실험을 도와주겠다며 나섰다. 철저히 통제되는 실험실 이용 규칙에 따라 실험복을 입고, 니트릴 장갑과 보호안경, 보호 마스크를 착용한 것까진 문제가 없었는데…. 하지만, 그날 우리는 '규칙' 하나를 어겼고, 그 벌로 나는 끝도 보이지 않는 잡무 지옥으로 떨어졌다.

그러나, 똑같은 잡무 지옥에 떨어졌어도 외향적 성격의 성태 형은 나와는 달랐다. 그는 종합시험과 프로포절을 무사히 통과하고, 2차 졸업 논문 심사만을 남겨둔 상황, 즉, 석사 졸업을 코앞에 둔 어느 날 스스로 대학원을 자퇴했다.

그리고 우리가 지옥행 버스를 탄 그날은 5월 15일, 스승의 날이었다.
바로 오늘처럼.

***

호라이즌 빌딩 오피스 1층.
세하대학교 대학원 미생물 분자생명공학과.

"안녕하세요, 교수님."
"이제 오셨습니까? 밖이 더우시죠?"
대학원생들이 엉거주춤 자리에서 일어나 인사를 하건 말건, 학술회의 팸플릿과 논문 초록집을 책상 위에 내던지며 미생물학 연구실 지도교수인 '설황민'이 짜증스럽게 말했다.
"야, 내가 차 실내 온도는 항상 21°C로 맞춰두라고 했지? 왜 말을 안 들어? 이번까지 대체 몇 번째인지 알아?! 졸업하기 싫어?!"
"죄송합니다. 교수님."
박사 학위 디펜스를 목전에 둔 고석채가 설황민 교수가 부르지도 않았는데 재빨리 앞으로 뛰어왔다. 그가 고개를 숙이며 재차 사과했다.
"죄송합니다. 비행기 도착 시각이 지연됐다는 안내 방송이 있었는데, 제가 그걸 교수님께서 탑승하신 비행기로 착각해서 그만…공항 대기실에 있다가 미처 차내 온도를 맞추지 못했습니다…. 정말 죄송합니다…."
"하, 진짜, 일 처리 하고는…. 어떻게 비행기를 착각해? 한국말로 하는 안내 방송도 못 알아들으니까 네 영어 리뷰 논문이 늘 개판인 거 아니야? 정신 똑바로 안 차릴래?! 이래서야 어디 박사해도 사회 나가서 사람 구실이나 제대로 하겠어? 응?!"
차에 동승한 S대학교의 교수만 아니었다면 벌써 교훈을 줬을 것이다. 동료 교수가 타고 있어서 그러지도 못하고 '하하, 그러시군요',

37

'흠, 교수님 생각에 동의합니다' 등, 이번 학회에 대한 품격 있는 소견을 나누며 성질을 죽이다 보니 차내 온도가 18도까지 내려가도 좀체 시원해지지 않았다. 아니, 오히려 미치도록, 시간이 지날수록 마치 차 안이 장작을 땐 시뻘건 가마솥처럼 달궈지는 것만 같았다. 당장이라도 욕지거리가 터질 만큼…. 저 미련한 새끼한테 방금 네가 얼마나 잘못된 행동을 했는지, 질책하고 주의 주고 다음부터 다시는 안 그러겠다고 다짐받고 철저한 반성이 있은 후에, 스스로 만든 예방책을 제시받아서 컨펌해야 끝이 나는데…그걸 못해서였다.

"새끼야!"

분산되지 못한 열이 마침내 폭발하고야 말았다. 설 교수가 입에 거품을 물고 고함쳤다.

"머리는 장식으로 달고 다니냐?! 응?! 손가락 하나만 움직이면 되는 걸, 어디다 한눈팔고 있다가 일을 그따위로 처리해?! 밖이든 안이든 멍청하게 정신 놓고 있지 말라고 내가 몇 번을 말했어?! 박사 7년 차나 되는 새끼가 맨날 연구는 개판 치고 또박또박 시답잖은 핑계만 늘어서…내가 이걸 그냥 확!"

손바닥이 위로 올라간 찰나, 고석채가 눈을 질끈 감았다. 그 바람에 이성을 잃고 제자를 때리려던 설 교수도 멈칫하며 정신을 차렸다. 입술을 으그러뜨리며 손을 내린 그가 이번엔 랩원들을 향해 화풀이했다.

"차현호는 어디 갔어?!"

"손님이 와서 밖에 있는 거 같던데…부…불러올까요?"

"손님이 와? 차현호한테? 누가?"

누군지는 알 길이 없어서, 석박사 통합 6년 차인 김세울이 본대로만 말했다.

"누군지는 잘 모르겠고요…어떤 여자 한 명과 조카로 보이는 중학생 한 명이랑 밖에서 대화 중인 거 같던….”

"빨리 가서 데려와, 새끼야!”

김세울의 말이 채 끝나기도 전에 설 교수가 목에 핏대를 세우며 소리쳤다. 감히 신성한 업무 시간에 밖에서 여자랑 노닥거려? 이 새끼가 그만큼 말해도 아직 정신을 못 차렸다. 그때였다. 득달같이 달려 나간 김세울이 출입문을 열자, 문 앞에 거짓말처럼 차현호가 서 있었다.

"어?! 차현호?!! 교수님이 너 찾으셔.”

문을 잡고 선 김세울을 비롯해, 랩원들의 시선을 한 몸에 받으며 차현호가 설 교수의 책상 앞에 섰다. 열중쉬어 자세로 있자, 설 교수가 짧게 한숨을 토하고는 물었다. 금테 안경을 고쳐 쓰는 동안 이성을 찾았는지, 김세울과 고석채를 윽박지를 때보다 조곤조곤한 말투였다.

"데이트는 잘했어? 하라는 과제는 안 하고 지키는 사람 없다고 자기 마음대로 근무 시간에 데이트하는 건 어디서 배워먹은 행태야? 됐고, 연구실에 접이식 침대하고 이불, 누가 갖다 놨어?”

"….”

"연구실이 네 놈들 안방이야? 그리고 지난주, 사무실에서 치킨에 족발 시켜 먹고 분리수거 안 하고 쓰레기통에 처박아 두고 퇴근한 놈, 누구야?”

통일된 흰색 랩코트를 입고 각자의 자리에서 모니터를 보고 있던 곽영후와 다른 랩원 두 명이 슬쩍 차현호를 곁눈질했다. 찔리는 게 있어서였다. 나머지 랩원들은 행여 설 교수와 눈이라도 마주칠까, 목에 깁스라도 한 것처럼 어떠한 대화에도 뒤돌아보거나 반응하지 않았다. 불똥이 튀면 결단나는 걸 알기 때문이다. 돌이켜보면 불행히도 오늘 아침

카페에서 분수에 맞지 않게 일반인들처럼 하하 호호, 하며 노닥거리느라 하루 운을 다 끌어 써버렸다고…단체로 깨닫는 중이다.

"몰라? 아는 거 없어? 좋아…."

설 교수가 연이어 물어도 두 손을 뒤 허리에 대고만 있을 뿐 아무런 대꾸도 하지 않는 차현호였다. 왜냐하면, 이미 누구의 소행인지 답을 알고서 물어보는 것이기 때문에.

차현호가 대답하지 않자, 설 교수가 가소롭다는 듯 조소하더니 등받이 의자에 등을 비스듬히 기울였다.

"그럼, 실험 자재용 냉장고에 오징어젓갈하고 밑반찬 갖다 넣은 놈은 누구야?"

"…."

"이것도 몰라? 모르면 모른다고 해. 뭐라도 말해줘야 내가 판단할 거 아니야."

"저는…모르겠습니다."

마지못해 대답한 차현호에게 즉각 질문이 날아왔다.

"그럼 넌 여태껏 실험실에서 뭘 했어? 실험실 기자재 담당이 너 아니야? 난 분명히 차현호 널 실험실 책임자로 지명했는데 네가 모르면 누가 알아?"

"…죄송합니다."

"아니야. 사과 듣자고 하는 말이 아니라 진짜 궁금해서 묻는 거야. 연구실이 쓰레기장이 될 때까지 책임자가 모르고 있었단 게 말이 된다고 생각해? 이따위로 관리해서 어렵게 과제 따내도 제대로 실적이나 낼 수 있겠어? 연구 개판 되면 그 뒤처리는 누가 감당해? 내가?"

"…."

"내가?"

"죄송합니다."

"내가?! 이 새끼야?!!!"

뭔가가 부서지는 소리와 함께, 서류와 공학 계산기 등의 집기들이 허공을 날았다.

현現 세하대학교 대학원 미생물 분자생명공학과 전임교수, 설황민. 49세. 연제대학교 분자생물학과 차석 졸업 후, 미국 UCLA 대학원에서 전액 장학금으로 분자세포 생물학 및 면역학 및 분자 유전학 박사 학위 취득. 그 후 2006년, 15명의 분자생물학 분야 최고 권위의 외국 교수진들과 팀을 이룬 프로젝트명, '신新 생명의 나무' 진화 계통 연구를 주도적으로 리드, 연구 논문 2편이 세계 3대 과학 학술지 중 하나인 네이처Nature에 동시 게재되면서 당시, 31살이란 젊은 나이와 천재적인 두뇌로 한국뿐만이 아니라 전 세계적으로 유명세를 치른 인물이다.

슈퍼컴퓨터와 DNA 분석을 통해 이루어진 신新 생명의 나무 프로젝트에는, 100여 종의 바이러스와 95종의 박테리아, 29종의 단세포, 고세균, 5개의 진핵생물 그룹이 포함되었으며, 지구상에 세포가 나타나기도 전에 바이러스가 가장 먼저 단백질과 핵산 분자로부터 생명의 초기 형태로서 진화했다는 가정, 즉 지금까지 학계에서 가설로만 존재하던 '바이러스-우선 가설(*Virus-First Hypothesis)'을 실험으로 입증했다. 이는, 약 40억 년 전에 생겨나 가장 원초적 생명체라고 알려진 박테리아보다 바이러스 종이 인류를 포함한 지구상에 존재하는 모든 생명체의 기원이 되었다는 사실 또한 명징한 것이라 할 수 있었다. 신新 생명의 나무의 맨 밑바닥 부분에는 가장 진화한 진핵생물인 '사람'이 있다.

하지만, 대단한 이력만큼이나 성질 또한 급하고 포악하기 이를 데 없는 남자였다. 물론, 설황민 교수 본인은 인정하지 않았다. 천재의 눈에 주변의 일반인들이 열등한 생물체로 비치는 건 어쩌면 생리적으로 당연한 건지도 몰랐다.

탁! 하고 누구의 머리에 맞고 튕겼는지는 모르겠지만, 공학용 계산기가 바닥에 떨어졌다. 그 위로 하얀색 종이들이 나부끼며 팔랑거렸다.

"은혜도 모르는 새끼가…."

설 교수가 답답한 듯, 넥타이를 쥐고 흔들어 느슨하게 했다. 그가 아직도 책상 앞에 우두커니 서 있는 차현호에게 경고하듯 손가락을 세워 흔들었다.

"앞으로 한 번만 더 내 질문에 모른다고 대답할 시는, 석사 100년을 해도 '수료'로 여길 나갈 테니까 각오해. 너 같이 예의 없는 새끼를 졸업시켰다간 내 커리어에 금이 갈 수도 있어서 나도 어쩔 수 없어. 무슨 말인지 알아들어?"

"네…알겠습니다."

"가."

하지만, 할 말이 있는지 차현호가 자리에 선 채로 움직이지 않았다. 설 교수의 눈썹과 관자놀이가 못마땅하게 씰룩거렸다. 꺼지라고 막 소리치려던 그때였다.

"오늘이 스승의 날이어서 회비 이십만 원은 냈어요."

차현호가 불쑥 말했다. 그러고는 잠깐 곽영후를 본 설 교수가 눈을 돌리기도 전에 이어 말했다.

"이제껏 부족한 저를 지도해 주셔서 감사합니다. 그리고 생각해 보니 어쩌면 더할 나위 없이 감사한 날인데 이십만 원으로는 모자랄 것 같아서 교수님께 드릴 선물을 따로 준비했습니다."

"뭐? 내 선물을? 스승의 날이라서?"

"네. 곧 택배가 도착할 테니 잠시만 기다려 주십시오."

5월 15일, 스승의 날….

몇 년 전, 악몽이 시작된 그날, 이 실험실에서 성태 형과 나는 실험을 하며 이런 대화를 주고받았다.

-아참, 오늘이 스승의 날이라고 랩원들끼리 현금 모아서 드린다는데, 넌 회비 냈어?

성태 형의 물음에 나는 피식-하는 가벼운 웃음과 함께 대답했다.

-아니요. 그리고 싫어요. 무슨 성금도 아니고, 인당 이십 만원이면 돈이 얼만데…. 누가 정한 건지 모르겠지만, 강제적으로 그러는 거 싫어서요. 전 안 낼 거예요.

-흠…. 그건 그래. 나도 매년 내긴 하지만, 스승의 날 뿐만이 아니라 해마다 교수님 생신, 사모님 생신, 베키 생일, 베키 어린이날, 명절, 크리스마스, 연말 등등…. 이건 뭐, 연구하러 온 건지, 등골 빼서 사납하러 온 건지 가끔 이해가 안 될 때가 많아. 월급도 몇 푼 안 되는데 말이야.

-그렇죠. 가난한 대학원생이 돈이 어디 있어요? 아직 학자금 대출도 남았는데….

독성이 높은 Trizol을 디쉬에 넣어 cell을 녹이는 작업 중이라, 나도 모르게 실험에 잔뜩 몰입한 상태였다. 그래서 실험 중에는 대화 금지라는 '규칙'을 어긴 것도 몰랐다….

-받으면 사람도 아니지.

오후 1시 20분.

연구실 한 벽면에 화가, 구스타프 클림트의 1909년 작作 '생명의 나무' 그림 액자가 걸려 있었다. 무수한 금색의 나뭇가지들을 소용돌이 형태의 나선형으로 표현한 이 작품은, 찰스 다윈의 진화론에 영향을 받은 클림트가 종의 기원에 등장하는 생명나무(*Tree of Life)를 모티브로 한 것이라 알려져 있다.

하다만 실험을 마저 끝내기 위해서, 랩코트를 입고 손을 소독한 후 실험용 장갑을 착용했다. 차현호가 UV 램프가 꺼진 무균 작업대 앞에 섰다. 등 뒤로 누군가에게 지시하는 설 교수의 목소리가 들렸다.

"정각 2시에 랩미팅 진행해. A&G 바이오테크의 쿼럼 센싱 Quorum sensing 프로젝트 임상 시험 결과 보고지? 데이터 프레젠테이션은 누가 담당이야?"

아까처럼 고래고래 소리치고 성을 내는 모습은 찾아볼 수 없었다. 곽영후와 대화하는 설 교수의 표정과 말투가 전에 없이 온화하고 부드러웠다. 프로테우스 균(*그리스 신화에 나오는 다채로운 변화의 신 Proteus의 이름을 명명한 균)인 양, 하루에도 몇 차례나 다채롭게 뒤바뀌는 지도 교수의 기분이라, 랩장인 곽영후가 연신 거짓 웃음을 흘리며 설 교수의 비위를 맞췄다.

대화 중에 이제야 눈치챈 듯 설 교수가 물었다.

"응? 이거, 담당이 혜지랑 소명이야? 그러고 보니 아까부터 혜지가 안 보이는데, 어디 갔어?"

"아…아, 혜지…. 아! 스승의 날이어서 꽃과 샴페인을 사 오라고 제가 심부름을 시켰습니다. 곧 돌아올 겁니다."

곽영후가 재빨리 거짓말로 둘러댔다. 카페에서 연구실로 복귀할 때까지만 해도 있던 혜지가 그새 말도 없이 사라졌다. 몇 번이나 핸드폰을 해도 받지 않아서 곤란한 참이었다.

설 교수가 혀를 끌끌 찼다.

"허 참, 날도 더운데 꽃은 뭐 하러…자네도 성격이 너무 세심해서 탈이야."

"하하하, 아닙니다! 당연히 준비해야죠. 일 년에 한 번뿐인 날인걸요."

차현호의 귀는 그들의 대화를 듣고 있었어도 눈은 돌아보지 않았다. 비록 프로포절은 떨어졌지만, 이번 학기 석사 논문 연구 주제인 클래식 스와인 피버(*Classical Swine Fever, CSF)에 감염된 샘플 바이러스의 RNA 염기서열 분석과 항바이러스 약물 반응 실험에 집중하고 있어서이다.

특정 유기체의 CSF의 감염과 관련해서는 현재까지도 방역과 백신 접종으로 사전 예방하는 방법이 유일할 뿐, 바이러스 자체를 멸균하는 약물은 아직 개발되지 않았다. CSF 바이러스가 RNA 바이러스이기 때문인데, RNA 바이러스 특성상, 높은 변이율을 가지고 있어서 특정 약물을 개발하기가 어렵고 까다롭기 때문이다. 그래서 내 연구가 맞다면, 이번에 내가 개발한 항바이러스제 약물인 일명, PA-CSFV (*Project Anti-CSFV. 나라고 더 멋지고 그럴듯한 이름을 쓰고 싶지 않겠냐마는 이틀을 고민해도 저게 최선이었다. 방패, 나노, ZIP 등의 멋진 단어로 몇 개의 후보군을 추려봤지만, 게임 속 아이템 인벤토리에서나 볼 법해서 단념했다)는, 감염 숙주 세포의 인터페론 반응을 촉진하여 바이러스에 대한 내성을 개선하고 숙주 세포 보호 기능의 강화 및 바이러스-세포 결합의 차단을 통해 CSF에 감염된 수용체뿐만 아니라 새로운 숙주 세포의 바이러스 복제와 증식을 효과적으로 '비활성화'할 것이다(*비활성화라고 표현한 것은, 바이러스는 비세포적 입자이기에 '죽음'의 정의가 모호해서이다).

차현호가 3mm 두께의 조직 절편으로 표본 처리한 프레파라트를 최신 형광 현미경의 재물대 위로 조심스럽게 옮겼다. 항바이러스제 PA-CSFV를 투여한 샘플 시료였다. 올해 초부터 시판을 시작한 '신개발 특수 정립형 형광 현미경'은 지난주 목요일, 연구실에 도착한 물건이다. 암실에서만 쓸 수 있던 기존의 형광 현미경에 특수 어댑티브 조명 필터링 시스템을 장착해서 샘플의 형광 관찰 시 영향을 미치는 광원만을 선택적으로 차단하도록 제작되었으며, 무엇보다 구면수차와 색수차를 최소화한 고해상도 대물렌즈의 기능으로 5mm나 되는 큰 표본도 쉽게 관찰할 수 있다는 장점이 있었다. 3D 이미징 기능과 특수 데이터 처리 기술은 물론, 형광 염색 없이도 물질의 고유 진동에너지를 이용해 서로 다른 화학성분의 미세입자를 동시에 영상화할 수 있는 다색 CARS 이미징 기술까지 접목된 현미경으로, 요약하자면, 내 일 년치 연봉보다 두 배는 비싼 몸값의 기기이다. 그리고 영광스럽게도 오늘 내가 이 현미경의 최초 사용자가 되었다.

프레파라트를 현미경의 커버 슬립으로 고정한 그때, 연구실 출입문을 탁탁 두드리며 밖에서 누군가 큰 소리로 외쳤다.

"설황민 씨! 택배입니다!"

출입문 근처에 있던 방소명이 재빨리 뛰어나가서 택배 상자를 받았다. 상자의 수취인란에 '설황민 교수님께'라고 적혀 있었다.

"뭘까, 뭘 까나?" 아이처럼 들뜬 음성으로, 그리고 기쁨과 흥분을 주체할 수 없어서 양 손바닥을 맞잡아 비벼대며 설황민 교수가 방소명으로부터 상자를 받았다.

"차현호, 너 뭘 보냈기에 이렇게 꼼꼼히 포장한 거야? 흐흐흐, 이거, 이거, 뜯어보기도 전에 벌써 기대되는데?"

내 기억에는 없는, 그래서 내게 하는 말인지 착각마저 들게 하는 상냥한 음성. 그래도 뒤돌아보지 않았다.

…어느 날 아침, 세수하는 중에 뭔가 뭉클한 느낌이 들었다.

눈을 들어 세면대 거울을 보니 코피가 나고 있었다.

그런데 이상하다고 느낀 건, 뇌가 융해될 것 같은 스트레스와 산처럼 쌓인 피로 때문에 터진 걸쭉한 농도의 코피가 아니었다.

이상한 건, 바로 내 얼굴이었다.

얼굴을…마치 내 얼굴이 아닌 것만 같은, 남의 얼굴을 훔쳐다 붙여놓은 것 같은 그런 낯선 남자의 얼굴이 나인 척 거울 속에 비치고 있었다.

초췌한 검은 낯빛을 했으며, '안구'란 의학적 단어가 더 어울리는 멍하고 초점 없는 동공….

그리고 비로소 알아버린 더 중요한 사실 한 가지는, 내가 세수하며 거울을 본 것이 몇 년 만에 처음이라는 것이었다.

그 시각, 연구실 밖.

어떤 나이 지긋한 한 남자가 대학원 연구실로 통하는 층계 앞에서 문패를 보며 서 있었다. 몇 분여, 사람의 방해 없이 그렇게 서 있기만 했던 것 같다. 따뜻한 색감의 베이지색 코트를 걸친 그가 작게 심호흡한 후, 연구실로 들어가기 위해서 계단에 첫발을 내디뎠다.

마지막 한 계단까지 마저 올라섰다. 연구실 문을 노크하기 전, 언뜻 고개를 돌렸다. 출입문 입구 계단에 누가 먹다가 버려두고 간 것인지 빨대가 꽂힌 팩 소주가 놓여 있었다. 쓰레기를 투기한 자의 양심을 탓할 만큼 한가하지 않아서, 그리고 지금 자신에게 떨어진 소명이 어떤 건지 잘 알아서 '소문식'이 미련 없이 고개를 돌렸다.
 곧, 103년 만에 달이 태양을 가리는 금환일식이 시작될 것이다.

 "어? 또 포장이 있네? 핑크 포장?…. 아, 남자는 핑크지, 하하하."
 뒤로 들리는 부스럭거리는 소리가, 설 교수가 상자의 마지막 포장을 뜯은 거 같다.
 "응? 이게 뭐야? 시계야?"
 설 교수가 의아해하며 둥근 형태의 앤티크 탁상시계 같은 물건을 두 손으로 받쳐 든 그때, 노크 소리와 함께 연구실 문이 열리며 누군가 안으로 들어왔다. 그 바람에 메트로놈처럼 똑딱똑딱하며, '선물'이 내는 소리를 듣지 못했다.
 "저기, 실례합니다. 설황민 교수님 계십니까?"
 차현호가 접안렌즈에 눈을 대고 현미경의 조동 나사를 조심스럽게 돌렸다. 재물대 위에 위치시킨 프레파라트에 대물렌즈를 접근시킨 뒤 시료의 상을 맞추고 선명한 이미지를 위해서 미동나사로 초점을 잡았다. 단계적으로 고배율로 조정해 나갔다. 조명 조절기로 파장의 빛이 시료에 도달하도록 조작하며 두 눈을 렌즈에 고정했다. 이제 시간이 된 것이었다. 감염된 조직 세포가 점차 뚜렷해지더니 PA-CSFV가 바이러스 입자에 결합하여 활성화한 신호로 형광이 빛나기 시작했다. 그리고 드디어 자신이 최초 개발한 약물이 감염에 미친 효과를 확인하는 그 순간.
 쾅!
 천장이 무너지는 것 같은 굉음과 함께 방금 뭔가가 폭발했다!

연구실 모두가 놀란 눈과 입을 했지만, 미처 돌아볼 틈도 없었다.

바이러스의 생과 사를 분별할 0.01초도 안 되는 극단적 시간의 찰나, 차현호의 등 뒤로 시뻘건 피가 분수처럼 피어올랐다.

뿜어 나온 피는 연구실 벽과 바닥과 천장을 눈 깜짝할 새 핏물로 물들였고 차현호의 얼굴과 현미경, 시료 샘플에도 파팟! 하며 핏방울들이 튀었다.

차현호의 뇌, 동공과 동작이 일시에 굳어버린 건 물론, 막 연구실 문을 열고 들어선 소문식도 그 자리에서 하얗게 얼어붙었다.

그리고, 공중에는 목이 깨끗하게 절단된 설황민 교수의 얼굴이 떠 있었다. 차현호가 준비한 선물이 뭔지 너무도 궁금한 나머지, 두 손으로 폭탄을 목 부근까지 들어 올린 것이 화근이었다.

몸통에서 분리된 것도 모르는지, 허공에 떠서 활짝 웃는 얼굴 토막이 해사하리만치 괴이한 모습이었다.

시계는, 오후 2시 10분을 가리키고 있었다.

*

오후.

삼면은 참나무와 소나무가 심어진 울창한 숲에 둘러싸였고, 정면에서 보이는 모습은 부채꼴 형태로 개방된 정원이었다.

주변에는 총칼을 든 보초병들만 드문드문 보일 뿐이어서 오후인 지금, 2시 한낮의 따스한 기온 때문에 '멀티플 정원'은 지루하도록 넓고 광활하게 느껴졌다. 정원은 왕실 인사들의 생일이나 기념일 등, 중요한 행사가 있는 경우, 일반 시민들에게 공개되기도 했다.

소규모 도시공원만 한 면적의 6만 평이 넘는 정원 주변으로, 세계 각국의 이름 모를 온갖 꽃과 식물들이 저마다 진한 향기를 뿜어내고 있고, 대리석으로 만든 분수대는 하늘을 향해 치솟으며 물길을 내기에 여념이 없었다. 정원 곳곳에 귀한 마노석으로 만든 해치와 기린, 인면조, 백호 등의 수호석들이 위협적인 위용을 뽐내며 자리했고, 격자무늬로 된 검고 육중한 정문은 굳건히 닫혀있었다.

드디어, 은사銀絲의 숲이라 불리는 울창하기 이를 데 없는 숲과 드넓은 정원 한가운데에 세워진 웅장하고 화려한 건물 한 채가 모습을 드러냈다.

[빅토리아 레이디언트 앤 엘레강트 디그니파이드 클래식 로열 팰리스]

어느 지방 혁신 신도시에 세워진 대단지 아파트 이름 같지만, 이래 봬도 수백 년 전통의 뼈대 있는 한국 왕실의 궁궐 명이다.

샹들리에와 책상, 도자기, 벽 장식 등 눈에 보이는 모든 게 눈부신 황금으로 장식된 접견실, 골든 리시빙 룸 Golden Receiving Room.

꿀벌이 인쇄된 편지지를 접힌 자국대로 세 겹으로 접었다. 편지 내용이야 달달 외울 만큼 읽었기에 편지를 협탁 서랍에 넣고 탁, 소리 내어 닫았다. 곧이어, 젊은 여자의 냉랭하면서도 심드렁한 목소리가 들렸다.

"…그래서, 하반기부터 햄과 소시지 수출이 급격히 줄어들 거라고?"

"네. 그렇습니다. 어찌 된 영문인지, 여름도 되기 전에 신新 돼지 콜레라 바이러스가 창궐하여, 한 달 만에 1,500만 가구의 돼지 농가들이 몰락, 아니 전멸한 상황이나 다름없습니다. 210년 전 발생한 '아프리카 돼지 콜레라'보다 열 배 이상 전파성이 강하고 치사율이 높아서, 한 번 발열 증상이 시작되면 채 손도 쓰지 못하고 한 시간 이내에 폐사해

버린다고 합니다. 새로 개발된 백신조차도 전혀 효과가 없다고 하니, 이렇게 강력하고 치명적인 돼지 콜레라는 난생처음입니다."

질병관리본부장이자 상원 의원 강달수가 보고하자, 두 줄로 늘어선 각료와 상·하원 의원들이 저마다 혀를 끌끌 찼다. 안타까운 표정으로 서로를 돌아봤지만, 그런들 뾰족한 수가 없는 건 알고 있었다.

또다시 접견실의 12계단 위, 황금과 붉은 벨벳, 정교한 공작새 왕실 문양이 수 놓인 왕좌에 있는 여자가 말했다. 무심하고 심심한 음성으로 일관하는 건, 그게 사실이기 때문이었다. 증거로, 여자는 아까부터 푹신한 왕좌에 비스듬히 등을 기댄 채 팔꿈치로 턱을 괴고 있었다. '강달수 쟤는 못생겼으면 양심적으로 민머리라도 좀 어떻게 했으면 좋겠다'라고 생각하면서…. 이 나라의 여왕이기도 한 그녀다.

"그러니까 묻잖아. 돼지가 다 죽어버려서 더 이상 햄과 소시지 같은 육류 가공품을 제조할 수 없다면 당장 세수는 어떻게 되는 거야? 수출 대금은? 아니, 팔 물건이 없는데 수출은 어떻게 해? 그럼, 국가 재정은? 통장이 텅 비면 누가 책임질 거야?"

"그…그게, 그러니까, 이런 돼지 콜레라가 역사상 처음이어서, 왜 이런 비참한 사태가 발생했는지, 그 원인부터 철저히 분석하는 것이 순서가 아닌가 사료 되오며…."

"뭐래? 누가 그딴 하나 마나 한 소리를 듣재? 농림축산식품부, 보건복지부, 농림축산검역본부가 종이를 오려서 만든 데도 아니고, 수십 년 동안 전염병 한번 발생한 적이 없어서 출퇴근 체크만 하면서 꼬박꼬박 월급을 챙겼으면 이런 위급 사태야말로 이제 각 기관에서 전문성을 살려서 뭔가 쓸만한 능력을 보여줘야 하지 않겠어? 내 말이 틀렸어? 심말순 장관?"

"네? 아, 네…네, 그렇습니다."

그 역시 하원 의원이자 농림축산식품부 장관인 심말순이 얼른 머리를 조아렸다.

오늘날의 한국은, 전제군주제를 채택, 여왕이 직접 이끄는 내각과 더불어 상·하원으로 구성된 두 의회가 정부의 주축을 이루는 구조였다. 이곳에 모인 대부분의 정부 고위급 인사들은 내각과 의회 양쪽에서 활동하는 이중 역할을 맡고 있었다. 즉, 이들은 각 부처의 행정부 장관의 역할과 동시에 국회의원직도 겸하고 있었다.

심말순이 유난히 두껍고 검붉은 입술에 침을 바르며 말했다. 비쩍 마른 몸에 어깨 각이 선 큰 재킷을 걸쳤고, 지리를 잘 가르치게 생겼으며, 질기고 억센 머리칼은 가발을 뒤집어쓴 것처럼 볼품없지만, 여기 모인 의원 중에서도 최고 엘리트인 그녀다.

"에…앞서 말씀드린 것처럼, 농림축산검역본부장에게 즉각 지시를 내려 전 지역 돼지 축산 농가의 방역 실태를 꼼꼼히 조사 중인 한편, 항원이 발견된 농가는 이동 중지 명령을 내린 후 집중 소독을 시행하고 있습니다. 에…그리하여, 오늘 오전까지 살처분한 돼지 수는 약 9천만 마리이며, 앞으로도 대략 8천 만에서 억 단위의 감염 축이 더 나올 것으로 예상됩니다. 그리고 소독 차량을 1만 대에서 2만 대로 증산해 소독 횟수를 늘렸으며, 에, 이에 감염 확산 차단을 최우선으로 방역에 만전을 기하라, 지시하는 등…."

"아, 됐어. 짜증 나. 내 말은 햄, 소시지 수출을 못 해서 이제부터 어떡할거냐는 말이잖아. 우리로부터 공급받는 전 세계 250여 개 수출국 중, 오늘까지 197개국에서 한국산 육가공품 수입을 전면 금지 조치시켰다지? 어휴, 정말 어쩌다가…."

말하려니 답답해서 여왕이 한숨을 폭 내쉬었다. 편두통인 척 이마를 짚으려다 본능적으로 왕좌 옆 협탁에 세워둔 손거울을 집어 들었다. 그리고선 귀여운 자신의 이목구비를 손거울에 요리조리 비춰보았다. 궁정 헤어디자이너가 네 번이나 손질한 머리 세팅도 그대로고, 화장도 잘 먹었고, 머리에 쓴 다이아몬드 왕관은 아몬드형 눈과 불그레한 뺨에 반짝이는 빛을 더해 오늘도 아름답기 그지없는 모습이다. 하지만, 못생긴 늙은이들에게 둘러싸여서 나도 모르게 인상을 썼는지, 도톰한 입술과 볼 사이에 실금 정도로 화장이 뭉친 걸 발견했다. 짜증이 나서 하마터면 거울을 내던질 뻔했지만, 가까스로 인내한 그녀가 손에서 거울을 내리며 물었다.

"참, 장견우 문체부 장관은 아직도 프랑스에 있는 거야? 외교 장관회담 일정도 끝났다고 들었는데?"

"오늘 저녁 무렵 입국 예정입니다. 지금쯤 기내일 것입니다."

시종 한 명이 공손히 머리를 조아리며 대답했다. 시종의 대답에 그제야 여왕이 만족한 웃음을 보였다. 그러고는 이어 회의를 진행했다.

"아무튼 전염병을 막을 방법이 없다면 그럴듯한 대안이라도 제시해 봐. 햄 수출길이 막히면 정말 큰 일이잖아? 단 하나뿐인 국가 기…기밀 사업인데 말이야. 우리가 조상 대대로 햄 수출밖에 더해왔어? 가축 농가는 거의 돼지 농가뿐이고, 공장도 육가공 공장이 대부분이잖아."

"국가 기밀 사업이 아니라 국가 기간 산업입니다. 하지만 현재로서 그보다 더 걱정되는 건…."

'유도롱' 총리대신이 한 발 앞으로 나섰다. 이름이 유도롱인 건, 20세기 당대의 프랑스 영화배우, 알랭 들롱의 광 팬인 총리의 부친이 자식의 이름을 '유들롱'으로 지었으나, 당시에 손주의 출생 신고를 치매기가 있던 92세의 고령의 조모가 해서라고 했다.

유도롱이 말했다.

"민심입니다."

"민심이라고?"

아까 보니 턱 밑에 작은 뾰루지도 난 거 같아서 다시 손거울을 꺼내 들던 여왕이 뜻밖이라는 듯 눈을 동그랗게 떴다.

"민심이 왜?"

"그것이⋯." 유도롱 총리대신이 자못 심각한 표정으로 대답했다.

"작금의 사태와 조금 다른 이야기이긴 합니다만, 수십 년 전부터 이어진 성비 불균형으로 우리나라의 남녀 비율이 현재 7 : 3인 건, 이미 여왕 폐하께서도 잘 알고 계실 것으로 사료됩니다. 출생 성비로 비교하자면, 233.3 : 100, 쉽게 말해서 여성 100명당 남성 인구가 233명인 셈이죠. 남자들이 연애와 결혼을 포기하고, 한평생 늙어 죽을 때까지 독신으로 살며 돼지를 키우고 햄 공장에서 생을 마감하는 일이 일상화된 지는 오래⋯."

뾰루지를 건드리자 따끔하게 아파서 여왕이 눈썹을 움찔했다. 하지만 손에서 거울을 놓지 않았다.

"그래서, 이번 돼지 콜레라를 계기로 이제는 민심이 돌이킬 수 없을 만큼 악화일로로 접어들었다는 보고입니다. 특히 남성들이 말입니다. 정보에 의하면, 곧 한국 전 지역에서 대규모 시위가 일어날 것 같습니다."

***

한 달 전, 어느 날 아침 7시경.

남부의 한 지방 농가에서 돼지 콜레라 바이러스가 발병했다는 신고가 방역 당국에 접수됐고, 그게 시발점이었다. 걷잡을 수 없는 파국의 실타래를 풀어버린 것의.

　이후, 정오가 되기도 전에, 각 지역 방역본부로 접수된 콜레라 신고는 일만 건을 넘어섰다. 행정 관계 부처의 전화는 불통이 되고 웹사이트는 다운됐으며 정부, 의회 게시판과 SNS는 성난 시민들의 폭주하는 성토와 항의로 들끓었다. 문제는, 감염 전파 경로가 오리무중인 가운데, ELISA(*특정 항체 또는 항원 탐지 검사 방법) 검사나, 나노입자를 결합한 RT-PCR 검사 등, 최신 항체 검출 기법을 사용해도 숙주 감염의 유전체 복제 방식은커녕 신 바이러스의 항원조차 특정할 수 없다는 점이었다. 그래서, 유도롱 총리대신의 보고에 따르면, 실효성 없는 무능력한 행정과 민생을 포기한 것 같은 공무원들의 불성실하고 무성의한 태도, 교과서를 베낀 것 같은 기계적인 방역 지침에 대한 항의와 분노로, 벌써 지방의 18개 지역에서 여왕 퇴진 운동이 일어났는데, 국지성에 그치지 않고 전국적으로 확산할 조짐이 보인다는, 그런 말이냐고…묻고 싶지만, 내 지적인 이해력과는 달리 어려운 단어들이 정리가 안 되어 귀찮아서 관뒀다. 하지만, 궁금한 것 하나.

　여왕이 물었다.

　"그런데 전염병과 남녀 성비 비율이 무슨 상관이 있지? '이유 불문'의 돼지 콜레라 때문에 GOD의 70%를 차지하는 햄과 소시지가 다 죽게 생겼는데 지금 그딴 성비가 문제야? 나 참, 생각하니 어이가 없네? 지금 나라 꼴이 어떤지 몰라서 성비를 들먹여? 그리고 그게 나 때문이라는 거야?!

　"국내 총생산량을 나타내는 경제 지표는 GOD가 아니라 GDP입니다.

그리고, 이유 불문이 아닌 '원인 불명 또는 원인 미상의 돼지 콜레라'라고 하셔야 합니다…. 당연히 여왕 폐하께서는 책임이 없으십니다. 우리나라 여자들이 임신만 했다, 하면 남자아이를 출산하는 이유가 삼시세끼 먹는 햄과 소시지 때문이라는 통계 자료가 있지만, 그것도 근거 없는 낭설에 불과하고…. 참고로 참나무로 훈제한 햄과 소시지는 영양학적으로도 완벽하다는 게 학계의 정론인지라, 이런 훌륭한 음식을 섭취한 여자들이 특정 성별만을 임신한다는 건 말도 안 되는 소리지요."

총리대신의 설명이 흡족했는지, 앙칼지게 쏘아붙이던 여왕의 심기가 차츰 원래대로 돌아왔다. 마침, 시종이 구슬 아이스크림을 들고 와서 그녀가 황금 스푼으로 아이스크림을 폭폭 떠먹으며 투덜거렸다.

"내 말이. 옆 나라는 취직을 못 해서 젊은 층과 빈곤층에서 자살자가 속출한다는데, 우리나라는 태어나기만 하면 국가에서 공부도 취업도 다 공짜로 시켜주잖아? 사실 일할 데가 얼마나 많아? 돼지 농장, 사료 공장, 도축장, 정육점, 육가공 공장 등등, 아웃…음, 아웃…'아웃된' 회사들까지 합치면 취직자리가 너무 많아서 일일이 나열할 수도 없어. 그런데도 뭐?"

여왕이 숟가락질을 멈추고 눈을 부릅떴다. 다시 생각해도 열 받아서다.

"결혼 못 해서 발정 났니? 내가 자기들 결혼까지 책임져야 해? 고작 그딴 걸로 대규모 시위라니, 하, 웃기지도 않아."

"'아웃소싱'입니다. 지당하신 말씀입니다. 결혼은 인륜지대사이거늘 억지로 한다고 해서 되는 것도 아니지요. 다들 먹고살 만하니까 그런 겁니다. 그렇지만 하필이면 왜 이런 시국에 돼지 콜레라까지 겹쳐서…."

"아, 됐고, 더 말해봐야 짜증 나니까 그만해. 그런데 가만히 보면, 남자들은 항상 문제만 일으킨다니까? 봐 봐. 이런 민감한 문제도 시위 같은 폭력적인 걸로 해결하려 들잖아? 특히 능력 없고 못생긴 것들이 더 그래. 왜냐면 자격지심 때문이지. 흥, 여자들이 안 만나주니까 말이야. 하긴, 남자가 넘쳐나서 길거리만 나가도 돈 많고 능력 있고 잘생긴 남성들이 무릎 꿇고 구혼하는데, 냄새나고 자격지심에 멍청하기까지 한 수컷들을 어떤 여자들이 만나주겠니? 아, 몰라. 그래서 시위는 어떡할 거야? 설마, 궁궐까지 쳐들어오는 건 아니겠지?"

여왕의 질문에, 가슴에 훈장을 주렁주렁 단 제복 차림의 한 남자가 이 기회를 놓칠 수 없다는 듯 재빨리 나서서 대답했다. 큰 백색 코린트 기둥에 가려져 있던 경찰청장이었다.

"지시만 내리시면 일거에 제압할 수 있습니다. 그러잖아도 시위 주동자의 명단을 확보한 상태라 본보기로 몇 놈을 잡아 조진 다음, 세력이 더 확산하기 전에 철수 명령을 내리고 그래도 정히 말을 듣지 않는다면 그때는 무력으로 진압하면 됩니다."

자신감 넘치는 경찰청장의 설명에 여왕이 저도 모르게 배시시 웃었다.

"그래?"

"네. 저희 경찰만 믿어주십시오. 여왕 폐하께 충성을 맹세한 이상, 개미처럼 하찮은 목숨일지언정 제 남은 목숨을 바쳐서라도 폭도들로부터 폐하를 지켜드릴 것입니다."

"알았어. 청장만 믿을게. 아, 잠깐만…."

불현듯 아이디어가 떠올랐다. 하지만, 명확하지 않아서 여왕이 미묘한 표정으로 고개를 갸우뚱하며 물었다. 조곤조곤한 말투가 상대가 없는 혼잣말 같기도 했다.

"있잖아…. 그래서 지금 시위 세력들이 다 남자라는 거잖아. 맞지?"
"여자도 있겠지만…네. 거의 남자들일 것입니다."
유도롱 총리가 대답하자 여왕이 이번엔 눈꺼풀을 느리게 깜빡였다. 깊은 사색을 방해하지 말라는 듯, 동상처럼 꼿꼿해진 목과 손에 미동이 없었다. 잠시 후, 그녀가 말꼬리를 흐리며 전혀 엉뚱한 말을 꺼냈다.
"국영 돼지 도축장에 냉동 시설은 잘돼있겠지? 작년 11월인가?…. 미국에서 냉장고만 5백만 대 가까이 들여와서 맛이 간 노인 냉장고… 늙은 냉장고들을 싹 다 교체한 걸로 아는데, 맞아?"
"네. 그렇습니다. 잘 기억하고 계시는군요. 작년에 전 세계적으로 K-마늘햄이 유행해서 수출 물량을 대기도 벅찰 정도였죠. 그래서 급히 미국 협력사에 발주해서 업체용 대용량 냉장고를 5백2십만 대 가까이 수입했습니다. 그리고 '늙은 냉장고'가 아니라 '노후화된 냉장고'라고 하셔야 합니다."
"그리고, 예전에 말이야…흠, 한 삼백 년 전쯤?"
"네, 말씀하십시오. 폐하."
"퀸 황연자 3세께서 다스리던 그 시기에 인육으로 소시지를 만들었다고 하지 않았어? 그 당시의 문헌과 기록도 존재하고…소시지 육질이 되게 쫄깃하고 연한 데다 화학조미료 없이도 감칠맛이 장난 아니어서 수출국들 반응도 상당히 좋았다고 하던데, 맞아?"
"아, 네. 그렇습니다. 사실, 지금도 주변 수출국 중에선 인육 소시지를 최상급으로 치는 곳이 다수 있습니다."
"흠, 그래? 그렇단 말이지?…."
또 정적.
여왕을 포함한 50여 명이 자리한 접객실이 조용한 적막에 휩싸였다.

10초 후, 별안간 여왕이 황금 홀을 높이 쳐들고 왕좌에서 벌떡 일어섰다. 모두를 향해 고귀하고 지엄한 명령이 떨어졌다.
"모두 잘 들어라! 이 시각 이후로, 새로운 법령을 선포하겠다!"

***

오후 2시 40분. 라네쥬 더 포레스트 아파트, 2020호.

공백이 생긴 사이, TV로 얼굴을 돌린 남편이다. 사실, 나와의 대화 중에도 위스키를 마시면서 연신 TV를 흘끔거렸다. 눈에는 시샘과 부러움이 가득하다.
〈 …(중략)… 지난달, 22일 발표된 1,158회 로또 1등 당첨금은 3,306억 원으로, 로또 추첨을 시작한 이래로 당첨금으로선 사상 최고 금액으로 알려졌습니다. 해당 로또의 판매점은, 서울 양재동에 있는 한 편의점으로 밝혀졌으며…. 〉
"매번 저 뉴스로 시끄럽군. 어떤 놈인지 재수도 좋아. 3천3백억이라니…. 로또라고는 대학교 때 4등 맞은 게 전부인데."
나도 뉴스를 보려고 고개를 돌리자, 팟! 하고 TV 화면이 꺼져버렸다. 너 따위한테 TV씩이나 보여줄 수 없다는 듯, 테이블 위로 TV 리모컨과 서류가 동시에 던져졌다. 소파에 앉은 그가 반쯤 마신 위스키 잔을 스월링하며 다리를 꼬았다.
"잔말하지 말고 도장 찍어. 사람 그만 괴롭히고…. 더 이상 네 가난한 친정 뒷바라지나 하다가 늙어 죽고 싶진 않으니까. 고집 피워봐야 너만 손해야."

하지만, 아까부터 무슨 말을 해도 꿔다 놓은 보릿자루처럼 앉아만 있는 여자인지라 남자의 입꼬리에 냉소가 떴다.

"내일이 출장이라 그 전에 깔끔하게 해결하려고 잠깐 회사에서 나왔어. 사장이 이런 개인적인 일로 자리를 비우면 안 되지만, 내가 출장에서 돌아왔을 때 넌 이 집에 없어야 하니까."

"…."

"회사가 어려울 때 사업자금 한 푼을 대준 적이 있나, 밤낮없이 일하는 사업가 남편 내조를 제대로 한 적이 있나, 오히려 이런저런 명목으로 네 집에 뜯긴 돈만 수천만 원이야. 이제 더는 할 말도 없겠지. 하긴, 염치가 있으면 인간들이 그러기 쉽지 않지."

위스키로 목을 축이며 남편, 감명민이 빈정거렸다. 미련한 곰 같은 여자라 더 말해봐야 입만 아프다.

하지만 너무도 황망해서…남편이 수십 마디 할 동안, 단 한마디 대꾸조차 못 한 여자가 겨우 입을 뗐다.

"미안하지만, 나도 할 만큼 했어요."

잠깐 사이, 입술이 논바닥처럼 메말라 버렸다. 여자가 까칠한 입술을 억지로나마 움직여 가며 뭐라도 말하고자 했다.

"아빠 암 수술 병원비와 경학이 대학 학비는…그건 늘 고맙게 생각해왔어요. 하지만, 그것 때문에 당신 사업에 지장이 있을 만큼 힘들었다면 그러지 않아도 됐었고요. 그리고 사업자금은 내가 가진 게 없어서 당신을 못 도와줬고, 내조는…내 아빠뿐만이 아니라, 안산 어머님 신장 질환과 치매 병간호로 4년을 매일 같이 병원을 왔다 갔다가 하느라 내가 당신한테까지 신경을 못 써서…."

"그것뿐만이 아니었을 텐데? 네 어머니 돌아가시기 전에 사채 갚은 건 왜 빼먹어?"

"…."

"가난이 죄는 아니지만 나는 무슨 죄냐고. 그래서 애초에 너무 기우는 결혼은 하는 게 아니라고, 우리 집에서 그렇게 뜯어말릴 때 그만두지 못 한 게 한이야. 그도 그럴 것이 애초에 거지 같은 집구석인 걸 알고 결혼했지만, 설마 이 정도일 거라곤 상상도 못 했으니까 말이야. 그래 뭐, 다 지난 일이고, 이미 내 돈은 없어졌고, 네 모친도 편하게 눈 감았으니 자선사업 한 셈 쳐. 아, 그리고."

아내, 현가은의 눈과 마주치자, 감명민의 눈빛이 경멸로 물들었다.

"내 변호사가 그러더군. 그동안, 네 친정에 보낸 돈만으로도 충분한 이혼 사유가 된다고. 그러니까 괜히 힘 빼지 마. 네 성질머리를 아니까 미리 말해두는 거야. 서로가 좋게 좋게 가자고. 그래서 말인데, 위자료 같은 건 꿈도 꾸지 마. 이 집 재산에 네가 보탠 건 단 1원도 없으니까. 집도 내 명의고 결혼할 때 몸뚱어리 하나만 가져왔으니 넌 그것만 들고 나가면 돼."

내 도장을 찍은 이혼 서류는 던져줬고, 이틀 뒤 출장에서 돌아왔을 때 이 여자가 날인을 마친 서류만 테이블에 있으면 된다.

"어차피 끝날 거 욕 나오게 하지 말고…잘해."

할 말을 마친 남자가 술잔을 놓고 테이블에 뒀던 핸드폰을 집었다. 회사로 가봐야 해서 그가 자리에서 일어난 그때였다.

"우리 엄마가 편하게 눈 감았다고?"

현가은이 스륵 눈을 들었다. 마치 깊은 동굴처럼 음울한 음성이었다.

"우리 엄마가 편하게 눈 감았다고? 우리 엄마가 어떻게 돌아가셨는데? 우리 엄마는…엄마 당신이 시댁에서 빌린 돈 때문에 당신들이 딸을 구박하고 괴롭힐까 봐…엄마는 3년을 넘게 16시간을 식당 일과 청소일을 하면서 주말도 없이 일했어요. 그리고, 돈을 몇 차례 나눠 갚아서 잊어버린 모양인데 당신 집에 진 빚은 벌써 다 갚았어요. 그리고 그 사채도 엄마가 쓰신 게 아니라 내가 결혼할 때 해온 혼수였다는 걸 알잖아요. 저기 있는 TV, 냉장고와 세탁기, 청소기값이었어. 결혼 직전에 어머님이 혼수 품목을 보내셔서 우리 집 형편에…우리 엄마는 내 결혼에 흠결이라도 잡힐까 봐 사채까지 쓰면서…정말 최선을 다했다고. 우리 엄마는…내 엄마는….”

2월 겨울 새벽. 빌딩 청소를 마치고 나오던 엄마는 길을 건너다 트럭에 치여 돌아가셨다. 더는 말을 이을 수 없어서, 또 울까 봐, 울먹이기 전에 현가은이 입술을 꽉 깨물었다. 다행히 눈물은 보이지 않았다.

네 말처럼 이미 다 지나간 일. 더 입에 담을 필요도 없다. 하지만 이것 한 가지.

"그래서 핸드폰 스피커는 잘 작동되고 있어요?"

"뭐?"

"당신 핸드폰….” 못 들은 척하는지 정말 못 들은 건지, 눈살을 찌푸리는 남편에게 그녀가 말했다. 시선은 감명민의 손에 들린 핸드폰을 가리켰다.

"그 휴대전화, 아까부터 통화 중이었잖아요. 그래서 이 거실에서 대화한 사람은 두 명이 아니라 세 명이었어요. 당신, 나, 그리고….”

"….”

"한유희. 당신 직속 비서 말이에요.”

짐작도 못 했는지, 남편의 눈이 대뜸 커졌다. 하지만 아랑곳없이 현가은이 말했다.

"왜? 걔가 당신을 못 믿겠대요? 하긴, 정부를 위해서 처와 이혼하겠다는 유부남 말을 믿어야 할지 말아야 할지 걔도 나름 답답했을 거 같긴 해요. 그래서 당신한테 이러라고 시킨 거예요? 증명해 보라면서?"

아직도 켜진 네 휴대전화의 스피커 폰. 그래서, 지금 내가 하는 말과 목소리, 뉘앙스까지, 토시 하나 빼놓지 않고 착실히 그녀에게 도달하고 있을 것이다.

"그래서 당신이 얼마나 그녀를 사랑하는지, 당신이 얼마나 약속을 잘 지키고 믿을 수 있는 남자인지, 방금까지 나눈 우리 대화로 증명해 보인 거죠? 그렇겠지. 13년을 고생하고 뒷바라지한 조강지처와 이혼하고 비서와 결혼하겠다는 사장 말을 어떻게 믿어요. 그런 말만 믿고 오피스와이프로 지내다가 몸만 버리고 차이는 경우가 수도 없이 많다, 라고…".

"말조심해! 네까짓 게 뭔데 한 비서를 모욕해?!"

"드라마에서 봤어요."

현가은이 두 눈을 깜빡거렸다. 서 있는 남자를 올려다보느라 목이 아파서 그녀가 바닥으로 시선을 내렸다.

"가보세요. 한유희…걔 지하 주차장에 있을 거잖아요. 날도 더운데, 오래 기다리게 했네….”

현가은의 말에, 감명민이 어처구니가 없는 것처럼 웃었다. 조소 띤 표정으로 그가 이죽거렸다.

"자신은 안 그런 척, 어지간히 고상한 척 굴더니…결국 내 위치 추적까지 했어? 뭐, 간통 증거라도 잡아서 위자료라도 한몫 뜯어가게? 그런데 어쩌냐? 간통죄 폐지된 지가 오래돼서….”

"낮에 위스키 마시면 운전 못 할 테니까. 그 여자가 회사까지 운전할 거 아니에요?"

"…."

"한 비서 더 기다리게 하지 말고 빨리 가 봐요."

***

오후 3시. 금강 아파트, 604호.

전문 베이비 스튜디오에서 촬영한 아기 백일 사진이 팬시 액자에 담겨 벽면 장식장 위에 진열되어 있었다. 갓 뜬 눈으로 활짝 웃는 모습과 새까만 두 눈동자가 귀여운 공주님이었다. 겉싸개에 쌓인 갓난아기를 두 손으로 소중히 받쳐 들고서 감격에 울먹이는 듯한 젊은 남자의 사진도 있었다. 앙증맞은 코알라 머리 장식을 단 신발 한 켤레도 사진 앞에 놓여 있지만, 집안 어디에도 아기용품이나 장난감은 보이지 않았다.

쨍그랑! 벽에 부딪혀서 박살 난 파편들이 바닥으로 떨어졌다. 값싼 머그잔이라 두꺼운 손잡이가 댕강, 부러졌다.

"나가! 이 화상아!"

분을 참지 못한 여자가 다음엔 주방 식기 건조대에서 수저를 한 움큼 잡아 던져버렸다. 표창처럼 날아간 젓가락이지만, 아쉽게도 '목표물'의 목을 뚫기 전 목표물이 먼저 젓가락을 되받아쳤다. 생사가 갈린 상황에서 엉겁결에.

죽을 뻔한 남자가 기함하며 소리쳤다.

"야! 그만하라고! 누군 잃고 싶어서 잃은 줄 알아?! 진짜야. 하, 진짜 오전까지만 해도 추세선을 뚫었는데, 잠깐 사이에 이렇게 될 줄 몰랐다고!"

"그걸 말이라고 해?! 추세선이고 나발이고 약속했어? 안 했어? 한 번만 더 코인하면 손목을 잘라버릴 거라고 했어?! 안 했어?! 아, 그렇지. 내가 깜빡했네?"

말 나온 김에 저 인간의 손목을 잘라버리려고 싱크대 칼꽂이에서 늘 쓰는 식칼을 꺼냈다. 집 안은 남자를 향해 던진 밥그릇, 행주, 책, 슬리퍼와 갑 티슈 등으로 마치 도둑이라도 든 것처럼 엉망진창이었다. 흰 티슈가 신나는 카니발처럼 떨어진 거실 바닥을 여자가 장미 식칼을 세워 들고서 빠르게 걸어갔다.

"어어? 야, 야야! 이, 이러지 마. 미연아…내가 잘못했다고 하잖아. 다신 안 할게. 정말이야!"

"아니, 그러지 마. 다짐 같은 거 하지 마. 이번이 몇 번짼 줄 알아? 기대도 끝났어."

"야! 미연아! 다신 안 할 거라니까? 딱 한 번만 더 믿어줘. 진짜야! 야, 칼 내려! 야!! 김미연!!"

"좀 참아. 잠깐 따끔하면 이 집 전세금은 남을 테니까…. 겨울이 되면 알겠지. 이게 최선이었고 올해 최고로 잘한 일이었다고. 집도 없이 어디 가서 안 얼어 죽고 살게 해줘서 참 고맙다고 질질 울면서 말이야. 밖에서 처참하게 동사해서 뒈질래? 여기서 간단하게 손목 하나 자르고 말래?"

트렁크 팬티 바람으로 거실을 펄쩍 뛰면서 도망 다니는 노수혁을 기어코 잡아챘다. 고함과 쿵쿵대는 발 도장 때문에 곧이어 아래층 여자가 신경질적으로 현관 벨을 눌러댈 것이지만, 그래도 할 수 없다. 나도 살아야 하니까.

속옷 뒷덜미를 잡힌 노수혁이 고래고래 소리치며, 김미연의 손아귀에서 벗어나고자 발버둥 쳤다.

"악! 놔! 놔!! 이게!! 이거 놓으라고!!"

"가만있어라. 움직이면 목까지 날아가는 수가 있어. 내가 식칼로 사람 손목을 자르는 게 처음이라…."

"안 해! 안 할 거야! 다시는 코인 안 할 거라고! 놔!"

"취직은 기대도 안 해. 한국대 졸업해서 편의점 아르바이트도 두 시간 만에 잘리는 인간은 한국에서 너뿐일 거다."

노수혁이 더욱더 거세게 반항하면서 아예 거실을 나뒹굴었다. '쿵' 하는 소리와 함께 성인 남자의 몸뚱어리가 바닥을 울렸지만, 아까도 말했다시피 그만 건 안중에도 없다. 평소라면 소음에 화들짝 놀라서 내가 더 허둥거렸겠지만, 킬러 본능에 눈을 떴는지, 이 인간을 죽여버릴 생각을 하니 마음도 참 편안하다. 진작 이랬어야지.

"놔아!! 나 다시는 코인 안 할게! 진짜 약속해!!"

"그 개소리만 모아도 장편 한 권이야. 그러면서 날려 먹은 돈만 2억이 넘고. 남들은 아파트 평수 늘려서 이사 간다는데, 우리는 5년 전에 겨우 장만한 26평 아파트에서 20평, 급기야 이런 코딱지만 한 전세 아파트로…그런데 그마저도 이제 월세 살게 생겼네? 손목 딱 대."

"미연아!!!"

김미연이 이를 악물고, 살려고 발버둥 치는 노수혁의 왼쪽 손목을 다잡은 그때였다. 아니나 다를까, 현관 벨이 시끄럽게 울렸다.

'휴' 하며 김미연이 한숨을 쉬는 동안에도 현관 벨은 쉬지도 않고 귀가 따갑도록 울려댔다. 아랫집 504호 아주머니임이 틀림없다. 일단 식칼을 놓고 자리에서 일어선 김미연이 현관으로 나갔다. 도어록을 여는 사이에도 요란한 벨 소리는 끊이지 않았다. 그리고 역시나, 문 앞에는 504호 아주머니가 서 있었다. 미안한 마음에 김미연이 다른 변명 없이 곧바로 고개 숙여 사과했다.

"죄송해요. 저희 집이 또 시끄러웠죠? 죄송합니…."

"죄송이고 뭐고 지금 그게 문제가 아니에요. 어휴, 내가 정말 간이 떨려서…. 남편도 출장이라 집에 없고 너무 경황이 없어서 이 집으로 달려왔는데…지금 TV 봤어요?"

"TV요?"

김미연이 어리둥절한 표정으로 거실 쪽을 바라보자, 노수혁이 재빨리 리모컨으로 TV를 켰다.

정갈한 정장과 깔끔한 헤어스타일을 한 여성가족부 차관이 오늘 새롭게 승인·채택된 법령을 전 국민에게 공표하고 있었다. 물론, 부부싸움 한 시간 전부터 발표한 내용이라서, 지금 보이는 화면은 녹화로 반복 재생되는 중이었다.

거실로 들어온 김미연이 TV 앞에 섰다.

[…그리하여, 16일 자정을 기해서 '일부이처제'가 실시되오니, 만 20세 이상이 되시는 성인 남녀 여러분들께서는 칙령을 준수하시기를 바라며, 혹여 칙령 내용을 이해 못 해서 불이익을 받으시는 일이 없도록 사전 당부 말씀드립니다. 이상, 자세한 내용은 여성가족부 또는 법무부, 기타 관련 부처 홈페이지에서 확인하실 수 있습니다.]

3

호라이즌 빌딩 오피스 1층.
세하대학교 대학원 미생물 분자생명공학과.

벌컥! 연구실 출입문이 열리며, 놀란 표정의 대학원생들이 밖으로 뛰쳐나왔다.

"뭐야? 왜 이렇게 시끄러워?"

"그러게나 말이에요. 대체 무슨 일이지? 유명 연예인이라도 왔나?…. 어? 그런데 하늘에 저건 뭐야? 드론이야?"

모두가 일제히 하늘을 올려다보았다. 따가운 오후 햇살 때문에 눈을 찌푸릴 법도 하건만 그럴 필요는 없었다. 공간 하나 보이지 않을 만큼 하늘에 빽빽이 들어찬 드론들이 강한 햇볕마저 차단해 버렸기 때문이다. 어디서 나타났는지, 다 세어낼 수도 없을 정도로 가히 엄청난 수의 드론이었다. 드론들의 프로펠러가 회전하면서 전쟁터와 같은 굉음을 유발했고, 랩원들이 지켜보는 중에도 새들과 부딪힌 드론 수 대가 땅으로 곤두박질쳤다.

"헉, 이게 다 무슨…저 드론들은 다 뭐야? 누가 띄운 거야?"

"그런데 이 사람들은 다 어디서 나온 거지? 지금쯤 다들 회사나 학교에 있을 시간 아니야?"

"국가 행사 같은 건가? 아니면, 혹시 임시 공휴일인데 불쌍한 대학원생들만 몰랐던 건?"

평소, 다니는 사람만 다니는 한적한 거리, 그것도 평일 월요일 오후 시간대임에도 불구하고 잠깐 사이 거리는 사람들로 뒤덮였다. 천지를 뒤흔드는 함성과 환호성이 거리 곳곳에서 터져 나왔고, 사람들은, 특히, 남자들은 서로를 얼싸안고 기뻐한다든가 샴페인과 캔맥주를 허공에 마구 뿌려 대며 뛰어다녔다. 그야말로 더할 나위 없는 축제의 현장이었다. 하지만, 영문을 모르는 대학원생들이라, 삽시간에 바뀐 거리 분위기가 어리둥절할 뿐이었다. 김세울이 집단 광기마저 느껴지는 사람들을 보며 질린 얼굴로 말했다.

"진짜 단체로 약이라도 한 거야? 뭐야?…. 독버섯 수프라도 나눠 마신 거야?"

"아니면 단체로 로또요. 형."

석사 1년 차인 방소명이 길바닥에 뿌려진 전단 한 장을 주워들었다. 거리는 온통 하얀 벚꽃잎처럼 나부끼는 전단으로 뒤덮여 눈앞도 분간되지 않는 상태였다. 동네 공용 알림 게시판은 물론이고 전봇대, 담벼락 할 것 없이 똑같은 전단이 덕지덕지 붙어 있었다. 방금, 머리 위로 드론이 지나가며 또 한 뭉치의 전단을 길바닥에 쏟아냈다.

"뭐야? 뭔데 그래? 소명아."

A4용지 크기의 전단을 한참을 읽는 방소명이었다. 분명 한글이 맞지만, 도대체 이게 무슨 말인지 알아듣지를 못해서였다. 그래서 처음부터 다시 읽어내릴 수밖에 없었다.

"야, 사람이 묻는데 대꾸도 안 하고…뭐냐니까? 아, 됐어."

답답해진 곽영후가 마침 머리 위로 떨어진 전단을 잡아챘다. 하지만,

그 역시도 방소명처럼 입도 벙긋 못하고 자리에서 사색이 돼버린 건 마찬가지였다. 곧 종이를 움켜잡은 양손을 눈에 보일 만큼 떨어대며, 곽영후가 간신히 입을 뗐다.

"이…이게, 그러니까…이, 이게 무슨 말이냐면….'

"여…영후야…. 이, 이게 그러니까, 그런 말이…그, 뜻이란 게….'

"일부이처제…. 오늘 밤 자정부터 남자들은 무조건 두 명의 배우자와 결혼해야 한다는 뜻이에요."

레고 머리의 강미주가 몇 초 사이 머저리가 돼버린 것 같은 남자들을 대신해서 말했다. 전단을 내던진 그녀가 딱딱하게 굳은 표정으로 시에서 운영하는 공용 알림 게시판으로 다가갔다. 게시판 앞에 빼곡히 모여든 백여 명의 남녀가 충격적인 표정으로 공포문을 보고 있었다. 간혹 넋이 나간 것처럼 웅얼거리는 몇몇을 제외하고, 게시판 주변은 시끌벅적한 거리에 비하면 비교적 조용한 편이었다. 강미주도 공포문에 집중했다.

- 공포문 -

왕실 칙령

칙령 번호 : 2024-05-15

제목 : 가공육 수출 부진에 따른 일부이처제(一夫二妻制)법 제정에 관한 칙령

나는, 한국을 다스리는 여왕으로서, 이 나라의 법과 질서를 유지하고 국민의 평등과 복지, 행복을 증진하기 위해 노력하는 것이 본인의 의무임을 인지하고 있다… (중략)… 5월 16일 자정부터 나는, 이 나라가 한 명의 남성이 두 명의 여성과 결혼해야만 하는 일부이처제법 실시 국가가 되었음을

공식적으로 선포하는 바이다. 이에 따라, 한국 국적을 가진 자로 아래에 해당하는 국민은 새로이 공포된 칙령, '일부이처제법'을 따르도록 한다.

하나, 일부이처제법의 간략 내용.
생물학적 남성은 반드시 두 명의 여성을, 생물학적 여성은 반드시 한 명의 남성을 자신의 배우자로 두어야만 한다(※성전환자인 경우, 성 정체성 여부와 상관없이 생물학적 성별을 기준으로 한다). 예를 들어, 일부일처나 일부다처, 다부일처의 경우는 명백한 칙령 위반이므로, 해당인 전원 연좌제를 적용, 법적 처벌을 받게 된다. 따라서, 한국의 결혼법은 5월 16일 자정을 기준으로, 일부이처제 실시 전과 후로 철저하게 분리됨을 명시한다.

하나, 칙령에 해당하는 조건은 아래와 같다.
1. 만 20세 이상의 성인 남녀.
2. 기혼자.
3. 2와 관련, 기존 혼인 신고서와 호적 등본의 법적 효력은, 해당 칙령의 시행 여부와 상관없이 유효하다.
4. 2와 관련, 두 번째 아내를 호적에 등록할 시, 남성은 기존 혼인 신고서에 해당 여성을 추가 기재하는 것만으로 절차를 종료한다. 이때, 해당 여성이 기혼자일 경우는, 현 남편의 호적에서 새 남편의 호적으로 이동하는 것만으로 입적 절차는 완료되며, 해당 여성의 현 남편은 그 즉시 미혼자의 신분이 된다.
5. 4와 관련, 부부는 별도의 절차 없이 구두 동의만으로 간단히 이혼할 수 있다. 다만, 이는 이혼에 드는 사회적 비용과 시간, 혼란을 막기 위한 것일 뿐, 이중 혼인 신고는 위법으로 간주한다.

6. 일부이처제 실시 후의 '이혼'은 법적으로 엄격히 금지되며, 이 또한 위법으로 간주한다.

7. 7촌 이상의 촌수가 위 칙령에 해당한다. (예 : 4촌, 6촌 간의 결혼은 불법으로 규정, 처벌 주의)

8. 1-7의 과정에서 사기, 협박, 공갈, 강압, 폭력, 폭행 등 물리적 혹은 무력 행위가 적발될 시, 이 또한 위법으로 간주한다.

9. 1-7를 준수한 해당 남녀는, 정해진 규칙에 따라 기한 내에 관할 행정복지센터 등 칙령에서 정한 행정기관에서 혼인 신고를 마치도록 한다.

10. 위와 관련한 세부 시행령은, 16일 자정부터 행정복지센터나 시청, 행정처, 혹은 법무부 홈페이지에서 확인할 수 있으며, 국민 개개인들이 '반드시' 별도 숙지하여 불이익이나 억울한 처벌을 받는 일이 없도록 한다.

하나, 이 칙령은 5월 16일 자정부터 즉시 시행되며, 모든 관련 법률과 규정은 이 칙령에 따라 개정되거나 폐지된다.

하나, 이 칙령을 준수하는 것은 모든 국민의 의무이며, 이에 대한 위반은 법에 따라 처벌될 수 있다.

하나, 이 칙령에 관해, 종교적, 윤리적, 유교적, 전통적 등의 잣대를 들어 폄하하거나 비하, 비난하는 것 또한 위법으로 간주하며 그 즉시 처벌될 수 있다.

하나, 위 내용과 관련, 예외는 없을 것이며 이것은 왕령이자 곧 왕명이다.

이 칙령은, 한국의 모든 공식 문서와 같이 공포된다.

2024년 5월 15일 월요일. 한국 여왕, 퀸 황….

"으아악!!!"

느닷없는 함성에 강미주가 깜짝 놀라서 움찔했다. 옆에 있던 남자가 양 주먹을 불끈 쥐고 하늘을 향해 포효했기 때문이다. 그의 일행인 것 같은 또 다른 한 남자도 기쁨을 감추지 못하고 팔을 휘두르며 소리쳤다. 대학교가 밀집된 곳이라 거의 젊은 대학생들이었다.

"와! 이제껏 안 죽고 살아줘서 고맙다! 나, 최장민아!"

"이런, 그러니까 이거 뭐야?! 이제부터 한국은 일부이처제 국가라는 거지?! 아랍권 국가처럼 와이프가 두 명이어도 된다는 거잖아! 다 합법이란 거지?! 맞지?!!"

"한글 못 읽냐?! 그리고 남자건 여자건 무조건 결혼하라잖아! 안 하면 위법이라잖아!"

"헉! 그럼, 진짜 여자 둘이랑 한집에서 살아도 된다는 거야?!"

이젠 걷잡을 수 없었다. 흥분의 도가니로 당장 심장마비라도 일으킬 것 같은 무리가 너도나도 끼어들었다. 개중에는 감정이 북받쳐서 '흑흑' 대며 흐느끼는 남자도 있었다.

"이게 나라지! 28살이나 먹을 동안 여자 친구는커녕 그 흔한 여자 사람 친구 하나 없이 매일 밤 동영상으로 위로한 거 생각하면…아, 나…눈물 나."

"진짜 불쌍하고 서러운 놈. 울지 마. 너도 이제 여자 만날 수 있어. 콩밥 먹기 싫으면 여자들도 콧대 꺾고 결혼해야지 어떡해. 네가 그 나이 먹도록 동정인 게 불쌍해서 여왕 폐하께서 자비를 베푸신 거야. 와, 우리 여왕님. 미모뿐만이 아니라 인격 어쩔 거야? 넌 앞으로 해 뜰 때마다 궁궐 방향에 대고 절해라, 인마."

"놔, 놔 봐 이거, 나 말릴 생각 하지 마라! 주연이, 홍주, 지현이 이것들,

딱 기다려!"

"여왕 폐하 만세! 와, 한국 만세다!!!"

그러나, 다른 한편에선 아직도 믿기지 않는 현실에 좀처럼 충격을 벗어나지 못하고 있었다. 강의 시간 같은 건 잊은 지 오래였다. 신경 쓰지 않아도 되는 것이, 교수진들도 지금쯤 쇼크 상태일 테니까.

무리 중의 누군가가 스륵 사라지는 흰 수증기처럼 중얼거렸다.

"미친…정말로 이게 된다고?"

"실례가 안 된다면 내 뺨 좀 때려줄래? 엊저녁에 먹은 술이 아직 덜 깼나 봐…."

특히 여자들의 충격은 더했다. 양털 같은 고수머리를 한 여자가 입이 다물어지지 않는 모습으로 간신히 소리 냈다.

"그러니까…이제부터 여자 두 명이 한 남자를 나눠 가져야 한다는… 그런 말이야?"

여자의 말에, 초등학교부터 대학교까지 같이 다니는 그녀의 절친한 친구가 대답했다. 친구 역시 잠깐 사이 질린 안색과 추레한 몰골로 게시판에서 눈을 떼지 못하고 있었다.

"그런 말인 것 같은데?…. 자…잘은 모르겠지만, 가령 예를 들면…."

"예를 들면?"

"나랑 너랑 사학과 4학년 준열 선배를 동시에 좋아하고 있잖아. 그러니까 이 칙령대로 하자면 남자 한 명을 두고 우리가 싸울 필요도 없이 둘 다 준열 선배랑 결혼해도 된다는 말이…응?"

"응?" 뜻밖의 장점에 두 여자가 누구랄 것도 없이 눈을 동그랗게 떴다.

그래, 그럴 수 있잖아. 준열 선배도 결혼은 해야 할 테고 본의는 아니지만 아내가 법적으로 꼭 두 명이 되어야 한다면, 우리의 우정도 유지되고 둘 다 좋아하는 남자와 결혼하는 게 이득이잖아?

왠지 이것도 생각보다 나쁘지 않다는 생각에, 주변에서 욕을 해대는 다른 여자들과 달리 이젠 침묵을 지키는 여대생들이었다. 물론 준열 선배가 이 둘과 결혼하겠다고 한 적은 없다.

사람들이 공포문 앞을 떠나지 않고 앵무새처럼 같은 말을 반복하고 있어도 엄연한 현실을 부정할 수는 없었다. 정부 부처 홈페이지에 들어가지 않아도 오후 내내 핸드폰이 울려대며, 지금도 새 칙령에 관한 안내 문자가 속속 도착 중이었다.

쉬이 가라앉지 않는 흥분과 설렘, 혼돈과 혼란으로 진정되지 않는 세상이지만, 그것과 상관없이 시간은 흘렀고, 이윽고 붉게 퍼지기 시작한 홍하紅霞가 저녁이 가까워졌음을 알렸다.

저녁 6시를 향해가는 시각.

연구실 계단 어귀에 앉아서 사람들을 보고 있었다.

다른 랩원들은 사람들과 마찬가지로 칙령에 흥분해서 뿔뿔이 산개했다. 하지만, 하늘을 떠도는 드론들은 여전히 높은 음고의 소음을 내며 윙윙거리고 있었다. 드론에서 전단과 같은 종이들이 생명을 다한 꽃잎처럼 낙하했다. 검은 장갑을 낀 손 하나가 원래는 차현호의 것이었을 종이 한 장을 가볍게 낚아챘다.

"있을 수 없는 일이네요…어떻게 이런 일이…."

뒤돌아보니, 재색 중절모에 베이지색 코트를 입은 웬 장년 신사였다.

문득 마주 본 차현호와 장년의 신사, 그리고 검붉은 노을 사이로 어디선가 날아든 샛노란 나비 한 마리가 작은 날갯짓을 팔랑거렸다. 갈지자를 그리며 횡보하던 나비는 아무도 상대해 주는 사람이 없자 금방 다른 곳으로 날아가 버렸다.

손에 든 종이를 훑어보며 소문식이 침착하게 말했다.

"여섯 시간 후면 자정인데, 정말 이 칙령이 실현되려나요? 한국에서 일부이처제라…이게 사실이라면 좀 무섭기도 하고, 장난이라도 여왕 폐하께서 어떻게 이런 끔찍한 장난을 치실 수 있는지…. 어느 쪽이든 제 상식으론 도통 이해가 안 가서요."

"…."

"아무리 모든 국가 권력을 가진 여왕 폐하라고 해도 이건 미친 짓인 것 같아요. 제정신이 아닙니다. 그렇지 않나요?"

"제일 미친 짓은요…."

그제야 목소리가 들렸다. 소문식이 시선을 느끼고 고개를 들자, 큰 키의 차현호가 자신을 내려다보고 있었다. 하지만 키를 자랑하려고 나를 뚫어져라 쳐다보는 건 아닌 것 같았다. 차현호가 말했다.

"왜 자꾸 여왕 폐하라고 하죠?"

내가 태어난 21세기 한국엔 여왕이 존재한 적이 없다.

***

저녁. 왕궁의 접견실.

붉고 화려한 아라베스크 패턴이 수 놓인 카펫 주위로, 오후에 궁정 회의에 참석했던 인사들이 다시 모여들었다. 다들 이번 칙령에 대한 개인 의견을 내느라 바빴다. 몇 시간 전까지 돼지 콜레라로 시끄러웠다면, 지금은 당연히 '일부이처제'에 대한 얘기로 일부 그룹은 언성을 높이고 다른 일부는 연신 심각한 표정으로 고개를 주억이며 쑥덕였다.

"여왕 폐하 납십니다!"

시종의 우렁찬 목소리와 함께 접견실 안쪽의 황금 문이 좌우로 갈라지며 여왕이 등장했다. 장관, 의원들이 하던 일을 멈추고 일제히 왕좌로 걸어오는 여왕을 향해 머리를 조아렸다.

"납시었습니까? 여왕 폐하."

"해가 져도 여전히 뜨는 해처럼 아름다우십니다."

"저녁 만찬은 즐거우셨는지요? 듣자 하니, 오늘 저녁 만찬의 식전 주가 93년 묵은 안송 산삼 소주였다는데, 여왕 폐하의 격조 높으신 입맛에 맞으셨는지 궁금합니다."

책과는 영원한 평행선인 여왕인지라, 몇 년째 존재감 제로인 교육부 장관이 냉큼 앞으로 나서며 아부를 떨었다.

"이 세상에 단 하나뿐인 사파이어 '아시아의 블루 벨'보다 더욱 고귀하고 고혹적인 여왕 폐하께서 최근 입맛을 잃으셨다는 소문에, 저런, 더없이 귀한 옥체가 상하시면 어쩌나, 제가 밤잠까지 설치며 수많은 걱정과 번민을 거듭하다 굳은 결심을 하고 직접 안송으로 내려가서 집안 대대로 500년의 가업을 이어 온 소주 장인을 만나서…."

"소주는 네가 보냈니?"

"아…. 아! 네, 그렇습니다! 기억해 주셔서 그저 감격스럽습니다, 폐하! 그리고 덧붙이자면, 말이 93년이지, 백 년 가까운 긴 세월 동안 소주의 밀봉 상태를 완벽히 유지하고, 온도와 습도 등의 저장조건을 이상적으로 맞춰 보관하기란 마른 수건에서 물을 쥐어짜는 만큼의 엄청난 노력과 정성이 들어가야 하므로, 여왕 폐하께 진상할 그 단 하나의 완벽한 소주를 찾기 위해 제가 정말 어떠한 고난과 역경을 헤쳐갔는지…."

"그건 그렇고, 총리대신."

여왕이 총리를 돌아보며 교육부 장관의 장황한 설명을 차갑게 끊어 버렸다.

"시민들 반응은 어때?"

저녁 만찬에 불만이 있었는지, 여왕의 인상이 별로 좋지 못하다.

두 시간 후가 취침 시간이라 간소한 복장으로 저녁 회의에 참석한 그녀였다. 하얀 가슴골이 보일 듯 말 듯 한 레이스를 덧댄 긴 잠옷 드레스를 입고 오후처럼 무심히 왕좌에 기대앉아 있었다.

유도롱 총리대신이 사뭇 굳은 모습으로 대답했다.

"여전히 패닉 상태입니다. 서울을 비롯한 한국 전 지역이 마치 전쟁이라도 난 것처럼 혼란에 빠졌습니다. 인터넷과 SNS, 정부 게시판은 정부 방침에 대한 항의와 문의 글이 빗발치고 있으며 거리로 뛰쳐나온 시민 중 일부 폭도들은 패싸움하고 상점에 불을 지르는 등 난동을 부리고 있어, 지역 안전과 공공질서를 위협하고 있습니다. 각 행정 구역마다 대대적인 경찰 인력이 투입되어 강제 해산 명령을 내리고 있지만, 통제가 쉽지 않다고 하니…최악의 경우, 살수차, 캡사이신 최루액 등의 물리적인 조치도 고려해야 할 것입니다."

"흐응, 그래…?"

총리의 보고에 여왕이 남 일처럼 반응했다. 손은 습관처럼 턱을 괴고 있었다. 사실, 회의에 집중할 수 없는 것이, 저녁 식사에서 디저트로 나온 롤 케이크를 5cm 정도 더 먹은 바람에 줄곧 후회막심이다. 다이어트 중인데…휴…. 이미 먹은 건 할 수 없고, 여왕이 눈을 가늘게 뜨며 물었다.

"그런데 그것뿐이야? 폭동만 일어난 건 아니었을 텐데? 오늘 내린 칙령에 대해 두 손 들고 환영하는 시민들도 꽤 있었을 텐데?"

"네. 그것 또한 사실입니다. 여성을 제외한 대부분 남성이 판타지 소설로만 보거나 머릿속으로 상상하던 일부이처제가 현실이 되자, 일부는 밤이 된 지금까지도 거리로 쏟아져 나와 흥분을 감추지 못하고 기뻐하고 있습니다."

"큭큭, 그렇다니까?…. 각 시에 연락해서 경찰력이 부족하면 더 요청하라고 해. 그리고 폭도들과 밤새워 대치하려면 힘들 테니까 애들한테 피자랑 음료도 간식으로 보내."

"네. 분부 받잡겠습니다. 여왕 폐하."

"그럼, 회의 끝. 내일 봐."

"아, 잠깐 더 드릴 말씀이…."

왕좌에서 일어서는 여왕을 총리가 급히 붙잡았다. 지루하고 재미없는 곳을 떠나려다 저지당한 여왕이 짜증 난 투로 '뭐? 왜?'하고 물었다.

"외람되오나, 오늘 발표하신 칙령과 관련하여 몇 가지 충언을 드리고자 합니다. 허락해 주시겠습니까?"

"…말해."

여왕의 불만 섞인 대답에, 선뜻 입을 떼지 못하던 총리가 결심한 듯 심각한 어조로 서두를 시작했다.

"현재, 나라는, 급속도로 퍼지는 원인 불명의 돼지 전염병과 오랜 세월 축적되어 온 기울어진 출생 성비에 대한 불만으로 지역 곳곳에서 시작된 크고 작은 시위들이 급기야 대규모 집단 시위로까지 변질되었으며, 혼란한 틈을 타 무장 투쟁을 선언한 국가 전복 세력까지 등장하는 등 사실상 전례 없는 위기 상황이라 할 수 있습니다. 그런데, 국민의 불만과 원성이 그 끝을 모르고 치닫는 이런 때에 어찌하여 여왕 폐하처럼 지혜롭고 현명하신 분이 불안한 민심을 달래기는커녕 이번

사태와는 전혀 상관도 없는 칙령을 서둘러 공표하셨는지 저는 잘 이해가 되질 않습니다."

"…."

"일부이처제란 법안 자체가 너무도 충격적이라, 이런 법 집행을 시행하는 나라가 과연 지구상에 몇이나 있을까…. 바꿔 말하면, 남성은 반드시 두 명의 아내를 취해야 한다는 법이 어떻게 현 사태의 해결 방안이 된다는 것인지 새 칙령 자체에 근본적인 의문을 지울 수가 없으며, 오히려 성난 민심에 기름을 들이붓는 꼴이라 자칫 실패할 경우, 국내 상황은 돌이킬 수 없는 파국을 맞이할 수도 있습니다. 더욱이 강제한 일부이처제는 성경과 공리, 인간의 양심, 윤리에 어긋나는 일이며, 인간의 자연스러운 생물학적 진화 원리에도 위배되는 행위입니다. 이에…."

하품을 하거나 몸을 비틀어 대는 등 듣기 싫은 티를 역력히 내던 여왕이 어느 순간부터 자기 말을 경청하고 있자, 주저하며 말하던 총리의 표정에도 자신감이 묻어났다. 그의 말투가 한층 더 안정되고 다듬어졌다.

"제 비루한 소견으로는, 새로운 칙령의 시행보다는 일각이 여삼추인지라 한시라도 빨리 가용 가능한 모든 행정력을 동원해 전염병 확산 차단에 최선을 다하도록 하며, 출생 성비 불균형에 따른 남성들의 불만은 외국 여성의 이주를 적극 추진하고 국제결혼 비용을 전액 국가에서 부담하는 등의 긴급 입법 절차를 통해 일시적, 단편적이나마 이슈에 대한 해소 방안을 제시할 수 있을 것으로 사료됩니다. 또한 이런 실질적인 노력만이 왕실과 정부에 대한 국민의 신뢰를 얻고 들끓는 민심을 다스릴 수 있을 것이라는 판단하에, 감히 간언컨대 부디 오늘 내리신 일부이처제의 칙령을 거둬주시길 간곡히 부탁드립니다. 이것은 비단 저의 사견만이 아니라, 이 자리에 모인 장·차관들과 여러 의원의 공통적인 의견이기도 하며….."

"너희도 포함이야."

초지일관 숨도 쉬지 않고 의견을 피력하던 총리가 '응?' 하는 표정으로 고개를 들었다. 무슨 말인지, 귀가 어두워서 잘못 들었나 싶어 노인의 찌푸린 미간에 세로 주름이 졌다. 턱을 받친 손등은 그대로, 여왕의 검은 눈동자만이 뱀처럼 스륵 움직였다.

"새 칙령에 예외는 없다고 했을 텐데, 안 봤어?"

"무슨 말씀인지…."

"내 사병과 용병들, 국영 기업의 직원과 일부 공무원은 빼고…. 걔들은 일을 해야 하니까 말이야. 아, 경찰과 소방서도 예외야. 불나면 꺼야잖아. 뭐, 예외는 대략 그 정도?"

여왕이 군대를 언급하지 않은 이유는, 한국을 포함한 세계의 300여 개 국가 중 군대를 가진 나라는 단 한 곳도 없기 때문이었다.

142년 전, 지구상에 존재하는 각 나라의 국가 수장들은 한날한시에 스위스 루체른에 모여 '세계평화조약' 안에 서명했다. 조약의 내용은 대략 영토분쟁, 정치적 이념, 경제적 이유, 종교적 차이, 국가주의, 자기방어, 인종 차별 등을 포괄한 그 어떤 이유로도 자국 군대를 결성하지 않는다는 것이었다. 이 조약은 현재까지도 예외 없이 잘 지켜져 오고 있어, 세상은 그 어느 때보다도 안전하고 안정적이고 평화롭다. '인간'이라는 생물종에 내재한 침략 본성과 살육 욕구를 거스르는 이 논리가 어떻게 지금껏 유지되고 있는지는 논외로 하고 말이다.

다만, 이곳은, 새파랗게 질린 사람들의 술렁이는 소리만이 들려올 뿐, 예기치 못한 충격과 공포로 그 어느 때보다도 평화롭지 못했다. 꿀 먹은 벙어리가 된 총리를 대신해, 접견실 여기저기서 가까스로 비명을 삼킨 이들이 나섰다.

"어떻게 그, 그런…새…새 칙령은, 저…저희 같은 정부 인사를 제외한 일반 시민들에게만 해당하는 것이라고 알고 있었는데…."

"자…장관과 의원들까지 해당한다면…그…그래서 만약 일이 잘못되기라도 하면 아, 앞으로 나랏일은 누가….

"알바임?"

너무도 어처구니가 없는 여왕의 대답에, 대로한 총리의 목소리가 접견실 천장을 쩌렁쩌렁 울렸다.

"알바라니요?! 어찌하여 그런 무책임한 말씀을 하시는 겁니까?! 시국이 혼란한 지금, 최소한 내각 행정부와 입법, 사법, 공공기관 등은 칙령의 예외 조항으로 명시하셔야 합니다! 그렇지 않으면 온 나라가 더욱 큰 혼란에 빠져들어 나라는 분열되고 존속 자체마저 위태로워질 것이며, 종국엔 무정부 상태가 되어…."

"내일이면 잠잠해질 거야."

진짜 화가 난 건지 목에 시퍼런 핏대까지 세우며 항의하는 총리를 힐끔 보며 여왕이 말했다.

"사전에 칙령의 세부 시행령을 읽었겠지, 총리? 여기 모인 모두가 그 내용을 확인했으니 이렇게 흥분해서 떠드는 거잖아. 시위? 반란? 쿠데타? 아, 군대가 없으니 쿠데타는 빼고."

"…."

"아무튼 그런 사치스러운 것들도 다 배부르고 시간이 남아돌아서 그런 거야. 특히 남자들이 말이야."

"대체 무슨 말씀이십니까?!"

"이번 기회에 쓸모없는 남자들을 아예 소시지로 만들어 버리겠단 얘기지."

혼이 빠진 동공이나마, 웅성거리던 소리나마, 이젠 숨소리 하나조차 들리지 않았다.

박동을 멈춰버린 심장과 흡사 겨울이 찾아온 것처럼 눈, 입, 손가락, 먼지, 광활한 허공마저 얼어버린 접견실.

극세사 벨벳 왕좌에 비스듬히 기댄 여왕이 소풍 나온 여섯 살 아이처럼 해사하게 웃었다. 삼단 같은 윤기가 흐르는 긴 흑발이 붉은 의자와 어울려 웃음은 고혹적이기까지 했다. 여왕이 말했다.

"그것도 국가 생산력과 경제 발전에 전혀 도움도 안 되고 세금만 갉아먹는 노약자와 병자, 장애인들부터 먼저."

"….''

"시위 주동자 같은 반사회적이고 폭력적인 이들과 살인범, 마약중독자, 알코올중독자, 강도, 도박꾼, 사기꾼, 강간범 등 쓰레기 같은 남자들이 그다음 순번이 될 거고…."

오직, 여왕만이 말할 뿐이었다. 사람들의 신체는 이제 듣는 귀만이 제 기능을 하는 중이었다. 여왕이 콧방귀를 뀌며 실소했다.

"흥, 여자들이 어떤 족속들인데…. 한 남자에게 종속되어 평생을 살아야 한다면, 그것도 다른 여자와 그녀의 자식까지 함께 말이지. 큭큭, 그렇다면 당연히 생존 서바이벌이 될 수밖에 없잖아? 우선, 자신의 안위와 제 자식의 양육, 생존에 도움이 될 우월한 유전자와 부富가 가장 첫 번째 조건이 될 테고, 다음으로 외모, 건강, 지능, 성격, 특이한 매력이나 하다못해 발 사이즈라도 좀 더 큰 남자를 찾으려고 눈에 불을 켜겠지. 그걸 '생물학적 진화'라고 했던가…?"

"…."

"아까 총리가 말한 것처럼 말이야."

"…."

"요약하면, 병신 같은 정자는 사라지고 우월한 정자만이 살아남는 거야."

생각만으로도 미소가 지어져서 굳이 숨기지도 않는 여왕이었다.

앞으로 한국에서 태어날 애들은, 외모적으로나 지적으로나 그야말로 결점 하나 없는 완벽한 인류로 진화하는 거야. 상상만 해도 신나지 않아?

"그리고 돼지 콜레라가 어떻든 성비 불균형이 어떻든 나한테 뭘 어쩌라는 거야? 콜레라를 내가 퍼뜨렸어? 내가 아들만 낳으라고 여자들 등을 떠밀었어? 햄 베이컨 수출로 잘 먹고 잘살 땐 일언방구 말도 없더니 인제 와서 이 모든 게 정부 책임? 왕실에 대한 불만? 적개심?"

'일언방구'를 지적하지도 못하고 총리가 여왕을 보고만 있었다. 그런 총리를 향해 무슨 생각인지 여왕이 부드럽게 웃었다.

"뭐, 하지만 민심 따위는 걱정 안 해도 돼. 멍청하고 단순한 국민이라 칙령 하나로 벌써 이슈가 바뀌어버렸으니까. 큭큭. 봐 봐, 오늘 오전까지만 해도 돼지 콜레라와 성비 문제로 시끄럽던 시위가 이젠 일부이처제에 반발하는 시위로 변해버렸어. 그것도 대다수의 시위가 말이야…. 여기 모인 당신들이 한 달씩이나 책상공론으로 해결할 수 없었던걸, 내가 단 하루 만에 해치운 셈이지."

'책상공론'이 아니라 '탁상공론'임도 지적하지 않았다. 지금…여왕과 눈을 마주치며 마치 최면에 걸린 것처럼 손가락 하나 까딱하지 못하는 총리였다. 그와는 반대로, 시종일관 여유 있는 미소와 표정을 잃지 않고 여왕이 말했다.

"어려울 건 없어. 정치를 하는 데 있어서 이럴 때 쓰는 카드는 늘 정해져 있으니까 말이야. 내 어머님이 항상 바이블처럼 말씀하셨지."

"…."

"하나, 이슈는 이슈로 덮는다."

"…."

"둘, 갈라치기와 혐오를 이용한다. 빈부격차, 지역 간, 세대 간, 종교 간, 성별 간, 직업, 학력, 장애 등 이용할 수 있는 모든 차별과 혐오를 부추기고 각각의 주체들이 서로를 공격하고 증오하게 해서 왕실과 정부를 향한 적대감을 다른 곳으로 돌린다."

내 생각이 틀렸냐고 묻는 듯, 여왕이 불쑥 치솟은 눈썹을 해서 의원들을 둘러보았다. 말을 이었다.

"생각을, 사고 자체를 할 수 없도록 바쁘게 만들고, 살 자와 죽을 자로 패를 나눠버리면 돼. 남을 짓밟지 않으면 당장 내가 죽을 판인데 한가하게 시위나 하고 있을 틈이 어디 있어? 한 달만 지나면 모두 내 발밑에 꿇어앉아서 제발 살려달라고 애원하게 될걸? 그때, 자비를 베푸는 척, 민생 안정에 관한 법률 몇 개를 새로 지정하면 돼. 라면값이나 좀 내려주면서."

"…."

"하버드에서 정치학을 공부했다면서 그 간단한 원리를 몰라?"

잘난 척들 하더니…. 뒷담화로 정치질은 잘하면서 정작 이런 데서는 젬병이란 말이야.

하긴 어리석고 멍청하긴, 국민이나 얘들이나 피차일반이지. 그래서 난 이들을 믿지 않는다.

아직 덜 푼 택배 상자들이 수십 개나 되어서 여왕이 이제야말로 왕좌에서 일어섰다. 하지만 이것 하나만은 분명히 해두고 싶었다. 여왕이 턱을 치켜들며 도도하게 말했다.

"그리고 새 칙령은, 대단히 합법적이고 남녀노소 누구에게나 공평하고 평등해. 키 작고 못생겼다고 해서, 혹은 노인이라고 해서 제일 먼저 소시지가 되지는 않는다는 말이야. 재력이나 매력이 있다면, 하다못해 웃기는 재주라도 있으면 여자들로부터 선택되어 살아남겠지."

"…."

"뭐, 가진 게 없어도 운빨이 좋으면 그것도 생존에 도움이 될 테고."

'그 남자'가 미리 와서 기다리고 있을 거라 침실로 향하던 그녀가 '아!' 하더니 자리에 멈추어 섰다.

"쟤는 참수해."

여왕이 가리킨 손가락 끝엔, 비만한 몸과 볼품없는 민머리를 한 교육부 장관이 서 있었다.

"소주, 더럽게 맛없었어."

내 앞에서 한 마디도 안 지고 또박또박 말하는 총리 때문에 부글거리던 성질을 교육부 장관의 모가지를 날려버리는 것으로 '퉁' 쳤다.

아무리 나라도 삼촌을 죽일 순 없으니 말이다.

하긴, 식전주만 맛있었어도 롤 케이크를 더 먹지는 않았을 테고, 사흘간의 다이어트는 나흘째 유지됐을 테니까.

소주 따위가 감히 내 다이어트를 망치다니.

하여튼, 누구랄 것 없이 하나 같이 나쁜 놈들이라니까?

*****

칙령 시행 첫째 날. 화요일.

번화가의 한 프랜차이즈 카페.

카페 개업 후, 이렇게 많은 손님은 처음이었다. 카페 내 테이블은 발 비딜 틈 하나 없이 사람들로 꽉 찼고, 자리가 없는 사람들은 음료를 들고 통로와 바깥에 서 있기까지 했다. 아르바이트생들도 무단결근이라, 카페 사장과 아내, 처제, 삼촌까지 동원돼서 벌써 하루치 매상을 초과해 버린 엄청난 주문량을 처리하느라 정신이 없었다.

"저기, 실례지만, 아무리 봐도 프로필 사진과 실물이 너무 다른데… 차인형 씨 본인 맞으세요?"

"프로필과 실물이 뭐가 그렇게 다르다고 그러세요? 아까부터 정말 기분 나쁘네. 아, 아니 뭐, 약간 보정은 했어요. 그런데 이 정도는 누구나 다 하는 거 아닌가요? 나 정도면 많이 손 본 것도 아니에요."

"말씀은 알겠는데요…."

오픈 채팅에서 만난 두 남녀가 대화 중이었다. 많은 사람이 한꺼번에 떠들어대서 대화하려면 흥정하듯 목청을 높여야만 했다. 카페의 누구나가 '일부이처제'에 대한 얘기뿐이다. 자신도 그 때문에 여기 나왔지만, 약간 열 받은 남자가 헛웃음 치며 말했다.

"이건 아무리 봐도 사기 같은데요?"

"뭐라는 거야? 어디가 사기예요? 그러는 본인은 뭐 닉네임이 '개피곤한 개존잘의 하루'가 어쩌고 하더니, 대체 어디가 잘 생겼다는 거예요? 볼때기에 난 점? 아니면, 짝짝이인 콧구멍? 어이가 없네…." 시종 불쾌한 기색을 감추지 못하던 여자가 느닷없이 테이블을 손바닥으로 내리치곤 화를 냈다.

"당신 먼저 주제 파악이나 하세요. 무슨 자신감으로 '개존잘' 어쩌고 한 거야? 야! 밖에만 나가도 네 얼굴 정도는 길바닥에 깔렸어!"

여자의 점진적 분노에 남자 역시 참지 못하고 대놓고 솔직해졌다.

"와, 정말…적반하장도 유분수네? 약간 보정? 카페 들어와서 '차인형'이라고 네가 손들었을 때, 족발인 줄 알고 그 자리에서 바로 쌈장 바르고 싶었다, 응? 카페 오기 전에 어디서 면상이라도 한 대 맞고 왔는지 했다고. 그리고 장난하냐? 몸무게 48kg 좋아하네. 0을 하나 빼먹었어? 생기긴 우리 집 '약과'가 씹다 버린 개껌같이 생겨서는. 야, 아무리 채팅이라도 거짓말도 좀 양심껏 하자. 응?"

"인성 봐라. 안된다 싶으니까 깽판 치지? 어휴, 이래서 채팅은 믿으면 안 된다니까? 너 같은 걸 어떤 여자가 만나주겠니? 일부이처제? 두 명? 넌 반 명도 힘들 테니까 꿈 깨라."

"시끄럽고, 일부이처제가 아니라 일부백처제가 돼도 너 같은 사기꾼과 결혼할 남자는 없단 것만 알아둬라. 더 이상 시간 낭비하기 싫으니까 꺼져. 카페 나가는 즉시 프로필 정직하게 바꾸고. 경찰에 확 신고해 버리기 전에."

"남이야! 그리고 내가 왜 꺼져. 네가 꺼져. 너 뒤에도 만날 남자들 줄 섰어."

"보험은 너만 든 줄 아냐? 나도 오늘 중으로 여자 만나야 하니까 내 자리가 아니다 싶으면 좋은 말로 할 때 일어나라."

"네가 일어나! 내가 먼저 왔는데 내가 왜 나가?! 너나 나가!"

"커피는 내가 샀잖아! 이 테이블은 내 거라고!"

오늘 처음 만나 서로를 향해 삿대질하며 싸우는 남녀 옆으로, 또 다른 여자의 앙칼진 고음이 카페를 울렸다. "오빠!"

평소라면 무슨 일인가 싶어서 한 번쯤 돌아봤을 법한 상황임에도 누구 하나 눈길을 주지 않았다. 그도 그럴 것이 카페 안은 수많은 남녀의 고성과 대화 소리로 어지간한 소음쯤은 공기 취급당하는 중이다. 너무 화가 나서, 그리고 정말 이 남자의 뺨이라도 한 대 치고 싶은 심정으로 여자가 소리쳤다. 길게 푼 다갈색 머리카락이 거침없이 흐트러졌다.

"미쳤어?! 박수혜? 그 여자랑 다시 만날 거라고? 오빠 제정신이야?!"

"희주야, 너무 그렇게 흥분만 하지 말고…일단 진정 좀 해."

"진정? 그 여자가 나한테 어떻게 했는지 벌써 잊은 거야? 사람 많은 커피숍에서 내 따귀까지 때렸다고!"

"그래, 알지 알아. 내가 그걸 모르겠냐? 그렇지만 이젠 다 지나간 일이고…."

"그것뿐이야? 난 내 남자 친구한테 사기까지 쳤어!"

흥분으로, 여차하면 남자의 멱살이라도 잡을 것 같던 여자가 '사기'를 언급한 그다음 대목에선 일시에 목소리를 소거했다. 주변을 개의치 않고 분노하던 태도를 바꿔서 카페 내를 두리번거리며 작게 소곤거렸다.

"알잖아…. 내 배 속의 애가 오빠 애라는 거. 남자 친구야 지금은 속고 있지만."

"그러니까 말이야. 그런데 나한테만 뭐라 할 게 아니라 너도 이제 그 남친 새끼 집에서 나와야 하는 거 아니야? 언제까지 속일래?"

"그게 쉬우면 벌써 헤어졌지. 게다가 아직도 자기 애로 알고 있다니까? 그리고 애 핑계 대고 받은 돈만 삼천만 원이야."

"그게 문제긴 하지. 결혼까지 생각한 여자가 애를 가졌는데 어떤 얼빠진 새끼가 헤어져 달란다고 순순히 '네 알겠습니다' 하겠어?"

목이 타는지 여자가 대답 없이 찬 음료를 쭉, 들이켰다.

남자가 포기한 투로 말했다.

"그런데 네 남자 친구도 어쩌겠냐? 솔직하게 말하고 헤어지는 수밖에. 욕이야 좀 먹겠지만 설마 임산부를 때리기야 하겠어?"

"있잖아, 문제는 그게 아니야…. 내가 오늘 왜 오빠를 불러냈는지 알아?"

"모르지."

순간, 여자의 만면이 햇빛처럼 환해졌다. 조금 전 성을 내며 초조해하던 때와는 달리 인상이 180도 바뀐 그녀가 생일을 맞은 아이처럼 신나서 떠벌렸다.

"그 남자가 벌써 신혼집 아파트를 구해놨단 말이야. 그리고 알아? 나 기분 좋으라고 그것도 공동명의로 해놨어! 요즘 금강구에서 제일 유명한 명품 아파트 알지? 상위 1%만 입주할 수 있다는 라네쥬 더 포레스트, 그것도 로열층인 15층에다 무려 58평이야!"

"뭐?…뭐라고? 방금 뭐라고 했어? 라네쥬 더 포레스트?! 너 정말 제대로 안 거 맞아? 거기 제일 작은 평수만 해도 20억대라고 들었는데?"

"이제껏 10년 넘게 부은 적금이랑…아니, 월급쟁이가 적금을 부어봐야 얼마나 부었겠어. 부모님 유산 받은 거랑 이번에 선산 판 거 다 때려 넣어서 빚 한 푼 없이 샀대! 저녁 퇴근길에 케이크랑 샴페인 들고 와서 '서프라이즈' 이러는데 나 정말 거짓말 안 하고 그 자리에서 졸도할 뻔. 그 아파트가 매매가만 65억이야! 오빠!"

하마터면 주먹으로 테이블을 내려칠 뻔했다. 동공이 확 커진 남자가 득달같이 캐물었다.

"65억?! 거기다 아직 결혼도 안 했는데 공동명의로 했다고? 진짜야?! 거짓말 아니지? 아니, 그런데 그 좋은 얘길 왜 인제야 해?"

여자가 인상 쓰며 '쉿'하고 손가락을 입에 가져다 댔다.

"목소리 좀 낮춰! 동네방네 소문낼 일 있어? 아무튼 나도 며칠 전에 남자 친구가 말해줘서 알았어. 그래서 듣자마자 오빠한테 연락하고 싶었는데, 핸드폰에 흔적이 남을까 봐 오늘까지 참은 거야. 휴…. 오늘 아침에도 철석같이 자기 애로 알고 배에 뽀뽀까지 하고 출근했는데…."

말소리가 더욱 작아졌다. 귀를 대지 않으면 잘 알아들을 수가 없어서 남자가 테이블 너머로 어깨를 기울였다. 여자가 말을, 아니, 계획을 이어갔다.

"그런데 봐 봐, 하늘에서 동아줄이 내려온 거야. 일부이처제…즉, 와이프를 두 명 두지 않으면 처벌받는다잖아. 내 생각인데, 평소 여왕 폐하의 지엄하신 성격으로 봐선 칙령을 위반한 자는 최소 10년 이상 징역이야."

"그렇지. 인터넷 커뮤니티에서도 그렇게 말하더라고."

"어휴, 남 얘기하듯 하지 말고 집중 좀 해! 아무튼 이대로 계속 남자 친구 아기인 척 속일 테니까, 오빠는 될 수 있는 한 빨리 나를 오빠 호적에 올려 줘. 오늘이라도 좋아. 결혼식은 뒤에 하면 돼."

"지금 동거하는 집에서 나오면 되지, 뭘 그렇게까지 서둘러? 혼인 신고하려면 우리 부모님께도 말해야 하는데…너, 우리 엄마 성격 알잖아? 일일이 설명하기 귀찮아."

"오빠 바보야? 그 남자가 징역 가면 58평짜리 아파트 절반이 내 소유가 된다니까? 그것만 해도 자그마치 33억이야! 33억이라고!!…. 자, 그러니까, 잘 들어 봐."

여자가 마른 입술을 혀로 축이며 눈을 가늘게 떴다.

"칙령에 따라서 남자 친구는 어떻게든 새 와이프를 구해야만 하고 그는 꼭 그렇게 할 거야. 나와 아기를 살리기 위해서는 당연한 거지. 그런데 칙령에선 반드시 '기한 내'에 신고하라고 명시되어 있지?"

"응. 그래서?"

"내가 어떻게 딴 여자랑 한집에서 살 수 있냐며 울고불고하면서 시간을 질질 끌다가 마감 한 시간을 남겨두고 극적으로 결혼을 허락하는 거지. 그리고 남자 친구와 새 여자와 함께 행정센터로 가는 거야. 그것도 외출 전에 화장하고 머리 말리고 하면서 가능한 한 시간을 더 끌면서 말이야."

여자가 교활한 눈을 하며 배시시 웃자, 앞으로의 스토리가 더욱 궁금해진 남자가 "그래서 어떡하려고?"라며 물었다. 여자가 대답했다.

"뭘 어떡해? 난 이미 오빠 호적에 입적했고, 남친은 그날로 '나가리' 되는 거지 뭐. 마감 시간 십 분 남았는데 당장 그 자리에서 결혼할 여자를 어떻게 구해? 행정센터 공무원 여자들이 결혼해 준대? 그러면 결혼 가능한 배우자가 한 명뿐이니까 위법이라 감옥에 가겠지? 운이 좋으면, 그러니까 만약 여왕 폐하의 심기가 '많이' 불편하실 땐, 시청 앞 광장에서 처형도 가능해. 변덕이 심하신 분이라 몇 번이나 사례가 있었잖아."

"그렇네? 와, 너 머리 정말 좋다? 생각만 해도 떨리네…. 라네쥬 더 포레스트, 그것도 로열층이라니…."

"큭큭, 나는 가만히 앉아서 아파트만 꿀꺽하면 돼. 아파트가 공동 명의여서 짜증 나긴 하지만, 그 남자가 사형당하거나 하면 65억이 고스란히 내 것이 될 수도 있고 말이야. 그러니까 잔말 말고 빨리 나를 오빠 호적에…아니, 가만, 지금 이게 문제가 아니잖아?!"

샜던 길을 다시 되돌아 나왔다. 여자가 처음처럼 도끼눈을 뜨고 표독스럽게 쏘았다.

"그런데 인제 와서 뭐? 오빠가 누구랑 다시 시작한다고?"
"진정 좀 해. 좋은 날인데 이럴 필요 없어."
"시끄럽고, 방금 들은 건 없던 걸로 할게."
"야, 누군 걔 만나고 싶어서 만나는 줄 알아?"

여자 친구가 예상보다 화를 내는 바람에 곤란해진 남자가 연이어 한숨을 내쉬었다. 어처구니가 없어서 여자가 더욱 화를 냈다.

"그러면, 왜 만나?! 안 만나면 되잖아! 곧 결혼식도 하고 우리 아기도 태어날 텐데, 아니, 대체 전 애인을 뭐 하러 만나? 왜 만나냐고!"
"난들 좋아서 이러는 게 아니라고 몇 번을 말해? 그리고 너도 조금 전에 네 입으로 말했잖아. 일부이처제 때문에 남자는 와이프 둘을 둬야 한다는 거."
"그…그야 그렇지만, 그렇다고 나한테 의논 없이 전 애인을 와이프로 둬도 된다고 생각해? 그게 말이 돼?!"
"그건 네 생각이고…. 실은, 이왕 이렇게 된 거 우리 엄마가 수혜랑도 결혼하래. 내가 널 사랑해서 결혼하는 건 맞지만, 수혜 집안이 임대 건물도 한 채 가지고 있고…. 사실, 너 만나는 동안에도 부모님이 항상 수혜 얘기를 하셨어. 되게 아깝다면서 말이야. 네가 임신해서 어쩔 수 없이 허락하긴 하셨지만, 엄마가 아직도 너 완강히 반대하시는 건 알고 있지?"
"그래서 뭐 어쩌란 거야? 반대하시니까 나랑 아기를 버릴 거야?!"
"워워, 릴렉스. 누가 그렇대? 전에도 말했다시피 네가 고졸이라서 그래. 난 필리핀에서 MBA까지 했잖아. 솔직히 말해서 너랑 나랑 스펙이 비교나 되냐? 그리고 걔에 비하면 네 부모님은 노후 준비도 전혀 안 돼 있으시고, 네 전 재산 이래봐야 통장에 칠백 만원이 전부잖아. 수혜랑 비교할 게 못 되지. 아, 하긴 네 명의의 아파트가 있으면 다르긴 해. 하지만 그건 어디까지나 아파트가 우리 손안에 들어왔을 때의 얘기지. 일이란 게 진행하다 보면 또 어떻게 틀어질지 모르니까….”

"오빠! 그럼, 정말 돈 때문에 한 집에서 두 여자를 데리고 살겠다는 거야? 우리 아기는? 우리 아기는 태어나자마자 엄마가 둘이 되는 거야? 세상 어디에도 그런 법은 없어!"

남자가 손목시계를 슬쩍 보고는 시큰둥하게 대답했다.

"왜 없어? 여왕 폐하의 칙령이 곧 법인데…. 나도 싫지만 어쩔 수 없다니까?"

"정말 나 사랑하긴 해? 아니면 수혜 그년을 놓치고 나니까 아깝든? 그래서 개떡 같은 법이 제정되니까 이때구나 싶어서 냉큼 연락한 거야? 나 몰래?"

"진짜 그런 거 아니라고, 희주야. 내가 설명할 테니까 잘 들어 봐…."

도무지 말을 듣지 않는 애인 때문에 힘이 든 남자가 그녀의 손을 잡으며 설득에 나섰다. 강하게 뿌리치는 여자의 손을 더욱더 강하게 잡아채며 남자가 말했다. 그 사이에도 남자의 시선은 또 한 번 손목시계를 흘깃거렸다.

"잘 생각해 봐. 네가 싫든 어쨌든 일부이처제는 시행되겠지? 너도 네 입으로 그럴 거라고 했잖아. 그리고 이제껏 여왕 폐하가 직접 내리신 칙령이 시행되지 않은 적은 한 번도 없었어. 전부 다 법률이 됐지. 왕명이자 왕령이고, 거역하면 반역이야. 반역자로 시청 단두대에서 목 잘리고 싶어?"

'단두대'란 말에 여자가 저도 모르게 마른침을 꿀꺽 삼켰다. 시청 광장에 있는 단두대에서 가끔 공개 사형을 집행하곤 해서 직관한 적이 있었다. 두려움을 느낀 여자가 잠잠해지자, 남자가 부드러운 눈웃음과 함께 말했다.

"이왕 내가 두 여자를 아내로 맞이해야 한다면, 일면식도 모르는 여자보다는 그래도 아는 여자가 더 낫지 않을까? 아니면 네가 소개해 줄 여자라도 있어? 네 절친인 해경이? 수지? 아니면 네 후배인 선경이? 희재?"

"하지만 벌써 그렇게까지 하지 않아도…."

"망설이면 더 늦을지도 몰라. 혼인 신고서를 낼 때 아내를 두 명이나 적어야 하는데…가뜩이나 여자도 부족한 나라에서 말이야. 그런데, 나, 진짜 여자 꼬드기는 건 자신 없어. 그렇지만 너와 우리 아이를 위해선 어쩔 수 없잖아."

"아, 아무리 그래도…."

"어차피 우리 결혼에 여자 한 명이 더 필요하다면, 수혜가 나을 거 같아서 미리 말하는 거야. 방금도 말했다시피 걔가 돈이 많거든. 수혜가 아파트에 혼수까지 다 마련해 오면 넌 그냥 몸만 오면 돼. 훨씬 이득이잖아. 걘 껍데기만 나랑 결혼할 건데 뭐. 그렇게 되면 우리 엄마도 당신이 원하는 며느리가 왔으니까, 너한테 뭐라 하지도 않으실 거야. 결혼하면 수혜가 제사부터 추석, 설 명절까지 다 지낼 거고, 우린 둘이 해외여행이나 다녀오면 돼. 전혀 걱정할 일이 아니라고."

"오빠…."

"걱정하지 마. 세상에서 내가 사랑하는 건 너 하나뿐이야. 알지?"

남자가 여자의 손을 더욱 꼭 부여잡으며 진심을 말했다. 남자와 눈이 마주치자 하마터면 눈물이 터질뻔한 여자가 울음을 꾹 참고 말했다.
"정말이지? 정말 법이 그래서 오빠도 어쩔 수 없이….''
"당연하지. 그걸 말이라고 해? 오빠만 믿어. 희주야."
"어휴, 사람에 밟혀 죽겠네."
별안간 테이블에 검은 핸드백이 턱, 하니 놓였다.
"거리가 무슨 콘서트장도 아니고…태어나서 이렇게 사람 많은 건 처음 봐. 잘들 있었어?"
박수혜였다. 이번에 회사 기술 영업팀장으로 승진한 그녀가 도도한 표정으로 남녀에게 인사했다.
"어…어떻게…이 여자가 왜 여길…."
난데없이 카페에 나타난 박수혜를 보고 놀라서 더듬거리는 엄희주에게, 그녀의 약혼자인 류성찬이 말했다. 아까부터 간간이 손목시계를 보며 시간을 체크한 이유다.
"아, 쇠뿔도 단김에 빼랬다고, 내가 불렀어. 오늘 서로 인사하고 화해하라고."
너무도 황당해서 엄희주가 영혼마저 빠져나간 표정으로 류성찬을 바라보자, 그가 웃었다.
"결혼하면 앞으로 한집에서 살 텐데, 빨리 화해하는 편이 좋잖아."
돈이 많아서 싫은 놈은 세상에 없을 것이다.
게다가 일부이처제? 처음엔 약간 패닉이 왔지만, 그날 저녁, 곧바로 수혜한테서 연락이 왔다. 아직도 나를 잊지 못해서 원하면 내 아내가 되어 주겠다고. 귀엽고 애교 많은 희주는 희주대로, 돈 많고 집안 좋고 능력 있는 수혜는 수혜대로, 두 명 다 데리고 살라는 지엄한 나랏법인데 전혀 마다할 이유가 없다. 전생에 나라라도 구했는지, 남자로 태어나 여자들과 한집에 살며 합법적인 섹스가 가능한 이런 기적 같은 세상을 살게 되었다니! 매일 밤 야한 동영상에서나 보던 질퍽한 사랑도 더 이상 꿈이 아니다!

"오는데 덥진 않았어?"

박수혜의 코트를 받아주며, 류성찬이 모른 척 상냥하게 물었다.

V 네크라인으로 깊게 파인 하얀 가슴골에 저도 모르게 남자의 눈길이 스쳤다. 잠자리 테크닉이 노련한 수혜라 희주와 사귀면서도 이따금 아쉬웠지…. 특히 당장이라도 코를 처박고 죽어도 좋을 저 젖가슴이 말이야. 오늘 이렇게 만난 거, 어떻게든 꼬드겨서 모텔로 데려가기로 했다. 사실, 그러려고 불렀다. 내가 갑자기 연락했는데도 흔쾌히 나온 걸 보면 얘도 아직 나를 못 잊었다는 증거니까….

오랜만에 수혜와 자기로 마음먹자, 벌써 아랫도리가 불이 붙은 듯 불끈해졌다.

"덥긴 덥더라고. 아, 나도 차가운 거 마실래. 아이스 아메리카노."

박수혜가 얼굴에 손부채질하며 부탁하자, 류성찬이 자리에서 벌떡 일어섰다.

"알았어. 주문하고 올게."

남자가 잽싸게 카운터로 달려갔다. 그의 뒷모습을 지켜보던 박수혜가 의자에 앉았다. 짙은 향수 내음과 눈매, 그리고 붉은 입술. 안 본 사이, 더욱 화려해진 그녀가 엄희주에게 눈인사했다.

"안녕하세요? 오랜만이죠? 그동안 잘 있었어요?"

잠깐 사이, 표백한 듯한 낯빛이 된 엄희주가 뭐라고 대답해야 할지 몰라 입술만 쫑긋거렸다. 그 틈에 박수혜가 테이블 앞으로 상체를 쓱 내밀며 말했다.

"남의 약혼자를 뺏어갈 땐 재미있었죠? 하긴, 얼마나 재미있었으면 깜빡하고 본인 속옷과 스타킹도 차 조수석에 두고 갈 정도였으니까 말이에요. 나 보란 듯이?"

"무…무슨 말이에요? 그리고 아직 오빠가 당신이랑 결혼한다고 확실히 정한 것도 아니잖아요! 혼자 멋대로 넘겨짚지…."

"방금 성찬 씨 어머님을 만나고 오는 길이에요."

"어머님을요? 다…당신이 왜요?!"

"풋, 백화점에서 가방 하나 사서 안겨드렸더니, 입이 하늘 끝까지 찢어져서 내려올 줄을 모르시더라고요. 뭐, 성찬 씨 집안이야 내가 몇 년을 봐 와서 키우는 강아지 한 마리까지 성격을 좀 아니까."

"아까부터 자꾸 무슨 말을…혀, 협박이에요?"

하지만, 엄희주의 말은 들은 척 만 척, 카운터에서 음료를 기다리는 류성찬을 향해서 박수혜가 환한 미소로 손을 흔들었다. 남자에게 따뜻한 눈웃음을 고정한 그녀가 입만 빠르게 움직여 말했다.

"희주 씨, 성찬 씨 아기 가진 거 알아요."

말하는 동안, 혓바닥은 붉어졌고 뱀처럼 가늘어졌다. 박수혜의 목구멍에서 쉿소리가 흘렀다.

"당신과 성찬 씨…."

혀보다 더욱 얄팍하게 내리뜬 눈매가 엄희주의 배를 향했다.

"그리고 이제 곧 태어날 아기까지 모두…."

번뜩이는 안광 속 피사체가 순식간에 엄희주의 얼굴로 바뀌었다. 하지만 잘못 본 것이었다. 어느새 박수혜가 엄희주에게 공손히 허리 숙여서 인사하고 있었다.

"한 가족이 되면 잘 부탁드려요."

"…."

"아, 그리고 이거."

그녀가 바닥에 내려 뒀던 쇼핑백을 엄희주에게 내밀었다.

쇼핑백에 새겨진 큼지막한 금박의 브랜드 로고를 본 엄희주의 눈이 놀라움으로 휘둥그레졌다. 박수혜가 말했다.

"희주 씨 선물이에요. 신상 백인데, 백화점에서 희주 씨 것도 하나 샀어요. 취향에 맞는지 모르겠어요."

"제…제걸요? 아니, 어머님 것만 사시지, 왜 제 것까지…."

그러자, 박수혜가 고민 없이 대답했다. 싱긋 웃으며.

"당연히 잘 지내고 싶어서죠. 지난 일이야, 어쨌든."

4

오전 9시 40분.

거리는 또다시 사람들의 물결로 뒤덮였고, 눈발처럼 나부끼는 전단은 세상을 하얗게 만들어 갔다. 곳곳에서 터져 나온 울음과 고성, 악다구니와 절망으로 이곳이 바로 지옥의 입구가 아닌지 의심이 들 무렵.

"야! 차현호!!"

누군가 헐레벌떡 뛰어왔다. 산에서 뒹굴다 왔는지, 어제 입은 옷 그대로, 머리는 엉망으로 헝클어진 곽영후였다. 현호 앞에 선 그가 들어찬 숨을 가누지도 못하고 물었다.

"얘…얘들 다 왔어? 얘들 못 봤어? 아…아니, 그건 됐고, 현호 너 아, 안내문 봤어? 시행령 말이야. 와, 씨. 이건 정말 제대로 미쳤다."

"…봤어요."

그 한마디뿐. 사람들의 울부짖는 소리에 섞여 곽영후의 말이 잘 들리진 않지만, 생기가 사라진 안색과 더듬는 입술 모양으로 대략적인 건 이해했다. 연구실 밖 계단에 걸터앉은 현호 자신도 말이 나오지 않는 건 매한가지였다.

"와, 내가 지금 손발이 떨려서…이, 이걸 대체 어떻게 해석해야 해? 어제부터 당최 뭐가 뭔지…제길, 매일 영어 논문 리뷰만 처하다가 이젠 한글도 못 읽는 건지, 이게 다 무슨 말도 안 되는 소리냐고."

"그러게요. 저도 지금 정신이 없어서…일단은 생각 중이에요."

현호의 손에 구겨진 전단이 들려 있었다. 그리고, 어제처럼 공용 게시판 주위를 개미 떼처럼 새까맣게 둘러싼 사람들이 있었다. 다만, 어제와 다른 건….

"아니, 하루 사이에, 이게…이게 말이 되냐? 그…그러면 다 죽는 거야?"

정리가 안 돼서 뒤죽박죽인 영후 형의 말처럼, 어제가 환호와 탄성, 박수로 점철된 광적인 축제의 현장이었다면, 오늘은 단두대에 목을 내린 사형의 날이다. 현호가 주먹으로 꽉 움켜쥔 전단을 천천히 펼쳤다. 정상이 아닌 모든 글을 건너뛰고, 조금 전에도 읽었던, 믿지 못할 문장을 선명토록 노려보았다.

[…(중략) 따라서 주어진 시간 안에 혼인 등록을 마치지 않을 경우, 해당인은 이유 불문하고 그 즉시 범법자로 간주하며, 영장 없이 경찰에 체포됩니다. 이후, 국영 식육 가공 공장으로 이동해서 11가지 종류의 수출용 햄 또는 소시지가 됩니다. 아울러 가공육의 재고 및 출고 수량이 충분한 경우에는, 당분간 염지 처리나 냉동 상태로 보관될 수 있으니, 이점 참고 바랍니다.]

***

[문서번호 : 2024-05-16 / 일부이처제 - 시행령 - 0001]
일부이처제 시행령
　제1조 (목적) 이 시행령은 '일부이처제'의 시행에 필요한 사항을 규정함을 목적으로 한다.

제2조 (발단)

원인 불명의 '돼지 콜레라 바이러스'로 인한 돈육의 공급 부족으로 말미암아, 우리나라의 주요 수출 품목인 햄, 소시지, 베이컨 등의 가공육의 생산이 전면 중단되었다. 특히 바이러스에 오염된 가공육을 수입하려는 나라마저 현저히 줄어들어, 국가는 전례 없는 위기 상황에 처한 바, 이에 부득이 작금의 난관을 타개하고자 이 시행령을 공포하는 바이다. 돈육을 인육人肉으로 대체해 가공육의 수출에 지장이 없도록 하고자 하니, 국민 여러분의 적극적인 협조를 당부드린다.

제3조 (시행 기본 규칙)

1. 만 20세 이상의 미혼, 기혼 불문, 7촌 이상의 친인척 관계가 아닌 남녀(이하, 남녀라 한다)는 정부가 정한 일정 기한 내에, 그리고 지정한 장소에서 혼인 신고를 마쳐야 하며, 신고 인원은 반드시 남편 1명과 아내 2명으로 한다.

위 사항을 위반할 시, 해당인들은 즉시 경찰에 체포되어 국영 및 민간 식육 가공 공장에서 햄으로 다시 태어난다.

예) 기한 내 혼인 신고를 하지 않거나, 혼인 신고서가 일부일처로 등기된 경우.

제4조 (시행 일정과 장소)

1. 정부가 정한 일정 기한(이하, 마감 시간이라 한다)이란, 매주 화요일 오전 10시 30분부터 목요일 오후 6시 30분까지이다. 즉, 마감까지 3일의 시간이 주어진다.

2. 정부가 지정한 신고 장소(이하, 지정 장소라 한다)란, 시청, 도청, 군청, 구청, 행정복지센터 및 임시 지정 장소, 즉 초중고 및 대학교 강당, 시립도서관, 우체국, 편의점 등이다. 접수 상황에 따라 장소는 변경, 추가될 수 있다.

위 사항을 위반할 시, 해당인들은 즉시 식육 가공 공장에서 햄으로 다시 태어난다.

제5조 (시행 대상 임의 선정)

1. 3천만 명이 넘는 남녀가 대상이므로, 원활한 업무 진행을 위해 〈매주 화요일 오전 10시 10분〉마다 그 주에 혼인 신고를 마쳐야 할 남녀 명단을 정부가 임의 선정해 발표한다.

혼란을 줄이기 위해, 명단은 비교적 간단한 제비뽑기나 추첨으로 결정한다. 예) 1월생과 7월생과 11월생, 범띠와 쥐띠와 소띠 등.

2. 명단 발표 장소 : 각 지역의 시청 광장.

자세한 명단은, 해당 행정기관 홈페이지에서 확인할 수 있으며, 동네 공용 게시판과 전화, 문자, 이메일로도 확인할 수 있다. 따라서 발표일이 되면, 반드시 자신의 순번인지를 확인하여 억울하게 햄으로 다시 태어나는 일이 없도록 주의한다.

제6조 (시행의 세부 사항)

1. 일부이처제법에 의한 혼인 신고가 완료된 이후에는 절대 '이혼 불가'이며, 평생토록 부부의 연을 끊을 수 없다. 이는 편법을 이용한 위장 결혼을 방지하기 위함이다.

2. 아내들은 3년 이내에 반드시 아이를 출산토록 하며, 관련 경비는 전액 국비 지원된다.

3. 남편들은 국가가 지정한 정자은행에 자기 정자를 보관토록 하며, 관련 경비는 전액 국비 지원된다.

4. 칙령과 관련하여, 불법적인 방법으로 혼인 신고를 한 것이 발각되거나 임신·출산이 불가능할 경우, 해당인들에게는 예외 없이 연좌제를 적용, 범죄의 정도에 따라 참수형에 처하거나, 식육 가공 공장에서 햄으로 다시

태어나거나, 혀를 자른 후 평생 노역형에 처한다. 다음은 부정의 일례이다.

-살인, 협박, 폭력에 의한 강제 혼인 신고.

-법망을 피하기 위한 위장 결혼 후, 배우자 살인.

-불임, 무정자증 환자, 성불구자 및 이와 같다고 판단된 경우.

 제7조 (시행일) 이 시행령은 공포한 날로부터 시행되며….

 팍! 하고 곽영후가 현호가 읽던 종이를 뺏어 들었다. 하지만 몇 번을 다시 봐도 믿을 수가 없어서, 그가 헝클어진 머리를 손으로 마구 헤집으며 소리쳤다.

 "아니, 이게 말이 되냐고! 아니, 여왕 폐하는 대체 무슨 생각으로… 그러니까, 두 명 이상의 여자랑 결혼 못 하면, 나는 사, 산 채로 소… 소…소시지가 된다는 말이잖아?"

 말하고도 어처구니가 없어서 곽영후가 킬킬거리며 웃어댔다. 시커먼 다크써클과 수세미 같은 머리칼로 키득대는 그가 이젠 영락없이 미친놈 같아 보이기도 했다. 웃으면서도 곽영후가 떠들었다. 말을 쉬었다 가는 숨도 못 쉬고 죽을 것만 같았다.

 "아침에 문자 받고 심장마비 걸릴 뻔했어. 내가 잘못 봤는지, 아니면 이해를 못 한 건지…. 몇 번을 다시 보고 다시 보고 하는데, 그런데 갑자기 아버지가 내 방문을 박차고 들어오셔서는 이게 무슨 난리냐고 대뜸 고함을…아니, 그것보다 현우야. 이거 혹시 사기가 아닐까? 누가 여왕 폐하를 사칭해서 한몫 크게 잡으려고 치는 사기 말이야. 보이스피싱 같은 거. 응? 요즘엔 검사 사칭해도 사람들이 안 속으니까 이젠 이런 걸로 사기를 치려고…."

 "다른 랩원들은요? 형만 왔어요?"

곽영후 이외에 아는 사람은 보이지 않지만, 그래도 혹시나 하는 마음으로 현호가 곽영후의 어깨 너머를 살폈다. '여왕'이란 말을 스스럼없이 하는 걸 보니 영후 형도 제정신이 아닌 것 같고, 누구라도 좋으니까 제발 여기가 어딘지 멀쩡한 이성으로 내게 설명해 줄 사람이 필요했다. 그러자 곽영후가 인상을 쓰며 버럭 했다.

"이 판국에 누가 여길 와?! 형들이랑 애들 다 패닉 와서 울고불고 난리가 났을 건데!"

"그래요?"

"그래요, 라니? 아니, 너까지 왜 이래? 왜 이렇게 천하태평이야? 지금 사태 돌아가는 거 안 보여?"

내가 천하태평이라고? 아니, 난 지금 누구보다도 절박하다.

이곳은 내 꿈속임이 분명하고 꿈이 이토록 실감 나는 이유는, 현실의 내가 머리를 크게 다쳐서 깊은 뇌사상태에서 잠을 자는 중이기 때문이다. 영화의 엔딩 자막은, '자, 이 모든 건 꿈이었습니다'가 분명하고, 주인공은 따스한 아침 햇살을 받으며 자신의 침대 위에서 살포시 눈을 뜨는, 뻔한 클리셰 투성이의 시나리오에 따라 충실히 연기 중인 나, 차현호…. 밤을 꼬박 새우며 인터넷을 검색하고 인공 지능에 질문하면서 그렇게 결론을 내렸는데…그런데, 그러면 난 어떻게 깨어나야 하는 거지?

실제 꿈속인 양 자꾸만 아득해지는 현호의 생각을 가르고, 곽영후가 말했다.

"젠장, 랩원들한테 전화를 다 돌렸는데 계속 불통이고 받지도 않아서 너무 답답해서 뛰쳐나왔어. 다들 공지 문자 받고 졸도했거나 죽은 것 같아. 아, 참. 너 혜지 못 봤어?"

"혜지…. 네. 어제 이후로 못 봤어요."

"아, 씨. 어제부터 나도 못 봤는데…전화나 문자를 해도 연락도 안 받고. 젠장, 개똥도 약에 쓰려면 없다더니…."

아차 싶었는지, 곽영후가 재빨리 변명했다.

"혜지가 개똥이라는 게 아니라 상황이 개똥이라는 얘기야. 빨리 혜지라도 만나서 확답받아야 하니까."

"무슨 확답이요?"

"무슨 확답이긴? 나랑 결혼하겠다는 확답이지. 지금 상황 돌아가는 거 안 보여? 여자 두 명과 기한 내 결혼하지 않으면 전부 다 소시지로 만들어 버리겠다고 하잖아! 여왕 폐하가 이제껏 농담한 거 봤냐? 말 그대로 왕명이라서 따르지 않으면 당장 오늘 밤이라도 육가공 공장으로 끌려가서 분쇄될 거야. 제기랄, 그러니까 어제부터 이게 다 무슨 일이냐고!"

좀체 흥분과 화가 가라앉을 것 같지 않은 곽영후다. 아무리 봐도 평소와 똑같다. 그리고 내 꿈에 일절 등장하는 법이 없는 영후 형이라서 물어볼 수밖에 없었다. 소시지건 뭐건 꿈속이 아니라면 여기는 대체 어디란 거야?

"그런데 형. '여왕'이라는 게 누구를 말하는 거예요? 그리고 여긴 어디…."

"명단이다!!"

누군가의 외침에 좀비처럼 흩어져 돌아다니던 사람들의 시선이 일제히 한곳으로 쏠렸다.

오전 10시 10분이 되자, 어디선가 나타난 두 명의 공무원이 사람 무리를 뚫고 담벼락에 세워진 공용 게시판에 벽보를 붙이고 가버렸다.

그리고 동시에 약속이나 한 듯이, 사람들의 핸드폰 알람이 울렸다.

소리치고 발에 걸려 넘어지며 게시판으로 우르르 몰려든 사람들 뒤에서 현호가 '1회차 추첨 공지'라고 뜬 핸드폰 문자를 열었다.

[〈일부이처제 1회차 추첨 공지 알림〉 주민등록증 기재상 출생한 달이 1월, 7월, 11월생인 남녀가 대상. 이에 해당인들은 5/16일(화) 오전 10:30분 ~ 5/18일(목) 오후 6:30분까지 관할 센터에서 혼인 신고 요망.]

우연인지, 의도된 것이었는지, 아니면 그것조차도 고민하기 귀찮았는지, 일부이처제의 1회 추첨 명단은 시행령의 예시와 똑같은 1, 7, 11월생으로 선정됐다.

내가 태어난 달은 아니다. 다행이라고 해야 할지, 뭐라 말할 수 없는 오묘한 기분에 사로잡힌 현호가 고개를 들었다. 문득 옆에 선 곽영후의 핸드폰 문자가 엿보였다. 하지만, 나와 똑같은 문자를 받았음에도, 나와는 달리 발바닥이 땅에 붙어버린 것처럼, 가만히 서서 꼼짝도 하지 않는 그였다.

그러고 보니, 작년, 영후 형의 생일 파티를 7월에 했던 것이 떠올랐다.

***

왕궁 깊숙한 곳.

은밀한 여왕의 침실이다.

온통 붉은색 벨벳과 황금으로 장식된 화려한 방 한가운데 섬처럼 놓인 거대한 침대가 보였다. 침대 사면을 겹겹이 둘러싼 레이스 캐노피는 없는 거나 다름없었다. 하늘거리는 시스루 캐노피를 뚫고 여자의 날카로운 교성이 터질 때마다 침대 위의 남자가 더한 자극으로 강한 하체를 움직였다. 바닥에 아무 데나 내던져진 남녀의 옷과 속옷들이, 그들의 정사가 얼마나 급했을지를 짐작게 했다. 아마, 이 방에 들어오자마자 문을 닫을 틈도 없이, 서로에 달려들어 마구 키스해댔을 것이다. 어젯밤과 마찬가지로.

클라이맥스 직전의 여자가 숨이 넘어가는 것처럼 헐떡였다. 두 손이, 땀으로 미끄러운 남자의 목을 당장 조일 것처럼 끌어안으며 애원했다. 여자의 목소리를 들은 남자가 천장으로 목을 꺾으며 거친 숨을 토했다. 곧바로 구릿빛의 건강한 육체로 여자의 몸을 내리누르며 그녀 안으로 사정없이 자신을 들여보냈다.

남자가 빠르게 내달리자, 이젠 거의 울음 같은 신음을 내뱉는 여왕이었다.

아이와 고양이의 울음소리가 뒤섞인 묘한 소리….

도발적이고 뇌쇄적인 울음에 정신을 잃을 것만 같았다.

상체를 세워 앉은 남자가 이를 악물자, 그의 굳건한 남자가 마지막을 향해 거친 파도처럼 움직였다.

방 안을 울리며 '악악' 대던 비명조차 들리지 않았다.

황홀한 사랑으로 넋이 나간 동공이 천장의 불빛에 멈춰버렸다.
여자의 흰 나체가 쉴 새 없이 부들거리며, 한 시간여에 걸친 행위를 끝낸 그들이 마침내 털썩, 하고 침대 위에 쓰러졌다.

잠시 후.
뽀얗게 드러난 여왕의 가슴에 남자가 키스했다. 오늘 밤도 여자를 만족시킨 터라, 의기양양한 마음에 짓궂게 장난치는 중이었다.
"아이, 간지러워. 하지 마."
여왕이 두 손으로 그를 밀쳤다. 하지만, 싫다는 사람치곤 까르르 웃는 소리에 애교가 담뿍 묻어났다.
"늘 이러시다니까요. 좋으면 좋다고 솔직하게 말씀하시면 되는데…."
내숭쟁이인 그녀를 대신해서 남자가 말했다. 그러면서도 풍만하고 부드러운 가슴에 파묻은 얼굴을 떼지 않았다. 앙증맞게 볼록 솟은 핑크빛 유두와 유륜과 우유 향이 나는 여자의 가슴을 한참이나 애무한 뒤에야 비로소 그가 입술을 뗐다. 남자가 아이처럼 헝클어진 머리를 들어 여왕을 바라보았다.
"그게 어려우신가요?"
어제 프랑스 출장에서 돌아온 문화체육관광부 장관인 '장견우'였다.

여왕이 가장 총애하는 애인이자 화가인 남자.
1년 전, 문화체육관광부에서 주최한 '21세기 떠오르는 신진 화가의 전시전' 행사를 격려차 방문한 여왕이었다. 갤러리를 둘러보던 중 우연히 그림 몇 점이 눈에 띄었고, 바로 '장견우'의 작품들이었다.
여왕을 알현한 그날, 시청 소속의 펜싱 선수를 지낸 적도 있는 장견우는 예체능을 겸비한 재인으로서 공석이었던 문체부 장관직에 전격 임명되었다. 이 나라의 모든 권력을 가진 여왕인지라 그녀가 내린 결정에 반대하는 이는 없었다. 여왕의 명령은 곧 '천명'이니까 말이다.

따라서 주어진 임무만을 수행할 뿐, 어떠한 터무니 없는 명령이라도 여왕이 내린 결정에 이의를 제기할 수 있는 용자는 없지만, 알몸의 여왕 옆에 태평하게 누운 이 사내만은 달랐다.

"…그 법이 정말 효과가 있을 거로 생각하시나요?"

장견우의 물음에, 침대 시트에 배를 깔고 누운 여왕이 나른한 음성으로 대답했다. 침대가 부서질 만큼 격정적인 사랑이 끝나서 육체는 물론 머리카락 한 올까지 밑바닥으로 가라앉는 느낌이다.

"왜? 넌 아무 효과도 없을 거로 생각해?"

"그건 아니지만…. 꼭 그렇게까지 하지 않아도 여왕님의 사병 규모라면, 일개 시위대 정도는 십 분 안에 말살해 버릴 수도 있을 텐데…괜한 길을 돌아가는 건 아닌가 해서요."

"후훗…."

웃느라 여왕의 어깨가 작게 들썩였다. 그녀가 손을 뻗어 침대 헤드에 둔 마카롱을 집어 들었다. 배가 고프다…. 정사로 칼로리를 소비한 탓이다. '와삭' 마카롱을 베어 물며 여왕이 말했다.

"공포를 잊어버려서 시위하는 거야. 돌아가신 어머님께서 늘 하시던 말씀이지."

작은 마카롱을 다 먹어 치우고 여왕이 두 번째 마카롱을 집었다.

"알겠어? 이건 시위를 힘으로 제압하느냐 마느냐의 문제가 아니란 말이야. 네 말처럼 대가리를 꼿꼿이 쳐드는 방울뱀은 칼로 목을 쳐버리면 그만이긴 해."

"…."

"단칼에. 하지만 그렇게 되면 내 소중한 드레스에 피가 튈지도 몰라. 어휴…. 생각만 해도 끔찍해. 게다가 다음엔 나를 볼 때마다 무리를 지어서 긴 혓바닥을 쉭쉭 대며 공격하려고 들겠지. 난 이미 방울뱀들의 적이니까 말이야. 그래서…."

다섯 입에 먹으려고 했는데, 세입 만에 다 먹어버렸다. 내심 고민하던 여왕이 금방 세 번째 마카롱을 잡았다. 칼로리를 태우려면 또 섹스해야 하나? 방금 씻고 나와서 귀찮은데….

"방울뱀들끼리 싸우라고 부추기는 거야. 난 마카롱이나 먹으면서 서로가 대가리를 물어뜯는 걸 즐기면 되고…. 게임이 시작됐고, 게이머는 결혼 못 해서 폭발 직전의 남자들이야. 안 그래도 부족한 여자들이 이처제 때문에 절반이나 감소해 버렸는데, 그럼, 어떻게 될 것 같아? 게임이 더 복잡하고 어려워지겠지? 그렇게 되면 성난 남자들이 나를 향해 발톱을 세우며 덤벼들 것 같아? 아니야."

"…."

"이 시대가 전쟁이 없는 평화로운 이유 중 하나가 월드컵이 있어서 랄까?…. 축구공 하나만 던져 주면 밥 먹는 시간도 잊어버리는 게 그들이니까. 단순한 족속들이지. 게다가 게임 룰은 누구에게나 공평해서 백수나 사회 부적응자들도 해볼 만해. 돈 많은 노인이 젊은 남자를 이길 수도, 백수인 젊은 남자가 돈 많은 노인을 이길 수도 있고 말이야…. 지금이야 패닉이니 공포정치니 어쩌니, 우르르 몰려다니며 나를 욕 하고 비방해도 내일쯤이면 깨끗하게 잊고 게임에만 집중하게 될걸? 여자 둘과 혼인 신고만 하면 살아남는 서바이벌인데 욕할 시간이 어디 있어? 큭큭. 어쩌면 내심 새로운 게임을 즐기고 있을지도 모르지."

검은 흑발이 위태롭게 흐트러진 장견우를 보다가 그의 관능적인 입술로 여왕의 눈이 옮겨갔다. 아무래도 얘랑 한 번 더 해야겠다…. 살도 뺄 겸.

"왜냐하면, 아무리 모자란 인간도 자신이 이길 거로 생각하고 게임을 하는 거거든. 가위바위보조차도 말이지. 해보기 전에는 모르는 거니까. 그리고 멍청하게도 다섯 번을 내리 져도 여섯 번째는 꼭 이길 수 있다고 생각해서 또 하려고 덤벼들지. 왜냐하면 다섯 번이나 졌으니까. 이길 확률은 언제나 반반인데 말이야…. 소시지가 되는 순간까지도 아쉬워할 거야. 한 번만 더 했으면 이번엔 이길 수 있었는데 하면서. 뭐, 꿈꾸는 행복한 소시지가 되는 거지."

어떨 땐 백치 같기도 하고, 또 어떨 땐 이처럼 교활하며 지능적인 여왕이시다. 이 마녀 같은 매력에 사로잡혀 나는 어디에도 갈 수 없게 됐지만…. 처음에 무슨 질문이었는지 기억나지도 않는다. 너도 원하고 나도 원하는…둘의 눈빛이 한 번 더 뜨거운 사랑을 원한다면 시간이 우리를 그리로 안내할 수밖에….

여왕의 타는 듯한 시선을 피하지 않고 장견우가 그녀의 어깨를 잡아 침대에 눕혔다. 아니, 그 전에 여왕이 먼저 그의 팔을 붙잡았다.

"그래서, 이번 프랑스 출장에서 레드 다이아몬드는 구해왔어?"

***

라네쥬 더 포레스트 아파트, 2020호.

"서로가 대충은 알겠지만…그래도 인사나 나누지."
"…."
"네가 먼저 인사해. 한 비서."

감명민의 말에, 한유희가 한 발 앞으로 나서며 손을 내밀었다. 목 언저리에서 찰랑이는 단발이 20대의 어린 나이처럼 상큼한 그녀였다.

"안녕하세요. 사모님. 잘 계셨어요?"
"…."
"아, 그러고 보니 작년 연말 송년회에서 한번 뵙고, 처음이네요. 못 본 새 더 젊어지신 것 같아요."

"그렇게 봐주니 고맙네요. 그런데 당신…."

한유희에게서 눈을 돌린 현가은이 남편을 불렀다. 빈손이 민망해진 한유희가 뾰로통한 표정으로 손을 내렸다.

"출장이라고 하더니, 이 시간에 말도 없이 이 여자는 왜 집에 데리고 온 거예요? 여긴 회사가 아니잖아요."

앉아서 다과를 할 사이도 아니어서, 허락도 없이 집으로 들어 온 두 사람과 더불어 현가은도 거실 한가운데 서서 말하는 중이었다. 감명민이 같잖다는 투로 말했다.

"이런 때에 무슨 출장이야? 취소했어. 그리고 내 집에 누굴 데려오든 내가 네 허락을 맡아야 해? 그리고 어제도 말했잖아. 이혼은 안 해도 된다고…. 법이 바뀌었는데 나라고 별수 있어. 너도 살고 나도 살려면 내가 한 비서와 결혼하는 수밖에."

"그래서 이 여자랑 셋이 한집에서 살겠다는 거예요?"

"그럼, 어떡해? 법이 그런데…. 너도 이번에 여왕 폐하께서 내리신 칙령을 다 읽어봤겠지? 아무리 집에서 살림만 하는 여자라도 세상이 어떻게 돌아가는지 정도는 알 테니 더는 잔말 마. 오늘부터 한 비서도 한 식구니까."

"…."

"내 아내로서 말이야."

"…."

"그러잖아도 오늘 행정센터에서 등본 재등록을 하고 왔어."

여왕으로부터 일부이처제법 칙령이 떨어졌다.

어제 한 비서가 운전하는 차를 타고 외지 모텔로 가던 중, 급히 인터넷에 접속했다. 이 모든 게 무슨 개소리인지 잠깐 이해가 되지 않았지만, 1분도 안 돼서 머릿속이 마치 영화 속 스크린처럼 환해졌다.

남자는 반드시 두 명의 처를 거느려야 한다…고? 정말이야?….

감명민이 아까부터 손에 들고 있던 종이를 일부러 떨어뜨렸다.

현가은의 눈길이 바닥을 나뒹구는 가족 관계 증명서에 꽂혔다. 감명민이 거만하게 말했다.

"주워서 확인해 봐. 한 비서도 이제 내 와이프야."

굳이 주워서 확인할 필요는 없었다. 두 줄이었던 가족 명세가 세 줄로 늘어나 있다….

"신고하러 가서도 긴가민가했지. 그런데 행정센터 공무원이 두말없이 처리해 주더군. 게다가 축하한다고 인사말까지 하면서. 하 참…살면서 정말 이런 날이 올 줄이야…."

"…."

"어쨌든 다행이지. 한 비서 덕분에 너도 살았으니까 말이야. 칙령의 규정이 어떻든 더는 신경 쓸 필요도 없고, 남들이야 소시지 공장으로 끌려가든 말든 우린 베란다 흔들의자에 앉아서 커피나 마시면서 구경이나 하면 돼. 우리랑은 아무 상관 없다고. 그러니까, 행여나 한 비서한테 못되게 굴 생각은 말아. 한 비서한테 무릎 꿇고 살려줘서 고맙다고 해야 할 사람은 너란 것만 알아 둬."

"사장님, 그런 말씀은 너무 심하신 것 같아요. 제가 눈치 보이잖아요."

한유희가 응석을 부리며 품을 파고들자, 감명민이 그런 그녀가 귀여워서 어쩔 줄 모르겠다는 표정으로 한유희의 허리를 끌어당겼다. 아내를 앞에 두고 그가 내연녀에게 다정하게 말했다.

"네가 눈치 볼 일은 없다니까? 칙령이 아니었어도 저 여자와는 이혼하려고 했어. 그런데 변호사가 말하길, 너 때문에 내가 좀 불리할 거라고 하더군. 어떡하면 재산 분할 없이 몸만 내쫓아 버릴까, 걱정이었는데…."

말하다 말고 감명민이 현가은을 곁눈질했다. 그러고는 어쩔 틈도 없이 한유희의 양 볼을 두 손으로 감싸 쥐며 불같은 키스를 했다. 끈적한 혀가 얽히며 남자의 발음이 금세 꽉 들어찬 타액으로 불분명해졌다.

"저건 없는 셈 쳐. 오늘부터 안방은 네 차지야…."

"아이…사장님도 참…그렇게 빨리…아, 아…잠깐만요. 여기서 이러면…."

하지만, 벌써 후끈 달아오른 남자의 손이 여자의 치마 안을 헤집고 있었다. 눈 깜짝할 새 앙증맞은 속옷을 제거해 버린 그가 더욱 과감하게 손을 움직였다.

"아…아이… 여…여기서 이러면 안 된다니까…사, 사모님이 보고 있는데….”

"무시하라니까? 나한테만 집중해….”

희열에 못 이겨 헉헉거리는 호흡이 높아져만 갔다.

여자의 우유처럼 부드러운 살결과 뜨거운 숨결로, 녹아내리기 직전의 남자가 그녀의 어깨를 움켜쥐었다. 뜨거운 전희가 불타오르자 참지 못한 남녀가 거실 바닥으로 쓰러지며 뒤엉켰다.

그리고, 그 사이, 거실에서 모습이 사라져 버린 현가은이었다.

*

그저께 밤에도 본 그 남자다.

그저께 밤과 똑같이 피다 만 담배와 맥주캔을 손에 들고서….

그런데, 여긴 아이들이 뛰어노는 놀이터인데…저렇게 담배를 피워도 되나?

하지만, 금방 생각을 바꿨다.

밤인데 뭐 어때? 아무도 없는데….

그녀의 생각처럼 아무도 없는 동네 놀이터의 그네가 앞뒤로 움직이며 흔들렸다. 자신이 앉은 그네에 그녀가 힘을 줬기 때문이다.

달은 그대로인데 별이 사라진 밤이다.

누군가 먼지처럼 작은 별들을 검은 밤하늘에 대고 문지른 것처럼.

손가락이 검도록 문질러댔을 텐데, 아마 그럴만한 사정이 있었을 것이다.

밤 10시가 가까운 시간에 놀이터에서 그네를 타고 있는 나도.

그리고, 정글짐에 기대앉아서 담배를 태우며, 이따금 캔맥주를 들이켜는 저 남자도.

별들을 없애버린 밤의 어떤 사정처럼, 각자의 사정이 있을 테지.

삐걱거리는 그네 소리만이 어두운 놀이터를 울렸다.

하지만 집에 들어갈 자신도, 용기도 없는 나임을 안다.

내 남편과 그 여자가 아직도 거실에서 뒹굴고 있을지도 모른다.

그네 소리가 멈췄다.

현가은이 땅바닥에 떨어진 종이를 주워 들었다.

어둠 때문에 글이 잘 보이진 않지만, 여왕의 칙령이 적힌 전단이다.

잠시 전단을 읽던 그녀가 휙 하고 어깨 너머로 그것을 던져버렸다.

다시 그네를 타기 위해서 발로 땅을 구르던 그때였다. 시선이 느껴졌다. 문득 눈을 드니, 담배를 피우던 남자가 나를 보고 있었다.

두 발을 흙 땅에서 멈춰버린 현가은도 남자를 바라보았다.

대각선상의 일정한 거리와 어두운 공간 속.

잠시 그렇게 멈추어서 마주 보았지만, 의지도 없이 겨우 목숨만이 붙어 있는 파르께한 달빛만으로 서로를 구분하기란 지난至難한 일이었다.

***

제우스 모텔, 302호.

창문 틈으로 바깥을 살피던 곽영후가 신경질적으로 블라인드를 내려버렸다. 그가 뒤돌기 바쁘게 현호를 불렀다. 이제 겨우 게임이 시작됐을 뿐인데 아침부터 지금까지 단 한시도 가만히 있지 못하고 안절부절못하던 남자의 음성이 염소의 울음처럼 떨렸다.

"혁…현호야. 야, 인마, 그래서 여…여자애들은 어디까지 왔다고 연락을….”

"이거 놔!"

객실 밖, 남자의 세찬 고함에 곽영후의 말이 쑥 들어가 버렸다.

무슨 일인지 귀를 기울일 것도 없이 모텔 복도의 남자가 연이어 소리쳤다.

"사기를 쳐도 사람 가려가며 치라고! 아니, 더 말하기 싫으니까 계속 따라오면 죽는다?"

"일…일억이면 된다면서요. 그래서 돈도 다 가지고 왔는데…카드 한도까지 대출받았어요. 저, 7월생이라서 정말 죽을지도 몰라요. 그러니까 사람 하나 살리는 셈 치고 제발 저랑 결혼해 주세요. 부탁이에요."

"와, 정말 답이 안 나온다. 야…. 오빠가 충고 하나 할게. 있잖아, 결혼하려면 넌 일억 가지곤 턱도 없어. 돈도 어느 정도 틀이 받쳐줄 때나 필요하단 말이야. 넌 그냥 포기해. 아니면 일억으로 성형수술이라도 하든가. 그 얼굴과 몸매로는 네 정체가 사우디 공주라고 해도 힘들어."

"너…너무해요…."

"너무한 건 네 예의 없는 얼굴이랑 못돼 먹은 바다니까? 평소에 관리 좀 하지 그랬냐? 나도 11월생이라 급하긴 한데, 너랑 결혼하느니 그냥 스팸이 돼서 부대찌개로 태어나는 게 훨씬 행복할 것 같아. 아침에 깨어나서 제일 먼저 눈에 띄는 게 네 면상이면 진짜 어느 날 나도 모르게 베란다에 다리 걸치고 있을 수도 있어서. 나 잡지 마라. 경고했어."

뒤이어, 울먹이는 여자를 남겨두고 척척 사라져가는 발걸음 소리가 들렸다. 객실 문짝에 귀를 쫑긋 세우고 있던 곽영후가 퍼뜩 정신을 차리고 도리질했다. 남 사정이야 어떻든 당장 내 코가 석 자다.

생수병을 벌컥 들이켜고는 입가를 훔치며 곽영후가 물었다.

"여자애들 누구누구 온다고? 나도 아는 애들이야?"

"전화가 안 돼서 몇몇 동기랑 아는 후배들한테 문자를 보내긴 했는데…와 줄지 모르겠어요. 오전부터 메시징 서비스랑 SNS도 서버 과부하 때문인지 불통이고, 모바일 네트워크도 마비돼서 몇 시간째 포털 접속도 안 되고 있어요."

"그럼 난 어떡해?! 너만 믿고 있었는데! 인제 와서 와 줄지 모른다고 하면 난 어떡하냐고, 새끼야! 벌써 밤 10시가 넘었잖아! 하루가 다 가 버렸다고!"

"아니, 여기서 내가 뭘 더…."

적반하장으로 화를 내는 곽영후에 욱한 현호였지만, 그냥 입을 다물었다. 당사자가 얼마나 초조하고 두려울지 이해가 안 되는 것도 아니다. 게다가 어쩌다 보니 오전에 만나서 온종일 둘이 함께 있다. 이대로 집에 가면 자다가 심장마비로 죽을지도 모른다는 영후 형 때문에 어쩔 수 없이 현호 자신도 모텔로 끌려왔다. 그 후, 아는 여자들과 통화가 안 되자, 초조가 극에 달한 곽영후가 현호한테도 여자들에게 전화를 돌려보라고 강요해서 억지로 몇 군데 연락을 넣었다. 그러고 보면, 연구실에서도 이 형과 이렇게 오래도록 같이 있던 적이 없었다. 영후 형은 언제나 데이트 약속이 있었고, 잠깐 편의점에 다녀온다거나 저녁만 먹고 온다는 핑계로 사라져 버리기 일쑤였으니까.

곽영후가 초조함을 못 이겨서 발로 쾅쾅 바닥을 굴렀다.

"제기랄, 전화만 돼도 여자애들 한 트럭은 부를 수 있는데…. 정 안 되면 저 밖에서 돌아다니며 구애하는 좀비 새끼들처럼 나도 아무나 붙잡고 그냥 혼인 신고서부터 작성해 버릴까? 응? 현호야?"

"그러려고 해도 여자가 없잖아요. 죄다 남자들뿐이에요."

현호가 블라인드 슬랫 사이로 손가락을 넣어서 밖을 살펴보며 대답했다. 거리의 LED 네온사인이 눈이 아프도록 번쩍거리며 대낮처럼 거리를 밝히고 있었다. 술집, 카페 곳곳에 꽉꽉 들어차다 못해 밀물처럼 휩쓸려 다니는 사람 떼만 놓고 보면 크리스마스를 앞둔 흥겨운 밤거리 같기도 하다. 다만, 방금 현호 자신이 말한 것처럼, 여자란 성性은 그새 씨가 말랐는지, 눈 씻고 찾아봐도 보이는 건 필사적으로 암컷을 찾아다니는 시커먼 수컷들뿐이다.

"아, 정말 미치겠네…."

두 손으로 머리를 감싸 쥔 곽영후가 침대에 털썩 걸터앉으며 좌절했다. 그러더니 한순간 그가 고개를 번쩍 쳐들었다.

"현호야…. 그 여자, 아직 밖에 있을까?"

"누구 말하는 거예요?"

"아까 남자한테 차인 여자. 남자가 왜 성형수술 어쩌고 욕하면서 가 버렸잖아. 그 여자 말이야…. 아직 근처에 있겠지? 나가서 객실이라도 한번 찾아볼까?"

"그 여자와 결혼하려고요? 얼굴도 모르면서요?"

"스팸으로 부대찌개가 되는 것보다 낫잖아. 아, 그런데 혜지 얘는 도대체 어디서 뭘 하는 거야? 왜 이렇게 연락이 안 돼? 혜지야, 대체 어디 있는 거니? 너라도 있었으면 내가 이렇게까지 불안하게…아니, 설마!"

혼잣말처럼 웅얼대던 곽영후가 이번엔 눈을 부릅떴다.

"설마, 벌써 딴 놈이랑 결혼해 버린 건 아니겠지?"

"그럴 리가요."

현호가 손에 쥔 핸드폰을 만지작거리며 말했다. 형이 말을 꺼내서인지,

또 혜지가 걱정됐다. 이틀이나 연락도 없이…. 어디든 가족들하고 안전하게 있는 거겠지?

잠시 혜지를 떠올렸던 현호가 곽영후를 불렀다.

"그런데 형…물어볼 게 있는데, 여왕이란 여자가 진짜 사람을 소시지로 만들까요?"

"이 판국에 그런 건 왜 물어? 당연한 거 아니야. 여왕 폐하가 직접 내리신 칙령인데 농담이겠어? 그리고 아까 시행령이랑 공무원들 봤잖아. 생쇼겠냐고."

"전혀 실감이 안 나서 그래요. 인육으로 그게…가공육을 만든다는 게 어떤 뜻인지 모르겠어요. 그리고 다른 질문이긴 한데, 언제부터 우리나라에 여왕이 있었어요? 어제만 해도 아침 뉴스엔 분명히 청와대에 핀 개나리와 올해 첫 NSC 업무 보고를 받는 대통령의 모습이 나왔어요. 당연히 의원내각제도 아니었고요. 인터넷 위키에선 12세기부터 한국은 여왕이 다스리는 국가로 명시돼 있고, 정치적으로 전제군주제의 나라라고 하는데…정말 무슨 말이지 하나도 모르겠어요."

"너야말로 갑자기 왜 그래? 대통령이라니?…. 배고파? 하긴, 종일 먹은 거라곤 삼각김밥에 우유 한 팩뿐이었으니. 그런데 아무리 배가 고파도 그렇지, 여왕 폐하께 '여왕이란 여자'가 뭐냐? 무례하게. 고발당하고 싶어?"

그때였다. 곽영후의 말이 끝나기 무섭게 '똑똑'하며 누군가 302호 객실 문을 노크했다. 곽영후와 차현호의 눈이 흠칫하며 교차했다. 곽영후가 입으로만 '누구지?'라고 묻자, 현호가 긴장하며 닫힌 문 앞에 다가섰다.

"누구세요?"

대답 없이 다시 노크 소리가 들렸다. 현호가 더 크게 말했다.

"누구신데요? 누군지 말해야 문을…."

"저예요."

"….."

"저, 강미주."

***

금강 아파트, 604호.

RRRR. 또 현관 벨이 울렸다.

하지만 또 무시했다. 아무도 만나고 싶지 않아서였다.

머리는 아프도록 지끈거리고, 도무지 믿기지 않는 현실에 망연자실한 두 사람이었다.

그런데, 또 또 현관 벨이 울렸다. 이번엔 처음보다 좀 더 길게 울렸다.

라디오 음악처럼 이어지는 벨 소리를 듣던 두 사람 중 한 사람이 더는 참지 못하고 자리에서 벌떡 일어났다.

"누구세요?"

노수혁이 거칠게 도어록을 열자, 낯익은 중년 여자가 문밖에 서 있었다. 접시 한가득 오렌지를 담아 든 아래층 504호 여자였다.

하지만 이 판국에 친절을 베풀 인격이 아닌지라, 노수혁이 퉁명스럽게 물었다.

"뭡니까?"

"아, 안녕하세요. 안에 새댁 있나요?"

"이 시간에 제 와이프는 왜요?

"아, 저기, 오렌지 좀 드셔보시라고…어제 아침에 마트 세일할 때 샀는데, 너무 맛있고 싱싱해서…."

"가세요."

쾅! 하고, 노수혁이 면전에서 문을 닫아버렸다.

오렌지고 뭐고, 지금 상황이 어떻게 돌아가는지 몰라서 그래?

남편이 거실로 돌아오자, 김미연이 미간을 찌푸리며 물었다.

"아래층 504호 아주머니지? 왜 오셨대? 그리고 아무리 화가 나도 그렇지, 사람한테 그렇게 무례하게 굴면 어떡해?"

"네가 지금 남 생각하게 생겼냐? 우리가 다 죽게 생겼는데?"

"당장 죽는 것도 아니잖아."

"당장 창문 열고 뛰어내려야 죽는 걸로 쳐 주냐? 내일 죽는 건 당장 죽는 게 아니야?"

"누가 그렇대? 내 말은 서로가 힘드니까 좀 냉정해져야 한다는 거잖아. 이것 봐. 지금도 온종일 열 받아서 아무 결론도 못 내고 당신 혼자 화만 내고 있잖아."

"난 충분히 냉정해. 증거로 오늘 내가 코인한 적 있냐? 없지? 오늘 아침부터 상승장인 데다가 그것도 죄다 메이저급 코인들이 올랐어. 그래도 내가 매수 안 했잖아. 그만큼 냉정하고 진지하게 이 사태를 고민하고 있다는 거잖아."

"아침부터 상승장인 건 어떻게 알았는데?"

"…."

"코인 다 팔았다며?"

"…."

"코인 다시 하면 이번엔 손모가지가 아니라 모가지를 잘라버린다고 했어?! 안 했어?!"

일부이처제고 뭐고 모가지를 따는 약속부터 지켜야 해서 김미연이 소파에서 용수철처럼 튀어 올랐다. 장미 칼을 가지러 주방으로 가려는데, RRRR, 또 현관 벨이 울렸다.

김미연이 바닥을 향해 크게 한숨을 내쉬었다.

이번엔 자신이 직접 현관으로 갔다.

반성하는 척 고뇌에 찬 표정을 짓는 노수혁을 흘겨보며 비디오폰을 확인했다. 김미연이 곧장 도어록을 열며, 이웃 이전에 불청객이 되어 버린 '여자'에게 물었다. 말이 곱게 나갈 리가 없었다.

"아주머니, 아까도 우리 집에 오셨죠? 무슨 일이시죠? 저희, 그냥 대화만 했고 뛰거나 한 적도 없는데요?"

"아, 아니, 그런 게 아니라 부탁이 좀 있어서요."

"무슨 부탁이요?"

오렌지와 함께 이번엔 바나나까지 챙겨 온 504호 여자였다.

멋쩍게 웃으니 방향, 장소를 가리지 않고 마구 뻗친 덧니들이 그대로 드러났다. 애용하는 빨간색 머리띠를 하고, 여름이라서 하늘거리는 꽃무늬 시폰 원피스를 입고 있었다. 투실투실 살진 몸이 현관문도 겨우 통과할 거 같아 보이는 그녀가 대답했다.

"저기…지금 남편이 해외 출장이라서요. 미국 뉴욕에 있어요. 어제 떠났는데 장기 출장이라서 당분간 한국에는 못 들어와요."

"네. 그런데요?"

김미연이 거실로 돌아오지 않자 노수혁이 현관으로 따라 나왔다. 504호 여자가 왜 자꾸만 우리 집 현관 벨을 눌러대는지 조금은 궁금해졌다.

"그…그런데 여기서 말씀드리긴 좀 그래서, 괜찮으시면 아…안에서 말씀드려도 될까요?"

"네? 집 안에서요?"

안 될 거야 없지만, 오늘은 날이 아니다. 하지만, 언제나 예의 바른 504호였기에 무슨 어려운 부탁을 하려는지 안절부절못하는 모습이 조금 안쓰럽기도 해서 김미연이 어쩔 수 없이 문을 비켜섰다.

"그럼, 들어오세요."

"아니, 그냥 거기서 말씀하세요."

김미연이 잡은 도어를 노수혁이 가로챘다. 그가 504호를 집 안에 들일 수 없다는 듯, 도어를 안으로 당기며 말했다.

"무슨 일인지 몰라도 어제 공포된 칙령 때문에 아주머니 얘기를 들어 줄 시간이 없어요. 무슨 말씀인지 알고 싶지도 않고요. 그러니 거기서 말씀하시고 빨리 돌아가세요."

노수혁이 냉정하게 자르자, 504호 여자가 더욱 기가 죽어 말했다.

"네…그러면 여기서…. 실은, 제가 1월생이어서 이번 주 목요일에 죽을 수도 있어요."

어떠한 시그널도 없이 김미연과 노수혁의 눈길이 맞부딪혔다.

504호 여자가 어느새 눈물이 그렁그렁 맺힌 눈으로 말했다.

혼자서 꽤나 속을 태운 것 같았다.

"그런데 남편도 곁에 없고, 제가 가족이나 친척도 없는 고아여서 기댈 곳도 없어요. 친구도 없고요…. 그래서 말인데…이건 제 의사라기보다 남편이 꼭 두 분께 전하라고 해서요."

"…."

"604호 남편분이 저를 아내로 맞이해 주시면 안 될까요?"

***

랩원인 강미주였다.

우리 대학원 입학 전, 2년간 해외 배낭여행을 했다거나 직장인이었다거나 혹은 백수였다거나 하는 말들이 있는데, 그녀의 사생활을 궁금해하는 랩원들이 없어서 진실이 어떤 건지는 아무도 모른다. 알아도 그만, 몰라도 그만이었다.

강미주가 객실 테이블 위에 포장해 온 돼지국밥을 놓으며 말했다. 작금의 사태를 모르진 않을 텐데도 평소와 다름없이 무심한 말투였다.

"다행히 도로 건너편에 있는 식당이 영업하더라고요. 말한 대로 국밥 두 개 포장해 왔어요"

"어?! 돼지국밥이야? 한우국밥 아니고? 아, 씨…나 돼지 냄새 싫어하는데…."

곽영후가 불평하자, 강미주가 풀이 죽어서 웅얼거렸다.

"문 연 데가 이 가게밖에 없어서…사람이 진짜 많아서 겨우 줄 서서 사 왔는데…."

조금 전, 뜻밖에 강미주가 이 객실에 나타났다.

갑작스러운 이용자 폭주로 전화는 불통이고, 모바일 네트워크 서비스마저 마비된 상황에서 누군가 불쑥 객실 문을 두드리라고는 상상조차 못 했다. 될 대로 되라는 식으로 랩원들과 친구, 지인들에게 마구잡이로 전송한 문자 중, 강미주가 문자를 읽었다고 했다. 그녀 자신도 지하철과 버스, 택시마저 운행이 중단돼서 길거리에서 난감하던 참이었다고 했다. 잠깐 모바일 네트워크가 살아나서 문자를 확인할 수 있었고, 집까지 걸어가는 것보다 모텔이 가까워서 이리로 왔다고…. 모바일 네트워크가 자꾸 끊겨서 미리 연락할 수가 없었다고도 했다.

우선은 배가 고파서 강미주에게 밖에서 먹을 것을 좀 사와 달라고 부탁했고, 다시 밖으로 나간 그녀가 국밥을 포장해 온 것이었다.

"밖에 상황은 좀 어때?"

오늘 첫 끼니를 먹으며 곽영후가 물었다. 밥 냄새를 맡으니 그제야 미친 듯한 허기가 밀려와서 게걸스럽게 퍼먹는 중이었다. 돼지 노린내가 스멀거리고, 비계 껍질에 붙은 손질 덜된 돼지털과 주인장 것이 틀림없는 곱슬곱슬한 머리카락도 보이고, 국밥에서 발견될 리 없는 스파게티 면발이 나온 음식물 쓰레기 같은 국밥이지만, 국밥은 맛있었다. 곽영후가 허겁지겁 먹는 모습을 지켜보며 강미주가 말했다. 느릿하고, 여자치곤 저음인 목소리는 어제와 다름없는 평정심을 유지하고 있었다. 현호 또한 국밥을 먹으면서 강미주의 대답을 기다렸다.

"완전히 그로기 상태에요…. 대중교통도 전면 중단되고 가게들도 거의 문을 닫았고…전광판 뉴스에서는 전국에서 매시간 자살자가 속출하고 있고, 지하철이랑 백화점 식품 코너에서 묻지마 살인도 일어났대요. 이곳 모텔로 오는 중에도 길가에 있던 고층 빌딩에서 누군가 뛰어내려서 자살했어요. 너무 끔찍해서 앞만 보고 달리긴 했는데…핸드폰이 안 터져서 119도, 경찰도 부를 수 없고, 사람들은 비명만 질러 대고…. 아무튼 되게 시끄러워요. 그런데, 오빠는 왜 여기 숨어있는…있어요?"

앞을 가린 두꺼운 뱅 머리(답답하리만치)를 한 그녀가 곽영후와 차현호의 눈치를 보면서 말했다. 평소 꼭 필요한 말 말고는 별로 말수도 없는 강미주인 데다, 두 남자도 그녀에겐 딱히 관심이 없어서 이렇게 가까이 있은 적은 처음이었다. 과제 할 때나 랩미팅에선 강미주 스스로가 사람들과 거리를 두고 떨어져 앉았다.

안개처럼 희미한 객실 조명 아래에 옹기종기 모여있다가 보니, 광대뼈를 뒤덮다시피 한 강미주의 주근깨가 더욱 잘 보였고 삐뚤빼뚤한 치열과 찢어진 작은 눈, 콧대가 없다시피 한 낮은 코 등 그녀가 가진 이목구비의 결점도 더욱 도드라졌다.

'내가 아무리 급해도 넌 안 되겠다. 일단 보류'로 마음속 태그를 단 뒤, 곽영후가 국밥 그릇에서 얼굴을 들고 말했다. 그새 1인분을 깨끗이 비웠다.

"몰라서 묻냐? 나 7월생인 거 알잖아. 문자에도 썼잖아. 나랑 결혼할 생각이 있는 '여자'면 당장 이 모텔로 달려오라고. 너도 그거 때문에 일부러 여기까지 온 거 아니야? 아, 너한테는 현호가 보냈나? 아무튼 이런 때 어떻게 집구석에만 처박혀 있겠어. 다행히 엄마는 베트남 관광 중이라 내가 절대로 한국엔 들어오지 말라고…".

찔리는 게 있어서 곽영후가 말을 멈추고 현호의 눈치를 봤다. 아직 밥을 덜 먹어서인지 묵묵히 국밥과 깍두기에만 집중하고 있는 현호다. '흠흠' 헛기침하며 곽영후가 이어 말했다.

"집에 혼자 있으면 미치기밖에 더 하냐고. 적어도 밖에 있으면 여자들과 접촉할 기회라도 생기니까. 그런데 레고 너, 우리 말고 다른 랩원들하고 연락된 사람은 없어? 혹시 혜지는 어떻게 된 건지 몰라?"

"아침부터 핸드폰이 불통이라 다른 랩원들은 모르겠어요. 혜지도 모르겠고…."

"그래? 아참, 넌 몇 월생이야?"

"2월생이요. 2월 25일 13시 10분. 물고기자리인데, 워…원래 물고기자리는 창조적이고 감성적인 성격을 가진 것으로 알려져 있으며…."

"잘됐네. 그럼, 목요일 저녁까지 어디 가지 말고 이 모텔에만 있어. 알겠지?"

강미주의 말을 자르며, 곽영후가 단호히 말했다.

배가 든든해지자, 신기하게도 이성이 돌아왔고 공포와 두려움도 일부 사라졌다. 머리가 모터를 단 것처럼 빠르게 회전하기 시작했다. 왠지 잘만하면 지금부터 모든 일이 다 잘 풀릴 것만 같았다. 강미주가 눈을 동그랗게 떴다.

"네?! 모…목요일까지요?! 아니, 제가 왜…방금 말했다시피 전 2월생이라서 이번 1차 명단에도 없는데요? 오빠가…오빠들이 어떻게 있는지 궁금해서 와 봤고, 국밥만 주고 가려고 했는데…."

"2차에 네 이름이 없을 거란 보장이 있어? 2차가 됐든 3차가 됐든 너도 혼인 신고는 해야 살 거고, 네 얼굴에…너도 정 안 되면 고자라도 잡아서 결혼해야 할 거 아니야? 잔말 말고, 목요일 오후 6시 30분까지는 무슨 일이 있어도 나한테서 떨어지지 말고 가만있어. 서로가 윈윈이니까."

"아니, 그러니까…대체 뭐가 윈윈이라는…."

"넌 나와 결혼해야 하니까. 내가 너랑 결혼해 준다고."

나랑 뭘 해준다고? 벙쪄서 할 말을 잃어버린 뇌와는 반대로, 멋대로 열린 입술은 벌써 뭔가를 더듬거리며 말하고 있었다.

"네? 아…아니, 제 의견은 무…묻지도 않고 왜 오빠 마음대로 이러시는지…."

"아, 젠장, 주제에 내숭 떠냐? 왜 이렇게 말귀를 못 알아먹어? 내가 너 살려주는 거라고."

"…."

"사실, 핸드폰만 제대로 터졌어도 네가 여기 올 필요도, 너한테 이런 말을 할 필요도 없었어. 난 벌써 결혼할 여자들을 구해서 행정센터에 등록까지 다 마쳤을 테니까. 바꿔 말하면, 이번 기회가 너한테는 넝쿨째 굴러들어 온 행운이라고."

끝까지 영문을 모르겠다는 표정으로 나를 보는 강미주다.

다른 여자애들이라면 귀엽겠지만 넌 사양이다.

곽영후가 입꼬리를 올리며 자신만만하게 말했다.

"너 나 좋아하는 거 알아. 그래서 대중교통이 끊겼네, 어쩌네, 하면서 일부러 내가 있는 모텔까지 찾아온 거 아니야?"

"…."

"랩이나 식당에서 마주칠 때마다 나 훔쳐보는 거도 알고 있었어. 그러니까 그런 요상한 표정으로 아닌 척 내숭 떨지 말고 기회가 왔을 때 넙죽 받아먹으면 돼."

목요일, 혼인 등록 마감 시간 전까지 강미주를 곁에 두기만 하면 된다. 물론, 얼굴과 말투가 기분 나쁘고, 어딘지 음침하고 음흉한 데가 있는 좀도둑 너구리 같은 애지만, 그런 작은 이유로 모처럼 제 발로 찾아온 카드를 버리기에는 아깝지. 얘도 일단은 '여자'고 나도 보험 하나쯤은 있어야 하니까. 여차하면 혼인 신고서 작성 중에 차버리더라도 말이다. 2월생인 강미주라서 7월생인 나와는 달리 혼인 신고 여부에 따른 불이익도 없다.

하지만, 내숭 떨지 말라고 그만큼 말했는데도 주의해서 듣지 않았나 보다. 강미주가 당황한 얼굴로 끝까지 모르는 체했다. 어느덧 국밥을 다 먹은 현호가 생수를 마시며 둘의 대화를 엿듣고 있었다.

"그, 그렇게는 안 될 것 같은 데요…. 물론 오빠 제의가 고맙기는 한

데요…. 제가 여기 온 건 영후 오빠 때문이 아니라…호…혹시나 해서….”

강미주가 물을 마시는 차현호를 곁눈으로 힐끔거렸다. 작은 눈꼬리가 찢어지도록 눈치를 보느라, 수북이 내려 자른 앞머리가 유달리 답답하고 더워 보였다. 그녀가 현호와 눈도 마주치지 못하고 개미만 한 목소리로 웅얼거렸다.

"사실은, 혀…현호 오빠가 걱정돼서 왔어요….”

곽영후가 현호를 돌아보자, 현호 역시도 물을 삼키려 멈칫했다. 의아한 표정으로 곽영후가 강미주에게 물었다.

"현호? 이 판국에 현호는 왜?"

"왜라뇨….”

그녀 역시 어리둥절한 표정으로 말했다.

"현호 오빠도, 영후 오빠랑 똑같은 7월생이잖아요.”

***

벌써 자정이 가까운 밤.
금강 아파트, 604호.
세 사람이 거실에 둘러앉아 있었다.

항상 복도에서나 짧게 얘기했지, 이분을 집 안에 들인 건 처음이었다. 거실 방석에 다소곳이 앉은 504호 여자 옆에 오렌지와 바나나가 담긴 접시가 놓여 있었다.

30분 전 모였음에도 불구하고, 누구 하나 섣불리 입을 떼는 사람이 없다.

성인들이, 그것도 더할 수 없는 깊은 생각에 잠긴 침묵 속, 이따금 터지는 김미연의 한숨을 제외하면 정적에 파묻힌 이곳은 다른 이름의 '감옥' 같기도 하며, 내 죄가 뭔지 구체적인 죄명 또한 모르겠으나, 모두가 똑같은 무게의 형벌을 받는 듯하다.

불만 가득한 긴 형벌의 시간 중, 이윽고 누군가가 먼저 감옥 문을 열고 나왔다.

"…거절하겠습니다."

두 여자의 눈길이 방금 말한 남자를 향했다.

아내인 여자는 예견한 듯하고, 504호의 여자는 절망했는지, 바닥에 떨군 고개를 들지 못했다.

노수혁이 이어 말했다. 결론이 났기에 할 말만 할 뿐이었다.

"죄송합니다. 모쪼록 일이 잘 풀리시길 바라며…살아남길 바랍니다."

"수혁 씨…."

"이제 나가주시겠습니까?"

억지에, 30분이나 되는 시간을 투자했으면 이웃에 대한 예의뿐만이 아니라 인간에 대한 기본적인 예의는 지킨 셈이다.

자평하며 노수혁이, 거절 의사를 분명히 밝혔음에도 고집을 피우고 앉아 있는 504호 여자에게 다시금 못 박았다.

"절대 안 되고, 자꾸 이러시면 곤란합니다. 저희도 시간이 없어서 그러니 경찰에 신고하기 전에 나가주세요."

"…집 전화랑 핸드폰이 불통이라 경찰에 신고 못 하실 거라는 거 알아요. 그리고 경찰서도 텅 비었다는데…신고해 봐야 우리 아파트 같은 데는 오지도 않을 거예요."

504호 여자의 대답에 노수혁의 표정이, '뭐야?'에서, 곧 '뭐 하자는 거야?'로 바뀌었다. 험상궂게 인상을 쓰며 당장 여기서 나가라고 소리치려는 찰나, 김미연의 팔이 흥분한 남편을 막아섰다.

노수혁이 열 받으면 어찌 되는지 아는 그녀가 남편을 저지하면서 침착하게 504호를 타일렀다.

"사정은 딱하지만, 저희도 어쩔 수가 없어서 그래요. 이이 말처럼 우리와는 관계도 없는 사람 일로 더 이상 시간 낭비를 하고 싶지 않아서요. 아침에 일부이처제 시행령이 공포되고 나서 온종일 제정신이 아닌데, 남편과 의논해야 할 일이 산더미예요. 아주머니도 급하신 만큼 이해해 줄 거라고 믿어요."

"…."

"우리한테 이러시는 거보다 다른 절박한, 그러니까 아주머니를 받아줄 수 있는 다른 가정을 찾아보세요…. 아셨으면 그만 나가주세요."

"제가 뚱뚱하고 못생겨서요?"

504호 여자가 바닥에 떨군 머리를 들고 물었다. 시선은, 방금 발언한 김미연이 아니라 노수혁을 향해 있었다. 대답을 꼭 들어야겠다는 듯, 그녀가 노수혁에게 다시 물었다.

"그렇죠? 제가 너무 뚱뚱하고 못생겨서…같이 다니면 창피해서 숨고 싶고, 제 몸에선 하수구 냄새가 날 거로 생각하시죠?"

노수혁이 당황했다. 여자의 터무니없는 소리에 그가 말까지 더듬었다.

"아, 아니…누…누가 그렇다고 했습니까? 이상한 말씀을 하시네. 그냥 우리는…저기, 당장은 어떤 결정도 어려우니까 그만 집에 돌아가시라고 할 수밖에…."

"사람, 외모로 판단하지 마세요. 제 남편만 곁에 있었으면 이 집에 와서 사정하지도 않았어요. 남편이라면 반드시 절 살릴 방법을 찾았을 테니까요."

"…."

"그냥 여기서 혀 깨물고 죽을까요?"

"네?! 뭐라고요? 아니, 우리 집에서 왜 그런…."

"아니면, 지금 당장 베란다로 달려 나가 빨랫줄에 목을 매달아 버릴까요? 소시지가 되느니 차라리 그편이 훨씬 나을 거라…."

"젠장, 됐으니까 나가라고!"

노수혁이 더는 못 참고 504호 여자를 거칠게 일으켜 세웠다. 하지만, 의지와는 달리 워낙에 무거운 체중의 여자인지라, 80kg의 노수혁이 '억!' 하면서 지레 바닥에 고꾸라졌다.

504호 여자가 아예 거실 바닥에 철퍼덕, 머리를 박으며 애원했다.

비대한 물살이 한여름 아스팔트 위의 녹은 버터처럼 사방으로 퍼지는가 싶더니, 이윽고 여자가 대성통곡했다.

"으흐흐흑, 제발, 이렇게 부탁드릴게요. 제가 아는 데라고는 여기뿐이어서요…. 그리고 친절하신 분들이란 걸 알아서 부탁드리는 거예요. 제가 죽으면 우리 남편은…우리 남편은 홀로 남겨져서…흑흑…저를 따라서 죽을지도 몰라요. 난 죽어도 괜찮지만, 내 남편만은…사랑하는 내 남편만은…."

"나가!"

벌떡 일어선 노수혁이 소리치며 여자의 옷을 거칠게 잡아챘다.

그러나, 바닥에 퍼질러 앉은, 100kg도 훨씬 넘어 보이는 무게를 노수혁 혼자의 힘만으로 감당할 수는 없었다. 바위처럼 꿈쩍도 하지 않는 몸뚱어리 대신, 본의 아니게 여자가 입은 얇은 시폰 원피스가 찍, 소리를 내며 찢겨나갔다. 마시멜로처럼 겹겹이 쌓인 팔뚝과 가슴 언저리의 물살들이 출렁이며 밖으로 쏟아졌다.

뜻밖의 사태에 놀란 김미연이 손으로 입을 틀어막았다. 하지만, 더 놀란 건 노수혁의 그다음 행동이었다. 어느샌가 주방에서 식칼을 꺼내 들고 온 그가 칼을 여자에게 겨누며 위협했다. 그를 말릴 틈이 없었다. 화가 머리끝까지 치솟은 얼굴과 목은 시뻘게졌고 목울대에는 핏대까지 섰다.

"나가세요. 말 안 들으면 정말 나도 어떻게 될지 몰라요. 나도 아내도 이대로는 꼼짝없이 죽을 판이라서 새벽까지는 어떡해서든 결론을 내야 하는데…내가 다른 여자를 아내로 맞이해야 하는 상황도 미치겠는데, 우리랑은 아무 상관도 없는 당신 때문에 당장 죽고 싶을 만큼 극도로 피곤해요. 빨리 여기서 나가요."

504호 여자가 흐느끼던 울음을 그쳤다. 그녀가 자신의 코끝을 겨눈 식칼과 노수혁의 얼굴을 번갈아 보더니, 이젠 김미연의 얼굴을 빤히 쳐다보았다.

왜 나를….

그제야 김미연이 여자를 다시 보았다.

노수혁에게 예쁘게 보이고 싶어서였을까, 공들여서 화장한 얼굴은 검은 마스카라가 번져서 판다가 됐고, 하늘거리는 원피스는 넝마처럼 찢겨서 틈마다 허연 살덩이들이 삐져나왔다. 그것도 남의 집 거실에 주저앉아 제발 나를 좀 살려달라며 남의 남편에게 추하게 매달리는 모습으로…. 김미연의 눈에 연민과 동정의 빛이 스쳤다.

잠시 후, 504호 여자가 천천히 자리에서 일어섰다. 빨간 머리띠를 고쳐 쓰고, 찢어진 시폰 원피스를 감싸 안다시피 한 그녀가 거실을 나갔다. 현관문이 탁, 소리를 내며 닫혔다.

5

칙령 시행 둘째 날, 수요일.

제우스 모텔, 302호.

꼬박 뜬눈으로 밤을 지새웠다. 지금도 팔짱을 낀 채 굳은 얼굴로 의자에 앉아서 꼼짝도 하지 않고 있었다.

어느새 아침.

부드러운 햇살이 객실 블라인드를 통해 스멀거리며 밀려들었다.

하지만 갓 걷힌 새벽이든 막 시작된 아침이든, 어젯밤부터 결말이 나지 않은 물음에 현호의 검은 눈썹이 꿈틀했다.

그래서, 내가 7월생이라고?

-네…. 아, 아니…그런데 무섭게 그건 왜 자꾸 물으시는 거예요? 오빠 생일, 7월 5일, 맞잖아요. 그래서 작년 오빠 생일 때 패스트푸드점 햄버거로 랩원들한테 생일 턱도 쐈잖아요.

-….

-아! 맞다! 패닉 왔죠? 오빠가 1차 명단에 들어서…그래, 그래서 충격과 경악, 공포를 거쳐 허탈, 이젠 부정 단계로까지 발전해서…PTSD가 심하게 왔다는…. 아, 그럼요. 그럴 수 있어요. 이…이해해요. 이해해요.

내 생일이 7월 5일이라고 했다. 강미주는….

현호의 눈길이 침대에 있는 여자를 향했다. 하지만, 1초도 안 돼서 금방 시선을 돌려버렸다.

강미주가 거짓말을 하지는 않았다.

왜냐하면, 그 말을 몇 차례나 반복할 때의 강미주는 마치 듣고 있는 나 자신만큼이나 당황하고 어리둥절해 보였다. 또한, 자신과 상관도 없고 득 될 것도 없는 내 생일 같은 거로 거짓말을 할 필요도 없다. 오히려 얘는 내가 걱정돼서….

목이 타들어 가는 느낌에 현호가 생수병을 낚아채서 꿀꺽거렸다.

1/3정도 남았던 생수가 일시에 사라지자, 빈 플라스틱 생수병을 탁자 위에 내던졌다. 그러고는 밤새 했던 혼잣말을 또다시 기계적으로 되뇌었다.

그래서 내 생일이 7월 5일이라고?

그런데, 그럴 리가 없잖아….

그래, 당연히 그럴 리가 없다.

왜냐하면 내 생일은, 12월 25일이니까.

공휴일인 크리스마스에 태어난 나는 매년 집에서 생일을 보냈고, 그래서 랩원들한테 패스트푸드점 햄버거로 생일 턱을 쏜 적도 없다.

그런데 대체 저 애는 왜 내 생일을 7월 5일로 알고 있는 거지? 게다가….

현호가 핸드폰을 켰다.

'억울하게도' 핸드폰 달력마저 7월 5일에 생일 표시가 되어 있다.

그리고 작년, 내 생일이라는 그날, 엄마한테서 들어온 문자.

[아들! 생일 축하해. 아침에 바쁘다고 미역국도 몇 술 뜨다 말고 나가서 엄마가 좀 서운해. 용돈 준 걸로 친구들과 맛난 거 사 먹고…밤에 너무 늦지 말고 들어와.]

핸드폰을 끄고, 이젠 점퍼, 바지 할 것 없이 주머니 속을 닥치는 대로 뒤졌다. 나를 증명할 만한 게 있는지 찾아봤다.

바지 주머니에서 방전된 전지 1개와 편의점 영수증 2장, 동전 2개가 나왔고, 점퍼 안에서는 구겨진 종이 같은 게 나왔다.

전지와 영수증 등은 내가 주머니에 넣은 기억이 있고, 구겨진 종이는 아날로그 감성이 물씬 느껴지는 한 장의 폴라로이드 사진이었다.

사진은, 오랜 세월에 걸쳐 변색 되고 낡아서 피사체와 주변 배경을 제대로 알아볼 수가 없었다.

이걸 언제 점퍼에 넣었지…?

어렸을 때부터 봐 온 익숙한 사진이어서 다시 점퍼에 넣으려던 현호가 무슨 생각인지 사진을 손에 들었다.

한 남자를 찍은 사진이었다.

실험실로 보이는 곳에서 흰색 랩코트를 입은 한 남자가 목하 실험에 열중하고 있었다. 현미경 렌즈에 눈을 대고 시료를 관찰하고 있었는데, 추측건대 나와 닮은 이분은 내 친아버지가 틀림없다.

엄마가 말하길, 아버지도 나처럼 어떤 과학 분야의 연구원이라고 했다. 내가 태어나기도 전에 두 분은 이혼하셨고, 그래서 난 아버지의 얼굴도 모른다.

현호가 사진 속 얼굴을 보기 위해서 눈을 가늘게 뜨고 집중했으나, 사람의 형체가 너무 희미해서 눈이 쓰라렸다. 포기하고 다시 점퍼 주머니에 넣으려던 그가 '이런….'하고 작게 탄식했다.

사진 밑부분에 만년필로 휘갈긴 듯한 '1865'라는 숫자가 있었다. 선명한 검은 잉크 자국으로 보건대 최근에 쓴 게 분명하다.

범인은 금방 한 사람으로 좁혀졌다. 온라인 쇼핑몰 사이트의 로그인 비밀번호를 자주 깜빡하는 엄마가 분명하다. 내가 비밀번호를 알려주면 엄마는 급한 나머지 책이나 티슈 등 주변에 있는 물건 아무것에나 먼저 쓰고 보는 습관이 있기 때문이다.

하지만 아무리 급해도 그렇지, 하나밖에 없는 아빠 사진에 낙서하다니….

사진을 다시 점퍼 안주머니에 찔러 넣고 현호가 의자 등받이에 등을 기대고 축 늘어져 버렸다.

…다른 랩원들이나 나를 아는 사람들을 만나면 물어볼 수밖에 없다.

영후 형은 내 생일 따윈 모른다며 그 길로 클럽에 가버렸다.

자신이 먼저 강미주를 '찜'해뒀다며, 내 생일이 7월이든 뭐든 쟤는 건드리지 말라고 경고하고서 말이다. 그리고 혜지한테서 연락이 오면 꼭 이 모텔로 오게 하라고 명령조로도 말했다.

고뇌로 밤샘한 신체가 이제야 티를 내기 시작했다.

현호가 점액이 메말라 따끔거리는 눈을 손으로 비볐다.

탁자에 턱을 괸 팔꿈치와 피로한 눈으로 침대에서 한잠이 든 강미주를 바라보았다.

강미주는 늦은 새벽까지 얘기하느라 피곤했는지 드르렁드르렁, 코를 골며 가끔 이를 갈기도 했다. 그런데 저렇게 뒹굴다간 곧 티셔츠가 배꼽 위로…예의가 아니어서 못 본 척했다.

그리고 그녀의 고약한 잠버릇으로 새롭게 드러난 사실 하나는, 직각으로 고정된 레고 머리가 절대 가발이 아니라는 것이다.

랩원들 사이에서도 5:5 정도로 늘 의견이 분분한 사안이었다.

그런데 누가 레고가 가발이라고 했었지…?

소명이와 영후 형은 확실하고, 음, 또 세울이 형과 필헌이 형? 혜지?

혜지….

현호가 다시 핸드폰을 켜서 문자를 열었다.

최근, 인터넷으로 주문한 홍삼 때문에 홍삼 업체와 주고받은 문자를 제외하면, 나머지는 혜지에게 전송한 것들뿐이었다. 그리고 가장 마지막에 보낸 문자 한 통.

[혜지야. 문자 받으면 짧게라도 답장 좀 해줘. 너 11월생이잖아. 걱정돼서 그래.]

혜지도 11월생. 그 때문에 영후 형이 그토록 애타게 혜지를 찾는 것이다. 사귀는 사이라면, 그것도 둘 다 1차 명단에 오른 상황이라면 결혼은 생각할 필요도 없을 테니까.

서로를 만나면 곧바로 행정센터로…아니지, 임시로 편의점에서도 혼인 신고를 할 수 있다고 하니까 가까운 편의점으로 가려나…?

그래서 나는 그 둘이 이대로 마주치지 않기를 은근히 바라고 있는지도 모른다. 영후 형이야 어떻게든 살아남을 테고, 타이밍이 안 좋으면 혜지는 혼자 남게 될 수도 있다.

그러면, 어쩌면 나랑…물론, 내 타이밍이 좋을 때의 얘기다.

"헉!"

숨넘어가는 소리에 놀란 현호가 핸드폰에서 얼굴을 들었다.

"허억, 허어억!!"

무서운 악몽을 꿨는지, 어느새 침대에서 꼿꼿이 일어나 앉은 강미주가 숨을 컥컥거리며 괴로워하고 있었다. 두 손으로 머리를 감싸 쥐며 입으로는 묽은 침을 흘리고 있었다.

현호가 재빨리 침대로 뛰어갔다. 그가 강미주의 등을 두드리며 소리쳤다.

"왜 그래?! 숨부터 쉬어! 숨!"

"커컥…."

숨통이 트이는지, 하얗게 질린 안색으로 강미주가 숨을 크게 내뱉었다. 그러면서도 머리를 감싼 양손은 풀지 않았다. 아니, 오히려 측두부를 조이듯 더욱 움켜쥐었다.

겨우 안정을 되찾은 강미주지만, 그래도 걱정이 되어서 현호가 조심스레 물었다.

"악몽 꿨어? 무서워서 그런 거야?"

"허헉…내가, 내…내가…."

"네가 뭘 어쨌는데?"

하지만, 아무것도 들리지 않는 것처럼 도리질할 뿐인 강미주였다. 현호가 재차 큰 소리로 말을 걸자, 그때야 정신을 차린 듯 그녀가 띄엄띄엄 말했다.

"내…내가 사람을 죽였는데…메…메스로…."

"그래? 아, 정말 무서웠겠다. 그런데 괜찮아. 꿈이잖아. 이제 깼으니까 괜찮아."

"그…그런데, 꿈이 아니고…진짜로, 내가 어떤 남자의 목을 메스로 찔렀는데 피, 피가…피가 퍽 튀면서…나, 난 너무 무서워서…."

"응. 괜찮아. 꿈이야. 봐, 나도 여기 있고 넌 침대 위에 있잖아. 이제 무서워하지 않아도 돼."

공포에 질려서 몸을 사시나무 떨듯 하는 강미주인지라 현호가 저도 모르게 그녀의 어깨를 감싸며 토닥였다.

"다 꿈이야."

강미주가 스륵 눈을 감았다.

안정되고 진실한 목소리로….
괜찮아. 이건 꿈이야….
악몽에서 벗어나고자 숨을 고르는 동안, 어느덧 떨림도 진정되어 갔다.
하지만, 지금 현호 오빠가…나를….
덕분에 피바다의 꿈에서 깨긴 했지만, 뭘 어떡해야 좋을지 몰랐다.
대학원에 입학한 순간부터 짝사랑한 현호 오빠의 품에 안겨서…그것도 한 침대에서…. 그것도 단둘만 있는 모, 모…모…모텔에서….
"괜찮아? 좀 진정됐어? 어? 너 열까지 나는 거야?"
벌게진 두 뺨이 금방이라도 화르르 타오를 것만 같은 강미주였다. 이상을 느낀 현호가 열 체크를 위해 이마를 짚으려고 하자, 화들짝 놀란 그녀가 그의 손을 힘껏 쳐버렸다.
"괘…괘…괜찮아요!! 여…열이 아니라 따…땀이에요! 제가 소양인 체질이라 땀이 많고…그래서, 아…악몽도 자주 꾸고…."
"그래? 소양인이 악몽을 자주 꿔? 아, 그렇지! 너 손 펴봐."
현호가 자기 손목에 있던 카밀러꽃 팔찌를 끌렀다.
강미주에게 팔찌를 내밀자, 그녀가 "이, 이게 뭐예요?"라며 어리둥절하게 물었다.
"이게 불면증과 스트레스에 효과가 있대서 산…아니, 친구한테서 선물 받았는데 너 가져."
현호의 말에, 강미주가 눈을 껌뻑거렸다.
"서…선물 받은 걸 나한테 줘도 돼요?"
"아, 그것도 그런데…음, 그런데 친구도 잘 못 샀다고 했어. 잘 봐. 여자 거잖아. 나보다는 너한테 더 어울리는 거 같으니까 친구 녀석도 이해할 거야."

더는 말하지 않고 강미주가 손바닥에 놓인 팔찌를 물끄러미 내려다 보았다.

현호 오빠가 직접 손목에 차고 있던 팔찌다…. 게다가 이걸 나한테 선물로….

한 아름 감동이 몰려와서 팔찌에서 눈을 떼지 못하던 그때, 강미주의 상태가 이상하다고 느낀 현호가 그녀의 안색을 살폈다.

"너, 괜찮아? 미주야?"

"아, 괜찮아요! 오빠! 그, 그런데 저 무…무, 물 좀 주세요!"

"물? 아, 미안. 목마르지?"

현호가 물을 가지러 냉장고로 뛰어갔다.

젠장…. 텅 비어버린 냉장고 앞에서 좌절했다.

뒤를 돌자, 탁자 위에 객실 키와 영후 형 차 키(도로가 마비돼서 자동차도 필요 없었다), 핸드폰 등과 함께 수북이 쌓인 빈 생수병들이 눈에 들어왔다. 조금 전, 내가 들이켠 생수가 마지막이었다.

현호가 서둘러 지갑을 챙기며 말했다.

"미안해. 물이 하나도 없어. 빨리 가서 사 올 테니까 잠시만 누워 있어."

"미…미안해요. 괜히 저 때문에…."

"아니야. 어차피 먹을 것도 사러 가야 했어. 뭐 먹고 싶은 거 있어?"

강미주가 말한 아이스 커피와 떡볶이를 기억한 현호가 밖으로 나갔다. 객실 문을 닫기 전, 그가 강미주에게 다짐받듯 말했다.

"금방 다녀올 테니까 기다리고 있어."

낡은 객실 문이 저항 없이 닫혔다.

복도로 나선 현호의 발걸음 소리가 멀어져 갔다.

상체에 힘이 들어가지 않아서, 그리고 터질 것 같은 심장 박동으로 강미주가 시트 위에 벌러덩 드러누워 버렸다.
 그리고 그 순간, 정말 기적적으로 '핸드폰 벨'이 울렸다.
 강미주가 허겁지겁 핸드폰을 꺼냈지만, 그것이 아니었다.
 구석 협탁 위. 찌그러진 서너 개의 생수병과 함께 302호 객실의 내선 전화가 시끄럽게 울리고 있었다. 그리고 금방 다녀오겠다던 현호는 '금방' 돌아오지 못했고, 그로부터 두 시간 후.

"야! 차현호!"
 곽영후가 빈 생수병을 냅다 바닥에 던지며 소리쳤다.
"내가 레고 잘 지키라고 했어?! 안 했어?! 젠장, 그새를 못 참고 토꼈네?"
 해가 뜰 때까지, 온몸이 땀으로 흠뻑 젖을 만큼 즉석 만남을 시도했지만, 이젠 돈 많은 놈들의 식민지나 다름없는 클럽이었다.
 돈을 뿌려 대다 못해서 클럽 무대 위로 올라가 미러볼을 향해 돈다발을 던지고 1억짜리 와인병을 마구 깨부수는 놈들을 무슨 수로 이기냐고…. 잘생긴 얼굴, 학력, 키…모든 게 소용없었다. 이 불안한 시대에 통용되는 건 오직 돈, 돈뿐이었다.
 객실에서 머리 왁싱을 하며 벽 거울을 볼 때까지만 해도, 그래도 나 정도면 서바이벌에서 살아남을 거라 자신만만했던 곽영후였기에, 일이 마음대로 되지 않자, 불안과 긴장을 이기지 못해 폭발 직전이었다.
 현호가 마지못해 대꾸했다.
"그게, 물과 먹을 게 없어서 잠깐 편의점에 간 거였는데, 벌써 사람들이 싹쓸이해서 근처 편의점 매대들이 전부 텅 비어버렸어요. 공무원들이 나와서 혼인 신고만 신청받는 상태라서 지하철역이랑 큰 도로까지

나가서 이 물도 겨우 구했어요."

현호가 구해 온 것들을 탁자에 놓았다.

두 시간 내내 거리를 헤맨 결과물은, 값이 다섯 배가 오른 바나나 한 송이와 초코파이 한 통, 물 세 병이다. 그러면서 현호가 말했다.

"그리고 내 잘못이라기보다는 미주가 형과는 싫다고 분명한 의사 표현을 했고, 모텔에 감금된 것도 아닌데 내가 감시해서 뭐 해요? 알아서 잘 나갔을 거예요."

"이게, 사람 가르치냐? 아니면 잘난 척하는 거야? 아, 그렇지! 그러고 보니 레고가 너 좋아하는 거 같던데, 네가 레고 꼬드겨서 빼돌렸냐? 너만 살려고?"

"그런 적 없어요. 아침밥 먹을 거니까 형도 먹으려면 먹어요."

"안 먹는다! 너나 많이 먹어라!"

불만 많은 곽영후를 놔두고 현호가 바나나를 까며 말했다. 생수는 벌써 뜯었다.

"내일까지 시간이 있잖아요. 그래서 이거 먹고 일단 밖에 나가보려고요. 어제까진 내가 7월생인지도 몰랐지만요…. 아무튼 그렇다고 하니까."

허튼소리를 인정하는 데만 꼬박 하룻밤이 걸렸다.

여기가 한국이든 이세계든 다른 우주든 아니면 지옥이든 어쨌든, 할 수 있는 데까지 해보기로 했다.

혼자 죽을 순 없다며, 노숙자 차림의 술에 취한 남자가 야구 방망이로 닥치는 대로 마트 출입문과 창문을 깨부쉈고, 손님과 마트 직원들이 악을 쓰며 울고, 폭행이 난무하고, 급기야 칼을 들고 달려드는 아귀다툼이 벌어지는 바깥 실상을 보고 와선 더욱더 그러한 확신이 들었다.

꿈이라면 이러는 동안 깰 테고, 가상 현실이라면 과일 접시를 들고 내 방에 들어온 엄마가 내가 쓴 VR 고글을 확 벗겨버릴 것이다.

단 하나, 이곳은 절대 '현실'이 아니다.

바나나를 세 개째 우적거리고 있는데, 누군가 슬그머니 탁자 앞에 앉았다. 곽영후가 어느새 하얗게 깐 바나나를 덥석 베어 물며 초코파이를 뜯었다. 아까부터 비위 상한 그가 시비조로 물었다.

"그래서 레고한테 연락한 거냐? 걔, 상태 이상하다고 랩원들이 일부러 피하는 건 알지?"

'왕따 같은 거요?'라고 물으려다 힘 빼기 싫어서 대답하지 않았다.

성인이나 돼서 주고받는 대화치고는 유치하기 짝이 없다.

곽영후가 알만하다는 듯, '흥'하고 콧방귀를 끼었다.

"레고가 너 좋아하니까, 이때다 싶어서 나처럼 보험으로 이용하려고 했냐?"

"…."

"들키니까 그제야 아이고, 내 생일이 7월인 줄 몰랐네, 어쩌네, 하면서…."

"강미주한테 연락한 적 없어요. 연락할 만큼 친하지도 않고요."

듣다 못 한 현호가 핸드폰을 들어 문자함을 내보였다.

문자함에는, 현호 자신이 문자 전송한 사람들의 이름이 시간별로 나열되어 있었다. 그중에 강미주는 없었다.

"됐어요?"

핸드폰을 탁, 소리가 나도록 탁자에 놓자, 곽영후가 눈 밑 근육까지 움직여 가며 '네네, 어련하시겠습니까?'라며 또 비꼬았다. 그리고 그 순간.

"어? 너 정말 레고한테 연락한 적 없어?"

곽영후가 현호보다 하나라도 더 먹기 위해 열심히 씹던 바나나까지 잊어버리고 물었다. 현호가 답답하다는 듯이 말했다.

"몇 번을 말해요? 걔한테 문자 했으면 했다고 하지, 내가 왜 형한테 거짓말을 하겠어요."

그러자, 곽영후가 의아한 표정으로 자신의 핸드폰 문자함도 열어서 보여주었다.

"나도 레고한테 연락 안 했어. 당연하지. 어제 여자들한테 문자 돌릴 때만 해도 레고는 안중에도 없어서…어?"

그가 빠르게 눈을 깜빡였다.

"그럼, 레고는 우리가 이 모텔에 있는 걸 어떻게 알고 찾아온 거야?"

*****

D-DAY. 셋째 날, 목요일.
오후 1시, 거실.

아삭대며 과일 씹는 소리가 들렸다.
 가정집과 상점이 불타고, 자살, 절도와 성폭행 같은 뉴스들이 매시간 끊이지 않았다. 특히 한강은 낮 밤을 가리지 않고 교대처럼 이어진 수백 명의 투신자살로 이젠 물고기보다 사람 시체가 더 많을 거라는 소문이 돌았다.
 방금도 제보자가 핸드폰으로 촬영한 듯한 동영상 하나가 공개됐다. 한 남자가 30층 아파트 옥상에서 날듯이 아래로 뛰어내렸다. '퍽' 하는 소리가 들리며, 카메라가 따라간 곳에는 머리가 박살 난 시체가 핏발이 선 눈을 부릅뜨고 있었다. 땅바닥 주변이 피로 점철된 영상이 마구 흔들리면서 공포에 질린 비명이 한동안 이어졌다.
 "저런, 아프겠네…. 그런데 이젠 저런 걸 편집도 안 하고 그냥 내보내는 건가? 방송국 놈들, 일 안 해?"
 TV 뉴스를 보느라 소파에 반쯤 드러누워 있던 감명민이 혀를 끌끌 찼다. 한 비서가 그의 가슴팍에 안겨서 마찬가지로 뉴스를 보고 있었다. 그저께부터 이 집의 또 다른 안주인이 된 그녀가 '어휴, 끔찍해' 하더니, 포크에 사과를 찍어 남편에게 건넸다.
 누가 어찌 되든 내 일도 아닌 데다, 실시간 뉴스가 OTT의 최신 영화보다 더 재미있어서 온종일 TV를 틀어놓았다. 한 비서가 말했다.
 "편집할 사람도 없는 거겠죠. 조금 있으면 6시 30분이라 혼인 접수 마감 시간이잖아요. 다들 제 살길 찾기 바쁠 텐데. 게다가….”

한 비서가 혀를 쏙 내밀며 웃었다. 표정엔 자만이 넘쳐났다.

"그게 아니더라도 누가 저런 남자한테 신경이나 쓰겠어요? 입은 옷이랑 생긴 걸 보니 더 살아봤자 결혼도 못 하고 좋은 일도 없을 거 같은데…. 마감은 다가오지, 여자들한테 다 퇴짜맞아서 절망으로 자살한 걸 거예요. 수출용 소시지로 비닐 포장되기 전에.”

"그런 것 같군. 흠…그러고 보면, 처음 칙령이 공개됐을 때는 이건 또 무슨 신박한 개소리인가 싶었지. 돼지 대신 인육 햄을 수출한다니…. 그런데 시간이 지나면서 그것도 꽤 괜찮은 아이디어란 생각이 들더라고. 때아닌 돼지 콜레라에 정부도 상당히 곤란했을 테니까 말이야. 온라인, 오프라인 가릴 것 없이 인육 햄은 축산 햄보다 몇 배나 더 비싼 값에 거래된다고 하잖아. 더 살아봤자 어차피 똥만 싸다 죽을 거라면, 이번 기회에 수출 역꾼으로 새로 태어나는 것도 나쁘진 않지.”

"제 말이요! 위기가 기회라더니, 여왕 폐하께서 현명한 판단을 하신 거죠. 인육 햄 수출로 돈도 벌고, 선택받은 우성 인자들만 쏙쏙 솎아내서 결혼시키면, 어머?! 그렇다면 지금부터 태어날 한국제 베이비들은 외모나 지능 면에서 다른 나라 애들보다 훨씬 월등하지 않을까요?”

한 비서의 말을 한 귀로 흘리며, '아삭'하고 감명민이 사과를 베어 물었다.

하긴, 우성 인자보다 열성 인자의 번식 능력이 수배, 수십 배 강하고 질기긴 하지. 선진국과 비교해서 몇몇 아프리카나 후진국의 출산율이 월등히 높은 것처럼.

가난하고 지능 낮고 열등한, 그런 것들이야 태어난 김에 산다 치더라도 문제는 우성 인자가 살아갈 세상을 오염시킨다는 데에 있다.

한정된 지구 자원을 고갈시키고 쓰레기와 폐기물을 증가시켜 환경 오염을 유발하고 그에 따른 기후 변화 등등 말이다. 쓰레기로 태어나서 쓰레기만 남기고 죽는다.

멜서스의 인구론에서도 토지, 식량 등의 자원 후생은 산술급수적으로 증가하나, 인구는 기하급수적으로 증가하기에 산아제한은 필수 불가결이라 주장하고 있고, 자연 선택의 진화 과정이 느려터졌다면 인위적 도태도 나쁘지만은 않다.

우성과 열성이 한 사과 바구니에 담기는 행운은 나무에서 갓 땄을 때뿐. 못 생기고 작고 흠집 있는 사과들이 상품 가치가 없어 폐기되는 건 당연한 수순이다. 스스로 죽지 못하는 암세포를 메스로 말끔히 도려내는 게 상식인 것처럼.

"…그래서 남자 보는 눈은 여자한테 맡기라니까요? 외모는 당연한 거고, 여자는 머리 좋고 능력 좋고 돈 버는 수완이 좋은 남자를 한눈에 알아보는 능력을 갖췄어요. 직관이랄까? 호호호, 어떤 못난 여자라도 자기 자식한테만은 상위 0.1%쯤 되는 최고의 DHA를 물려주고 싶은 게 본능이니까요. 그거라면 목숨도 아깝지 않죠."

못내 즐거운 듯 웃음을 섞어가며 재잘거리는 한 비서의 말이 틀린 건 아니라고 생각했다.

유전·진화론적 관점에서, 지구상에 존재하는 생명체 대부분은 집단 난교를 통해서 진화했다. 생물학적 관점에서도 일부일처를 따르는 종은 상대적으로 드물며 전체 생물종의 5%에 지나지 않는다는 점에 기인할 때, 인간이 만든 기존의 결혼제도는 역설적으로 남성의 필요 때문에 강제됐다고 볼 수 있다. 무한한 자연생태계에서는 전체 경쟁에서 승리한 소수의 정자만이 번식의 기회를 얻으며, 그것이야말로 적자생존의

원칙을 따르는 암컷들만의 절대적 권리임에도 불구하고 말이다. 다시 말해, 일부일처제란 우열 경쟁에서 도태된 불쌍한 수컷들을 위해 만든 사회적 시스템일 뿐, 전지전능한 신의 뜻이 아니라는 말이다.

"아이, 왜 말이 없어요? 나 혼자만 떠드는 거예요? 자기는 그렇게 생각하지 않아요?"

삐진 양 투덜대는 한 비서 때문에 감명민이 생각에서 빠져나왔다. 그리고 아까부터 거슬렸던 터라 정정했다.

"DHA가 아니고, DNA야. 그리고 남자도 말이야, 눈에 보이는 게 다야. 아무리 목숨이 달린 일이라도 뚱뚱하고 못생긴 여자를 위해서 평생을 뼈 빠지게 일하고 싶진 않지. 미녀를 얻기 위해서라면 전쟁이라도 불사하는 게 남자니까 말이야. 바뀐 법이 절대 이혼도 안된다니까, 참…안됐어."

감명민이 젊고 아름다운 한 비서를 응시하자, 그녀가 간드러진 음성으로 남자의 품을 파고들며 애교를 부렸다.

"아이, 사장님이 워낙에 잘 나셔서 그런걸요. 사장님 나이에 연 매출 백억 대의 회사를 운영하기가 어디 쉬운가요?"

"크큭, 그거야 그렇지. 나야 겨우 십억밖에 안 되는 시드머니로 단 한 번의 실패도 없이 이 자리까지 올라온 거니까 말이야. 외모도 어디 가서 못생겼다는 소린 들어 본 적이 없고, 정자에 레벨이 있다면 확실히 최상급이라 할 수 있지."

한 비서의 애교와 칭찬에 우쭐한 감명민이 곧 머리를 갸우뚱했다.

"그건 그렇고, 이 모든 게 돈벌이와 우성 인자 선별을 위한 큰 그림이라면, 여왕 폐하가 보기보다 머리가 좋으신 것 같군. 시끄러운 거야 있지만, 항간의 소문에는 뇌는 텅 비어서 가슴만 큰 백치라고…."

'아차' 싶어서 급히 말을 멈췄다. 어떤 자리라도 여왕 폐하를 비난하거나 욕보이는 건 고발 즉시, 즉결 처분이다. 재판도 없이 그날로 시청 단두대에 목이 올라갈 것이다.

한 비서가 무슨 걱정이냐는 듯, 고개를 내저었다.

"괜찮아요. 우리 사이에 뭐…. 우린 이제 부부니까요. 벌써 혼인 신고도 마쳤잖아요."

"그렇지. 우리처럼 빨리 신고를 마친 사람들도 드물다고 하더군. 아 참, 그리고 말이야, 오늘 저녁엔 결혼도 기념할 겸 둘이 오붓하게 외식이라도 하려고 했는데, 너도 알다시피 1차 마감 시간대라 밖이 대단히 혼잡할 것 같아. 집에서 먹어도 괜찮겠어?"

"그렇네요. 흐응…너무너무 아쉽지만 할 수 없죠. 그럼, 난 감바스와 버터 감자와 스테이크로 할래요!"

"하하하. 뭔들 못 해주겠어. 좋아. 그럼, 저녁에는 네가 좋아하는 감바스와…."

감명민이 웃음을 멈췄다. 누군가가 거실 앞을 스쳐 가자, 그가 물었다.

"지금 시간에 어딜 가?"

아내인 현가은이었다. 흰 리본 블라우스와 재킷, 검은 치마 정장을 차려입고 작은 토트백을 들었다. 한 비서가 자신을 빤히 보고 있는 걸 알았지만 무시하며 그녀가 말했다.

"마트랑 은행 좀 다녀오려고요"

"은행은 왜?"

"돈 좀 찾을 게 있어서요."

"이 시국에 현금은 찾아서 뭐 하게? 그것보다 통장에 돈이나 있어?"

한 비서를 대할 때의 태도와는 180도 다른 남편이다. 시비라도 거는 것 같은 차갑고 퉁명스러운 말투에 현가은이 대답했다.

"어디서 돈이 좀 들어온 게 있어요. 개인적으로 쓸 데가 있어서 찾으려고…."

"거짓말도 적당히 해. 네가 돈이 들어오긴 어디서 들어와? 통장도 모두 내가 관리하고 있고 찢어지게 가난한 네 친정에서 들어올 거라야 빚 독촉장밖에 더 있어? 바른대로 말해. 어디 가는 거야? 아, 너 설마…."

가슴에 들러붙은 한 비서를 떼어내고 감명민이 소파에서 일어섰다. 그가 현가은에게로 걸어오며 말했다.

"돈 좀 찾을 게 있다는 건, 장모님 사망 보험금을 말하는 거야?"

"아니에요. 내 통장으로 입금되긴 했지만, 엄마 생명 보험은 20년 넘게 아빠가 부어오신 거라서 아빠와 경학이 몫이고…."

"응. 그래서 내가 먼저 인출해서 사업자금으로 썼어. 그런데 다 긁어 봐야 1억밖에 안되던데? 20년이나 부었다길래 난 또 한 10억쯤 되는 줄 알았잖아. 괜히 좋다 말았어…. 이래서 가랑이 찢어지게 가난한 년들과는 결혼 자체를 하지 말아야 한다고. 응? 사람이 죽었는데도 목숨값이라 봐야 고작 1억이 전부이니까 말이야."

현가은의 눈빛이 선득하게 빛났다. 하지만, 그런 그녀를 눈치채고도 놀리는 게 재미있어서 감명민이 더욱 도발했다.

"그렇게 쳐다보면 뭐 어쩔 건데? 내가 없는 말 했어? 거지 같은 딸년 시집 보낼 때 땡전 한 푼 없었으면 석고대죄하고 사돈댁에서 청소라도 할 것이지, 뭐 한다고 사채까지 써서 내 회사까지 전화가 오게 만들고…. 직원들한테 쪽팔려서 죽을 뻔했어. 알아?!"

"우리 엄마…더는 그 더러운 입에 들먹이지 마. 아무리 당신이라도 죽여버릴 수가 있어."

"그래? 그럼, 어디 한번 죽여 봐."

감명민이 가슴을 내밀며 현가은에게 다가섰다. 남자의 왼쪽 어깨가 그녀의 오른쪽 어깨를 탁, 쳤다.

"자신 있으면 어디 한번 죽여 보라고."

힘에 밀려 뒷걸음질 친 현가은이었지만, 감명민이 아랑곳하지 않고 걸어와선 또 어깨를 부딪쳤다. 탁탁, 하며 뼈가 맞부딪치는 둔탁한 소리와 함께 넘어질 듯 휘청한 여자의 몸이 계속해서 뒤로 밀려났다.

"아이, 그만 해요. 왜 이래요?"

보다 못한 한 비서가 둘 사이에 뛰어들었다.

"볼일이 있어서 은행 좀 갔다 오겠다잖아요. 사모님…아니, 언니도 빨리 나가세요."

하지만, 사랑하는 한 비서가 말려도 소용없었다. 자신을 죽일 듯 노려보는 여자의 독기 서린 눈빛에 스스로 이성을 버린 남자였다.

"눈 내리깔아."

음습한 목소리. 경고였다.

내 손이 네년의 눈깔을 파버리기 전에….

하지만, 말귀를 못 알아들었는지 꿈쩍도 하지 않는다. 감명민이 한 번 더 경고했다.

"마지막이야. 눈…깔라고."

하지만, 남편이 그럴수록 더욱 큰 증오로 이글거리는 눈. 현가은이 물러서지 않고 입술을 꽉 다문 그때였다.

철썩! 공중을 가른 손바닥이 여자의 뺨에 내리꽂혔다. 질겁한 한 비서가 '악!'하며 비명을 질렀지만, 그것마저 봐줄 형편이 안 됐다.

관자놀이에 시퍼런 핏줄이 불거진다 싶더니 남자가 얼굴을 일그러뜨리며 고함쳤다.

"독한 년이! 눈 내리깔라고!"

떡두꺼비 같은 손이 또다시 허공을 날아 여자의 다른 쪽 뺨을 사정없이 내리쳤다. '짝!' 한번이 아니었다. 짝! 짝! 연거푸 갈겨대자, 연약한 피부가 금세 불에 덴 것처럼 벌겋게 부풀어 올랐다. 그럼에도 불구하고, 있는 힘껏 현가은의 뺨을 때리고 나서야 감명민의 손찌검이 멈췄다.

주르륵…. 코피가 입술을 타고 내려 거실 바닥에 뚝뚝 떨어졌다.

엉망진창으로 흐트러진 머리와 맞아서 부은 얼굴, 코피까지 흘리는 아내의 몰골을 보자, 조금 체기가 내려가는 듯했다.

말로 해선 듣지도 않더니, 몇 대 처맞고 나자 이제야 바닥을 보고 선년이니까.

"수건."

감명민이 명령하자, 한 비서가 잽싸게 욕실로 달려가 수건을 가지고 왔다. 방금 받아 든 깨끗한 흰 수건에 손가락 하나하나를 꼼꼼하게 눌러 닦으며 감명민이 말했다.

"있잖아, 이번 칙령의 가장 큰 묘미가 뭔지 알아? 아내를 두 명이나 데리고 살 수 있는 거? 응. 아니야."

"…."

"평생토록 이혼은 안된다는 거야. 무슨 말인지 알아들어?"

"…."

"내가 널 복날 개 패듯 패든, 침을 뱉고 욕을 하든, 속옷 한 장 없이 발가벗겨서 밖으로 내쫓든, 널 구해줄 경찰 따위는 오지 않는다는 말이야. 네 잘난 병든 친정아버지가 와도 안 돼. 결국 넌 평생 내 곁을 떠날 수 없다는 거지."

다 쓴 수건을 어깨 너머로 휙 던져버렸다. 한 비서가 남편의 눈치를 보며 슬그머니 떨어진 수건을 주웠다.

"아닌 말로, 내 손에 죽어도 네가 도움을 청할 데는 없어. 맞아 죽으면 그냥 맞아 죽는 거야. 그러니까…."

감명민이 한숨을 내쉬며 현가은 앞에 불쑥 다가섰다.

코를 감싼 아내의 손가락 사이로 붉은 피가 새었지만, 그딴 건 눈에 들어오지도 않는 남자가 키 작은 그녀를 군림하듯 내려다보며 말했다. 장난처럼 속삭이는 목소리였다.

"오늘부터 넌 내가 집에서 기르는 짐승이야."

"…."

"개든 고양이든 하나만 선택해."

*

아파트 승강기가 15층에서 멈췄다.

문이 열리고 누군가 탑승했다.

바닥만을 보는 중이지만, 방금 승강기에 탄 사람이 남자인 건 짐작했다. 바닥을 디딘 광택 나는 검은 남성용 구두와 바지 깃 때문이다. 뚜벅거리는 발소리가 멈추고 승강기 출입문이 닫혔다.

승강기가 하강하는 동안, 숨도 제대로 쉬지 못하고 구석에 서 있었다. 멋대로 숨을 내쉬었다가는 또 코피가 날지 몰라서였다. 1층 로비에 다다를 때까지, 그렇게 투명 인간처럼 있을 예정이었다.

그러나, 내 계획을 방해하며 승강기에 같이 탄 남자가 말을 걸었다.

"아프지 않나요?"

"…."

"누구한테 그렇게 맞았어요? 남자예요? 신고는 했어요?"

어떤 대답도 할 수 없는 현가은이었다. 바닥으로 고개를 떨군 채, '마스크라도 쓰고 나올걸' 하고 후회했다. 뺨을 맞고서 한동안 정신이 없었으니 어쩔 수 없다.

"남편입니까? 때린 사람이…."

또다시 들린 질문에 현가은이 고개를 들었다. 승강기 벽에 부착된 거울 속에서 한 남자가 자신을 보며 묻고 있었다.

놀이터….

담배….

그 남자였다. 며칠 전 밤에도, 또 그 며칠 전 밤에도, 그저께 밤에도, 동네 놀이터에서 봤던 그 남자.

"담배를 피우러 가끔 그 놀이터에 가요. 제가 사는 아파트엔 흡연실이 없거든요."

오늘로써 두 번째 듣는 남자의 음성이었다.

"놀이터에선 마음껏 흡연할 수 있으니까요. 그래봤자 한 개비지만…. 아무도 저한테 뭐라는 사람이 없어서 좋았어요."

발음이 정확한 반면, 말투 하나하나가 까칠하다. 거울로 보이는 남자가 이어 말했다.

"그런데, 이젠 담배를 안 피워도 될 거 같아요. 끊으려고요."

"…."

"제 여자 친구가 임신했거든요."

"…."

"그래서 좀 부끄럽긴 하지만, 부탁이 하나 있는데…해도 될까요?"

그제야 남자가 뒤돌아섰다. 승강기의 환한 불빛에 드러난 그는 이십 대 후반에서 삼십 대 초반쯤으로 보였다. 남자가 서른여덟 살의 현가은에게 말했다.

"저랑 결혼해 주실래요?"

"…."

"저는 사오혁이라고 합니다."

이름을 알았지만, 그의 이름이 뭐든 상관없다고 생각했다.

여자가 반응을 보이지 않아도 남자가 자기소개를 마저 했다.

"도로 건너편에 있는 금강 아파트에 살고 있어요. 직업은 회사원이고요…생일은 1월 16일이고, 키와 얼굴은 보시는 바와 같고, MBTI는…."

"아니요. 싫어요."

현가은이 거절하며 얼굴을 들었다. 울어서 퉁퉁 부은 눈이나마 상대방을 똑바로 바라보려고 노력했다. 발갛게 부푼 뺨을 굳이 숨기려고도 하지 않았다.

"1월생이라 급하신 건 알겠지만, 전 유부녀예요."

"그럴 것 같았어요. 상관없어요. 지금 남편과 이혼 없이도 즉석에서 혼인 신고는 가능하니까요."

"왜 저랑 결혼하고 싶으신 건가요?"

"방금 말씀드렸다시피 제 여자 친구가 임신해서요. 아기까지 살리려면…."

"제가 나이도 많고 몰골이 이래서 당치도 않은 희망을 품으셨나 본데…. 네, 남편한테 맞은 상처들이에요. 남편은 잘나고 똑똑해서 벌써 내연녀와 혼인 신고까지 마쳤고, 그래서 우리 세 사람은 죽지 않아도 되고요. 전 살았거든요."

"거절의 이유로는 더할 나위가 없군요."

"거절의 이유를 잘못 짚으셨어요."

대화하는 사이, 엘리베이터가 1층 로비에 도착했다.

하이힐 소리를 또각거리며 현가은이 로비를 걸어 나갔다. 그녀가 말했다.

"설령 내가 아니더라도 자기 아이를 가진 여자와 아기까지 죽이겠다는 남자랑 결혼할 여자는 아마 세상에 없을 거예요. 나와 내 아이한테도 똑같은 짓을 할 수 있으니까요."

그저께 밤.

놀이터에서 그가 누군가와 통화하는 말을 들어버렸다. 남자가 토한 하얀 담배 연기가 검은 밤하늘로 퍼져 나갔다.

―…임신했어. 목요일 마감 시한까지 혼인 신고를 안 하면 정부에서 알아서 처리하겠지…. 아니, 그냥 애까지 죽여버릴 거야.

***

누가 나한테 퀵을 보냈다고, 왕실 택배 전담 시종이 알려왔다.

여왕으로서의 재임 동안 단 한 번도 없던 일이었다. 재미있다는 생각이 들었다. 감히 한국 여왕인 내게 '퀵' 따위를 보냈다고?

어떤 정신병자이거나 애들이거나, 나이 들어도 정신 못 차리고 '관심병'을 앓는 일반인의 짓거리가 분명하다. 혹은 조회수를 위해서라면 목숨도 아깝지 않은 천박한 1인 방송 진행자들의 짓일 수도.

알아서 버리라는 지시를 내린 뒤, 여왕인 그녀가 안달하며 물었다.

"이제 몇 시지? 몇 시나 됐어? 시간이 꽤 지났잖아."

"오후 3시 10분입니다."

"아직 그것밖에 안 됐어?!"

안타까움에 주먹까지 흔들며 정색하는 여왕에게 왕실 직속 비서관이 정중하게 허리를 굽히며 보고했다.

"5분 전에 오후 3시 5분이라고 말씀드렸는데…. 조바심이 나시나 봅니다. 여왕 폐하."

비서관이 말하는 사이, 오후 3시 11분이 됐다. 괘종시계를 뚫어져라 쳐다봐도 평소와 달리 도무지 흐르지 않는 시간이다.

아침에 일어나서부터 이렇게나 기다렸는데 고작 3시가 조금 지났다고?

허탈한 여왕이 1인용 소파에 아무렇게나 기대버렸다. 그 바람에 다이아몬드 수십 개로 장식된 왕관이 살짝 흔들렸다. 이벤트는 아직 3시간 20분이나 더 기다려야만 했다.

"나가 봐. 그리고 장 장관 들어오라고 해."

비서관이 여왕의 방을 나간 뒤, 시녀의 시중을 받으며 장견우 장관이 안으로 들어섰다. 직함만 문체부 장관이지, 여왕의 애인인 그여서 출퇴근도 하지 않고 거의 궁궐에서 살다시피 하고 있었다.

"부르셨습니까?"

윤기 나는 흑발과 단정한 이목구비가 오늘도 여자보다 더 아름다운 남자였다. 깔끔한 정장 차림의 그가 여왕의 발밑에 고양이처럼 꿇어앉았다.

"키스할까요?"

여왕이 원하는 걸 눈치챈 장견우가 그녀를 올려다보며 물었다.

오직 여왕만이 사용할 수 있는 내밀한 방이었다.

비밀을 감추려는 듯, 무대 장치처럼 곳곳에 쳐진 암막 커튼들이 오늘만큼은 활짝 열려있었다. 여왕의 기분이 좋은 탓이다.

오후의 하얀 햇살이 거침없이 드나드는 밝은 방….

왕관에 박힌 다이아몬드들이 빛을 받아 마치 천국처럼 눈부시게 반짝거렸다.

사방을 뒤덮다시피 한 꽃들과 밖이 훤히 보이는 이 방에서 당신과 사랑을 나눈다면 어떤 기분일까?

한낮의 뜨거운 정사도 끈적하고 몽환적이지만, 그보다 더욱 우리를 달아오르게 만드는 한 가지가 더 있는데…여왕, 당신은 알고 있을까?

장견우가 무릎으로 기어서 여왕 가까이 다가갔다. 여왕이 앉은 소파 팔걸이에 팔을 얹으며 그가 느긋하게 물었다.

"키스가 별로시면 사랑할까요? 커튼은 열어두고…."

"…."

"시녀든 시종이든 비서관이든…모두가 우리의 정사를 볼 수 있게 말이에요. 당신이 얼마나 관능적이고 아름다운 여자인지 왕궁의 모두가 알 수 있도록 말이죠."

장견우의 손가락 끝이 여왕의 손등에 닿았다. 여왕을 유혹하기 위해, 그녀의 허락을 받기 위해서 남자의 손가락이 천천히 여자의 손등을 따라 움직였다.

나를 빤히 응시하는 여왕인지라 그녀가 원하는 게 뭔지 직감했다.

그래서 내숭이라면 필요 없지만, 그런 당신도 나쁘지 않으니까….

상상만 했을 뿐인데, 아랫도리에서 후끈한 신호가 왔다. 급해진 남자가 여왕의 귓가에 깃털처럼 속닥였다.

"전 자신 있는데 말이죠. 하지만, 폐하의 결정을 기다릴게요. 너무 늦지만 않도록…."

"…."

"곧 해가 질 거예요."

백옥처럼 흰 여자의 팔에 장견우가 손톱을 세워서 가볍게 선을 그어 갔다. 손톱이 여왕의 손목을 지날 즈음.

"그래서 레드 다이아몬드를 누가 사 갔다고?"

뜻밖의 질문에 장견우의 손이 멈췄다. 눈에 티끌이라도 들어간 것처럼 그가 눈꺼풀을 끔뻑였다.

여왕이 다시 말했다.

"이 세상의 천연 다이아몬드 중, 0.01%만 존재한다는 그 희귀한 보석을 사 간 자가 누구인지 물었어. 처음엔 영국 왕실에서 가지고 있었잖아."

"아, 그…그게…. 그렇죠. 처음 '여왕의 붉은 눈물'을 소장한 자는 영국 왕실 가문의 해링턴 3세의 삼남인 해링턴 아서 필립 루이스 공작이었는데, 그가 자신의 절친이자 프랑스 건축 사업가인 '에티엔 로랑 로샹브로'에게 우정의 표시로 헐값에 판 걸로 알려졌죠."

"그러니까, 그래서 프랑스로 건너간 그 보석이 대체 누구 손에 들어갔냐는 말이야. 네가 프랑스에 도착한 당일에 에티엔, 뭐라는 그 남자가 벌써 누군가에게 다이아몬드를 팔아버렸다며?"

"네. 아쉽게도 우리가 한발 늦어서…. 협상 자체가 무산됐죠. 그도 그럴 것이, 전 세계의 여왕과 재벌가 부인, 영부인들이 그 보석을 탐내고 있었으니까요."

"자그마치 47.5 캐럿의 다이아몬드야. 원석 자체는 0.01%만 존재하지만, 장인의 솜씨로 세공되어 뜨거운 태양처럼 빛나는 '여왕의 붉은 눈물'은 세상에 0.000000001%라고! 이 세상에 단 하나밖에 없는 그 보석은 내 왕관에 박혀 있어야만 했어!"

여왕이 소파 팔걸이를 주먹으로 팍, 내리치며 앙칼지게 소리쳤다.

그 보석만 생각하면 억울해서 눈물이 다 날 지경이었다.

이제껏 내가 원한 건 그 어떤 것이라도 다 가졌다. 보석이든 물건이든 사람이든 생명이든 뭐든! 그게 뭐가 됐든!!! 그런데도….

"그런데도 감히 내 약속을 무시하고 다른 놈한테 보석을 팔아?! 이딴 건 아무리 가지고 있어도 소용없어!"

여왕이 머리에 쓴 왕관을 잡아채서 바닥에 내동댕이쳤다. '쨍그랑' 소리와 함께 땅바닥과 부딪친 왕관에서 값비싼 다이아몬드 알들이 우수수 떨어졌다. 더러는 허공으로 날아오르며 흩어졌다.

"이런 플라스틱 같은 건 필요 없다고! 난 진짜가 필요하단 말이야! 내가 그 다이아몬드를 얼마나 기다렸는지 네가 더 잘 알잖아?!"

"네. 알죠. 잘 압니다. 여왕 폐…."

'철썩' 바람을 일으키며 여왕의 손이 날아갔다. 다음엔 반대쪽 뺨. 그리고 그다음엔 화가 머리끝까지 난 그녀가 장견우의 머리와 얼굴

가슴팍 등을 무차별적으로 폭행하며 소리쳤다.

"아는 놈이 일을 그딴 식으로 처리해?! 프랑스로 가기 전에 내가 뭐 랬어? 무슨 일이 있어도, 그 프랑스 놈이 얼마를 부르더라도 반드시 보석을 가져와야 한다고 했어? 안 했어? 그런데도 말 한마디도 못 꺼내고 빈손으로 돌아와?! 이 멍청한 놈아?!"

"그…그게, 헉! 악! 죄, 죄송해요. 여왕 폐하! 이번 한 번만 살려주세요! 잘못했어요! 제가 정말 잘못했어요!"

"그렇다면 보석을 사 간 놈의 이름이라도 알고 왔어야지! 절대로 가르쳐 줄 수 없단 게 말이 돼?! 돈을 주면서까지 부탁했다면서 왜 아직도 몰라? 그 프랑스 사기꾼 놈이 돈만 받아 처먹고 입 싹 닦은 거야? 응? 이 나쁜 사기꾼 놈들아!"

"흐흐흑…. 프랑스인이 제 보좌관을 통해서 연락을 준다고 했는데…. 오늘까지 연락을 준다고 해서…그래서 기…기다리는 중이라고 제가 귀국하자마자 폐하께 보고드렸고…."

"됐어! 그딴 걸 믿은 네가 바보인 거잖아! 돈 받은 자리에서도 말 못 한 걸 나중에 알려준다고?! 그게 바로 보이스피싱이야! 바보야!"

"네, 네…흐흑. 죄, 죄송합니다…. 흑흑. 정말 이번 한 번만 용서를…."

빌어도 용서하지 않았다.

미친 여자처럼 머리를 풀어 헤친 여왕이 땅에 쓰러진 장견우의 머리통을 냅다 걷어차 버렸다.

비명을 내지르면서도 장견우가 여왕의 다리를 붙잡고 늘어졌다. 그가 살기 위해서 눈물 콧물을 흘리며 애원했다.

"부탁입니다. 이번만 용서해 주시면 제가 다시 프랑스로 가서 기필코 담판을 짓겠습니다. 흐흐흑…."

"뭘 담판을 지어? 네가 간다고 해서 이미 팔아버린 보석이 내 손에 들어오는 것도 아니잖아! 이마 딱 대."

여왕이 흐느껴 우는 장견우의 머리채를 와락 움켜잡았다. 그의 이마를 구둣발로 짓이겨 버리려고 한 그때였다. 바닥에 떨어진 장견우의 핸드폰 벨이 울렸다. 보좌관으로부터의 전화였다.

"제 보…보좌관입니다! 트, 틀림없이 그 전화일 텐데 제가 받을까요?"

시끄럽게 울리는 핸드폰을 가만히 지켜보던 여왕이 이윽고 장견우의 머리채를 놓고 뒤로 물러섰다. 소파에 털썩 앉아서 다리를 꼬며 명령했다.

"내가 듣게 해."

죽다 살아난 장견우가 벌레처럼 바닥을 기어가 허겁지겁 전화를 받았다. 덜덜 떨리는 손으로 스피커 폰부터 켰다.

"어…어, 말해."

["프랑스로부터 연락이 왔습니다! 장관님!"]

흑암지옥에서 지장보살을 만난다면 이토록 기쁠까 싶었다.

잠깐 사이, 맞아서 엉망이 된 장견우가 피가 터진 입술을 벌려서 활짝 웃었다. 그가 다급히 물었다.

"그, 그래!…. 말해. 프랑스에선 뭐라고…에티엔이 뭐라고 해?"

["'여왕의 붉은 눈물'을 구매한 자는 한국인이라고 했습니다."]

여왕이 소파에서 벌떡 일어섰다.

방금까지 신나게 얻어터진 것도 잊어버린 장견우와, 놀라서 흠칫한 여왕의 시선이 마주쳤다. 아무 말도 못 하는 두 사람 사이로 보좌관의 목소리가 흘렀다.

["그런데 결단코 이름만은 말할 수 없다고 했습니다. 우리에게서 받은 돈은 구매자의 국적을 알려주는 것으로 값을 다 치렀다고 했습니다."]

"…."

["왜냐하면, 그 한국인이 보석의 공식 경매가보다 다섯 배나 높은 1억 달러…한국 돈으로 1,300억 원이 넘는 돈을 일시불로 지불했다고 했습니다."]

6

"비키세요!"

팔을 휘저으며 앞으로 나아가려 했지만, 마음만 조급할 뿐 아까부터 인파로 가득 메워진 거리에서 단 한 발짝도 움직일 수 없었다. 아니, 빠져나가려고 노력하면 할수록 그때마다 가깝도록 포위망을 좁혀왔다.

이마에 맺힌 땀방울이 뺨을 타고 주르륵 미끄러졌다.

이, 이런…이게 대체 뭐야?….

그런데 어디서 몰려온 여자들이지?

살기 위해 결혼할 여자를 찾으려고 했고 간절한 것도 같았지만, 이런 슈퍼스타급의 인기를 원한 건 아니었다. 어제 아침, 모텔 문을 자신 있게 박차고 나올 때까지만 해도 말이다.

여자들의 수다와 고성으로 왁자지껄한 가운데 방금 내 팔을 잡아당겼던 나비 핀을 한 여자애가 답답해하며 안달했다.

"아니, 오빠, 저, 민경이라니까요!? 제가 고2 때 오빠가 저 수학 과외 하셨잖아요. 과외 시작하고 2주 만에 수학 점수가 20점이나 올라서…."

"현호야! 나야, 중학교 3학년 때 같은 반이었던 사라. 너랑 짝꿍으로 지낸 기간이 한 3개월이었나?…. 아, 오래돼서 기억은 가물가물하지만 나, 네가 전학 갈 때 정말 슬펐어. 많이 울기도 했어. 사실 내가 널 좋아하고 있었거든."

"오빠! 저, 서윤정이요. 기억하시죠? 3년 전 여름에 경포대 바닷가 횟집에서 합석했잖아요. 오빠랑 연락하다가 중간에 끊기긴 했지만…. 정말 저 모르시겠어요?"

"대학교 때, 너랑 그렇게 헤어지고 나서 나도 많이 후회했어. 내 SNS 게시물이랑 해시태그 봤지? #실연 #후회 #술에 취한 밤 등등, 그거 다 너 때문이었잖아. 지금까지도 나는 비가 오는 밤이면…."

흡사 라디오 주파수를 잘못 맞춘 것처럼, 뇌에 거슬리는 잡음이 고백에 섞여 들었다. 각자가 다른 언어로 떠드는 것 같기도 했다.

각설하고, 가장 큰 문제는 내게 떼로 몰려들어 결혼하자며 조르는 이 여자들이 누군지 당최 모르겠다는 거다. 눈대중으로도 족히 30명은 넘어 보이는 이들이 나를 이렇게나 좋아하고 있었다면, 왜 그동안 연락 한 통이 없었을까 하는 합리적 의심도 들었다.

그러나 의심만 하고 있을 때가 아니어서, 현호가 '놓으세요!'라고 소리치며, 방금 자신의 옷자락을 움켜쥔 손을 야멸차게 떼버렸다.

극성팬을 가진 스타의 고충을 이해할 것도 같았다. 도망 다니느라 땀에 젖은 얼굴을 한 현호가 그녀들에게 물었다.

"그런데 당신들은 내가 여기 있는 건 어떻게 알고 왔어요?"

질문하기 무섭게 여자들이 일제히 대답했다. 말투와 억양, 사투리까지 각양각색이지만, 하는 말은 같았다.

"현호 씨가 나한테 전화했잖아요."

"오빠가 먼저 문자 주셨는데요? 이렇게요."

"나도 문자 받고 여기로 왔는데…."

"네 SNS 계정에 올렸잖아? 강남역 보교빌딩 앞으로 오라면서?"

여자들이 입을 모아 말하길, 내가 먼저 자신들에게 연락해서 강남역으로 나오라고 했다고 한다. 하지만 그럴 리가 없었다.

현호가 여자들의 눈앞에 자신의 핸드폰 액정을 들이대며 반격했다.

"거짓말하지 마세요. 보다시피 화요일부터 내 핸드폰은 불통이에요. 전화, 문자, 모바일 네트워크, 전부 끊겼다고요. 그런데도 내 전화나 문자를 받았다는 게 말이 돼요?"

"….."

"그리고 난 SNS를 안 해서 소셜 계정 자체가 없는데 무슨 헛소리들이에요?"

방금까지만 해도 좀비 떼처럼 와글와글 몰려서 떠들더니, 지금은 누구 한 명 대꾸하는 사람이 없다. 여자들이 하나같이 눈을 데굴데굴 굴리며 나를 뚫어지라고 보고만 있을 뿐이다.

이건 또 뭐야?….

의아함도 잠시, 그들 중 한 여자가 앞으로 나섰다. 긴 생머리를 고무줄로 질끈 묶은, 말총머리의 그녀가 말했다.

"그래서 싫어? 우리도 살고 너도 살아야 하잖아."

그러더니, 핸드폰으로 시간을 확인하고는 신경질적으로 입술을 깨물었다. 저마다 시끄럽게 떠들어대던 여자들도 어느새 조용해졌다.

말총머리 여자가 다시 말했다.

"여기서 이러고 있을 시간이 없다고. 아까부터 너만 결정했으면 됐는데 이게 뭐야? 여자들이 좋다고 해주니까 본인이 되게 잘난 거 같아? 기고만장해?"

현호가 발끈했다. 내가 가려고 해도 못 가게 막은 건 당신들이면서. 적반하장이다.

"뭐가 기고만장이에요? 계속 말했다시피 난 당신들이 누군지도 잘 모르는데 막무가내로 결혼해달라고 떼를 쓰니까…."

"응. 계속 모르겠다 싫다 하며 넌 일방적으로 피하기만 하고 있지. 지금이 오후 5시 30분이니까 마감 시간까지 이제 한 시간밖에 안 남았어."

"…."

"그리고 너도 급한 형편이라 아무 여자나 찾아서 구애할 생각이었다며? 그래서 무턱대고 거리로 나왔다며? 그럼, 고민 없이 우리 중 두 명을 선택했으면 됐잖아. 네가 빨리 결정했으면 이 여자들도 다른 남자를 찾으러 갔을 텐데, 네 우유부단한 성격 때문에 다들 꼼짝없이 앉아 죽게 생겼어. 됐고, 알아들었으면 지목이든 랜덤이든 빨리 결정해. 우리 중에서 누구랑 결혼할지."

"…."

"여기서 더 꾸물거리면 우린 다 죽을 수밖에 없어."

그것까진 생각 못 했다. 반박의 여지가 없다.

VR 게임 속 세상이든 아니든 최악의 상황만은 면해야 한다. 혹시나 모르니까.

이곳이 현실일지도.

현호가 주위를 둘러보았다. 손톱만 한 공간도 없이 빼곡히 들어찬 눈들이 나만을 보고 있다.

이 사람들을 살리려면 빨리 내가 선택을 마쳐야만 하는 상황.

그게 누가 됐든, 더 이상 시간 끌지 말고 서로가 살기 위해서.

"그럼…." 현호의 말이 떨어지자, 무리 안에 더없는 적막이 감돌았다. 조목조목 현호의 잘못을 지적하던 말총머리의 여자도 사뭇 긴장한 기색으로 현호의 얼굴만을 응시했다.

잠시 후, 현호가 말했다.
"그러면 선택은 포기할게요."

***

오후 5시. 금강 아파트, 604호.

"흑흑…미안해. 미연아…."
거실 바닥에 주저앉아서 흐느껴 우는 남편의 어깨를 살포시 끌어안았다.
"괜찮아. 울지 마. 당신 마음 다 알아. 모르면 바보지. 우리가 부부인데…."
손바닥으로 따스하게 그의 등을 토닥였다.
그러자 눈물을 그치기는커녕 더욱 큰 소리로 우는 노수혁이었다.
이 남자와 결혼하고 세 번째 보는 모습이다.
처음엔 우리 예원이가 뇌사상태에 빠졌을 때, 두 번째는 인공호흡기로 간신히 삶을 버티고 있던 우리의 작디작은 천사 예원이가 어느 날 새벽, 엄마·아빠에게 인사하며 하늘나라로 떠났을 때….
내 진심을 느끼고 남편이 그만 눈물을 그쳤으면 좋겠다고 생각하며, 김미연이 노수혁을 꼭 껴안으며 말했다.
"어쩔 수 없잖아. 나보다 당신이 더 괴로운 거 알아. 그리고 당신 잘못도 아니니까 나한테 사과하지 마…."
"흑흑…미연아…정말 미안해."
사과하지 말라는 데도…참….

펑펑 우는 노수혁을 보며 김미연이 안쓰러운 표정을 했다.

한 시간 전.

간신히 핸드폰 통화가 복구되었으나, 몇 마디 대화 중에 끊기기 일쑤였다. 천신만고 끝에 남편과 결혼할 여자를 구했다.

1년 전에 남편과 사별한, 김미연의 고등학교 동창인 '정다홍'이었다. 그녀의 남편이 죽기 전, 우리 네 사람은 가끔 밖에서 만나 밥도 같이 먹고, 서로의 집을 방문해 와인 파티를 하며 놀기도 했다.

예원이를 떠나보낼 때도, 작고 여린 몸에 맞는 수의가 없어서 정다홍이 배냇저고리를 만들어서 입혔고, 삼일장 내내 제대로 일어서지 못하고 자꾸만 쓰러지는 노수혁을 대신해서 그녀의 남편이 예원이의 영정사진을 들었다.

다행히, 다홍이가 먼저 전화를 걸어와서 자신이 노수혁과 결혼할 수 없겠느냐고 물었다. 전혀 반대할 이유가 없었다. 오히려 내가 먼저 전화해서 그녀의 의사를 묻고 싶었으니까.

다홍이라면…나랑도 잘 맞고, 수혁 씨와도 잘 맞을 테고….

"바보야! 인제 그만 좀 울어! 좀 달래줬더니 진짜 자기가 애인 줄 알아. 성인이면 성인답게 굴어."

김미연이 분연히 일어서며 노수혁의 어깨를 밀쳤다. 노수혁과 조그만 것에도 티격태격하는 평소의 김미연과 똑같았다.

"온종일 밥도 안 먹고…. 싫다 싫다, 하면서 아무것도 안 하고 시간만 보내다가 다홍이가 먼저 전화해서 겨우 살아난 주제에…. 그랬으면 고맙다, 하고 냉큼 다홍이 마중이나 나갈 것이지 하루 종일 징징거릴래?"

그러자 노수혁이 코를 훌쩍이며 고개를 들었다. 그새 얼마나 울었는지, 그가 발갛게 짓눌린 눈으로 아내를 올려다보았다.

김미연이 대수롭지 않게 말했다.

"다홍이가 바로 출발한다고 했으니까, 거리 계산하면 지금쯤 근처에 와 있을 거야. 쌀 안쳐놓고 셋이 편의점으로 가. 혼인 신고 마치고 집에 오면 밥이 다 돼 있을 거야. 오는 길에 마트 들러서 낙지와 잡채 거리도 좀 사고…."

"…."

"다홍이가 낙지볶음이랑 잡채를 좋아하잖아."

김미연이 주방으로 가기 위해 돌아섰다.

남편이 다른 여자를 아내로 맞이하는 날.

그리고, 그녀에게 따뜻한 밥을 대접하기 위해서 쌀을 씻어야 했다.

믿을 수도 없고, 아직도 실감이 잘 안 나지만 나라도 기운을 차려야만 했다. 사실 내가 펑펑 울면서 심장이 터지도록 주먹질하고 싶었다. 그러나 나보다 더 힘든 남편 때문에 그러지도 못했다.

그를 달래며 내 자신도 달랬다.

앞으로의 일은 아무 생각도 안 났고, 우선은 살아남아야 하기에 김미연이 간신히 눈물을 삼키고 싱크대 하부 장을 열었다. 그때였다.

RRRR. 현관 벨이 울렸다.

응? 이런 때 누가…. 아, 다홍이가 벌써 온 건가?!

김미연이 거실을 향해 목을 빼고 소리쳤다.

"수혁 씨! 다홍이가 왔나 봐! 문 좀 열어 줘."

김미연이 말하지 않아도 벌써 현관 벽 비디오폰에서 방문자를 확인한 노수혁이었다. 그가 황당한 얼굴로 김미연에게 말했다.

"아랫집 504호 여자야."

***

오후 5시 50분. GH 편의점.

"어서 오세요!"

명랑한 인사와는 달리, 조금 전까지만 해도 이곳 편의점은 한꺼번에 몰려든 사람들로 발 디딜 틈이 없었다.

일부이처제의 마감 시간이 다가오면서 그나마 손님이 좀 줄었다.

그러나 혼잡한 상황만 면했을 뿐, 아직도 편의점 밖으로는 긴 행렬이 이어지고 있었다.

편의점 점주와 정부에서 파견된 수 명의 공무원들이 손님을 맞이하고 있었다.

주변 편의점들과 비교해 꽤 큰 편인 편의점 내부가 사람들로 미어터져서 피곤해도, 아르바이트생들이 무단결근을 했어도, 나와 일말의 상관도 없는 행정센터 공무원이 내 편의점에서 공무를 보고 있어도, 점주의 목소리가 여느 때와 다름없이 밝은 이유는, 정부에서 섭섭지 않게 '지원금'을 입금해서였다.

사실상, 편의점 한 달 수익과 맞먹는 큰돈이라 점주인들 손님을 향해 웃지 않을 수가 없었다.

"어서 오세요. 어유, 세 분이시네? 혼인 신고하러 오셨어요? 저쪽에서 번호표부터 받으시죠."

점주가 진심에서 우러난 친절한 태도로, 방금 편의점 안으로 들어온 세 명의 남녀를 대기 번호 발급을 위한 녹색 카운터로 안내했다.

612번이다. 대기 번호 담당 공무원으로부터 번호표를 받은 그들이 일부이처제 혼인 접수 등록을 위해서 임시로 마련된 카운터로 갔다.
　세 개의 노란색 카운터가 편의점 내 구석 벽면을 따라 일렬로 늘어서 있고, 카운터 위에는 컴퓨터 모니터와 〈혼인 신고 접수처〉라고 인쇄된 스탠딩 팻말이 세워져 있었다. 혼인 신고서로 보이는 서류 뭉치도 산처럼 쌓여 있었다.
　오후 6시 30분이 혼인 접수 마감 시간이지만, 편의점 방문 시각을 기준으로 하므로 해당 시간 안에만 편의점에 입장할 수 있으면 법적인 문제는 없었다. 영업시간인 오후 4시까지만 방문하면, 업무를 보고 후문으로 퇴장할 수 있는 은행처럼 말이다.
　612번의 번호표를 가진 세 명의 남녀가 1번 카운터 앞에 섰다.
　[금강구 행정센터 공무원, 주광식입니다.]라는 문구가 새겨진 분홍색 어깨띠를 걸치고서 담당 공무원, 주광식이 남녀에게 물었다. 민원인에 친절을 다하기 위해서 두 손은 가지런히 배꼽에 두고 있었다.
　"혼인 신고하러 오셨나요?"
　"있잖아, 공무원, 너희들 말이야…. 아니, 빨리 등록부터 해줘."
　잘못 보지 않았다면, 내게 명령조로 반말을 한 이 민원인 남자가 방금 내 멱살을 잡으려고 했다. 그가 내 목으로 손을 뻗다가 멈칫하더니 손가락을 오므렸기 때문이다. 나를 때리지 않으려고 노력하는 게 눈에 보였다.
　뭐야?…. 어디서 안 좋은 일이라도 있었나? 그렇다고 해도 왜 나한테 시비야?
　공무원 주광식이 의아한 눈으로, 하지만 기분이 나빠서 샐쭉한 얼굴로 민원인 남자가 내민 신분증을 확인했다.
　"금강로 9길 74, 라네쥬 더 포레스트 아파트, 2020호에 거주하시는 감명민 씨, 맞으십니까?"

그저께.

그러니까, 칙령의 시행령이 공포된 당일, 화요일.

시행령이 뜨자마자, 한 비서를 데리고 직접 행정센터로 가서 혼인 신고를 마쳤다. 원칙적으로는 담당 공무원이 부부가 될 3인의 신분증과 얼굴을 직접 대조한 후 혼인 등록 처리를 하는 게 마땅하지만, 기혼자 남편이 새 아내를 등록하고자 할 경우엔, 약식으로 기존 아내의 허락만으로 가능하다고 했고, 또한 그때 나를 담당한 공무원도 '현재 배우자이신 현가은님께 허락받으셨나요?'라고 물어서 그렇다고 대답했다. 그 대답 한마디로 나와 한 비서는 단 5분 만에 혼인 신고를 끝냈고 우린 부부가 됐다. 그런데….

1시간 전. 라네쥬 더 포레스트 아파트, 2020호.

"당신, 한 비서와 혼인 신고하지 않아도 돼요?"

한 비서와 뜨거운 사랑을 끝내고 안방에서 나오는데, 아내인 현가은이 뜬금없는 말을 했다. 거실 불을 끄고 혼자 소파에서 OTT 영화를 감상하고 있던 여자였다.

"헛소리하지 마."

대꾸할 가치도 없어서 감명민이 샤워를 위해 욕실로 갔다.

실오라기 하나 걸치지 않은 남편의 알몸이 TV 앞을 지나갔지만, 꿈쩍도 하지 않고 TV 영상에만 눈을 두며, 현가은이 다시 물었다.

"정말 안 해도 돼요? 나야 이래 죽으나 저래 죽으나 별로 억울하진 않은데, 당신들 둘은 되게 억울할 것 같아서 말이에요. 이제 막 시작된 진실한 사랑이니까…."

"미쳤으면 가까운 정신병원에나 가 봐."

달칵, 욕실 문을 열고 들어서려던 찰나.

"당신 둘, 혼인 신고가 안 됐던데…."

욕실 문을 잡은 채, 감명민이 뒤돌아섰다.

하지만, 어스름한 불빛만이 보일 뿐, 욕실 벽에 가려져 현가은의 모습은 보이지 않았다. 현가은을 무시하고 욕실로 들어갔다.

탁, 하고 문이 닫혔다.

1분 후, 쾅, 소리와 함께 욕실 문이 박살 나듯 열렸다. 하체를 수건으로 가린 감명민이 벼락같이 달려 나와 현가은 앞에 섰다.

"방금 그게 무슨 소리야? 한 비서와 내가 혼인 신고가 안 됐다니. 내가 분명히 행정센터에서 혼인 신고를 마치고 가족 관계 증명서까지 뗐는데 무슨 터무니없는 소리냐고. 너도 서류 봤잖아? 그거 어디 있어?"

이 여자가 미치지 않은 건 남편인 나도 알고 있었다. 자신이 불리하다고 해서 있지도 않은 말을 꾸며댈 여자는 아니다. 머리는 나쁘지 않아서 조사하면 금방 들통나리란 걸 본인 스스로가 잘 알고 있기 때문이다.

"네. 서류야 당연히 봤죠. 당신이 내 얼굴에다 던졌잖아요. 여기 있어요."

감명민이 거실 불을 켰다. 환한 LED 빛이 거실로 쏟아지며 주변 사물이 선명해졌다. '내놔' 하고 현가은의 손등을 치듯 서류를 빼앗아 확인했다.

〈 칙령 혼인 신고서. 2024년 5월 16일 화요일 16시 22분 〉

혼인 신고 처리된 날짜와 빨간색의 정부 날인이 찍힌 것까지, 나와 한유희, 현가은이 가족으로 등록된 가족 관계 증명서가 틀림없었다.

"이게 진짜 죽고 싶어서…."

사람을 놀라게 한 것에 화가 나서 하마터면 현가은에게 주먹을 날릴 뻔했다. 증명서를 공중으로 휙 던지며 감명민이 말했다. 하다 만 샤워를 위해서 다시 욕실로 가야만 했다.

"한 번만 더 이딴 장난질 치면 그땐 내가 진짜로 너 죽여버릴 줄…."

말하는 중에 얼굴 위로 종이 한 장이 휙 날아왔다.

"야! 이년이 진짜!"

남자의 성난 고성에 안방 욕실을 쓰던 한 비서가 서둘러 상의만 걸치고 밖으로 나왔다. 또 싸움이 났나 싶어서 그녀가 호기심 어린 눈을 하고 있었다.

"꼭 맞아야 정신을 차리지? 응?"

미친년의 따귀를 때리려고 감명민이 손을 높이 쳐들었다. 현가은의 뺨으로 두꺼운 손바닥이 날아가기 직전.

"서류나 봐요. 시간 없으니까."

현가은이 미동 없이 말했다. 이제부터 자신이 어떻게 될지는 관심조차 없는 듯했다.

감명민이 손을 높이 쳐든 채 가만히 있자 궁금해진 한 비서가 쪼르르 달려가서 현가은이 던진 종이를 주웠다.

남편과 아내가 서로를 꼼짝없이 마주 보고만 있던 그때.

거실 한편에서 한 비서의 째지는 듯한 비명이 울렸다.

"악! 이거 어떻게 된 거예요?! 왜 내 이름이 없어요?!"

"뭐…?"

저도 모르게 손을 내렸다. 현가은에게서 돌아선 감명민이 부리나케

한 비서에게 달려갔다.

"뭐야? 네 이름이 없다니? 그게 무슨 소리야?!"

"내…내 이름이 없잖아요. 분명 사장님 가족 관계 증명서인데 어디에도 내 이름이 없어요!"

경악에 소리만 내지르는 한 비서로부터 감명민이 종이를 뺏어 들었다. 몇 번을 다시 살펴봐도, 발급일이 목요일 오늘 자로 된 '가족 관계 증명서'이고, 원본이 분명하다. 하지만, 증명서 어디에도 '한유희'란 이름은 보이지 않았다. 항상 증명서를 뗄 때면 보이던 감명민 자신과 아내인 현가은의 인적 사항, 단 두 줄만이 적혀 있을 뿐이었다.

"이…이게 어떻게 된 일이야?"

당황했지만, 곧 정신을 차리고 감명민 자신이 화요일에 직접 뗐던 증명서를 주워서 두 장을 대조했다. 그런데 몇 번이나 눈을 비비며 확인해도 둘 다 원본임이 틀림없었다. 두 장 모두 공문서의 위조 방지를 위해서 정부가 특수 개발한 홀로그램 워터마크와 인증 도장이 찍혀 있었다.

"뭐 이런…. 야! 이거 뭐야? 너 이거 어떻게 한 거야?!"

옆에서 빽빽 울어대는 한 비서가 시끄러워서 '그만 울어!'라고 소리친 뒤, 감명민이 서류를 흔들어 대며 현가은을 다그쳤다. 남자의 목소리에 당혹감과 다급함이 묻어났다.

"말해. 이게 다 뭐야?"

현가은이 대수롭지 않게 대답했다. 이 소란에도 여전히 리모컨을 손에 쥐고 영화를 감상하면서.

"뭐긴. 보는 대로 가족 관계 증명서죠. 나도 몰랐어요. 당신이 한 비서를 호적에 올렸다길래 그런가 보다 했을 뿐…. 행정센터에서 실수가 있었나 보죠."

"미친년이…."

기어이 쌍욕을 내뱉었다. 현가은이 있는 소파로 한달음에 달려 온 감명민이 인상을 쓰며 협박했다.

"잡아떼면 모를 줄 알아? 이거 어디서 위조한 거야? 이젠 사기까지 쳐? 내가 직접 행정센터에서 신고하고 서류도 뗀 터라 담당 공무원도 나를 기억하고 있을걸? 그 공무원 이름이, 이름이…아, '구성태'라고 했지 아마? 공무원 아이디 카드에 분명 그 이름이 적혀 있었어."

이 년이 사기 친 서류에 잠깐 이성을 잃었지만, 말하다 보니 괜히 흥분했다는 생각이 들었다.

방금 말한 대로 난 행정센터에서 볼펜을 쥐고 직접 혼인 신고서를 작성했고, 제출했고, 기다렸다가 한유희가 등록된 가족 관계 증명서를 수취했다.

내가 미치지 않았다면 내 기억이 맞다.

내 말이 진실인 건, 나를 담당했던 공무원 '구성태'가 확인해 줄 것이며, 당시 행정센터 주차장에 세워뒀던 내 차가 그 시간대에 내가 행정센터에 있었음을 증명할 것이다. 이 년이 준 건 원본과 비슷하긴 하지만, 실력 좋은 위조범이 잘 만든 가짜에 불과하다.

확신이 들자, 감명민이 특유의 조소를 보이며 말했다.

"아무리 억울해도 이딴 짓을 하다니…. 이건 어디서 구했어? 돈을 얼마나 주고 이딴 조악한 걸…아니 됐고, 내가 분명히 말하는데, 네년을 공문서위조 사기죄로 경찰에 신고할 거야. 감옥에서 콩밥 좀 먹다 보면 공문서위조가 얼마나 큰 죄였는지 깨닫게 되겠지."

줄곧 쉬지도 않고 떠들던 남편이 이제야 입을 닫았다.

그 틈에 현가은이 말했다.

"아까 은행 일 끝나고 혹시나 해서 행정센터에 들러서 떼 본 거예요. 당신이 준 가족 관계 증명서가 있긴 하지만, 당시에는 당신들의 낯 뜨거운 애정행각 때문에 제대로 보질 못했거든요. 당신이 했던 것처럼 나도 똑같이 행정센터에서 서류 한 장을 뗐을 뿐이고, 뭐가 맞는 건지는 나도 잘 몰라요. 그냥, 그렇게 기재되어 있길래 당신한테 알려준 것뿐이에요."

현가은이, 가소로운 미소를 짓고 있는 남편을 바라보았다.

"전화가 복구됐는지, 잠깐 통화가 되는 것 같던데…. 전화 한번 해 볼래요?"

"미친년이…전화해 보라니? 어디에? 자꾸 그렇게 개수작 떨다가 언젠가 한 번은 큰코다치는 수가…."

"행정센터에."

그녀가 TV로 눈을 돌리며 말했다.

"영화마저 봐야 하니까 비키세요."

***

오후 5시 50분. 금강 아파트 504호.

"들어오세요."

"네. 그럼 실례할게요."

"초면에 실례하겠습니다."

노수혁과 김미연, 그리고 또 한 명의 여자가 머뭇머뭇하며 504호의 현관을 밟았다.

갈색 악어가죽 핸드백을 들고 정장 투피스를 입은 그녀는, 오늘 노수혁과 혼인 신고를 하기로 한 '정다홍'이었다. 얄브스름한 턱선과 하얀 피부가 도회적인 이미지의 여자였다.

"이렇게 오실 줄 모르고 집 청소도 안 했는데…. 집이 누추해서 어째? 네, 이쪽으로 들어오세요."

504호 여자가 쑥스럽게, 하지만 반가운 듯 웃었다. 처음 대면한 정다홍과는 가볍게 고개 숙여 인사했다.

거실로 들어서자 요리 잡지와 교양서적들, 그리고 18세기 러시아 황실 도자기 세트와 남편의 취미인 것 같은 스파이더맨의 피규어로 채워진 커다란 장식장이 눈에 띄었다. 애완묘용 케이지와 화장실, 2구짜리 식기 등이 거실 여기저기에 놓여 있고, 벽면에는 금색 프레임을 한 결혼사진 액자가 걸려 있었다. 남편과의 여행에서 찍은 사진들은, 앙증맞은 꽃 소품들과 함께 선반에 나란히 진열되어 있었다.

504호의 남편이 아이돌처럼 잘생겼다더니, 과연 거짓말이 아니었다. 꽃미남 신랑과 그 옆에서 순백색의 웨딩드레스를 입고 활짝 웃고 있는 신부였다. 젊은 시절의 504호 같은데, 지금과 달리 몰라보게 예쁘고 날씬했다.

기타 가구와 소파, TV 등은 약간 낡은 분위기지만, 여느 가정집과 다를 바 없고 오히려 집안은 깨끗이 잘 정돈된 느낌이었다.

앤티크한 소품과 트렌디한 소품이 한데 뒤섞인 건, 아마도 504호 여자와 남편이 띠동갑이어서 그런 건 아닐까, 잠깐 생각했다.

카펫 위에는 벌써 작은 다과상이 차려져 있었다.

예쁘게 잘린 오렌지와 바나나를 보니, 또다시 어젯밤의 불미스러운 일이 떠올랐다.

김미연이 자리에 앉으며 504호 여자에게 사과부터 했다.

"어제는 정말 죄송했습니다."

"네? 아…아, 아니에요. 전 다 잊었는걸요?"

"이이가 한번 화가 나면 불같은 데가 있어서…. 그런데 어디 다치신 데는 없으세요?"

'본인이 잊었다는데 뭘 자꾸만….' 하고 못마땅한 표정의 노수혁이지만, 그를 무시하고 김미연이 재차 물었다.

"몸이 아프신데 라던가…."

"정말 괜찮아요. 작은 사고니까요."

504호가 노수혁을 보며 말하자, 노수혁이 마지못해 고개를 까딱했다. 노수혁 딴에는 사과인 셈이었다. 아무리 상황이 그랬다지만, 유부녀의 옷을 찢고 끌어당기는 행패를 부렸으니….

노수혁이 억지로나마 사과의 제스처를 보이자, 504호 여자가 차분한 미소로 대답했다.

"네, 그럼…. 아! 제가 차를 내오는 걸 깜빡했네요. 뭐로 드시겠어요? 커피와 홍차, 허브티도 종류별로 있는데…."

504호 여자가 자리에서 일어나려 하자, 김미연이 얼른 두 손을 흔들며 만류했다.

"아, 아니에요. 차는 됐어요. 저희가 편의점에 가던 길에 잠깐 들른 거라서…. 고양이만 데리고 갈게요. 이름이, 프린세스와 바비라고 했나요? 암컷 두 마리, 맞죠?"

조금 전, 아랫집 504호 여자가 우리 집을 방문했다.

벨을 누른 사람이 정다홍일거라고 확신한 남편이었기에, 그가 한동안 비디오폰만 보며 멀거니 서 있었다. 그 사이에도 현관 벨은 쉴 틈 없이 울려댔다. 어쩔 수 없이 남편 대신 내가 현관문을 열었다.

-또 무슨 일로 오신 거죠?

싫은 내색을 하는 나를 아랑곳하지 않고 복도에 선 504호 여자가 생긋 웃었다. 그러면서 두 가지 부탁이 있어서 왔다고 했다. 마치, 우리 집은 오늘 처음 방문한 것만 같은 말투였다.

…김미연이 차를 거절하자, 504호 여자가 시무룩하게 대답했다.

"아, 그래요? 아쉽네요. 모처럼 오셨는데…어쩔 수 없죠…."

그러니까 504호의 두 가지 부탁이란 것은, 자신은 모든 각오를 마쳤기에 오늘 중으로 목을 매 자살할 거라면서 자신이 죽으면 자신의 유언이 담긴 편지를 남편에게 전해달라는 것이었다. 또 다른 부탁은, 애완묘가 두 마리 있는데 그것도 우리 부부가 당분간 좀 맡아줬으면 좋겠다고 했다. 남편이 미국 출장에서 돌아오면 그가 고양이들을 데려갈 것이라고 했다.

어려울 건 없었다. 504호 여자에게 내심 미안한 마음도 있던 터라 김미연은 흔쾌히 수락했고, 노수혁도 별다른 말은 하지 않았다. 자살은 죄악이라는 따위의 뻔한 말도 하지 않았다.

그러는 사이, 정다홍이 김미연의 집에 왔고, 셋이 편의점에 가려고 현관을 나선 그때, 또다시 504호 여자가 6층 복도에 나타났다.

그녀가 말하길, 고양이 집과 물품들이 상당히 무거워서 지금 604호로 같이 좀 옮겨줄 수 없겠냐며 부탁했고, 김미연은 고민 없이 알겠다고 대답했다. 물건들을 우리 집으로 옮긴 후, 아파트 상가 1층에 있는 편의점으로 가도 늦진 않을 것이다.

우리가 고양이들을 데리고 떠나면 이 여자는 죽을 것이다….

남 일이긴 하지만, 같은 아파트에 살면서 정이 든 것도 있어서 김미연이 고개를 떨구었다.

"어떤 말도 못 하겠어요…평소에 시끄럽게 쿵쿵거려서 죄송했고요…. 그럼, 다음에 또…."

"네. 그동안 감사했어요. 그리고 그렇게 시끄럽지 않았어요. 이래 봬도 이 아파트가 제법 방음이 잘 되거든요."

"네…. 그럼, 고양이는 데려갈게요. 저희도 더는 시간이 없어서…."

"어머, 내 정신 좀 봐! 네. 안방에서 놀고 있어요. 그럼, 좀 도와주시겠어요? 수혁 씨?"

노수혁이 무뚝뚝한 표정으로 자리에서 일어섰다. 504호 여자가 방을 가리키며 호들갑스럽게 말했다.

"저쪽이 안방이에요. 아, 아파트 구조가 똑같아서 604호와 같은 방이겠군요. 그럼, 수혁 씨가 고양이들을 케이지에 넣어서 좀 옮겨주시고, 미연 씨께는 고양이 사료와 식기들을 부탁드려도 될까요?"

"네. 그럴게요."

편의점이 가까워서 여유를 부렸지만, 벌써 오후 6시다. 그래서 504호 여자와의 대화가 길어질수록 등이 달던 참이었다. 곧 죽을 여자라서 예의를 차리기 위해 그녀가 하는 말을 끝까지 다 들어주었을 뿐이다. 그건 정다홍도 마찬가지인지, 우리 얘기를 들으면서도 계속해서 자신의 손목시계를 힐끔거렸다. 마침내 나갈 수 있게 된 김미연이 안방으로 가는 노수혁에게 말했다.

"고양이들 조심해서 빨리 데려와. 난 이것만 집에 두고 다홍이랑 먼저 편의점에 가 있을게."

잡다한 동물 식기와 사료 포대를 챙겨서 김미연이 504호를 나섰다. 한 층 위가 604호라서 승강기보다는 계단이 빨랐다. 김미연과 정다홍이 복도를 걸어 비상구 계단으로 가고 있었다.

"어머, 안 그래도 궁금했는데 이렇게 보네?"

비상구 근처에 다다랐을 때, 누군가 불쑥 말을 걸었다. 고개를 드니 안면이 있는 510호 아주머니였다. 일전에 510호의 싱크대 배수관 누수를 남편이 고쳐준 적이 있었고, 그때 이분이 고맙다며 큼지막한 제주도산 갈치를 주셔서 맛있게 먹은 기억이 있었다. 친정집이 제주도라고 하셨다.

"네. 안녕하…괜찮으세요? 별일 없으신가요?"

친정엄마처럼 푸근하고 인심 좋은 510호 아주머니라 김미연이 진심으로 걱정되어 물었다. 그러자 510호가 땅이 꺼지라고 한숨을 쉬면서도 수다스럽게 말했다.

"어휴, 우리 가족은 괜찮아. 다행히 이번 명단엔 아무도 없었어. 몇몇 친척들이 걸려서 난리가 났지만…. 그런데, 방금 504호에서 나오던데, 왜? 504호랑 무슨 일 있어?"

"아니에요. 음, 그냥 504호분의 고양이를 당분간 저희가 보살피게 돼서요. 504호의 남편분이 출장에서 돌아오면 돌려드릴 거예요."

"응? 504호의 남편분?"

510호가 고개를 갸웃했다. 그러더니 무슨 비밀 얘기라도 하듯이 김미연에게 소곤거렸다.

"이거, 새댁만 알고 있어. 저 504호 여자 말이야…. 내가 알기론 남편이 없어."

이게 무슨 뚱딴지같은 소리인지, 김미연이 눈을 깜빡이며 되물었다.

"네? 남편이 없다고요? 그게 무슨 말씀이세요?"

510호가 마뜩잖은 표정으로 고개를 내저었다. 그러더니 504호가 있는 쪽을 힐끔거리며 더욱 목소리를 죽여 쑥덕였다.

"저 여자가 이 아파트로 이사 오기 전에 말이야, 내 친구 하나가 504호랑 이웃에서 살았다면서 그러더라고. 504호 나이가 마흔넷인가 다섯인가 그런데, 원래 직업은 간호사였다는구먼. 처음엔 여자가 싹싹하고 친절하고 그래서 그 집에도 몇 번 놀러 갔다네? 벽에 걸린 결혼사진을 보여주면서 신랑이라고 자랑하길래 그런가 보다 했대. 그런데 자꾸 보다 보니 신랑이라는 사람 얼굴이 어딘가 낯이 익더라는 거야. 글쎄, 알고 보니 아들놈의 고등학교 친구였다지 뭐야?! 그거 왜, 요즘 젊은 사람들이 하는 SN…뭐라고 하는 거, 거기서 아들 친구 놈 사진만 오려서 합성한 거지. 그래 놓고 집에 놀러 온 사람들한테는 자기 남편이라고 떡하니 자랑한다지 뭐야? 새댁한테도 남편이 12살이나 어리다고 하지? 그래서 물어보면 매번 미국 출장 중이라고 하지 않았어?"

"…."

"504호 여자, 결혼한 적도 없어."

***

오후 6시 20분. GH 편의점.

지금, 이 시각.
우체국과 편의점, 대학 도서관과 강당 등, 임시 지정된 〈혼인 신고 접수처〉 주변은 결혼하려는 사람들로 발 디딜 틈이 없었다. 보도는 물론이고 도로까지 점령한 사람들은 생사가 갈린 살벌한 구애 전쟁을 치르고 있었다. 마감 10분여를 남겨두고, 성별만 다르면 무조건 손부터 잡는 남녀들이 속출했다. 현명한 일이었다. 일단 살아남아야 다음도 있는 거니까.

혼인 신고를 마치고 편의점을 나가는 사람들과 교차하며, 방금 편의점 안으로 또 다른 남녀 세 명이 들어왔다. 검은 점퍼를 입은 젊은 남자 한 명과 단발머리 여자 한 명, 올림머리를 한 여자 한 명이었다. 사전에 봐 뒀는지, 편의점 점주의 안내가 없어도 익숙하게 녹색 카운터에서 번호표를 받고, 〈혼인 신고 접수처〉 팻말이 세워진 노란색 3번 카운터 줄에 섰다. 점퍼를 입은 남자가 1번 카운터에 있는 현가은을 슬쩍 보는 듯했다.

"혼인 신고서를 작성하실 겁니까?"

드디어 그들의 차례가 되자, 3번 카운터의 공무원이 친절하게 물었다. 두 명의 여자 중, 올림머리의 그녀가 발랄하게 대답했다.

"네! 서류만 작성하면 되나요?"

"네. 그럼요. 번호표부터 주시겠습니까? 네. 좋습니다. 신분증은⋯ 네. 가지고 오셨군요. 자, 이건 혼인 신고서고요, 샘플 양식은 여기 있습니다. 참고하셔서 천천히 적으시고, 제출하실 때 신분증도 같이 주시면 됩니다."

몇 가지 사항에 체크만 하면 되는 서류여서 금방 끝날 것이다. 올림머리의 여자가 검은 점퍼의 남자에게 애교를 부리며 말했다.

"자기야, 자기가 적을래? 난, 몸이 좀 안 좋아서 잠시 쉴게."

보아하니 저 둘이 사귀는 사이 같고, 마르고 파리한 안색이 어딘가 아파 보이는 단발머리의 여자는 남자와 잘 모르는 사이 같았다. 아마, 이번 1차 명단에 들었다거나 해서 살기 위해서 남자와 결혼하려는 모양이었다.

"너희 공무원들이 행정 처리를 이따위로 하니까 선량한 시민들이 피해를 보는 거잖아! 관공서에 신고한 서류가 어떻게 오류였다는 말을 할 수 있어? 그것도 책임지겠다는 사람 하나 없이, 어?!"

1번 테이블에서 감명민이 고성을 지르며 항의하자, 공무원 주광식이 당황해서 어쩔 줄 모르며 안절부절못했다. 이분 때문에 업무가 밀리고 있었다. 하지만 두 장의 발행일자가 다른 가족 관계 증명서는 모두 원본임이 확인됐고, 두말할 것도 없이 명백한 우리 쪽의 실책이었다. 민원인이 화내실 만도 했다. 주광식이 '죄송합니다'를 연발하며 감명민을 진정시키려 애썼다.

"무슨 말씀인지 충분히 이해했습니다. 전산상의 오류 같습니다만…. 다만, 여기는 행정센터가 아니어서, 제가 우선 우리 센터 쪽으로 연락을 취해보겠습니다. 전후 정황을 파악한 후에 다시 말씀드릴 테니, 잠시만 기다려 주십시오…. 그, 그런데 당시의 담당 공무원 이름이 '구상태'라고 하셨습니까?"

감명민이 버럭 했다.

"구성태라고! 구성태! 민원행정과 구성태!"

식은땀을 뻘뻘 흘리며 공무원 주광식이 컴퓨터의 메신저로 행정센터 쪽에 연락을 취했다. 전화와 무선 통신망이 불통인 상황이지만, 유선 인터넷망의 사용에는 문제가 없었기에 주광식이 행정센터와 대화를 주고받는 그때까지도 기고만장한 감명민의 비난은 멈추지 않았다.

"일은 이딴 식으로 하고 내가 낸 세금으로 월급은 꼬박꼬박 받는단 말이지. 입장 바꿔서 생각해 봐. 목숨이 왔다 갔다가 하는 상황에서 행정 실수로 내가 죽으면 당신들이 책임질 거야? 이거, 간접 살인이야! 간접 살인!"

3번 카운터에 있던 검은 점퍼의 남자가 또 그들을 곁눈질했지만, 현가은은 이번에도 모른 척했다.
좁은 실내에서 시끄럽긴 하겠지….
한 비서는 금방이라도 울 것 같은 표정이었고, 현가은은 모든 걸 단념한 얼굴로 팔짱을 낀 채 남편과 공무원의 실랑이를 지켜보고만 있었다.
그러는 사이에도, 편의점 안으로 혼인 신고를 위한 사람들이 끊임없이 드나들었다.

잠시 후.
5분 전부터 벽에 걸린 동그란 벽시계만 주시하던 편의점 점주가 득달같이 달려가서 출입문을 잠가버렸다.
5월 18일, 목요일, 저녁 6시 30분 정각.
일부이처제의 1차 마감을 알리는 사이렌이 울렸다. 구급차의 사이렌 소리보다 몇 배나 큰, 고막을 꿰뚫을 것만 같은 소음이었다.
핏빛처럼 붉은 소음이 거리를 뒤덮기 시작했다. 마치, 눈이 보이지 않는 것 같았다.

***

재차 벨을 눌렀다.
RRRR, 네 번째다.
분명 현관 벨 소리가 들렸을 텐데도 문은 꿈쩍도 하지 않는다.
조바심에 벨을 마구 눌러댔다.
그래도 안에서 기척이 없자, 기다리다 못한 김미연이 이번엔 문짝이 부서지라고 주먹으로 문을 쾅쾅 쳤다.

"어떡해? 겨…경찰에 신고부터 하는 게 좋지 않을까?"

해쓱한 안색으로 친구인 정다홍이 물었다.

수혁 씨도 수혁 씨지만, 이대로 마감 시간이 끝나버릴까 봐 위가 아플 만큼 걱정됐다. 하지만 정다홍의 말은 들은 척 만 척 김미연이 다시금 거칠게 벨을 누르며 발로 문을 차댔다.

"문 열어! 이 문 열라고!!"

"미…미연아, 이러지 말고 그냥 경찰에 신고하는 게…."

"시끄러워!" 참다못한 김미연이 정다홍을 향해 매섭게 소리쳤다.

"지금 경찰이 전화를 받을 거 같아? 그렇게 경찰에 도움을 청하고 싶으면 네가 직접 전화해 봐. 목석같이 서서 나한테만 뭐라 하지 말고!"

아무리 벨을 누르고 두드려도 꿈쩍도 하지 않는 철문이라 반쯤 이성을 잃은 김미연이었다.

왜 문을 안 여는 거냐고!

안에서 대체 무슨 일이 일어나고 있는 거야?

정말 수혁 씨한테 무슨 일이 생긴 건 아니겠지?….

몇 번이고 전화했지만, 핸드폰도 받지 않는 남편이었다.

생각 같아선 당장 창문이라도 부수고 들어가…창문?

별안간 김미연의 동공이 확대됐다. 더 볼 것도 없다는 듯 김미연이 휙 돌아섰다. 집으로 뛰어가려는 찰나, 정다홍이 다급히 그녀의 팔을 붙잡았다. 방해받은 김미연이 화를 내며 팔을 뿌리쳤다.

"뭐야? 이거 놔!"

"뭘 어떡하려는 거야? 너 지금 흥분해서 이성을 잃었어. 정 경찰이 싫으면 다른 방법을…."

"6층 베란다를 통해서 5층으로 들어갈 거야. 넌 도울 거 없으니까 여기 있든지, 아니면 다른 남자라도 구해서 네 살길을 찾아."

"뭐? 베란다로? 너무 위험한 짓이야. 이럴 때일수록 진정하고…."

"너나 많이 진정하라고! 방해하면 아무리 너라도 죽여버릴 거야!"

둘이 몸싸움까지 하며 실랑이하던 그때였다.

504호의 현관문이 벌컥 열리며, '그 여자'가 나타났다.

한 손으로 현관문을 잡고 선 그녀가 김미연을 보자 뜻밖이라는 듯 눈을 동그랗게 떴다.

"어머? 방금 벨을 누른 게 미연 씨였어요? 편의점에 간 줄 알았더니…. 어휴, 짐 정리를 하는 중에 그만 고양이들이 사고를 쳤지 뭐예요. 커피포트가 쓰러졌는데 하필이면 멀티탭에 온수가 쏟아져서 수혁 씨와 닦느라고 문을 못 열어…."

504호 여자의 어깨를 밀치고 김미연이 현관 안으로 뛰어들었다.

"수혁 씨!"

눈치채지 못했다.

온통 노수혁의 걱정으로 꽉 찬 눈과 뇌여서 집 안이 한 치 앞도 보이지 않는 암막이란 것을….

퍽! 둔탁한 소리와 함께 김미연이 현관 어귀에 풀썩 쓰러졌다. 쓰러진 뒤통수에서 금세 진득한 피가 흘렀다.

"아악!"

김미연이 야구 방망이에 맞아서 쓰러지자, 문밖의 정다홍이 경악에 찬 비명을 내질렀다.

"너도 들어와."

504호 여자가 정다홍의 머리채를 덥석 움켜쥐었다.

애초에 비교조차 되지 않는 완력이라, 마른 여자의 몸뚱어리가 미끄러지듯 집 안으로 사라졌다. 504호의 현관문이 탁하고 닫혔다.
삽시간에 벌어진 일이었다.

***

오후 6시 30분. GH 편의점.

"자, 이로써 새로운 칙령의 1차 마감 시간이 끝났습니다. 바쁘신 와중에도 정부 방침을 이해하시고 성실히 임해 주신 점, 그리고 원활한 공무 수행을 위해 저희 공무원들의 지시에 충실히 따라주신 점, 왕실과 정부를 대신해 다시 한번 감사의 인사를 드립니다."

무선 마이크를 손에 든 2번 카운터의 공무원이 머리를 숙이며 편의점 내의 민원인들을 향해 정중히 인사했다. 허리를 펴고 선 그가 다음 안내 사항을 이어갔다. 밖에서 들리는 시끄러운 사이렌 소리 때문에 목청을 높였다.

"여기 계신 분들 전원이 무사히 혼인 신고를 마칠 수 있도록 최선을 다하겠사오니, 번호표를 발급받으신 분들은 저희 민원 행정실에서 준비한 커피와 음료를 드시면서 편안히 대기해 주시기를 바랍니다. 혼인 신고를 마치신 분들은 공무원의 안내에 따라 편의점 후문으로 나가시면 됩니다. 아울러, 이곳 GH 편의점 금강로 지점을 공무에 활용토록 허락해 주신 점주님께도 감사의 말씀을 전합니다."

편의점 내에 있어도 번호표가 없으면, 혼인 신고를 할 수 없었다.

24시간 운영되는 편의점은 공무가 끝나는 대로 정상 영업을 재개할 수 있었다.

믿음직한 공무원의 안내에도, 아직 혼인 신고를 못 한 사람들은 불안한 표정을 감추지 못하고 손바닥을 비빈다던가 바짝 마른 입술을 혀로 핥는다거나 했다. 편의점 폐점 이후, 실내 곳곳에 서 있거나 앉은 사람들의 수는 대략 20명에서 30명 안팎이었고, 공무원의 안내 방송 와중에도 혼인 신고를 마친 사람들이 삼삼오오 편의점 뒷문으로 사라지고 있었다. 세 명씩 짝을 지으면 몇 번의 서류 처리로 혼인 등록 업무는 금방 끝날 것이었다.

그러나, 아직도 듣기 불쾌한 반말과 고성이 오가는, 아니, 일방적으로 따지고 드는 한 남자 때문에 1번 카운터 줄엔 '그들' 말고는 아무도 없었다.

"방금 행정센터에서 연락 온 거 맞지? 가족 증명서 원본이 다르다니까 뭐라고 그래?"

"네. 연락이 오긴 왔는데…저기, 그게…."

선뜻 대답을 못하는 공무원이라, 답답한 감명민이 다그치듯 캐물었다.

"화요일에 신고한 게 맞다고 하지? 정상 처리됐다고 하지? 난 그냥 가도 되는 거지?"

"그게…선생님. 정말 죄송한데, 사실은 화요일에 신고하신 게 오류여서 재신고를 하시라고…."

"뭐라고? 이 사람들이 정말 사람 엿 먹이기로 작정한 거야, 뭐야?! 아무런 설명도 없이 그걸 믿으라고? 하, 나 원 참…."

어처구니가 없어서 말을 잇지 못했다.

똥개 훈련을 시켜도 유분수지, 이런 개 같은 경우가 어디 있단 말인가? 오늘 자로 발급된 가족 관계 증명서를 내 두 눈으로 확인했지만,

그래도 설마설마했다. 편의점 문을 여는 순간까지도, 나는 내가 맞을 거라 장담했다. 후자가 틀렸노라고. 그런데 인제 와서 뭐?….
 "아, 됐어요. 사장님. 그냥 빨리 신고나 해버려요. 나만 등록하면 되는 거잖아요."
 참다못한 한 비서가 짜증을 내며 말했다.
 "이런 데서 더 있기도 싫어요. 종이 쪼가리에다 사인만 하면 끝나는 걸 대체 언제까지 이러고 있어야 해요?"
 공무원과 단단히 싸우려고 팔을 걷어붙이던 감명민이었지만, 한 비서의 말에 마음을 바꿨다. 30분이 넘도록 목청을 높이고 행정센터의 연락을 기다리는 동안, 자신 역시 두통이 생기고 피곤해졌기 때문이다.
 감명민이 양손을 허리에 대고 거만을 떨며 공무원 주광식에게 말했다.
 "공론화하려면 얼마든지 할 수 있지만, 이번 한 번은 불쌍해서 봐주는 거야. 앞으론 실수 없도록 해."
 "네네. 당연하지요. 너그럽게 봐주셔서 감사합니다."
 공무원 주광식이 카운터에 코가 닿을 정도로 감사 인사를 했다.
 그런 그들의 모습을 조금 떨어진 곳에서 현가은이 여전히 팔짱을 낀 채 지켜보고 있었다. 그리고, 검은 점퍼를 입은 젊은 남자 또한 그런 현가은을 재차 흘끔거렸다.
 "뭐해? 자기? 어딜 보는 거야? 작성 안 해?"
 "응. 해야지."
 올림머리의 여자 친구가 팔을 툭, 치자 점퍼의 남자가 금방 시선을 돌리며 자신의 그녀에게 미소 지었다. 점퍼의 남자와 올림머리의 그녀가 창가에 놓인 테이블에 앉아서 아이스커피를 마시며 혼인 신고서를 쓰고 있었다. 남자가 데려온 단발머리 여자는 그들과 조금 떨어진 곳에서 창밖을 보고 있을 뿐이었다.

"그런데 자기야, 저 여자 누구야? 난 처음 보는 여자인데…둘이 어떻게 만났어?"

올림머리가 호기심 어린 눈으로 단발머리를 가리키며 묻자, 남자가 신고서를 체크하며 대수롭지 않게 말했다.

"길에서 만났어."

"응? 길에서? 어떤 길?"

"그런데 넌 나한테 묻고 싶은 게 그것밖에 없어?"

남자가 묻자, 올림머리가 빨대를 잘근잘근 씹던 행위를 멈추고, '응?' 하며 그를 보았다. 그러자, 남자가 아무 일도 아닌 듯, 태연하게 다시 신고서를 채워나가며 말했다.

"이 편의점까지 오는 동안, 넌 단 한 번도 저 여자가 누구인지 묻지 않아서…. 궁금하지 않았어?"

"응?…으응? 아, 좀 궁금하긴 했지. 누굴까 하면서…."

"나와 저 여자가 어떤 사이인지…내가 그녀에 대해서 어떻게 생각하는지 같은 거 말이야. 그리고, 저 여자가 왜 나와 결혼하려고 하는지, 나를 얼마나 사랑하는지 그런 거?…. 너와 난 5년이나 동거했고, 곧 결혼식을 올릴 거고, 넌 내 아이를 가졌음에도 넌 지금도 내가 데려온 여자의 이름과 나이조차도 묻지 않잖아…. 이 신고서 한 장이면 저 여자는 내 신부가 될 거고, 넌 나를 다른 여자한테 빼앗길지도 모르는데 말이야."

"그…그게 그렇게 되나?"

"그동안 내가 너 모르게 바람이라도 피웠으면 어떡하려고 그래?"

"아…아니, 자, 자기가 그럴 리가 있어? 난 당연히 자기를 믿지! 그리고 이, 이름 같은 게 뭐 중요한 거도 아니고…."

여자 친구가 당황해하며 말을 더듬자, 남자가 그녀의 불안을 없애주려는 듯 싱긋 웃어 보였다.

"응. 나도 너 믿어. 그리고, 쟤 이름은 강하이야. 아, 이제 다 끝났다. 다들 와서 읽어보고 서명해. 하이야, 너도 이리 와."

각기 서명을 완료한 세 남녀가 혼인 신고서를 들고서 3번 카운터로 갔다. 점퍼의 남자가 공무원에게 서류 한 장과 세 개의 신분증을 한꺼번에 내밀며 물었다.

"신고서 작성이 끝났어요. 이렇게 쓰면 되나요? 그리고 이건 우리 세 사람의 신분증입니다."

담당 공무원이 남자가 내민 서류들을 받아들었다. 그가 서류 내용과 서명을 꼼꼼히 확인하고는, '네. 서류는 이상 없군요.'라고 말했다. 그러고는 각자의 신분증과 해당인의 이름, 얼굴을 일일이 대조했다.

"강하이 씨? 본인이신가요? 네, 맞네요…. 여기, 신분증은 가져가시고요."

강하이의 신분증을 돌려준 공무원이 기계처럼 다음 이름을 불렀다. 해당인이 카운터 앞에 서자, 공무원이 신분증의 증명사진과 얼굴을 번갈아 보며 의례적으로 물었다.

"엄희주 씨?…. 본인인가요?"

3번 카운터에서 혼인 신고가 이뤄지는 동안.

1번 카운터에서도 감명민과 그의 두 번째 여자가 목하 신고서 작성에 열을 올리고 있었다.

"한번 해봤으면서 뭐가 그렇게 오래 걸려요? 사장님?"

"실수 없게 해야 하잖아. 만약 이번에도 잘못되면 소송 가야 해. 한 자 한 자 꼼꼼히 적는 중이니까 헷갈리게 하지 말고 얌전히 기다리고 있어."

혼인 신고서에 집중하느라 쌀쌀맞게 대하는 남편이지만, 틀린 말은 아니어서 한 비서가 입을 다물었다.

잠시 후, 드디어 서류 작성이 끝났다. 첫 항목부터 작성 날짜 하나까지, 몇 차례나 재확인했기 때문에, 이번에야말로 틀림없을 것이다. 감명민이 이마의 땀을 훔치며 아내들에게 서류를 내밀었다.

"난 사인했으니 각자 서명란에 사인해. 읽어볼 필요는 없어. 내가 다 확인했으니까."

"종이 쪼가리 하나 신고하는데 오래도 걸렸네요."

한 비서가 얼른 자기 이름 옆에 서명했다. 그런데 마지막으로 서명해야 할 현가은이 어디에도 보이지 않았다. 폐쇄된 실내에서 금방 그녀를 찾았다. 조바심이 난 감명민이 편의점 매대에서 물건을 계산하고 있는 현가은을 소리쳐 불렀다.

"시간 없는데 거기서 뭐 하는 거야! 빨리 와서 사인해!"

"다 됐어요."

그녀가 남편에게 말하고는 편의점 점주에게 현금을 세어 건넸다. 그리곤 방금 구매한 물건을 들고 남편과 한 비서한테로 걸어왔다. 손에 든 검은 비닐봉지가 제법 큼지막했다.

하지만, 현가은이 산 물건 따위는 손톱만큼도 궁금하지 않은 감명민이라 가까이 온 그녀를 보자마자 핏대를 세워 버럭 했다.

"급한 거 몰라서 그래?! 아무리 멍청해도 그렇지, 반찬거리는 신고 끝나고 사도 되잖아!"

"예약한 물건이라 어쩔 수 없었어요…. 여기에 사인하면 되나요?"

마지막, 자신의 서명만을 남겨둔 그녀가 한 비서로부터 서류를 넘겨받았다.

철썩!

매서운 회초리 같은 손바닥이었다. 몇 번 손찌검하다 보니 습관이 되어서 이젠 어떠하지도 않았다.

현가은의 얼굴이 옆으로 휙 돌아갔다. 틀어 올렸던 머리가 풀리며 어깨 위로 흐트러졌다. 낮에 맞아서 아물지 않은 그곳에 또다시 인장처럼 시뻘건 손자국이 찍혀 버렸다. 그렇게 스스로 움직일 수 없는 인형처럼, 편의점 한 곳에 우뚝 서 있을 때.

"진짜…시발년이…지금 나 엿 멕이냐?"

민원인과 점주, 공무원 할 것 없이 편의점 내 모든 사람의 눈길이 그들에게 쏠렸다. 그중에는 3번 카운터의 점퍼의 남자도 있었다.

놀란 시선들이 자신에게 꽂히자 두 번째 쳐든 손은 내릴 수밖에 없었다. 감명민이 이성을 되찾으려 노력하며 물었다.

"혼인 신고하기 싫어? 싫으면 관둘까? 그냥 우리 셋 다 공장에 끌려가서 믹서기에 갈리는 게 낫겠어? 그걸 원해?"

"그럴 용기나 있어? 당신이?"

현가은이 고개를 들었다.

곧 진물이 흐를 것 같은 새빨간 뺨을 하고서 그녀가 다시 물었다. 그들의 발치에 감명민이 어렵게 작성한 혼인 신고서 서류가 반으로 찢겨 나뒹굴고 있었다.

"말해 볼래? 죽을 용기가 있는지 물었는데?"

"이게 진짜 미쳤나…. 너, 집에 가서 두고 보자. 신고서 다시 쓸 테니까 이번에도 찢어버리면 죽을 줄 알아."

"…지금이라도 용서를 빌어. 그럼, 나도 생각해 볼게."

카운터에서 새 혼인 신고서 양식을 받아 든 감명민이 불쑥 솟은 눈썹과 의아한 눈으로 고개를 갸웃했다. 무슨 말인지 이해를 못 하는 것 같았다. 개의치 않고 현가은이 말했다.

"네가 매일 같이 모욕한 죽은 내 엄마…우리 아빠와 내 동생 경학이한테도…."

"…."

"그리고 나한테도."

마침내, 감명민이 배를 잡으며 박장대소했다.

그렇게 잠시 서서, 남편의 웃음이 잦아들기를 기다렸다.

이윽고 다 웃은 그가 작게 한숨을 내쉬며 물었다.

"집에서 놀다 보니 심심해서 개그맨 공채 시험이라도 준비한 거야?"

"…."

"그렇다면 다행이군. 시험 한번 쳐 봐. 재능이 있어."

감명민이 현가은의 턱을 손가락으로 받쳐 올렸다. 그러고는 안광을 번뜩이며 위협적으로 경고했다.

"한 번만 더 서류를 찢어발긴다면, 그땐 네 몸뚱어리도 반으로 찢겨 나갈 줄 알아…. 의심스러우면 이번에도 시험 해봐."

'그들'이 서류를 다시 쓰기 위해 창가 테이블로 가자, 비로소 실내가 잠잠해졌다. 뭐 하는 사람들인지, 무례하고 골칫덩이라면서 카운터에 줄 선 사람들이 욕하는 소리가 들렸다. 검은 점퍼의 남자도 자기 일로 돌아갔다. 남편한테 뺨을 맞은 '그녀'가 잔상에 남았지만, 잊어버리기로

했다. 그리고 그럴 수밖에 없었다.

"엄희주 씨?…. 본인 맞습니까?"

컴퓨터로 인적 사항을 확인하던 3번 카운터의 공무원이 어리둥절한 눈을 했다. 엄희주가 카운터 위에 두 팔을 올리며 말했다.

"네. 제가 엄희주 맞는데요? 왜요? 무슨 문제라도 있어요?"

"네. 뭔가 착오가 있는 것 같은데…잠시만요."

"뭔데 그러세요?"

아직도 시끄러운 1번 카운터의 경우처럼, 이것 또한 우리 측의 행정 오류 같지만, 민원인을 계속 세워둘 수도 없어서 공무원이 설명했다.

"음, 다른 건 아니고, 엄희주 씨가 기혼인 것으로 나와서요. 하지만 그럴 리가 없어서, 일단 저희 측의 전산 착오가 아닌가 싶은데…."

"어머? 그래요? 신기한 일이네요? 내가 결혼했다니…. 아, 맞다! 그러고 보니 깜빡했네?"

문득 기억이 떠오른 듯, 엄희주가 손뼉을 짝 치며 고개를 돌렸다. 그녀가 난감한 표정으로 자기 남자를 바라보았다.

"자기야. 그러고 보니 나, 사실 어제 결혼했어. 혼인 신고까지 끝냈는데 잊고 있었어. 아, 여기 서류도 가지고 왔어."

엄희주가 핸드백에서 꺼낸 류성찬과의 혼인 신고서를 카운터에 놓았다.

인간적으로 좀 미안하긴 하지만 어쩔 수 없지 뭐.

게다가 신고 마감 시간도 끝났다. 그 말인즉슨….

계산 중인 잔머리를 들키지 않으려고, 엄희주가 풀이 죽은 얼굴로 변명했다.

"오빠가 주류 영업일을 하다 보니 출장도 잦고 새벽에 들어올 때도 많았잖아. 밤마다 나 혼자 너무 우울하고 외로웠단 말이야. 그래서 몇 번 클럽에 가게 됐는데, 거기서 어떤 남자를 만났고….”

그녀가 약간 튀어나온 자신의 배를 쓰다듬으며 투덜거렸다.

"더럭 임신했지, 뭐야? 나도 처음에는 몰랐어. 임신 사실을 알고는 기절하는 줄 알았어. 할 때마다 피임에 신경 썼는데 애가 들어설 줄은…. 그렇게 쳐다보지 마. 정말 어쩌다 보니까 그렇게 된 거야. 오빠가 자기 애로 착각하는 거 같아서 나도 이제나저제나 말하려고 타이밍을 재고 있던 참인데…아, 그렇지! 나 물어볼 거 있었는데, 저기, 질문이 있는데요.”

그들의 얘기를 들으며 넋이 나가 있던 공무원이 콜록콜록 기침까지 하며 자세를 바로 했다.

"콜록, 네! 네, 질문하세요.”

"다른 게 아니라, 제가 임신 중독증이란 병에 걸려서 요즘 자꾸만 깜빡깜빡하거든요? 리모컨을 냉장고에 두거나, 방금 국에 소금을 넣고는 깜빡하고 또 넣고 그래요. 그래서 내가 결혼한 것도 까먹고 있었는데, 이건 칙령에 위배 되는 게 아니죠? 게다가 어제오늘은 피곤해서 하루 종일 잤단 말이에요. 임신하면 자주 그런 대요. 내가 고의로 이중 신고를 하려 한 것도 아니고, 내 배 속의 아기 때문에 깜빡한 건데…설마, 치매가 온 불쌍한 임산부를 경찰이 어떻게 하진 않겠죠?”

"그…그건 시행 규칙을 자세히 살펴봐야 해서…그런데 제 생각엔….” 칙령과 시행령을 완벽히 숙지 중인 공무원이 점퍼 남자의 눈치를 보면서 소신대로 말할지 말지를 고민했다.

저 남자는 배신을 당한 거다. 그것도 자기 애를 가졌다고 철석같이 믿은 여자한테….

불쌍하게도, 충격이 너무 컸는지 여자가 말하는 동안에도 멀대처럼

서 있기만 할 뿐, 어떠한 기색도 내비치지 않는 남자였다. 지금도 입을 꾹 다물고 여자가 준 혼인 신고서만 빤히 응시하고 있었다.

당연히 현실이 믿기지 않겠지….

문제는, 이들의 대화 때문에 편의점 내 민원인들의 시선 대부분이 이제는 내 담당인 3번 카운트에 쏠렸다는 것이다. 개중에는 개미만 한 소리로 '진짜 나쁜 년이네.'라며 욕하는 사람도 있었다.

3초 후, 고민이 끝난 공무원이 간결하게 대답했다.

단시간에 나한테 집중된 시선을 반영했고, 그렇다면 내 할 일만 할 뿐. 민원인 일에는 끼어들지 않기로 했다.

"네. 그렇습니다. 고의를 증명할 수 없는 경우엔 위법이 아닙니다. 이중 신고가 접수된 것도 아니니까요. 절차 진행 중에 중단됐으니, 이대로 나가시면 됩니다."

더할 나위 없는 답변이어서 하마터면 소리라도 지를 뻔했다.

엄희주의 입가에 흡족한 미소가 떴다.

성찬 오빠와 사전 모의한 대로 칙령에 대해서 좀 알아봤고, 이럴 거라고 예상했다. 한 치의 오차도 없이.

난, 이대로 편의점 뒷문으로 나가면 그만이고, 일부이처제 마감 시한을 넘긴 이 남자는 즉시 경찰에 체포될 것이다. 그가 데려온 단발머리의 저 여자도 함께….

그들이 어떻게 되든 내 알 바도 아니고, 확실한 사실 하나는 실매매가 65억 원대의 아파트는 오늘로써 완벽히 내 소유가 됐다는 것이다. 혹시나 해서 여기 오는 길에 몰래 아파트 등기를 떼봤는데, 아파트는 여전히 나와 저 남자의 공동명의로 되어 있었다.

엄희주가 예의상 고개를 떨구며, 오늘 이후로 소시지가 될 남자한테 사과했다.

"미안해. 오빠…. 그리고, 그동안 고마웠어."

"사과는 안 해도 돼."

남자가 차갑게 말했다.

"역겨우니까."

엄희주가 얼핏 남자를 보았다.

뭐야? 방금 나한테 그런 거야…?

마치 다른 사람처럼 바뀌어 버린 그의 말투에 영문을 몰라서 고개를 갸웃했으나, 곧 정황을 눈치채고는 엄희주가 빙그레 웃었다.

"오빠, 알고 있었구나? 어쩐지…."

"…."

"언제부터 알았어? 그런데 이제까지 알고도 모른 체 했던 거야?"

"…."

"진짜 어이가 없네? 그럼, 다 알면서도 여자까지 데려와서 혼인 신고를 하겠다며 생쇼 한 이유가 뭐야? 피차 번거롭게…. 알고 있었으면 진작 말해주지. 그랬으면 일부러 여기까지 안 와도 됐잖아. 하긴, 뭘 하든 어차피 늦었어."

무슨 극적인 복수를 원한 건지는 모르겠지만, 그것도 한참 늦었다. 칙령 마감 시간은 끝났고, 65억 아파트는 내 것이고, 이 드라마가 어떻게 끝나든지 결말은 무조건 해피엔딩이다. 내게만.

엄희주의 망상을 눈치챈 듯, 남자가 말했다.

"그 아파트…넌 못 가져."

"왜? 왜 내가 못 가져? 아파트는 지금도 공동명의이고, 행정센터 업무 시간은 끝났다니까? 명의 변경이 하고 싶으면 내일 아침 9시에 행정센터 3층에 있는 부동산 등기과를 찾아가. 아, 쏘리, 그것도 못 하겠네? 내가 명의 변경에 동의도 안 할 거지만, 그때까지 오빠가 살아있을 거란 보장이 없어서."

"그런 건 신경 쓰지 마. 네가 죽으면 명의 같은 건 쓸데도 없을 테니까."

방금 들은 말에, 이제껏 기세등등하던 엄희주의 안색이 한순간 파리해졌다.

"뭐…뭐야? 지금 여기서 날 죽이기라도 하겠다는 거야?"

하지만, 그럴 리가 없었다. 엄희주가 엄포를 놨다.

"이렇게 사람들이 많은 데서? 그게 가능할 것 같아? 임산부를 죽이면 어떻게 되는지 몰라? 넌 시청 광장에서 산 채로 사지가 찢겨 죽을 거야! 너무도 고통스럽게, 차라리 제발 죽여달라고 애원하면서! 법도 몰라?!"

그러나 전혀 개의치 않고 남자가 한발 성큼 다가오자, 깜짝 놀란 그녀가 뒷걸음질 쳤다. 엄희주가 공포에 들어찬 눈으로 카운터와 사람들을 향해 악을 쓰며 소리쳤다.

"뭘 쳐다보고만 있어요?! 경찰 불러요! 사…사람을…임산부를 죽이려 하잖아요!! 경찰 불러!"

정신이 번쩍 든 공무원이 황급히 무전으로 경찰에 도움을 요청했다. 편의점 주변에 있던 경찰들이 곧 안으로 들어올 거란 답신이 무전기를 통해 들려왔다. 하지만, 그 어떤 것도 사랑했던 여자의 배신에 죽음까지 생각한 남자의 의지를 꺾을 순 없었다.

"아파트는 강하이 동생들의 소유가 될 거야. 저 애는 췌장암 말기라서 생명이 한 달밖에 남지 않은 시한부거든. 어떻게 죽어도 상관없다길래 내가 돈을 주기로 약속했고, 공증까지 받았어. 이게 무슨 말이냐면….”

"….”

"내가 죽으면 돼…. 그런데 나 혼자 죽지는 않을 거야.”

믿기지 않았고 믿지 않으려 했다.

내 아이라고 믿어 의심치 않았고 하루하루가 너무도 행복했다.

자기 이름으로 된 아파트를 갖는 게 평생의 꿈이라고 했고, 나는 내 모든 걸 다 털어서 그녀의 꿈을 이뤄주려고 했을 뿐….

그런데 어느 날, 박수혜라는 여자한테서 걸려 온 전화 한 통.

그녀가 문자로 전송한, 임신한 내 여자와 어떤 남자가 모텔 침대에서 뒹굴고 있는 사진 세 장과 태아의 초음파 사진 한 장…. 그러면서 박수혜가 내게 한 말.

-당신이 태명을 '꼬물이'라고 짓고 매일 그 이름을 불렀다죠…? 아기의 친아빠가 지은 태명은 '굳건이'에요. 당신과 엄희주는 결혼 준비 중이었고, 아파트도 공동명의로 한 걸로 알아요. 그래서 엄희주가 왜 당신 같은 남자를 배신한 건지 성찬 씨한테 물어보니…당신이 고졸에다 작은 주류 회사의 영업사원이란 게 그녀의 답변이었어요….

"넌, 배신의 대가를 치러야 한다는 말이야.”

어느새 남자가 날이 번쩍이는 과도를 꺼내 들었다. 이제껏 가슴에 품고 다녔다. 단지, 오늘 이날만을 위해서….

"나를 기망하고 속이고 철저히 배신했어. 난 너와 우리 아이를 위해서 뼈 빠지게 일하고 셋이 행복하게 살 집을 마련한 것뿐인데….”

"왜…왜 이래? 자기야…이, 이러지 마…. 나한테 이러지 말라고! 살려주세요! 아무나! 나를 좀…살려 달라고!!”

엄희주가 계속해서 뒷걸음치며 도와달라고 외쳤지만, 실내의 모두가,

공무원들조차도 그들을 보고만 있을 뿐 누구도 나서는 이가 없었다.

손에 칼을 든 남자가 서둘지 않고 한 걸음씩 그녀를 향해 다가갔다. 엄희주의 공포에 질린 비명이 편의점 천장에 닿을 것 같던 그때.

"악! 미쳤어요?! 정말 다 죽으려고 작정했어?!!"

다른 곳에서도 비명이 터져 나왔다. 또 사고뭉치인 1번 카운터다.

그리고, 바닥에 갈기갈기 찢겨 떨어진 종잇조각들.

현가은의 서명란만이 남겨졌던 혼인 신고서였다.

감명민이 정성 들여 쓴 그것을 현가은이 또다시 일말의 주저도 없이 박박 찢어버렸다.

"이리 와."

더는 참지 못한 감명민이 현가은의 머리채를 단숨에 움켜쥐었다. 남자에게 머리를 잡힌 그녀가 힘에 못 이겨 바닥에 질질 끌려갔다. 주변에 때릴 만한 것이 보이지 않자, 감명민이 현가은의 얼굴에 주저 없이 어퍼컷을 날렸다.

"아악!!!" 한 비서가 외마디 비명을 지르며 눈을 질끈 감았다.

퍽, 하는 소리가 나며 뜨거운 뭔가가 얼굴과 몸에 튀었다. '피'라는 걸 직감한 그녀가 눈을 다 뜨기도 전에….

"으아아악!!"

지옥 같은 비명이 편의점을 울렸다.

그런데 어찌 된 영문인지 맞은 건 현가은일 텐데, 편의점 바닥을 나뒹굴며 소리치는 건 그저께 나와 결혼한 남편이었다.

그리고, 바닥에 떨어져 있는 발목 하나가…응? 저게 뭐야?

한 비서가 누군가의 다리에서 잘린 게 틀림없는 발목을 보면서도 바보 같은 질문을 했다. 저게 대체 뭐냐면서….

툭툭…. 몸에 튄 핏방울을 털어내며 현가은이 천천히 일어섰다.

그녀의 손에 커다란 도낏자루가 쥐어져 있었다. 스치기만 해도 살이 베일 것 같은 예리한 도끼날에서 빨간 피가 뚝뚝 떨어졌다.

조금 전, 편의점 점주로부터 현금 구매한, 아침 일찍이 예약해 뒀던 도끼였다.

"아파?"

한 마디 묻고는, 도끼를 높이 들어 이번엔 남편의 왼쪽 팔을 내리쳤다. 팔만 자르려고 한 건데, 남편이 기어서 도망가는 바람에 그만 헛스윙을 해버렸다. 서툰 도끼질에 팔이 절반만 잘렸고, 바닥에 내려꽂힌 날에 뱃살의 살점이 뭉텅 떨어져 나갔다. 피가 분수처럼 튀었다.

"으아아악!"

고통에 못 이겨 감명민이 목청이 터지라고 비명을 내질렀다.

흰 뼈가 드러난 팔이 덜렁거리며 곧 찢어질 것처럼 위태로웠다.

바닥에 쏟아진 피는 띠를 이루며 흘렀고, 식료품과 인간들은 공중에 흩뿌려진 피를 뒤집어쓰며 본래의 모습을 잃어버렸다.

잠깐 사이, 편의점은 그야말로 아수라장이 되었다.

여기저기서 공포에 질린 비명과 고성, 울음이 터져 나왔고, 도망가려는 사람들로 매대는 쓰러지고 창문이 부서졌다.

물론, 그들의 사정이야 지금부터 내가 하려는 행위와는 무관했다.

바닥에 나뒹구는 발목을 무심히 발로 차버렸다. 과자 매대에 맞고 튕긴 발목이 아무 데나 툭, 하고 떨어졌다.

이제야 공간이 생긴 자리. 현가은이 도끼날을 바닥에 세워서 쪼그리고 앉았다. 겉보기엔 무식하지만, 이래 봬도 특수 주문 제작한 세라믹 재질 도끼라서 무겁지도 않고 날은 머리카락도 세로로 쪼갤 만큼 날카로웠다. 도끼에 체중을 실은 그녀가 바닥에 쓰러져 괴로워하는 남편을 물끄러미 내려다보며 물었다.

"아프냐고 물었는데 왜 대답을 안 해?"

"여…여보…."

순간, 고통도 잊어버렸다. 감명민이 간절한 눈빛으로 현가은을 바라보았다. 살기 위한 본능적 직감이 자동 발현했다.

"가…가은아. 내가 잘못했어. 이, 이번 한 번만 용서해 주면…."

"당신이 잘못한 건 없으니까 사과하지 마. 조금 전까지만 해도 잘못한 건 많았어. 하지만, 지금은 마감 시한이 지나버려서 나도 어떻게 해 줄 수가 없어. 그러게, 기회를 줬을 때 대답을 잘했어야지."

"여보…그러지 말고, 가…가은아…."

"용서 따윈 빌지도 말고 바라지도 마."

"가…가…가은…헉…."

감명민의 눈꺼풀이 파르르 떨렸다.

희뿌연 안개처럼, 뭐라고 말하는 현가은의 모습이 꺼졌다가 나타났다가 했다. 하지만, 까무룩 정신을 잃으면 난 다시는 눈을 뜨지 못할지도 모른다…. 마지막 남은 기회라도 달라고, 발을 구르고 머리를 바닥에 찧어대며 사정하고 또 사정하고 빌고 애원하고 싶었지만, 그럴 수도 없었다. 의식하기 시작하자 고통은 그야말로 당장 죽는 게 나을 정도였다.

"제발, 나를 한 번만…."

감명민이 덜렁거리는 팔로 가은의 팔을 잡으려다 이내 외마디 비명을 지르며 극심한 고통에 발버둥 쳤다.

차라리 깨끗이 절단됐으면 덜 아팠을 텐데…. 내 실수다.

조금 쉬었기에, 현가은이 천천히 일어서며 말했다.

"미안해. 방금은 내가 실수해서 그래. 도끼를 쓰는 게 생전 처음이라서 말이야. 한 번에 잘라버렸어야 했는데…."

"여보, 제발! 나를 살려 줘. 내가 다 잘못했어. 다신…다시는 그러지 않을게. 한 번만…가은아…."

"늦었어. 이번엔 왼쪽 발목이야. 준비해."

현가은이 두 손으로 다잡은 도낏자루를 머리 위로 치켜들었다.

그러자 울고불고 난리를 치면서도 하나밖에 없는 발목으로 감명민이 필사적으로 기어갔다. 피투성이가 된 그가 입에 거품을 물고 소리쳤다.

"겨…경찰! 경찰 불러?! 뭐해?!! 경찰 부르라고?!!"

하지만, 내 경고를 무시하고 움직인 남편이어서 도끼는 또다시 실수를 범하고 말았다. 아까보다 더한 헛스윙으로 이번에는 허벅지 살이 뭉텅이로 잘려 나갔다.

"아아아악!!!"

감명민이 그 자리에 철퍽 쓰러지며 절규했다. 생살이 절단된 곳에서 피가 솟구쳤고, 상처 난 곳은 심한 몸부림으로 인해 쓸렸다.

피는 그치지 않고 흐르며 바닥을 축축이 적셔갔다.

사람들 누구 하나 말릴 엄두조차 못 내고 구경만 하고 있었다.

피로 점철된 편의점 안으로 총기와 테이저건으로 무장한 경찰들이 뛰어들었다. 피바다가 돼버린 실내의 모습에 경찰들이 흠칫했다.

하지만 이내 모든 상황을 알아챘다. 모르기에는 너무도 분명한 두 명이 눈에 띄었기 때문이다.

경찰이 일제히 겨눈 세 개의 총구가 1번 카운터에서 도끼를 든 여자와

3번 카운터에서 과도를 들고 선 검은 점퍼의 남자를 향했다.

"꼼짝 마! 무기 내려놓고 손 머리 위로 올려!"

하지만, 경찰들의 경고가 들리지 않는지 여자와 남자는 누구도 도끼와 칼을 내려놓지 않았다.

"말을 듣지 않으면 사살하겠다!"

무장한 경찰을 보자 살았다 싶은 생각에 감명민이 엉엉 울면서 고자질했다.

"흐흑…. 이 년이…이 년이 내 다리와 팔을 이렇게…으허허헉…너무, 너무 아파…. 아파서 죽을 거 같아. 빨리 나를 병원으로 좀…."

퍽! 도끼가 공중을 날았다.

다음 순간, 감명민의 말이 쑥 들어가며, 머리통 하나가 피로 칠갑 된 바닥을 굴렀다. 빠르기가 거짓말 같았다. 눈물을 흘리며, 빙퉁그러진 입을 한 그대로 감명민의 얼굴이 축구공처럼 굴러갔다. 동그란 얼굴은 컵라면 등을 진열한 철제 매대에 쿡 처박히며 회전을 멈췄다. 마침 매대 옆에 서 있던 한 비서가 그것을 보더니 목을 흔들면서 그대로 기절해 버렸다.

현가은이 도끼를 들고 뒤돌아섰다.

"멈춰라! 사살한다!"

경찰의 경고가 들렸지만, 아랑곳하지 않고 그녀가 어딘가로 뚜벅뚜벅 걸어갔다. 마치 경찰이 자신을 쏘지 못할 거란 걸 알고 있는 듯했다. 도끼날에서 채 식지 않은 감명민의 피가 뚝뚝 떨어지며 핏빛 길을 냈다. 그리고 그녀의 생각대로, 현가은이 목표지점에 도착할 때까지도 경찰은 그녀에게 총을 쏘지 않았다. 왜냐하면, 발포하지 말라는 경찰 책임자의 지시가 떨어졌기 때문이다.

말을 잃어버린 사람들과 얼이 빠진 공무원들, 그리고 경찰들….

그 누구도 그녀를 말리지 못하는 사이, 어느덧 현가은이 목표한 곳에 도착했다. 검은 점퍼의 남자 앞에 섰다. 엄희주의 눈과 입은 이미 공포에 얼어붙어서 하얀 동상이 되어 있었다.

현가은의 시선이 점퍼 남자의 손에 들린 과도로 갔다가 다시 남자에게로 갔다. 남자를 보며 잠시 그렇게 서 있던 눈동자가 별안간 스륵, 움직였다. 엄희주가 너무 놀란 나머지 딸꾹질을 하며 소리쳤다.

"딸꾹, 뭐…뭐야! 딸꾹, 왜 나를…날 죽이면 너도 죽어! 딸꾹, 너도 끌려가서 햄이 될 거라고! 이건 위법이야!! 사…살려주세…아아악!"

도망가는 엄희주의 어깨 위로 자비 없는 도끼날이 파고들었다. 다음은 등짝, 그다음은 쓰러진 그녀의 목덜미였다.

조금 전, 감명민은 내 일이라서 그나마 집중력이 있었는데, 이 여자는 남 일이어서 그런지 몰입도 잘 안되고 해서 닥치는 대로 도끼질을 해 댔다. 희고 가녀린 목에 여러 번 도끼를 쳐대고 나서야 겨우 여자의 목과 몸통이 분리됐다.

이후, 백악기 시절에나 들어 볼법했을 익룡의 괴성 같은 발악도 멈췄다. 눈에 시뻘건 핏발이 선 엄희주의 머리통이 바닥을 도르르 구르다가 점퍼 남자의 발치에서 멈췄다.

피비린내가 진동하는 바닥에서 현가은이 눈을 들었다. 그녀가 남자의 손에 들린 과도를 보고는 풋, 하고 비웃었다.

"그딴 장난감 같은 걸로 죽이려고 했어요?"

"…."

"내가 대신 죽였으니까, 나랑 결혼해요."

흰 블라우스가 빨간 피로 물들었다. 서투른 도끼질에 갈 곳 없이 피어난 피꽃이었으며, 옷 주변에는 열매 같은 붉은 살점들도 매달려 있었다. 그녀가 턱에 흐른 피를 쓱 닦으며 말했다.

"꼴이 이래서 웨딩드레스는 입을 수 없겠지만요."

***

[빅토리아 레이디언트 앤 엘레강트 디그니파이드 클래식 로열 팰리스]
저녁 무렵.

"오호호호. 어머, 무겁지 않니? 항상 내 식사를 만드느라 고생이 많구나. 아, 내가 얼그레이 티가 마시고 싶은데, 한 잔 가져다주겠어?"

여왕의 발랄한 웃음소리가 침실, 접견실, 응접실 등을 가리지 않고 들려왔다. 저녁이 되면서부터 시종일관 저런 모습이고, 기분이 너무 좋은 나머지 궐 안에서 만나는 모든 사람마다 보너스를 하사했다. 시종과 시녀, 비서관, 행정관, 정원사 등을 가리지 않았고, 그것 또한 기분의 레벨이 있어서 여왕이 최상급의 기분일 때 보너스를 하사받은 경호원의 경우는 그 금액이 무려 1억 원이었다. 물론, 현금다발을 들고 다니면서 뿌리는 게 아니라, 여왕이 누군가를 지목하면서 금액을 부르면, 여왕을 보좌하는 왕실 개인 비서관이 그 즉시 하급 비서관에게 하달하는 식이었다.

아침나절부터 서바이벌의 1차 마감 시간이 왜 이렇게 느리냐며 신하들을 들들 볶고, 내실에서 장견우의 머리채를 잡아 뜯고 뺨을 때리며 패악질을 부리던 포악한 여왕의 모습은 온데간데없이 사라졌다.

온 왕궁을 휘젓고 다니는 그녀의 머리 위에, 태양처럼 붉은빛을 내는 레드 다이아몬드 왕관이 씌워져 있었다.

가질 수만 있다면, 왕궁이라도 팔아 치울 수 있을 만큼 간절했던 47.5 캐럿의 '여왕의 붉은 눈물'이었다.

오늘 오후 무렵, 내 이름 앞으로 퀵 서비스가 도착했다.

이 나라에서 감히 수취인을 여왕으로 할 만큼 간 큰 이는 없을 거로 생각해, 어린애들의 장난이라 치부했고 신경도 쓰지 않았다. 장난감 폭탄이면 강에 던지고 먹을 거면 개를 주라고 했다.

일머리 없는 문체부 장관 때문에 화가 머리끝까지 치밀었고, 발로 문을 박차며 내실을 나선 그때, 복도에서 대기하던 비서관이 기다렸다는 듯 득달같이 내게로 달려왔다. 그리고는, 숨도 쉬지 않고 빠르게 뭔가를 보고했다. 믿기지 않아서, 그다음은 내가 숨을 쉴 수가 없을 지경이었다.

뭐?! 그게 정말이야?!

믿을 수가, 그 말을 도저히 믿을 수가 없어서 그야말로 버선발로 거실로 뛰어갔다. 그리고 거실 안, 수백 년 된 흑단 나무 탁자에 곱게 올려져 있던 그것….

부들부들 떨리는 손으로 붉은색 벨벳 보석함의 뚜껑을 열었고, 마침내 '그것'과 조우했다.

세상에서 단 하나뿐인 '여왕의 붉은 눈물'을 말이다….

이 세상 빛이 아닌 것 같은 휘황찬란한 광채와 눈이 멀어버릴 것 같은 아름다움과 기품….

나를 닮았어…. 두 눈에 대번 눈물이 차올랐다.

다이아몬드를 보면서 한참을 울먹이다가 비서관이 건넨 메모지를 펼쳤다. 이 '아이'를 내게 선물한 사람이 적은 메모였다.

–존경하옵는 여왕 폐하께.

프랑스 건축 사업가인 '에티엔 로랑 로샹브로'에게 직접 사람을 보내서 이 레드 다이아몬드를 사들였습니다. 경쟁자들이 만만치 않아서 의외로 비싼 값을 치렀지요.

하지만, 이 세상 누구와도 비교할 수 없는 여왕 폐하만의 독보적인 아름다움과 명예와 권위에 있어, 그나마 세상 단 하나뿐인 이 다이아몬드가 1g이나마 근접하지 않을까 생각하기에 한 치의 후회도 없습니다.

부디 저의 선물이 마음에 드시기를 바라며, 바라옵건대 청이 하나 있사옵니다. 금번, 일부이처제 시행과 관련한 부탁입니다만, 단도직입적으로 말씀드리면 저를 칙령의 '예외 규정'으로 해주십시오. 예를 들면, 제가 살인을 하더라도 법적 처벌을 면하게 해주신다면 감사하겠습니다.

저는 현재, 서울시 금강구 금강로 9길 74, 라네쥬 더 포레스트 아파트, 2020호에 주소를 둔 '현가은'이라는 이름의 여자입니다.

그럼, 잘 부탁드리겠습니다. 언제 어디서나 여왕 폐하가 건강하시기만을 빌겠습니다.

P.S. 돈의 출처가 궁금하실 것 같아서 몇 자 더 적습니다. 혹시라도 탈세나 검은돈으로 의심하실까 바입니다.

지난달, 22일 발표된 1,158회 로또 1등 당첨자가 저입니다. 당첨금은 3,306억 원이었고, 세후 2,578억 원을 수령했습니다.

통관에 대해 함구하는 점은, 부디 혜량해 주시길 바라옵니다.

현가은 올림.

7

 책상 의자에 구부정하게 앉은 남자의 등이 보였다. 뒤로 드러난 티셔츠의 목과 등은 땀으로 축축이 젖었다.
 꼬박 네 시간째.
 방 안이 어둡지만, 불이 필요하지 않은 건, 책상 스탠드 불빛만으로도 충분하고 한 점이 된 불빛이 차라리 물아일체에 가까운 몰입도를 가져왔기 때문이다.
 이번엔 장갑을 낀 손으로 둥근 판지 통에 신관을 삽입했다. 실수가 없도록 하느라, 신관을 쥔 손끝이 미세하게 떨렸다. 곧 이 작업도 무사히 끝났다. 마스크를 낀 것도 잊고서 코끝에 맺힌 땀방울을 무심히 손등으로 훔쳤다. 다음으로 니트로글리세린을 흡수시킨 규조토와 페이스트를 통에 넣을 차례였다. 현호가 고글 너머로 준비물을 살펴본 뒤 작게 심호흡했다. 충격에 민감하고 강력한 폭발력을 가진 위험한 화학물질이라 지금부터가 본 게임이다.
 유리관에 담긴 규조토를 조심스럽게 들어 옮겼다. 유리관 입구에 씌워진 고무 막을 벗기고, 판지 통 안에 들어간 신관 위로 기울였다. 규조토가 천천히 신관 안으로 스며들었다. 흰 마스크 안으로 입을 굳게 다문 현호의 책상 위에는 판지 통 외에도 빨갛고 파란 기폭 선들이 어지러이 엉켜 있었다. 신관의 양쪽 끝에 연결할 기폭 선들이었다. 그 후에,

판지 통의 구멍을 통해서 선만 밖으로 빼내면, 그러면….

응? 그런데 이게 뭐야…?

분명히 유리관을 기울이고 있었는데, 내 손에 웬 밥숟가락이 쥐어져 있다. 그것도 갓 지은 것처럼 김이 모락모락 나는 흰 쌀밥을 뜬 숟가락이다. 이게 왜? 음, 숟가락은 금속이라서 좀 위험한데….

그런데 왜 이렇게 뜨겁지? 밥 때문인가?…

갑자기 악 소리가 나올 만큼 숟가락이 뜨거워졌다. 손이 타들어 가는 것 같은 열기에 현호가 그만 숟가락을 떨어뜨렸다.

순간, 밥 알갱이들이 사방으로 날아가며 폭발해 버렸다.

악마의 호흡 같은 시뻘건 불꽃이 하늘로 치솟는가 싶더니, 곧 천지를 뒤엎는 것 같은 굉음이 났다.

쾅!

"학교 안 가?! 몇 번을 불러도 대답이 없어!"

벌컥 연 방문이 벽에 팅기며 큰 소리가 났다.

눈을 번쩍 떴다.

"아까 일어난 거 같아서 마트 갔다 왔더니. 아직도 자고 있으면 어떡해?!"

양손 가득 마트 쇼핑 봉지를 들고 있어서, 급한 김에 아들 방의 방문을 발로 걷어차 버린 엄마였다. 그도 그럴 것이 아침 장을 보고 집에 왔는데, 학교에 있을 거로 생각한 아들의 운동화가 현관에 곱게 놓여 있었기 때문이다. 방안으로 뛰어든 그녀가 지각이 확정된 아들의 등짝을 '찰싹' 때리며 꾸짖었다.

"안 늦었어?! 9시야, 9시! 빨리 안 일어나?! 아니, 그런데 너 웬 땀을 그렇게 흘려? 어디 아파?"

엄마가 걱정스러운 얼굴로 이마를 짚으려고 하자, "아니야, 꿈꿨어." 하고는, 현호가 이불을 휙 뒤집어쓰며 돌아누웠다.

"꿈? 무슨 꿈이길래 애가 땀범벅을 해서는…. 요즘 밤늦게까지 실험한다고 몸이 허한 거 아니야? 여름 오기 전에 보약이라도 한 재 지어야하나? 여하튼 깼으면 세수하고 나와. 이왕 늦은 거 밥이나 먹고 가. 엄마가 금방 갈치 구울게."

'어휴, 저래서 장가가도 나 없으면 어떡하려나 몰라?' 하는 잔걱정 소리가 들렸다.

주방으로 가는 발소리가 멀어지더니, 곧 방안이 조용해졌다.

방금 잠에서 깬 현호가 멍하니 방 천장을 응시했다.

입술 끝에서 헉헉대는 숨소리만 빼면 아직도 몽롱한 정신이 꿈속인 것만 같다.

꿈…. 또 꿈인가?

나와 내 방이 폭발하는 꿈이었다.

그저께도 똑같은 꿈을 꾼 것 같은데….

그리고 그때도 이렇게 땀범벅이 돼서 깨어났던 것 같다.

왜 자꾸 그런 꿈을 꾸는 거야? 난 사제 폭탄 같은 것엔 흥미도 없고 만드는 법도 모르는데….

창밖을 보기 위해 베개를 벤 채로 습관처럼 고개를 돌렸다. 얼굴에 들러붙은 머리카락과 얼굴, 베개에 스며든 뜨듯한 물기가 기분 나쁘지만, 뭉갰다.

꿈에선 저녁이었는데, 현실의 밖은 화창한 아침이다.

단독 주택들이 밀집한 곳이라 늘 보는 집들이 눈에 들어왔고, 다음으로 퇴근길이나 엄마 심부름으로 가끔 들르는 빵집과 과일 가게,

해장국 식당 등 주변 가게들이 보였다. 마침, 빵집 주인이 출입문 밖에다 '오늘의 특별 수제 빵'이라고 적힌 이젤 칠판을 세우고 있었다. 내가 좋아하는 커다란 사이프러스 나무까지 보이자, 비로소 안도와 함께 숨이 쉬어졌다.

다 꿈이었구나….

이런 걸 두고 꿈자리가 뒤숭숭하다고 하는가 보다.

침대에 누워 있는 내가 실감 나자, 이제야 시간이 궁금해졌다.

시간을 확인하고는 현호가 상실감에 눈을 감아버렸다.

아침 9시 30분.

출근 시간이 9시까지인데 완벽히 지각이다.

게다가 묵음으로 해둔 핸드폰에는 랩실로부터 3통의 부재중 전화가 들어와 있었다. 2통의 문자 역시 안 봐도 알만해서 현호가 눈을 감은 채 핸드폰을 시트로 툭 던져버렸다.

감은 눈을 팔로 덮자, 빛은 이중으로 차단됐다.

안정이 찾아왔고, 밤새도록 시리즈로 꾼 것 같은 복잡한 꿈들이 하나씩 정리되어 나갔다.

…내 방이 폭발하기 전, 난 이상한 세계에 있었다.

그 세계엔 여왕이 있었는데, 남자 한 명과 여자 두 명이 결혼해야만 하는 법이 있었고, 어길 시엔 육가공 공장에서 햄이나 소시지가 돼서 해외 수출된다고…풋. 별안간 웃음이 터져버렸다. 한번 터지기 시작하니 웃음이 멈추지 않았다. 분홍 소시지가 돼서 마트 매대에 진열된 자신을 상상하자 너무 웃겼기 때문이다. 게다가 거리에서는 나한테 여자들이 떼로 몰려들어서 결혼하자며 졸랐다. 나를 차지하기 위해서 서로 싸우기까지 했다.

그러니까 여자들이 다른 남자는 절대로 싫다면서 나랑 결혼하고 싶어서 안달했다고?

현호가 이젠 배를 잡으며 침대를 나뒹굴었다.

숨도 못 쉴 정도로 웃어댔으나, 곧 웃음도 잠잠해졌다.

핸드폰을 주워서 다시 켰다. 꿈에서는 모바일 네트워크가 끊겨서 애를 먹었지만, 요즘 한번 미납한 적이 없어서 잘만 되는 인터넷으로 포털에 접속했다. 포털 상단에 오늘부터 대통령이 동남아시아 5개국 순방길에 나선다는 뉴스 타이틀이 있고, 그 밑에는 전용기 계단 위에서 손을 흔들고 있는 대통령 부부와 검은 정장을 입은 보좌관들의 사진이 나와 있었다.

그럼 그렇지. 아직 여름은 시작도 안 했는데 개꿈부터 꿨다.

그것도 3D 리얼 메타버스에 접속한 만큼이나 생생한 꿈을.

그래서 꿈속에서도 몇 번이나 되뇌었잖아. 이건 꿈이라고.

마지막 연애가 3년 전이어서 그런가?

꿈은 현실 반영이나 불만족을 나타낸다고 심리학자 칼 융인지 누군가가 그랬는데, 혹시 연애가 하고 싶어서?

나도 모르게 쌓인 건가…?

개꿈을 떨치고 인터넷 실시간 트랜드에 뜬 다른 영상을 클릭했다. 꿈만 생각하고 있어서 손가락이 아무거나 누른 거였다.

꿈에선 고글만 벗었어도 깼었을까…?

물론, 고글이 아니라 엄마가 방문을 세게 차서 깨어났지만.

그런데, 왜 내가 이 동영상 안에 있는 거지?

어처구니없는 일이었다. 핸드폰 영상 속에서 경찰들에 쫓겨서 방금 4미터 높이의 교량에서 펄쩍 뛰어내린 남자는 다름 아닌 나였다.

나? 차현호…?

퍽! 땅바닥에 부딪혀서 고꾸라졌다. 내(?) 무릎과 발목이 접질린 것 같았지만, 아플 틈도 없이 벌떡 일어나서 돔형으로 된 하천 터널 배수로 안으로 도망쳤다. 물을 철벅거리며 달리는 등 뒤로 경찰들이 마구잡이로 화살을 쏘아댔다. 경찰들이 왜 총이 아닌 석궁을 쏘는 건지 알 수 없지만, 궁금한 것도 사치였다. 동영상 속의 현호가 뒤도 돌아보지 않고 죽을힘을 다해 캄캄한 터널 속을 내달렸다.

"놓쳤어! 2팀은 상류로 간다! 서둘러!"

"네!"

하천 하구에서 경찰팀이 2개 조로 나뉘었다. 기존 팀은 계속 활을 쏘며 현호의 뒤를 추격했고, 다른 한 팀은 발 빠르게 교량 위로 올라가 하천 상류 쪽으로 진입했다.

도시 이해할 수가 없었다.

왜?

대체 왜 쫓기고 있는 거야?

핸드폰을 손에 든 것마저 까먹고 영상에 집중하는 동안, 그 안의 차현호가 물이끼를 밟았는지 미끄러질 뻔했다. 용케 넘어지지 않고 버티면서 또다시 터널 끝을 향해 뛰었다. 그런데 그쪽으로 가면 안 돼…경찰이 벌써 상류에서 대기하고 있단 말이야.

너 그렇게 뛰기만 하면 잡혀. 현호야.

멈춰….

아, 돔이 낡아서 부서진 데가 있잖아! 지금 막 지나친 곳!

거기로 나가!!

경찰에 꼼짝없이 포위되어 버린 내 자신이다. 터널 안을 죽어라 뛰고 있는 차현호는 모르겠지만, 침대 위의 나는 마치 상공에서 내려다보는 것처럼 동영상 전 화면이 훤히 보였다. 벌써 하천 상류 지점에 도착한 경찰들이 내가 나오기만을 기다리고 있었다. 세 명의 경찰이 어둠 속에서 찰박거리는 물소리를 향해 일시에 석궁을 겨눴다.

"조준!"

안 돼….

멍청한 새끼야! 멈춰!

무턱대고 뛰지 말고 옆을 보라고!!

하지만, 늦었다.

"발사!"

터널을 통과할 무렵, 눈 부신 햇살이 나를 반겼다. 윽, 하며 따가운 빛을 손으로 가린 그때, 활시위를 떠난 화살이 바람을 가르며 직선으로 날아갔다.

아무것도 모르는 동영상 속 내가 어리둥절한 표정으로 눈에서 손을 뗀 순간.

상체가 휘청하더니 목이 확 꺾였다.

공중으로 힘없이 부서지는 머리카락이 보였다.

햇살은 기분 좋게 따스해서 누군가와 소풍이라도 가고 싶은 날인데…. 바람과 달리 눈을 감는 동안에도 내 머리카락은 흐트러지게 부서져 내렸다.

심장이 너무 아파서 두 손으로 꽉 부여잡았다. 화살이 생생하게 손에 잡혔다.

허억!

…일어나.

헉헉! 누가 나를 좀…수…숨을 쉴 수가 없어….

그러나, 소리는 나오지 않고 기관에 막힌 숨만 꺽꺽댈 뿐이었다.

어떤 형체가 내 머리 위에 우뚝 섰다. 하지만 해를 등지고 있어서 온통 시커먼 그림자일 뿐.

내가 가까스로 왼손을 내뻗었다. 오른손은 여전히 심장께에 박힌 화살을 움켜쥐고 있었다.

도…도와줘… 나를….

형체가 나를 가만히 내려다보았다. 아직도 빛이 없는 그림자….

넌 누구야? 왜 나를 그렇게 보고만 있어?

동영상 밖의 현호가 그의 정체를 확인하기 위해서 눈을 가늘게 떴다.

순간, 불볕 같은 햇살이 내 코와 입을 틀어막으며 더욱 호흡이 힘들어졌다. 영상 속의 내가 땅으로 내던져진 생선처럼 헐떡거렸다.

누가 내 가슴에서 이걸 좀 빼 줘….

화살이 관통한 상흔에서 핏물이 새고 있었다.

제발, 누가…누가 나를 좀….

검은 형체의 그림자가 더욱 가까이 왔다. 동영상 밖의 나도 눈을 부릅떴다.

내가 살아 있는 걸 본 그림자가 땅에 무릎을 세워서 앉더니 화살을 높이 쳐들었다. 공포에 질려서 온몸을 애벌레처럼 비틀며 살려달라고 울부짖었지만, 그 어떤 것도 내 뜻대로 되지 않았다.

대체 넌 누구냐고!

왜 나를 죽이려 하는 거냐고! 하지…하지 마!

뾰족한 화살촉이 자비 없이 내 목을 꿰뚫어버렸다. 화살이 꽂힌 목구멍과 벌어진 입 구멍이 '쿨럭'하며 선혈을 뿜어냈다.

더는 말도 못 하고 벌겋게 충혈된 눈으로 그림자만 응시할 뿐이었다.

뜨거운 피가 흙바닥을 점토처럼 끈적하게 만들 때까지, 난 그렇게 죽어갔다….

마침내, 그림자가 일어섰다.

역광이 걷히며 목 언저리에서 달랑이는 금색 물체가 햇빛에 반사되어 반짝거렸다.

서서히 닫히는 내 눈 속에서 너의 형체가…형체가….

"일어나라고."

짝짝, 소리가 귓가에 울리더니 눈이 번쩍 뜨였다.

"그만 좀 일어나. 몇 시간째 잠만 퍼질러 자면 어쩌자는 거야?"

찰싹! 누군가 또 내 뺨을 때렸다. 눈을 떴음에도 사방이 캄캄해서 '누군가'는 깨어난 나를 못 본 것 같았다.

"일어나."

또 손이 내 뺨을 치려는 찰나, 이번엔 내가 먼저 '탁'하고 손목을 잡아챘다.

"일어났어. 그만 때려…."

"응? 아, 이…일어났어? 아니, 왜 벌써 일어나?"

남의 뺨을 때리는 데 재미 들인 것 같은 질문이다.

손목을 놓고 현호가 침대에서 벌떡 일어났다. 아니, 반도 못 일어나고 그의 상체가 시트 위로 털썩 떨어졌다.

"움직이지 마. 그냥 누워 있어. 너, 더 쉬어야 해."

왜 자꾸 반말이냐고 묻고 싶었지만, '누군가'의 말처럼 온종일 놀이기구라도 탄 것처럼, 머리가 어지러웠다.

내가 어디 있는지 알기 위해서 잠시 숨을 고르고 눈을 굴렸다.
…아무것도 보이지 않는다.
캄캄한 어둠으로 봤을 때 한밤인 듯싶었다. 손가락 마디만큼 트인 블라인드 슬랫 사이로 희미한 빛이 들어올 뿐이었다.
기어코 침대에서 일어난 현호가 비틀거리며 어둠 속을 걸어갔다.
이곳이 어딘지는 알고 있다.
어슴푸레한 실루엣의 냉장고와 테이블, 소파 등으로 보건대, 영후 형과 헤어지기 전 묵었던 제우스 모텔 객실 방이다.
자신이 왜 이곳에 있는 건지 의심하며 출입문에 다다른 현호가, 벽을 더듬어서 낡은 전등 스위치를 찾았다.
"안 돼! 다 죽고 싶어서 그래?!"
불을 켜기 전, 목소리가 다급히 나를 말렸다. 암흑 속에서 얼굴도 보이지 않는 '여자'가 이번엔 숨죽이며 화를 냈다.
"밖에 경찰들이 쫙 깔렸다고!" "불 켜지 말고 침대로 돌아가."
시종일관 반말에 명령조다.
현호가 무시하고 형광등 스위치에 손을 대자 그녀가 대뜸 팔로 현호의 목을 졸랐다. 무방비로 당했다!
"말 좀 들어. 다 죽은 거 살려놨더니 또 죽고 싶어서 그래?"
양심도 없는 오빠 놈을 수시로 제압하던 초크 기술을 넣자, 현호가 숨도 못 쉬고 캑캑거렸다. '여자'가 손을 풀고 그를 부축하려고 했으나, 현호가 매몰차게 거절했다.
"건드리지 마. 난 네가 누군지 몰라."
침대로 돌아간 현호가 경계 띤 눈초리로 물었다. "너, 뭐야?"
아까부터 현호의 행동을 빤히 지켜보고만 있던 여자였다.

의자에 앉은 그녀가 탁자에 팔을 괴고서 픽-하고 실소했다. '너야말로 무슨 생각을 하는 거야?'라고 여자가 속엣말인 양 한 말이 현호의 귀에도 들렸다. 여자의 무시에도 아랑곳하지 않고 현호가 심문하듯 채근했다.

"너 대체 누구야? 말해. 누구인데 나를 아는 척해? 그리고 이 객실엔 어떻게 들어온 거야? 객실 키는? 내 가방이라도 뒤졌어?"

"말하는 거 보니 걱정할 수준은 아닌 것 같네. 차현호."

여자가 자신의 핸드폰 플래시를 켰다.

사과 크기만 한 빛 속에서 그제야 여자의 얼굴이 똑똑히 보였다.

처음 보는 여자였다.

***

스륵, 눈이 뜨였다….

캄캄한 어둠.

며칠인지도 알 수 없었다.

자꾸만 감기는 눈꺼풀에 힘을 줘서 눈을 껌뻑거렸다. 토악질이 날 만큼 역한 냄새가 코를 찔렀다. 뒤통수가 따끔거린다 싶더니, 곧 두개골이 둘로 쪼개지는 것 같은 고통이 밀려들었다.

'아….' 머리를 짚으려고 손을 들었으나, 움직일 수 없었다.

마치 손이 없는 것 같았다. 발도 마찬가지였다.

발은 노끈으로 묶은 뒤 다시 스카치테이프로 칭칭 동여매 놓았다. 손이 뒤로 묶인 것을 알고 몸을 비틀자, 몇 시간이나 같은 자세로 고정됐던 어깨 관절이 놀랐는지 저릿저릿했다. 근육이 경직돼 피가 통하지 않은 것이다. 온몸을 광역적으로 쑤셔대는 통증을 이기고 김미연이 생각하려 애썼다.

'여긴 어디야?…. 그리고, 난 왜 이렇게….'

양손을 묶은 노끈을 풀기 위해 꼼지락거렸다. 하지만 워낙에 꽉 묶어놔서 쉽게 빠질 것 같지는 않았다.

뭔가, 끊을 수 있는 도구 같은 게 필요한데…그런데 정말 여긴 어디…. 팍! 불이 켜졌다. 순간, 눈을 파고든 불빛에 김미연이 얼굴을 홱 돌렸다.

"정신이 들어요?"

친숙한 목소리. 그녀였다.

그제야 천천히 눈을 뜬 김미연이 주변을 둘러보았다.

침대, 화장대, 붙박이 옷장 등, 504호 여자의 안방이었다.

문득 침대를 본 김미연이 놀라서 비명을 지를 뻔했다.

노수혁이 실오라기 하나 걸치지 않은 나체로 침대에 곱게 잠들어 있었다. 하지만, 김미연이 비명도 지르지 못하고 그만 입을 다물어버린 이유.

방바닥에 눈을 부릅뜨고 죽어 있는 정다홍 때문이었다.

다만, 시체가 입고 있는 옷으로 그녀인 것을 짐작할 뿐이었다.

왜냐하면, 심하게 매질을 당해서 성한 데 하나 없는 신체는 그렇다 치고, 문제는 얼굴이…. 속에서 치민 매스꺼움으로 김미연이 입을 꽉 다물었다. 하지만, 비릿한 토기는 벌써 식도를 넘었고 입 안에 감돈 순간, 더는 견디지 못하고 김미연이 "웩"하며 바닥에 구토를 해버렸다.

"이런…. 어휴, 내가 이럴 줄 알았다니까? 몇 대 맞은 걸로 꼬박 하루를 자더니…센 척해도 미연 씨도 별수 없네요?"

우쭐해하는 504호 여자를 앞에 두고 김미연이 서너 번 토사물을 게워 냈다. 겨우 토를 멈추었고, 그녀가 충격으로 덜덜 말을 떨며 물었다.

"뭐…뭐 하는 거야? 사람은…다홍이는 왜 죽였어? 왜 사람을…이렇게까지…."

"예쁜 척하니까 죽였지, 왜 죽였겠어요?"

김미연과의 대화를 멈추고 504호가 자신이 죽인 정다홍을 눈으로 관찰하듯이 훑었다.

마치 자신이 공들인 작품을 보는 것처럼, 완벽하지만 어딘가 결점 같은 건 없는지.

노련하며, 세상을 아는 것 같은 거만한 예술가의 표정으로 504호가 말했다.

"그렇죠? 예쁘고 날씬하고 부자인 것들은 꼭 그런 티를 내요. 밖에서나 SNS에서나 남자들이 다 예쁘다면서 한 번만 만나달라고 애걸복걸하니까 정말 자신이 잘난 줄 알고요. 풋, 얼굴은 죄다 병원에서 뜯어고치고 뇌는 텅텅 비어서는. '의느님'이 없었으면 아무것도 아닌 것들이…. SNS에 고급 호텔에서 호캉스를 즐기는 한때라던가, 쉐프 추천 요리를 자랑한다던가, 애인이 사줬다며 명품백이나 티파니 목걸이 같은 것을 찍어서 올릴 때마다 얼마나 같잖은 줄 알아요? 그럴 시간에 책이나 시를 읽으면 좀 좋아요? 하긴, 생선 대가리 같은 년들한테 책을 읽으라 한들 소귀에 경 읽기겠지만요. 그런 가축들이 모옌이나 요하네스 베르메르를 알겠어요? 클로드 아실 드뷔시를 알겠어요? 아는 건 로드샵 화장품 이름밖에 모르면서 나대긴 또 얼마나 나대? 어휘력 달려서 아는 낱말도 몇 개 안 되는 주제에 내 앞에서 팔짱 끼고 잘난 척할 때마다 정말이지, 속에서 부아가 치민다니까요? 너무 무식하고 천박해 보여서요. 용건이 있으면 말하고, 부탁이 있으면 부탁하고, 살려달라고 애원하고 싶으면 그러면 될 걸 말이에요. 안 그래요?"

펌프질처럼 쏟아내는 얘기에 대꾸할 타이밍을 놓쳤다.

무슨 말인지 전혀 알아듣지 못한 것도 하나의 이유다.

그러자 김미연의 대답을 기다릴 여유가 없는 504호 여자가 또 조급히 자기 말을 했다.

"자존심이 밥 먹여주나요? 미연 씨 친구라는 저 여자도 그랬어요. 망치가 눈앞을 왔다 갔다가 하는 순간에도 자기가 무슨 드라마 속 여주인공이라도 된 것처럼 굴더라니까요? 애처롭게 빌면서 살려주세요, 제발, 하면서…. 호호호. 미연 씨, 아까 못 봤죠? 눈물을 뚝뚝 흘리며 똥파리처럼 손을 모아 비비면서도 예쁜 척은 혼자 다 하고. 어휴, 밥맛 떨어져. 평소에도 그런 식으로 막 남자들을 꼬드겼겠죠? 더럽고 가증스러운 년들."

토를 하고 나자, 정신이 들었다. 김미연이 504호가 무슨 말을 하든 잠자코 듣고만 있었다. 내 옆에서 손가락 마디 마디가 끊기고 내장이 꺼내진…그리고 얼굴은 망치로 때렸는지 이목구비가 흔적도 없이 사라져버린 세절육 같은 정다홍을 봤을 때부터 다짐했다. 벌써 침대를 봤고, 멍청하게 다시금 노수혁을 보는 행동을 해선 안 될 것이다. 도중에 배가 고팠는지, 다 먹은 밥그릇과 단무지 조각들도 보이고, 시체 옆에는 살인에 쓴 것 같은 망치가 떨어져 있었다. 밥 먹고 한 대 피운 것 같은 담배꽁초 아래로 붉은 피가 냇물을 이루며 방 안을 가로지르고 있고, 처리되지 않은 소화물과 배설물, 난도질해서 꺼낸 내장들 때문에 당장 기절할 것만 같은 악취가 코를 찔러도….

김미연이 태연하게 '그렇죠?'라고 되물었다. 그러면서, 담배꽁초 옆에 떨어져 있던 일회용 라이터를 몰래 주워 들었다. 여차하면 화상을 각오하고 이걸로 테이프를 태울 생각이다.

"나도 평소에 저 애 행동이 기분 나빴어요. 잘했어요."

504호 여자에게 말을 걸면서도 김미연의 홍채가 재빨리 방안을 스캔했다. 옷장, 침대, 화장대, 의자, 방문…방문은 굳게 닫혀있고, 침대 너머의 창문에는 커튼이 쳐져 있어서 4.5평의 작은 공간은 밀폐된 상자 속과도 같았다.

"응? 정말 그렇게 생각해요?"

날이 시퍼런 식칼을 들고서 504호가 호기심 어린 말투로 물었다.

자신과 노수혁의 처지를 알고서 절망했으나, 어떠한 내색도 하지 않고 김미연이 즉각 대답했다.

"당연하죠. 별것도 아닌 게 예쁜 척은 혼자 다 하고. 아주머니가 몰라서 그러는데 내숭은 또 얼마나…."

"아주머니라니?! 누가 아주머니예요?!"

'아주머니'란 말에 발끈한 504호라서 김미연이 황급히 말을 바꿨다.

"아, 죄송해요. 제가 510호 아주머니랑 착각했어요. 510호 아주머니를 복도에서 만났는데 다홍이도 인사를 했었거든요. 그때 그러시더라고요. 다홍이 관상이 참 불여시 같다고."

이래 봬도 백화점 고객 상담 센터에서 수년간 잔뼈가 굵은 김미연이었다. 한눈에 504호 여자의 콤플렉스를 눈치챈 그녀가 최선을 다해서 504의 마음에 들려고 노력하는 중이었다. 그도 그럴 것이, 여자의 빨간 머리띠는 그대로지만, 화장은 못 알아볼 만큼 진해졌고 향수 내음도 짙어졌기 때문이다. 장미 무늬 패턴이 들어간 화려한 드레스를 입은 504호가 대뜸 흥분하며 목소리를 높였다.

"맞아요! 맞아! 어머, 어머, 어쩜 이래? 역시 사람 보는 눈은 다 똑같다니까요? 내가 처음 저 다홍인가 하는 년을 봤을 때도 딱 불여시 같다고 생각했어요! 그런데 미연 씨도 참…. 아무리 친구가 없어도 사람을 가려서 사귀어야지, 저렇게 거짓말 잘하고 천박한 여자를 수혁 씨랑 결혼시키려고 하면 어떡해요?"

"바…반성하고 있어요. 그리고 나도 절교하려고 했는데 쟤가 끝까지 나를…."

"그래서 전 어떠세요?"

느닷없는 질문에 김미연의 말문이 턱 막혀버렸다. 이건 예상 못 했다.

"왜 대답이 없어요? 전 수혁 씨랑 안 어울려요? 내 생각에 우리 둘은 참 잘 어울리는 거 같은데…아참, 그리고 이건 비밀인데요."

504호 여자가 김미연에게 다가와서 그녀의 귀에 손을 대고 소곤거렸다. 간이 떨어질 만큼 놀랐으나, 김미연이 기적적으로 웃어 보였다.

"사실, 저와 수혁 씨는 내연 관계였어요. 미연 씨, 전혀 몰랐죠?"

비밀을 털어놓고 504호가 뒤로 물러섰다. 그녀가 침대에서 자는 듯 누워 있는 노수혁을 돌아보곤 혀를 날름 내밀었다. 그리고선 수줍게 웃으며 자랑을 늘어놓았다.

"남편도 나를 많이 사랑하긴 하지만, 그래도 자꾸만 수혁 씨가 나를 찾아와서 어쩔 수 없었어요. 남편이 출장만 가면 우리 집 현관 벨을 눌러댔으니까요. 꽃이랑 쿠키를 사 왔고 우린 이 방에서 키스하고 사랑도 나눴어요. 음, 이런 말 하기 미안하지만 사실 좀 많이요. 수혁 씨는 엘리베이터나 쓰레기 분리 수거장에서 나를 마주치면 항상 섹스하자는 신호를 보냈어요. 하지만 집에선 미연 씨가 남편을 기다리고 있을 텐데 그럴 순 없잖아요. 같은 여자끼리."

"잠깐만요! 그런데 내 남편⋯수혁 씨도 나처럼 맞아서 기절한 건가요? 설마, 죽은 건 아니죠?"

"아, 걱정하지 마세요. 잠들었을 뿐이에요. 제가 마취제를 놨거든요. 조금 있으면 깨어날 거예요."

한숨을 내쉴 뻔했다. 죽지 않았다는 말에 김미연이 마른침을 꼴깍 삼키며 말했다. 목구멍이 타들어 가도록 무섭지만, 티가 나지 않게 안간힘을 썼다.

"그⋯그러면 수혁 씨가 깨어나면, 어쩌면⋯504호분께 화를 낼지도 몰라요."

"왜죠? 그리고 제 이름은 조희진이에요. 빛날 희에, 보배 진자를 써요. 부모님이 직접 지어주셨어요."

"네, 희진 씨. 조희진. 이름이 참 예쁘네요. 한자 뜻만큼이나요⋯. 음, 왜냐하면 수혁 씨가 깨어났을 때 내가 이렇게 묶여있는 모습을 보면 화를 낼 수도 있어서요. 그리고, 희진 씨와 둘이 그런 관계였다니⋯ 정말 몰랐어요. 수혁 씨한테 좀 실망이긴 하지만, 희진 씨의 진심이라든가 여성스러움이든가⋯귀, 귀여운 외모라든가, 내가 희진 씨를 따라갈 수 없는 그런 것들에 반했다면 어쩔 수 없죠. 저기, 그래서 말인데, 희진 씨, 수혁 씨가 깨어나서 화내기 전에 제 손목이랑 발목부터 좀 풀어 주시면 안 될까요?"

"풀어 줄 수는 있지만, 그러면 나도 부탁이 있어요."

"뭔가요?! 뭐든지 말씀해 보세요! 제가 들어줄 수 있는 거면 뭐든지⋯."

김미연이 말하는 중에 조희진이 식칼을 들고 일어섰다. 그녀가 식칼을 침대에 올려 둔 뒤, 돌연 원피스를 머리 위로 벗으며 말했다.

"내가 수혁 씨의 두 번째 아내가 될게요. 수혁 씨도 벌써 그러자고 했어요. 604호에서 나한테 소리 지르고 옷을 찢었을 때는 우리 관계를 미연 씨한테 들킬까 봐 불안해서 그랬다지 뭐에요? 그러면서, 미연 씨가 반대할 수도 있으니까 미연 씨가 지켜보는 데서 사랑하자고 했어요. 그러면, 미연 씨도 어쩔 수 없이 나를 인정 할거라면서."

옷에 가렸던 허연 살덩이들이 물결처럼 출렁이며 밖으로 드러났다. 경악으로 입을 딱 벌린 김미연을 아랑곳없이 조희진이 침대로 올라갔다. 벗길 것도 없이, 이미 알몸인 채 잠든 노수혁의 허리를 그녀가 손으로 부드럽게 쓸어내렸다. 그리곤, 빨간 양 볼을 해서 부끄러워했다.

"나는 창피해서 싫다고 했는데…이이가 꼭 미연 씨한테 허락받으라고 해서요."

노수혁의 하반신으로 조희진의 얼굴이 서서히 내려갔다. 여자가 희열에 들뜬 몽롱한 눈과 음성으로 말했다.

"나랑 하면 미연 씨랑 할 때보다 더 좋다고 했어요. 너무 흥분된다면서요."

***

창밖, 유흥가의 LED 불빛 한 줄기가 객실 안으로 흘러들었다.
밤의 제우스 모텔, 302호였다.
현호가 의혹이 담긴 눈으로 물었다.
"너 누구야? 그리고 내 이름을 어떻게 알아?"
여자가 기가 찬 지, 헛웃음을 지었다. 그러다가 이내 심각해져서 이번엔 현호 앞에 숫제 얼굴을 들이밀며 말했다. 말 꼬랑지처럼 뒤로 묶은 머리 다발이 살짝 흔들렸다.

"어렵게 살려놨더니 이러기야? 나야, 나. 자세히 봐, 정말 모르겠어? 흠, 아니면 장난치는 거야?"

"내가 왜 모르는 사람하고 장난을 쳐? 난 정말 네가 기억이 안 나."

이런 전개는 기대하지 않았는지, 여자가 난감한 표정으로 입술을 핥았다. 그녀가 하는 수 없이 말했다.

"우리 어제 길에서 만났잖아."

"어제? 길에서…? 난 오늘 널 처음 봤는데?"

현호가 양미간을 찌푸리며 기억을 떠올리려 노력했지만, 허사였다.

자신을 모른다는 현호의 말이 거짓은 아닌 것 같지만, 그래도 의심을 풀지 않고 여자가 말했다.

"여자들이 널 둘러쌌을 때 내가 너한테 윽박질렀잖아. 시간 없으니까 빨리 두 명을 선택하라고."

그제야 현호가 '아!' 하며 아는 체를 했다. 그러면서도 금방 고개를 갸웃했다.

"강남역 근처에서 여자들이 나한테 몰려든 거? 그러면 너도 그 자리에 있었던 거야?"

이 정도면 젊은 나이에 치매가 온 게 확실하다. 아니면, 기절하기 직전에 시멘트 바닥에 머리를 세게 박았던지.

더는 말장난일 뿐이란 생각이 들어서 여자가 순순히 인정했다.

"응. 여자들이 네게 구애할 때 나도 그 무리에 끼어 있었어. 그런데 너 정말 그것도 기억 안 나? 내가 지목이든 랜덤이든 누구랑 결혼할지 빨리 결정하라고 하니까 네가 나한테 화를 냈었잖아."

그런 기억은 있었다. 어떤 여자가 꾸물거리면 다 죽는다며, 빨리 누구든지 고르라고 나를 몰아붙였다. 그런데 이 여자가 그 여자라고?

여전한 물음표를 안고 현호가 대답했다.

"그런 여자가 있긴 했지만…그게 너인지는 잘 모르겠어."

그리고 왜인지는 모르겠지만, 사과해야 할 것 같아서 현호가 조그맣게 '미안해'라고 덧붙였다.

여자가 어이없고 답답한 와중에도 고개를 내저었다.

"아니야. 그럴 수 있지. 어제는 여자들이 너무 몰려서 시끄러웠던 데다가 마감 시간은 다가오지, 너도 정신이 없었을 테니까."

"그런데 왜 어제라고 해? 내가 여자들한테 구애받은 건 오늘 오후였고…."

"정신 차려. 너 어젯밤에 기절해서 지금 깨어난 거야."

'헉!' 하며 현호가 숨을 뱉었다. 내가 그렇게나 잤다고?! 그러고 보니까맣게 잊고 있었다. 그가 자기 몸을 허겁지겁 더듬으며 소리쳤다.

"내 핸드폰! 지금이 몇 시지?!"

"여기." 여자가 보관하고 있던 현호의 핸드폰을 내밀었다. 그리고 현호가 왜 놀란 얼굴을 한 건지도 알만해서 그녀가 말했다.

"네가 눈뜬 지금은 금요일 밤이고 10시 10분이야. 일부이처제 1차 마감은 28시간 전에 끝났어."

"…."

"응. 다 끝났어. 너도 상태를 보아하니 탈락자인 거 같고. 그래서 내가 널 도운 거야. 정확히 말하면 네 생명의 은인인 셈이지."

여자의 뒷말은 귀에 들어오지도 않았다.

내가 꼬박 하루를 잤다는 말이야?

그런데, 믿지 않을 수도 없는 것이 목요일 저녁부터 현재까지의 기억이 없다.

잠시 후, 충격에서 벗어난 현호가 물었다.

여자의 말을 좀 더 들어 보기로 했다. 내게 거짓말을 하는 것 같지는 않았다.

"네 말이 사실이라면 네가 왜 나를 구했는지 물어봐도 돼? 오늘…아니, 어제 길에서 잠깐 본 게 다일 뿐, 우린 초면이잖아."

여자가 동그란 두 눈을 빠르게 깜빡이며 말했다.

"나, 동원초등학교 6학년 6반, 송아현이야. 현호야."

당황한 현호가 말을 더듬었다.

"뭐…뭐라고? 6학년 6반의 송아현?…그게 누구인데?"

그때였다. 갑자기 여자가 확 다가서자, 현호가 놀라서 뒤로 물러났다. 하지만, 이젠 여자도 남자를 의심하고 있었다.

정말 내가 사람을 잘못 봤나? 그게 아니라면 어제 길에서도 그렇고 지금도 그렇고, 이렇게까지 나를 몰라볼 리가 없잖아?

송아현이 핸드폰 플래시를 위로 들었다. 그러고는 좀 더 뚜렷해진 현호의 이목구비를 조목조목 뜯어보며 미심쩍은 표정으로 심문했다.

"너, 서울 동원초등학교 안 나왔어?"

"동원초등학교…나왔어."

"6학년 때 6반이었고, 28번이었지? 이름은 차현호, 담임은 박진경 선생님이셨고?"

"맞아."

"당시에 네 집은 한울 아파트 가동 1004호? 집에서 키우던 강아지 이름은, 구슬이?"

"맞아."

"네. 그때 제가 같은 아파트 다동 1501호에 살아서 너희 집에 자주 놀러 갔었어요. 구슬이 산책도 시키고요. 그래서 이름이 차현호 씨라고요?"

"네…."

물어보는 족족 다 인정했다. 여기서 내가 뭘 더 어떡하겠냐는 듯, 송아현이 양팔을 벌리고 어깨를 으쓱했다.

같은 초등학교지만, 좀처럼 송아현이 기억나지 않아서 현호가 변명처럼 말했다.

"그렇지만, 난 정말 널 처음 봤단 말이야. 혹시 아파트만 같고, 반에서 너랑 나랑 그다지 친하지 않았던 건…."

"급식 때마다 네가 내 콩이랑 오이 다 먹어줬잖아."

"…."

"우린 2학기 내내 짝꿍이었고, 작년 3월에 초등학교 동창회 때도 만났는데 나를 모른다고?"

인제 억울해서 눈물이 다 날 것만 같다. 하지만, 현호의 표정이나 행동이 거짓말을 하는 것 같지는 않았다. 아니, 확실히 그건 아니었다. 길에서 만났을 때도 내게 존댓말을 썼을뿐더러, 전혀 모르는 낯선 사람 취급했으니까. 지금처럼 한결같이.

이렇게까지 나를 기억하지 못하는 걸로 봐서는, 추측건대 둔기 같은 걸로 머리를 세게 맞아서 기억을 잃었을 확률이 높다.

하긴, 어제 모텔 현관에 쓰러져 있던 현호의 상태를 생각하면 이해 못 할 것도 아니다.

…그럼, 진짜 드라마에서나 보던 그 단기 기억상실증?!

일일드라마에서 기억상실증에 걸린 주인공의 기억을 되찾기 위해서 양동이로 찬물을 끼얹는다든가, 대뜸 김치로 싸대기를 친다든가 하는 장면들을 떠올리는 사이, 현호가 물었다.

"그래서 말인데 설명 좀 해 줘. 대체 어제 낮에 무슨 일이 있었던 거야? 내가 귀신에게 홀렸는지 정신을 잃었는지, 정말 기억이 하나도 안 나. 아, 진짜 필름이 끊긴 사이에 무슨 일이 있었던 거지?…"

억지로라도 기억을 되살리려고 현호가 머리를 감싸 안으며 괴로워했다.

"됐어. 생각하지 마. 내가 보기에 너 단기 기억상실증인 거 같아. 100%야."

송아현이 마치 이 분야 전문의처럼 병명을 진단 내렸다. 드라마에서 많이 봤기에 문제없었다.

"너, 지금 되게 혼란하지? 막 구토가 나올 것 같고 심장이 벌렁거리고 열도 나고, 아니야?"

"좀…그런 거 같아."

"빙고. 단기 기억상실증 증상이 그렇대. 기억이 안 나면 무리하지 마. 시간이 지나면 차츰 나에 대한 기억이 돌아올 거야."

송아현이 현호의 마음부터 진정시켰다. 그러고는 차근차근 하나하나, 현호가 기억하는 모습으로, 그러니까 고무줄로 생머리를 질끈 묶고서 현호에게 다 같이 죽기 싫으면 빨리 아무나 고르라고 다그치던 그 여자의 모습으로 송아현이 '썰'을 풀었다.

"어제 여자들한테 둘러싸여서 네가 이렇게 말했어. '그럼, 난 선택을 포기할게요'라고."

"그건 기억나."

"그래? 정직하게 말해줘서 고마워. 그런데 난 너무 황당했어. 내가 아는 차현호는 순하고 행동이 좀 굼뜬 건 있었어도 그렇게까지 멍청한 말을 할 애는 아니었거든? 그것도 마감 한 시간을 남겨두고 말이야."

"…."

"그래서 난 바로 그 자리를 떠났어. 네게 이유를 물을 시간적 여유도 없었어. 하기는 좀 더 일찍 말해줬더라면 훨씬 좋았을 테지만 말이야."

현호가 아픈 건 알지만, 당시에 당한 게 화가 나서 송아현이 쌀쌀맞게 말했다.

현호가 사과하려다 관뒀고, 송아현이 이어 말했다.

"하지만, 어제는 나도 운이 최악이었던 것 같아. 너랑 헤어지고 무작정 돌아다니다가 역삼역 주변에서 어떤 남자를 만났어. 처음 본 낯선 남자였고 성격도 직업도 몰랐지만, 어떻게든 살고 싶어서 무턱대고 결혼하자고 했고 그 남자도 허락했어. 그런데 그때 갑자기 누군가 둔기 같은 걸로 내 뒤통수를 내리쳤어."

"뭐?! 머리를? 누가?!"

송아현이 후두부를 어루만지며 현호를 힐끔거렸다. 그나마 평소의 '현호'로 돌아온 것 같아서 조금 마음이 놓였다. 송아현이 말했다.

"몰라. 눈 떠보니까 지하철역 화장실 안에 갇혀있더라고. 가까스로 정신을 차리고 밖으로 나왔지만, 얼마나 잤는지 벌써 마감 시간이 2시간이나 지나있었어."

내 말에 눈을 부릅뜬 현호를 보자 왠지 웃긴다는 생각이 들었다. 송아현이 코웃음 치며 말했다.

"이렇게 놀랄 거면 어제 그 패기는 다 뭐였어? 살려고 애걸복걸하는 여자들한테 난 선택을 포기하겠다고 당당하게 질렀으면 이 정도는 각오한 거 아니었니? 그런 말을 하면서도 당장 한 시간 후가 어떻게 될지 아무 생각도 없었던 거야? 그때 너만 결정했어도 최소한 여자 두 명은 살았을 거야. 아니면, 여자들이 막 결혼하자고 달려드니까 갑자기 자신이 너무 대단해 보이고 잘난 것 같아서 정신을 못 차리겠든? 철 지난 중2병이라도 도진 거야? 아니면, 설마 그것도 기억이 안 나?"

"…그건 기억나."

그 말 이후로는 나를 빤히 보기만 할 뿐, 입을 닫아버린 현호다.

당연히 할 말이 없겠지. 그나마 네가 양심이란 게 있다면.

송아현이 답답해서 따져 물었다.

"말해봐. 도대체 왜 그런 바보 같은 판단을 내린 거야? 너, 지금 살아 있는 것만도 평생 운을 다 끌어다 쓴 거야. 너한테 구애했던 여자들이 성격들이 좋아서 아직 네가 목숨이라도 붙어 있는 거라고, 알아?"

"그땐 미안했어."

일방적인 비난 세례 도중, 한참 만에야 짧은 사과를 들었다.

어제 일이 새삼 부아가 치밀어서 가만히 있으려니 현호가 물었다.

"그런데 너 맞은 데는 괜찮아? 어디 다친 데는 없어?"

"…."

"머리가 어지럽거나 하진 않고? 혹시 강도였어?"

내 얼굴과 상처 난 목 등을 보면서 진심으로 묻는 현호다.

조금 전, 욕까지 할 뻔한 자신이었기에 송아현이 계면쩍게 말했다.

"아니야. 강도는 아니었어."

"그걸 어떻게 알아? 뒤통수 맞고 바로 기절했다며?"

"핸드폰도 지갑 안에 돈도 그대로 다 있었어. 뭐, 서바이벌에서 정적을 제거하려는 여자일 수 있겠다는 생각이 들긴 해. 그 남자 주위에서 어슬렁거리고 있던 여자가 두 명인가 있었거든. 이건 합리적 의심이야.

칙령이 공포되고 여기까지 오는 동안 같은 케이스를 수도 없이 봐서. 아무튼 그때부터 쉬지 않고 경찰을 피해서 도망 다녔어. 가로등도 없고 인적이 드문 좁은 골목길로만."

"…."

"그러다가 이 모텔 현관 입구에 쓰러져 있는 널 발견했어."

내가 제일 궁금한 부분이다.

하지만, 이야기의 맥을 끊기 싫어서 현호가 침묵했다. 송아현이 말했다.

"여기가 좀 후지잖아. 모텔 입구가 어두워서 처음엔 긴가민가했어. 그러다 입은 옷을 보니 너 같아서 다가갔는데 맞더라고. 네가 객실 키를 손에 쥐고 정신을 잃고 쓰러져 있었어. 그런데 아무리 어깨를 흔들고 뺨을 때리며 깨워도 일어나지 않는 거야. 어쩔 수 없이 내가 널 부축해서 이 객실로 들어왔어. 그 상태로 넌 꼬박 하루를 잔 거고."

"믿기지 않네. 내가 모텔 현관에 쓰러져 있었다니…. 대체 나한테 무슨 일이 있었던 거지? 아니, 난 내가 어떻게 여기까지 왔는지도 전혀 기억이 안 나."

기억에 없다며 앵무새처럼 반복하는 저 대사도 이젠 피곤하다.

대로에서 만났을 때 현호만 OK 해줬어도 지금쯤 살았을 텐데…. 솔직한 원망을 드러내며 송아현이 말했다.

"정말 궁금해서 묻는 건데 대답해 줄래? 너도 결혼할 여자를 구하려고 거리로 나온 거라며? 그러면 너 좋다는 여자 중에 고르면 됐잖아. 귀찮으면 말도 필요 없이 그냥 손가락으로 지목만 해도 됐을걸, 그런데 지금 네 꼴을 봐. 아니, 너뿐만이 아니라 나도 이제 죽은 목숨이나 다름없어. 넌, 기절해서 몰랐겠지만, 밖은 경찰들로 점령됐고 사람들의 비명과 울부짖는 소리가 들렸어. 이 객실을 나서는 순간 우리도 마찬가지 신세가 되겠지. 경찰한테 잡혀서 둘 다 힘이 되거나 그 자리에서 죽거나. 너도 이런 참혹한 결과를 바라진 않았을 거잖아."

송아현이 짜증을 참지 못하고 버럭 소리쳤다.

"도대체 왜 그랬냐고!"

왠지 이 애한테는 거짓말을 하거나 둘러대는 게 싫어서 현호가 솔직하게 말했다.

"이곳은 내가 사는 현실 세계가 아니니까."

"뭐?…. 너 지금 뭐라고 했어?"

역시나. 방금까지만 해도 날 잡아먹을 것처럼 노려보고 소리치던 송아현이 한순간 사람이 바뀐 것처럼 멍한 표정을 지었다. 순간, 내 얘기가 끝나면 이 애가 곧장 객실을 나갈 수도 있겠다는 생각이 들었다. 기억을 잃은 건 그렇다 쳐도, 조현병 환자와 한 공간에 있기는 힘들 테니까.

현호가 다시 말했다.

"넌 이해가 안 되겠지만 여긴 내가 살던 곳이 아니야. 전혀 다른 세상이야. 그러니까, 내가 태어나고 자란 곳도 맞고 주변 사람들도 모두 그대로이긴 한데…설명은 안 되지만 단 몇 시간 만에 모든 게 바뀌어 버렸어."

"…."

"그래서 난 여기가 내 꿈속이라고 생각했어. 하지만, 꿈이라고 하기에는 너무도 생생히 느껴지는 현실감 때문에 혼란스러웠어. 그러다가 무조건 혼인 신고부터 해야겠다는 판단이 섰어. 꿈이든 가상 현실 속 세상이든, 일단 살 수 있는 길은 뚫어놔야 한다고 말이야. 그러다 이곳이 절대 '현실'이 아닌 걸 눈치챈 거지."

현호가 그렇게 판단 내린 이유를 말했다.

"내가 모르는 수십 명의 여자들이 다른 남자는 싫다면서 오직 나하고만 결혼하길 원한다고? 여자가 부족해서 거리엔 온통 구애하는 남자들뿐인데 그 잘생기고 멀쩡한 남자들을 마다하고 오직 나만? 내가 쓰는 연애 소설이야? 당연히 꿈이 맞잖아? 이게 현실일 리가 없잖아, 안 그래? 그래서 그냥 질러봤어. 어떻게 되나 보려고."

사실이었다. 시간은 급박했고, 송아현으로부터 빨리 두 명을 고르라고 강요받았을 땐 그러려고 했다. 난 아무나 지목만 하면 살 수 있었고, 살려고 발버둥 치는 다른 사람들에 비하면 식은 죽 먹기 보다 쉬운 일이었다. 하지만, 욕심이 과했나 보았다. 끊임없이 정답을 강요당한 청개구리가 잔뜩 심술 난 것처럼 나는 머릿속 계산과 전혀 다른 말을 해버렸다. 방금도 말했다시피 '어떻게 되나 한번 보려고'.

"지금 벌어지는 일들이 마술이나 꿈속이라면 내가 깰 수도 있잖아."

그러나, 무대와 마술사는 그 어디에도 없었고, 예상은 보기 좋게 빗나갔으며, 일은 원점으로 되돌아왔다. 현호가 이어 말했다.

"내가 사는 곳에는 여왕 같은 것도 없었어."

내 말이 그렇게나 충격적이었는지, 송아현이 눈알이 튀어나올 만큼 놀라는 중이었다. 그녀가 나를 다그쳤다.

"너, 지금 한 말, 책임질 수 있어? 책임질 수 있냐고! 차현호!"

송아현이 왜 이런 반응인지, 짐작이 갔다.

모텔 앞에 쓰러진 일도, 송아현도 기억 못 하는 나인 데다 이젠 현실 세계니, 뭐니, 이상한 말까지 하고 있으니까.

조현병 진단을 받아도 '네. 죄송합니다'라고 할 수밖에 없는 노릇이다. 하지만, 그렇다고 해서 사실이 아닌 걸 인정할 수는 없었다.

모든 걸 내려놓고 현호가 말했다.

"너도 내가 미쳤다고 생각하겠지? 여왕이니 칙령이니, 괴이하기 짝이 없는 일부이처제까지…. 하지만, 난 정상이야. 이곳은 내 세상이 아니야. 어제까지만 해도 내가 살았던 곳은 대통령이라는 직함의 행정부 수반이 다스리는 민주주의 국가였고…."

"현호야!" 송아현이 핸드폰을 내던지고 현호를 와락 끌어안았다.

돌연한 사태에 놀란 현호가 그녀를 떼어내려고 했지만, 침대만 털썩거렸을 뿐 떨어지지 않는 송아현이었다. 그리고 방금까지만 해도 그녀 스스로가 그토록 주의했건만, 넘치는 기쁨을 주체 못 하고 송아현이 현호의 목을 껴안은 채 큰 소리로 외쳤다.

"나도 너랑 똑같은 세상에서 왔어! 2024년의 한국에서! 대통령이 있던 그곳에서!"

심장이 덜컥 내려앉은 건 잠시였다. 현호가 놀라움을 감추지 못하고 물었다.

"정말이야?! 너도 정말 한국에서 왔어? 이곳 세상의 사람이 아니라고?"

"나, 진짜 눈물 나…. 며칠 동안 혼자서 얼마나 마음고생했는지…흑흑…. 월요일 오후에 외근을 마치고 회사로 들어가는 길이었는데 하늘에서 막 전단을 뿌리는 거야. 드디어 전쟁이라도 났나 싶어서 가슴이 철렁 내려앉았어. 그런데, 그러면 지난주에 사입한 내 물건들은 어떻게 되는지, 전량 현금으로 샀는데 말이야. 일이 너무 걱정돼서 건널목이고 뭐고, 정신없이 막 뛰어서…."

두서없이 말하던 중에, 송아현이 정색하며 현호를 불렀다.

"그런데, 차현호."

"말해."

"넌 이름이 차현호가 맞아?"

방금까지도 나를 차현호라고 했으면서 생뚱맞은 질문을 하는 송아현이었다. 현호가 대답했다.

"당연히 차현호지. 너도 나를 그렇게 불렀잖아."

"그렇겠지. 넌 당연히 차현호야만 하니까…."

그걸 예상했다는 듯, 하지만 뭔가 다른 걸 기대했는지, 송아현이 낙담한 표정으로 고개를 떨구었다.

"뭐야? 갑자기 왜 그래? 내가 차현호면 안 되는 거야?"

현호가 묻자, 그녀가 마지못해 고개를 들고 말했다.

"사실은, '이곳'에서 내 이름은 '천비안'이야."

"뭐? 천비안? 그게 무슨 말이야? 네 이름은 송아현이라면서?"

그러게. 내 이름은 분명히 송아현인데, 왜 사람들은 나를…그리고.

송아현이 주섬주섬 가방을 열더니, 안에서 자신의 주민등록증과 운전면허증을 꺼냈다.

"이거 봐."

송아현의 주민등록증을 받아 든 현호가 어리둥절하게 물었다.

"이 증명사진은 너 맞는 거 같은데? 응? 그런데 이름이…."

주민등록증 실명이 '천비안'으로 되어 있었다. 주민등록증의 뒷면을 돌려봤지만, 어디에도 송아현이란 이름은 없었다.

송아현이 풀이 죽어서 말했다.

"거기, 증명사진에 나온 개가 나야. 최근에 주민등록증을 분실해서 동네 사진관에서 2만 원 주고 찍은 사진이고, 그 민증도 행정센터에서 재발급받은 거란 말이야. 그런데, 이 운전면허증은 분실한 적이 없어서 2년 전 갱신한 그대로인데…."

송아현이 운전면허증을 내밀며 말했다. "주민등록증이랑 운전면허증에 똑같은 이름 보이지?"

보인다. 두 개의 신분증. 그리고 신분증에 나온 동일 인물의 사진 옆에 '천비안'이란 이름마저 똑같이 인쇄된 것이.

송아현이 짧게 탄식한 후, 허탈하게 말했다.

"운전면허증에 있던 내 이름 '송아현'이 감쪽같이 사라졌어. 난 며칠 전까지만 해도 송아현이었는데, 귀신에 홀렸는지 내가 미쳤는지 송아현은 보시다시피 '천비안'이란 여자로 떡하니 바뀌어버렸어. 신기하지?"

현호가 신분증에서 눈을 못 떼며 중얼거렸다.

"믿기지 않네…."

"더 웃기는 건, 이곳에선 내 지인 모두가 나를 천비안으로 알고 있는 거야. 대전에 있는 가족들과 통화했는데, 부모님과 오빠, 언니까지도 나를 천비안이라고 불렀어. 서울에 살면서 행정고시를 준비하는 사촌 언니도 우연히 만났는데 나를 보자마자 '비안아'라고…."

"…."

"뭐가 어떻게 된 건지는 모르겠지만…." 아직도 혼란하기만 한 그녀가 현호를 보았다.

"이 세상에선 내 이름이 '천비안'인가 봐. 그런데 난 천비안이 누군지도 몰라."

거짓말이 아니다.

송아현의 이름이 바뀌었다고?

그러면, 난 왜 이름이 안 바뀌고 그대로지?….

잠시 생각에 잠겼던 현호가 말했다. "차라리 잘 된 거 같은데?"

가방에 신분증을 챙겨 넣던 송아현이 즉각 반박했다.

"잘되긴 뭐가 잘돼? 내 이름이 내 이름이 아니라니까? 너 같으면 이 세계, 저 세계 이름이 다르면 좋겠어? 누가 진짜 나인지도 모르는데?"

"그게 바로 이곳이 현실이 아니라는 증거니까."

"뭐?…무슨 말이야?"

"'송아현'이 살던 세상이 진짜고 현실이라면, 이곳은 가짜 세상이기 때문에 가짜 이름이 생겨났다고 생각하면? 그렇다면, 우리가 왜 이런 곳에 온 건지는 모르겠지만, 오늘이라도 진짜 세상으로 돌아갈 수 있지 않을까?"

"…."

"여왕이 다스리는 이곳은 명백한 가짜니까."

눈을 깜빡이며 생각 중인 것 같은 송아현이였다. 잠시 후, 그녀가 선뜻 현호의 말에 동의했다.

"맞아. 그걸 깜빡했네. '내'가 두 사람이라고 걱정할 필요가 없는 거였어. 네 말처럼 이곳은 현실이 아니야. 만약, 내가 나도 모르게 어떤 엉뚱한 4차원 세상 속으로 들어온 거라면 어떻게든 이곳을 나갈 방법도 있다는 거겠지? 동영상 플랫폼이나 TV에서 4차원 세상에 다녀온 사람들 얘기도 종종 봤어."

'그게 내 일이 될지는 몰랐지만.'이란 대사는 생략했다. 내가 하고 싶은 말이 뭔지는 현호가 더 잘 알고 있을 터였다.

현호가 맞장구치며 고개를 끄덕였다.

"동의해. 어쩌면 한 시간 후가 될지도 몰라. 둘 다 눈을 번쩍 떴는데, 집 책상에서 엎어져 자고 있었다던가 말이야. 아니면, 넌 낮잠을 자다가 소파에서 굴러떨어져서 짜증을 낼 수도 있고. 불시에 이런 곳에 와버린 것처럼 말이지."

현호의 재미없는 농담에 풋, 하고 웃어버린 송아현이었지만, 그래도 그의 말이 조금은 위로가 됐다. 한결 밝아진 모습으로 그녀가 말했다.

"그럼, 그냥 나를 천비안이라고 불러. 송아현은 이곳에 없으니까."

적응하기로 했다. 송아현을 고집하면 불편하지만, 천비안으로 있을 때 비생산적인 트러블 없이 넘어갈 수 있었다. 이곳은 가짜 세계고, 일반 상식과 공부한 지식만으로는 알 수 없는 '요상한 TV, 서프라이즈'가 우연히 내 신상에 일어났을 뿐이다. 따라서 난 이곳에 잠깐 있을 거니까 굳이 내가 송아현이 아니더라도 괜찮다…. 그러니까. 뭣이 중헌디.

고민거리가 해결됨과 동시에, 방금 '천비안'이 된 여자가 발랄하게 재잘거렸다. 낙천적인 성격의 그녀였다.

"나, 정말 이걸로 고민 많이 했었거든? 당사자인 내가 아니라는데 가족들은 다 내가 잘못됐대. 제대로 미치는 줄. 나 참. 내가 '내'가 아니라는데 왜 남이 나를 '나'라고 우겨대는…."

"쉿! 조용히 해!"

어둠에서 불쑥 나온 현호의 손이 '천비안'의 입을 틀어막았다. 그가 재빨리 핸드폰 플래시도 꺼버렸다.

어둠만이 남은 객실.

사람도, 시간도, 고체처럼 딱딱하게 굳어버린 그때, 멀리서 시끄러운 구둣발 소리가 들려왔다. 계단을 뛰어오르는 소리 같았다.

곧, 무수한 발소리와 함께 우렁찬 명령이 들렸다.

"이 모텔에 탈락자들이 숨어들었다는 제보다! 1조 1팀은 여길 수색하고, 나머지 조는 차례대로 위층을 수색한다. 실시!"

곧이어 302호 객실 문짝이 부서질 것처럼 울려대기 시작했다.

***

"잠깐만요!"

김미연이 다급하게 소리쳤다. 미치고 팔짝 뛸 노릇이었다.

손발이 꽁꽁 묶여있어서 할 수 있는 게 소리치는 것밖에 없었다. 아니면 당장 눈앞에서 내 남자가….

"수…수혁 씨가 깨어나서 해도 되잖아요! 지금 희진 씨가 하는 건, 강…."

도발은 안 된다. '강간'을 말하기 직전에, 김미연이 간신히 말을 삼켰다.

하지만, 김미연이 뭘 하든 조희진은 자기 할 일에 집중할 뿐이었다. 그녀의 손길이 쉴 없이 노수혁의 몸을 넘나들었다. 사람이라고 할 수 없었다. 허기진 배를 움켜잡고서 오래간만에 잡은 먹이를 씹지도 않고 허겁지겁 삼켜대는 한 마리 들짐승 같았다.

김미연의 입안에 신물이 가득 고였다. 역하고 비린 헛구역질이 눈까지 벌겋게 만들었다. 더는 참지 못한 그녀가 이를 악물고 이젠 죽어라 소리를 질러댔다.

"야! 이 돼지비계 같은 년아! 내 남자한테서 떨어져!!"

뒤로 묶인 손발로 껑충 뛰어서 달려들려고 했지만, 뛰긴커녕 일어서지도 못하고 김미연이 뒤로 벌렁 나자빠졌다. 하지만 뒤집힌 거북이 꼴을 해서 버둥거리면서도 김미연이 쉬지 않고 악담을 퍼부어 댔다. 남편이 강간당하는 꼴을 두 눈 시퍼렇게 뜨고 보고만 있을 수 없었다. 이젠 죽어도 할 수 없고, 이판사판이었다. 테이프라도 풀려고 등 뒤로 수차례나 라이터를 찰칵거렸지만, 헛손질일 뿐이었다.

"미친년아, 내려오라고! 남자들이 왜 네년을 싫어하는지 알아? 너 남자랑 한 번도 못 자봤지? 남자들이 너만 보면 기함하면서 도망가지?! 남자들한테 사랑받고 싶어 환장하겠는데 남자들이 너 같은 건 쳐다도 안 보지?!!"

조희진이 동작을 멈췄다. 입가가 침 범벅이 된 그녀가 바닥을 뒹구는 김미연을 돌아보며 물었다.

"너…방금 뭐라고 했어?"

"미친년이라고 했다 왜?! 이 강간범 년아! 섹스에 환장했어? 남들은 연애도 하고 사랑도 하고 서로 아껴주고 잘만 사는데 너 혼자만 그 꼴이라서? 남자랑 하고 싶어도 수면제나 마취제 없으면 되지도 않지? 그래서 되지도 않는 남의 집 남자 사진을 합성해서 연하 남편입네 어쩌네, 동네방네 자랑질이나 하고! 남들이 좋겠다 부럽다, 하니까 아주 막약 빤 것처럼 기분이 좋아서 헬렐레 정신을 못 차리겠든? 그 나이에 잘하는 짓이다. 너 아주 제대로 미쳤어! 당장 수혁 씨한테서 떨어지고 가까운 정신병원에나 가 봐!"

김미연이 고래고래 고함을 질러댔다. 그리고 미친 건 다름 아닌 지금의 김미연인 것 같았다. 사실, 504호를 향해 자신이 무슨 말을 하는지도 모르고 무조건 질러대는 중이었다. 다행히 저 미친 여자가 나를 빤히 보고만 있을 뿐이라 시간이라도 벌 수 있었다. 온몸이 축축한 땀으로 젖어 들었다. 옆집 사람이든 누구든 제발 내 목소리를 듣고 우리를 좀 살려주세요. 수혁 씨도 제발 깨어나. 제발….

숨이 차서 헉헉대는 김미연과 달리, 조희진이 나긋한 말투로 물었다.
"너 방금 나한테 뭐라고 했냐니까?"

"뭐…뭐라고 하다니? 방금 내 말 뭐로 들었어?! 다 말했잖아! 너 제정신 아니니까 빨리 정신병원에나 가보라고…."

"아니, 그 전에."

"그…그 전에 뭐?"

조희진이 뚱한 표정으로 되물었다.

"나한테 돼지비계 같은 년이라고 했어??"

"뭐? 그…그랬나?…. 어! 그랬다. 어쩔래?!"

"내 어디가 돼지야? 남자들은 다 통통하다고 좋아하는데? 내가 살을 뺀다고 하면 남편도 되게 반대해. 그래서 나도 어쩔 수 없이 좀 통통한 채로 있는 거야. 자기는 너무 마른 여자는 싫다나?"

조희진이 침대 위에 있던 식칼을 덥석 집어 들었다. 그러고는 소스라치게 놀라서 엉덩이로 뒷걸음질하는 김미연을 향해 성큼성큼 다가왔다.

"남자들이 전부 마르고 예쁜 여자를 좋아할 거란 건 착각이야. 남자들은 나처럼 적당히 살집이 있으면서 상냥하고 예의 바르고 가정적인 여자를 더 좋아해."

"아, 그…그래? 좋겠네. 그래서?…."

"넌 좀 다를 줄 알았더니…결국 너도 저 죽은 불여시랑 똑같은 년이었어. 사람을 외모로 얕잡아보고 자기가 좀 날씬하다고 사람한테 돼지니, 뭐니 욕하고…. 나도 너 처음 봤을 때부터 되게 재수 없다고 생각했어. 그러니까 다시 말해봐."

"무, 뭐를? 그리고 카…칼부터 내려놔."

"다시 말해 보라고…."

시퍼런 식칼을 들고 다가오는 조희진이었다. 김미연이 필사적으로 방바닥을 기어서 도망갔다. 하지만, 결국 등이 턱 하니 벽에 부딪히고 말았다.
마침내 폭발한 조희진이 악을 써대며 소리쳤다.
"다시 말하라고! 그래서 누가 돼지냐고! 이 나쁜 년아!!!"

8

김미연이 진저리 치며 소리쳤다.
"오…오지 마!…. 저리 가!"
"얼굴부터 찔러줄까? 아니면 목부터? 귀? 정수리? 말만 해."
온몸의 털이 소름으로 곤두섰다. 공포에 부릅뜬 두 눈이 조희진이 치켜든 식칼만을 보고 있었다. 어느새 김미연의 코앞에 자리 잡은 조희진이 히죽 웃었다.
"꽤 아플 거야. 저 불여시 년도 아파서 죽는다고 호들갑을 떨었으니까. 그래서 말인데…."
"악!!" 말하는 중에 김미연의 허벅지에 식칼이 박혔다. 조희진이 칼 손잡이를 잡아끌면서 허벅지에 선을 그었다. 벽 모서리에 가로막혀 꼼짝도 못 하는 김미연이 고통에 못 이겨 비명을 질러댔다.
"아아악!! 하지…마…. 아악!"
허벅지로부터 배어 나온 피가 바닥을 흐르기 시작했다. 허벅지에 4cm가량의 상처를 내고는 조희진이 손을 멈췄다. 식칼은 아직 김미연의 허벅지에 박혀 있었다.
"내가 봤을 때, 넌 저년보다 훨씬 더 죄질이 나빠. 난 너와 친하게 지내보려고 항상 웃는 얼굴로 널 대하고 친절하기 위해서 노력했는데, 넌 매번 그런 나를 보는 둥 마는 둥, 특히, 수혁 씨가 실수로 내 원피스를 찢었을 때 말이야. 그때 난 진짜 악귀 같은 너를 봤어."

김미연이 눈꺼풀을 반쯤 열고 있었다. 벽에 기댄 그녀가 거친 숨을 몰아쉬고만 있었다. 그런 김미연을 쏘아보며, 조희진이 분노가 치민 입술을 일그러뜨렸다.

"경멸에 찬 눈. 방금 네가 말한 대로 한 마리의 더럽고 냄새나는 뚱뚱한 돼지를 보는 그런 눈 말이야."

"아…아니야…난 그런 적 없어…."

"발뺌하지 마! 항상 남자들이 나한테는 막 대하고 너한테는 잘 대해 줄 거로 생각하는 거지? 아닌 척해도 스스로가 난 예쁘고 날씬하다고 속으로 잔뜩 뻐기고 있을 테니까. 그래서 수혁 씨가 나를 욕하고 내 원피스를 찢고 할 때도 넌 팔짱만 끼고 서서 나를 비웃고 있었잖아. 뚱뚱하고 냄새나는 암퇘지 년아, 네 분수를 알아야지, 이러면서…. 난 다 봤어."

"아…아니야…그…그런 적 없어…. 나, 나는…저…절대로 당신을…악!"

'거짓말하지 마!'라고 소리치며, 조희진이 식칼 손잡이를 레버처럼 아래로 힘껏 당겨버렸다. 생살이 죽 찢기며 불에 타들어 가는 것만 같았다. 아픔을 못 이긴 김미연이 몸을 비틀며 천장을 향해 울부짖었다.

"나쁜 년이! 인제 와서 살려고 입에서 나오는 대로 씨부렁거려? 내가 속을 것 같아?!"

"아…아…아니…아니야…쿨럭…."

"말하면 너만 손해야. 힘 빼지 말고 입 닫아."

"쿨럭…흐흑…. 흑흑, 그…그게 아니라…다…당신이 오해를…하는 게…."

조희진이 혀를 끌끌 찼다. 가만히 있으면 중간이라도 갈 텐데, 이년은 뭐가 그리 억울한지 아파서 데굴데굴 구르면서도 끝까지 수다스럽다. 이쯤에서 끝내려고 조희진이 김미연의 허벅지에서 식칼을 뽑았다. 칼은 단박에 뽑혔지만, 거의 기절한 상태여서 이젠 비명조차 나오지 않았다. 김미연의 얼굴이 벽 모서리에 힘없이 쿡 처박혀 버렸다.

바닥에 쪼그리고 앉은 조희진이 김미연의 얼굴을 요리조리 살펴보며 어디부터 깨나가야 할지 고민했다. 전부터 거슬렸던 오똑한 코로 결정하고 아까 정다홍의 얼굴을 박살 낸 쇠망치를 가지러 가기 위해 그녀가 자리에서 일어섰다. 하지만 돌아서는 찰나, 뭔가가 얼굴로 날아들었다. 조희진이 몸을 비틀어 아슬아슬하게 둔기를 피했다.

슬로비디오처럼 느린 공격이라 날렵한 사람은 충분히 피할 수 있을 정도였지만, 비대한 몸의 운신이 마음대로 안 돼서 둔기가 살짝 광대뼈를 스쳤다. 몸을 비킨 조희진이 얼굴의 뺨뼈를 손으로 문지르며 신기한 듯 외쳤다.

"어머나?! 아니, 벌써 깨어난 거예요?"

노수혁이었다. 고성에 의식을 차리긴 했어도, 손가락 하나 까딱할 수가 없었다. 하지만, 이대로 누워만 있을 수도 없었다. 잔뜩 풀을 먹인 것 같은 빳빳한 육체를 어떻게든 움직이려고 안간힘을 썼다.

미연이가…지금 미연이가….

조금 전, 정신이 들고서 방구석 벽에 기댄 아내와 시선이 마주쳤다.

그러자 김미연이 불분명한 발음이나마 조희진에게 계속 뭐라고 말을 걸었다. 내가 일어난 것을 조희진이 모르게 하려는 것 같았다.

아내를 구해야 했지만, 여전히 몸은 석고상 같고 머리는 깊은 물 속에 담긴 것처럼 몽롱하기만 했다. 어금니가 부서질 만큼 죽어라 힘을 쓰자, 전신 마취된 신체에서 얼음에 실금이 간 정도의 변화가 일어났다.

시간이 흐르면서 약물의 효과도 약해졌다. 이윽고, 엄지발가락을 꼼지락거리며 노수혁이 침대에서 일어났다….

조희진이 손으로 입을 가리며 웃었다.

"호호호. 아유, 깼으면 그냥 누워 있지, 뭐 하러 일어났어요."

"헉헉…떠…떨어져…. 미연이한테서…."

망치를 조희진에게 겨누며 노수혁이 말했다. 하지만, 힘센 남자가 망치로 위협하는 상황에서도 조희진은 깔깔대고 웃기만 할 뿐이었다. 그녀가 벌거벗은 노수혁의 몸을 쑥스럽게 흘끔거리며 물었다.

"지금 그 망치도 겨우 들고 서 있는 거죠? 내가 알아차리고 피했으니 말 다 했지, 뭐. 어때요? 무거워서 당장이라도 내려놓고 싶지 않아요? 흠, 그런데 이렇게나 빨리 정신을 차리다니…. 마취제의 양이 부족했나 보네요. 아니면, 저 여우 같은 당신 와이프가 내 시간을 너무 뺏었던지."

"당장 미…미연이한테서 떨어지지 않으면…너, 너도 죽을 줄 알아…."

"그럼, 죽여 보시든가."

사실, 조희진의 말대로 평소라면 아무것도 아니었을 작은 망치가 너무도 무거웠다. 무거워서 팔이 빠질 것만큼.

이대로 망치와 내가 방바닥 밑으로 꺼질 수도 있을 것 같았다.

노수혁이 이를 악다물고 천식과도 같은 숨만 내쉬고 있었다. 쉭쉭거리는 호흡이 울리는 방에서 어느새 조희진이 노수혁의 눈앞에 나타났다.

"죽여봐요."

아예 노수혁의 손목을 덥석 잡은 그녀가 쇠망치의 해머를 자기 머리에

갖다 댔다.

"어디 때릴 힘이 있으면 때려보라니까요?"

내 안에 있는 모든 힘을 쥐어짰다. 노수혁이 마치 한기라도 든 것처럼 사정없이 몸을 떨어댔다. 하지만 입술을 깨물고 추하게 부들거리는 것뿐, 내가 할 수 있는 게 없다는 걸 알고 있었다.

망치 하나 들 힘도 없는 것이, 이 여자의 말대로 내 힘이란 건 갓 태어난 아기만도 못하다는걸.

"어머? 우는 거예요? 아, 어떡해…."

분노와 절망으로 노수혁의 눈가에 눈물이 맺혔다. 자신도 모르게 흐른 눈물이었다.

"나 남자가 울면 되게 약한데…. 특히 수혁 씨 같은 사람이요. 귀찮아서 싹 다 죽여버리고 했는데…흠, 아무래도 그냥은 안 되겠어요."

조희진이 원피스 주머니에서 주사기를 꺼냈다. 그리곤 노수혁의 손에서 부드럽게 망치를 뺏었다.

"이건 위험한 거예요. 이번엔 실수가 없을 테니까 한 대 맞고 푹 자고 있어요. 그러면 다 끝나요…."

노수혁의 팔 혈관에 마취제를 꽂아 넣었다. 노수혁이 여자의 어깨 너머로 김미연을 바라보았다. 그의 눈에서 자꾸만 눈물이 흘렀다.

손발이 묶인 채 구석에 처박힌 김미연 또한 자기 남자를 가만히 보고만 있었다. 김미연의 정신이 구름처럼 아득해지고 있었다.

"자, 다 됐어요. 아프진 않았나요?"

전직 간호사인 그녀가 환자를 돌보듯 상냥하게 말하며 노수혁의 팔에서 주삿바늘을 뺐다. 노수혁이 힘없는 나무토막처럼 바닥에 털썩 쓰러졌다.

"어머, 여기선 안 돼요. 자, 자. 우리 그만 침대로 가요."

노수혁을 안아 일으키는 중, 조희진이 그만 참지 못하고 신음을 흘렸다. 벗은 남자의 살갗이 맨살에 닿을 때마다 짜릿한 전류에 몸이 흔들렸다.

어떡해…상상만 해도 이렇게 좋은데, 실제로 하면 얼마나 더 좋을지…. 너와의 사랑이 말이야….

흥분으로 곱절의 힘이 생겨났다.

남자를 번쩍 들어서 침대에 내던지다시피 한 그녀가 짐승처럼 헉헉대며 허둥지둥 노수혁의 몸 위로 올라갔다. 잔근육이 발달한 남자의 팔뚝과 가슴, 허벅지를 마음껏 더듬던 두 손이 이제 침이 뚝뚝 흐를 만큼 간절한 그의 분신에 닿았다.

아까 하다만 사랑을 끝내야만 했다. 본능만이 활활 타오른 입술이 열리며 조희진이 얼굴을 떨구었다.

이제 넌 내 거야. 수혁 씨.

*****

새벽 5시. 한적한 외곽 공원.

앞도 보이지 않는 깜깜한 어둠 속.

하지만, 곧 날이 밝을 것이다.

나무와 수풀이 무성한 곳이라 풀벌레 울음이 들려왔다.

한 곳에 세워진 검은 7인승 승합차 안에서 노수혁이 마음을 다해 인사했다.

"뭐라고 감사 인사를 드려야 할지 모르겠습니다."

"아닙니다. 진작 가볼 것을…오히려 제가 너무 늦은 것 같아서 미안하죠."

차 보조석에 있던 소문식이 뒷좌석의 노수혁에게 고개를 숙이고는 김미연을 살폈다. 허벅지에 붕대를 감은 김미연이 노수혁의 무릎 위에서 의식을 잃고 기절해 있었다.

부부를 향해 소문식이 안타까운 심정으로 말했다.

"대강 응급처치를 하긴 했습니다만, 날이 더운 데다 이대로 두면 상처 부위가 덧나서 곪을 수가 있습니다. 음, 두 분 다 탈락자 신분이라 병원은 위험하겠지만, 그런 것에 상관없이 의술을 베푸는 의사들도 있으니…."

아무쪼록 행운을 빈다고밖에 달리 할 말이 없었다. 병원이든 약국이든 치료받으려면 신분증을 제출해야 할 터인데, 운이 나쁘면 그 즉시 경찰에 체포될 수도 있다.

"네. 당장 병원부터 찾아봐야 할 것 같아요."

노수혁이 통증과 탈진으로 잠이 든 아내를 내려다보며 대답했다.

503호에 사시는 이분이 아니었다면, 미연과 나는 둘 다 죽은 목숨이었을 것이다. 504호 여자가 몸에 넣은 전신 마취제 때문에 나는 이내 바닥에 쓰러졌고, 아내도 정신을 잃었을 무렵, 이분이 504호의 베란다 창문을 깨고 안방에 들이닥쳤다. 아파트 승강기나 상가 편의점에서 스친 적이 있어서 안면은 있었다. 이웃에 누가 살든 관심이 없어서 노수혁 자신은 인사도 하는 둥 마는 둥 했지만.

이분의 말에 따르면, 처음엔 옆집인 504호에서 나는 소음이 여타 다른 집들처럼 경찰과의 몸싸움 중에 생긴 것이라 여겼다고 한다. 일부 이처제법의 마감 시한을 어긴 범죄자들은 영장 없이 체포할 수 있었기에 집, 거리를 가리지 않고 전국 곳곳에서 시민과 경찰 간의 생사를 건 육탄전이 벌어졌고, 소문식 자신도 도망갈 준비에 여념이 없었다고 했다. 대포폰을 챙기고 비상식량, 생수, 무기가 될 만한 것들을 모아 아파트 주차장에 세워둔 승합차로 옮기던 중, 문득 현관에 떨어진 메모 한 장을 발견했다고 한다. 누군가 자기 집 문틈 사이로 밀어 넣은 것 같다고 했다.

"이 메모지인데, 보시겠습니까?"

노수혁이, 소문식이 건넨 명함 크기의 노란색 메모지를 펼쳤다.

[504호 여자가 안방에서 604호 부부를 죽이려고 해요. 이들을 도와주세요.]

"이게 503호의 현관 문틈에 끼워져 있었다고요?"

짧은 메시지를 읽고서 메모지를 뒤집어 보기도 하던 노수혁이 소문식에게 메모지를 돌려주며 말했다.

"이 작은 메모지 한 장이 저희 부부의 목숨을 구했군요. 누군지 몰라도 나중에 찾게 되면 인사를 드려야겠어요."

"이 메모뿐만이 아니라 노수혁 씨 부부께는 여러모로 행운이 따른 것 같군요."

소문식이 말했다.

아파트 집들의 이어진 베란다를 타고 504호로 뛰어들었을 때, 붉은 피로 범벅이 된 방과 침대에서 정신을 잃은 남자를 보자마자 가해자가 누군지는 분명해졌다. 느닷없이 5층 창문을 깨고 사람이 나타나자, 아연실색한 504호 여자가 괴성을 지르며 덤벼들었다. 소문식이 엉겁결에 바닥에 있던 밥그릇을 504호에 내던졌다. 여자가 움찔한 그때를 놓치지 않고 워커를 신은 발로 힘껏 가슴을 가격했다. 뒤로 벌렁 나자빠진 여자가 기침을 쿨럭이면서도 금방 일어났다. 여자의 얼굴을 발로 차서 쓰러뜨린 다음, 두 번 다시 일어설 수 없도록 잭나이프로 발뒤꿈치를 그어버렸다.

응? 가만. 그러고 보니….

순간 뇌리를 스친 생각에 소문식이 멈칫했다.

504호의 커튼이 열려있었던가…?

확신할 수 없지만, 구둣발로 창문을 깬 후 시야를 가린 암막 커튼을 손으로 헤집은 기억이 있다. 당연히, 504호 여자도 범행을 위해서는 창문부터 커튼으로 가렸을 것이다. 그렇다면 외부에서 방 안의 상황을 볼 수는 없었을 텐데, 이 메모를 보낸 사람은 대체 어떻게 이들을 목격하고서 내게 도움을…. 그때, 소문식의 생각을 끊고 운전석에 있던 젊은 남자가 대화에 끼어들었다.

"그러니까요. 504호에 구급 약상자가 있어서 곧바로 응급처치할 수 있었으니까요. 사장님도 아줌마 허벅지 상처가 생각보다 깊다고 하셨고요. 조금만 더 늦었어도 위험할 뻔했어요."

운전하는 내내 소문식과 노수혁의 대화를 듣기만 하던 남자였다. 군인처럼 짧은 머리를 하고 다소 무례한 데가 있는 이 남자의 이름은 '남지훈'이었다.

남지훈의 말에, 노수혁이 가슴을 쓸어내리며 대답했다.

"네. 천만다행이죠. 그리고 선생님께서 의대 출신이셨다니…같은 아파트에 살면서도 까마득히 몰랐네요."

"졸업은 못 했습니다. 그리고 오래전 일이죠…. 그것보다 두 분을 어디서 내려드리면 될까요?"

소문식이 룸미러로 비쳐 보이는 노수혁에게 물었다.

부부의 본가와 친정이 전북 고창과 충북 충주라고 했다.
 전국적으로 주유소 수백 군데가 임시 휴업 상태라서 차 연료도 아껴야만 했다. 소문식이 노수혁의 의견을 물었다.
 "가는 길에 가까운 병원에 내려드릴까요? 아니면, 이 근처에 친척 집은 없습니까? 그리고 노파심에서 드리는 말씀인데, 가급적 호텔 같은 곳은 피하시는 게 좋을 겁니다. 전 숙박 업체에 공문이 내려와서 범죄자를 투숙시키거나 숨길 시는 업체 당사자와 종사자들까지 처벌한다고 하니까요."
 숙박 업체뿐만이 아니라 도주자를 도울 시는 가족, 친지를 불문하고 그 또한 처벌 대상이 되며, 아파트는 벌써 경찰이 감시 중일 거라고 말했다. 소문식이 덧붙였다.
 "핸드폰이나 신용카드도 사용하지 마시고 현금만 쓰세요. 만약의 사태를 대비해서 무기 하나쯤은 꼭 가지고 다니시고요."
 "네, 알고 있습니다. 급하게 나오느라 무기라고 할 만한 건 없고, 당장은 이 야구 배트 하나뿐이라."
 504호를 나올 때, 조희진에게 뒤통수를 가격당한 야구 배트를 챙겨왔다. 노수혁이 어려운 부탁이 있는지 말을 머뭇거렸다.
 "여기까지 도와주신 것도 고맙습니다만…. 그런데 정말 염치없지만, 저희가 꼭 챙겨야 할 물건을 집에 두고 와서 그런데 아파트까지 한 번만 더 운전해 주시면 안 되겠습니까? 아파트 주차장까지만 가면 제 차가 있습니다."
 노수혁이 부탁하자 소문식의 처지가 난처해졌다. 그러잖아도 계획에 없던 노수혁 부부를 돕느라 일정에 차질이 생긴 터였다. 남지훈은 노골적으로 불편한 심기를 드러냈다.

노수혁이 쭈뼛거리면서도 재차 사정했다.

"택시라도 탈 수 있으면 좋은데 지갑과 핸드폰도 504호에 두고 나와 버려서요. 지금 당장 저랑 와이프가 갈 데가 없습니다. 이렇게 부탁 좀 드리겠습니다."

"사정은 알겠지만, 저희도 갈 길이 바빠서 더는 도와드릴 수가….."

남지훈이 보스를 대신해서 거절하려 하자, 소문식이 가볍게 팔을 뻗어 그를 제지했다.

"그럼, 알겠습니다. 아파트로 돌아가도록 하죠. 가는 길에 '고신동 사거리'라는 곳이 있는데, 그쪽에 제 30년 지기 친구가 하는 작은 내과 의원이 있습니다. 거기 들러서 부인을 치료한 뒤, 아파트로 모셔다 드리겠습니다."

***

토요일 아침.
왕궁, 접견실 '골든 리시빙 룸'.

실내에 청량하고 맑은 악기 소리가 울리고 있었다.

접견실 한편에 마련된 피아노에서 이른 아침부터 여왕이 피아노를 치고 있었다. 악보 거치대에 놓인 종이 악보를 곁눈질하며 나름 집중해서 건반을 두드렸고, 중간중간 콧노래를 흥얼거리며 박자를 맞췄다.

1865년, 스코틀랜드 출신의 물리학자 제임스 클러크 맥스웰 James Clerk Maxwell이 그 유명한 맥스웰 방정식을 발표한 그해에 만들어진 피아노다. 전 세계에서 가장 큰 에라드피아노가 유명한 명성과 품격에 어울리지 않게 이따금 기타 줄이 툭 끊긴 것 같은 불친절한 음을 자아냈고, 급히 박자를 따라가느라 건반이 가루가 될 것처럼 쾅쾅 울렸지만, 피아니스트는 자신의 천재적 재능에 만족한 것 같았다.

마침내, 광-하고 사물 놀이패의 징 소리 같은 소음으로 곡이 끝났다.

사방에서 일제히 갈채와 탄성, 찬사가 쏟아졌다.

"브라보! 대단하십니다!"

"그러게나 말입니다. 직접 작곡도 하시고 게다가 피아노 연주까지, 타고난 음악 예술의 천재가 분명하십니다. 여왕 폐하!"

"암요. 정말 마법 같은 재능입니다. 폐하!"

피아노 주위에 모인 사람들은, 상·하원 의원과 장관들을 비롯해 왕실 비서관과 시종, 시녀들이었으며, 그리고 여왕의 애인인 장견우도 있었다. 각자 격식에 맞춰 의복을 차려입은 모습이 성대한 왕실 행사 일정이라도 있는 것 같았다.

곡 연주가 힘들었던지, 아니면 스스로 도취 된 건지 여왕이 가쁜 숨을 몰아쉬며 우아하게 뒤돌아 앉았다.

여왕의 머리에 올려진, 현가은에게서 선물 받은 47.5캐럿의 다이아몬드 왕관이 눈이 시릴 만큼 휘황찬란한 빛을 뿜어냈다.

'여왕의 붉은 눈물'과 피아노 연주 때문에 들떴지만, 방금 전해 들은 소식 때문에 그저 그런 기분이 된 여왕이 심드렁하게 물었다.

"하루가 지났는데 체포율이 아직 5%도 안 된다고? 총탈락자가 430만 명이라며? 심말순 장관?"

여왕이 부르자, 하원 의원이며 농림축산식품부 장관인 심말순이 허리를 숙이며 대기했다.

"지금까지 각 나라에서 발주된 햄 예약 물량이 전부 얼마나 된다고?

그리고 준비는 다 돼?"

여왕의 물음에, 심말순 장관이 송아지 가죽으로 만든 수첩을 펼치더니 돋보기안경을 눈 밑에 걸쳤다. 노안이 와서 잘 보이지 않는 글씨와 숫자를 읽으려고 그녀가 눈살을 찡룩여 가며 보고했다.

"음, 현재까지 가공 인육 수출이 성사되거나 문의 중인 나라는, 미국과 영국, 프랑스, 일본 등등을 포함해서 총 138개국입니다. 게다가 오늘도 늦은 밤까지 20여 개 신흥 시장국들과의 가격 협상 및 공급 계약을 위한 회의가 예정되어 있지요. 이에 현재 협상 중이거나 이미 발주된 가공육 물량을 다 더하면, 에, 어디 보자…. 총 33,979,541kg이군요. 즉슨…." 심말순 장관이 최종 결론을 말했다.

"양국 간의 신뢰를 기반으로 한 안정적인 수출을 위해서는 약 34,000톤의 햄이 필요한 실정입니다."

"34,000톤이면 고기가 얼마나 있어야 하지?"

심말순이, 이번엔 손때 묻은 수첩 페이지를 이리저리 넘겨 가며 꼼꼼히 산수 계산을 했다. 이윽고, 계산이 끝난 그녀가 자신만만하게 대답했다.

"답변에 앞서, 여왕 폐하의 이해를 돕기 위해서 먼저 예시를 들어 보겠습니다. 일반적으로 가공육 제조에 사용되는 돼지의 도체 중량(*도살 후 남은 총중량)은, 대략 돼지의 생체 중량의 70~80% 정도 됩니다. 이는 도살 과정에서 머리, 내장, 피, 그리고 다른 비식용 부분이 제거되기 때문입니다. 예를 들어서, 평균적인 돼지의 생체 중량이 약 250kg 정도라고 가정하면, 도체 중량은 대략 175~200kg 정도 되지요. 그러나, 햄과 같은 가공육 제품에는 특정 부위의 고기만 선별하므로 도체의 절반만이, 즉, 약 87.5~100kg 정도가 재료로 사용됩니다만, 실제 제조 과정에서의 고기양은 이보다 더 적을 수도 있습니다. 여기까지 다른 질문 있으십니까? 폐하?"

산수와 수학을 혐오하는 여왕이지만, 이만하면 초등학생도 알아들을 만큼 쉽게 설명하는 자신이다. 여왕으로부터 말이 없자, 심말순이 기업 강연회에 초빙된 강사처럼 여유 있는 미소를 보이며 부연 설명을 이어갔다.

"방금의 예를 80kg의 몸무게를 가진 인간에게 대입하면, 도체 중량이 대략 28~32kg 정도가 될 것이라 예상할 수 있습니다. 하지만, 아쉽게도 이게 또 계산대로 딱 떨어지지가 않습니다. 인간의 살과 비계가 돼지의 그것보다 훨씬 적은 관계로 세계적 도축 학술지인 엘스비어 연구소에서 발표한 '인육과 미래 먹거리 동향'이란 연구 논문을 인용하자면, 인간 한 명을 도살할 때 나오는 정육은 대략 10~15kg 정도가 된다고 합니다. 아쉬운 일이지만, 또한 그러하기에 인육에 프리미엄이 붙어서 대단히 비싼 값으로 거래되는 것 또한 부인할 수 없지요."

"그래서 34,000톤의 소시지를 생산하려면 인간이 얼마나 필요하다는 거야? 10초 안에 대답해."

10초는 절대 무리라고 생각하며 심말순이 최소 10분은 주셔야 한다고 건의하려고 했다. 여왕이 먼저 말했다.

"엘스비어 연구소가 오늘 중으로 네 몸무게를 알아버리기 전에."

무슨 말인지 잠깐 이해가 안 가서 눈을 말똥거렸지만, 단 8초 만에 심말순 장관이 펄쩍 뛰며 '340만 명! 340만 명!'이라고 외쳤다.

겨우 원하는 답을 들은 여왕이 한 남자를 향해 신경질적으로 말했다.

"들었지? 100개가 넘는 나라에서 햄 수출 물량이 쇄도해서 사전 예약 발주된 것만 34,000톤이야. 원재료로 쓰일 인원만 최소 340만 명인데 탈락자 체포율이 고작 5%도 안 된다니. 뭐야? 그럼, 20만도 안 된다는 거야? 이래서야 선적 납품 기일을 제대로 맞추겠니? 거래는 신용이 생명인 거 몰라? 영장 없이 닥치는 대로 잡아들이라고 권한도 줬고 석궁도 특수제작해서 지급했는데, 그게 어려워?"

 피아노 연주 전부터, 제복 차림의 한 남자가 여왕의 연주가 끝나기만을 기다리고 있었다. 타원형의 경찰모를 각 세워 쓴 그가 절도 있는 태도로 대답했다. 이번 탈락자 체포 임무를 맡은 경찰 책임자였다.

 "예상외로 탈락자들의 저항이 상당합니다. 가족들까지 합세해서 경찰에 무력 저항하는지라 체포 과정에서 저희 경찰 인력도 피해를 보았습니다. 대부분 일반인에다 무기도 없는 놈들이라서 만만히 본 게 실책이었던 것 같습니다. 하지만 염려하지 마십시오! 전국의 공항과 항구, 고속도로 요금소는 물론 KTX, 기차역, 버스터미널 등의 이동 노드가 전면 봉쇄된 지금, 도망쳐봤자 시간문제일 뿐 이미 독 안에 든 쥐입니다."

 "그래?" 여왕이 화제를 바꿨다.

 "소문식은 어떻게 됐어? 숨은 데를 찾았다더니 잡았어?"

 "아깝게 놓쳤습니다. 소문식의 집을 급습했으나 그새 낌새를 채고 도망친 뒤였습니다. 그러나, 저희 경찰 긴급대응팀이 계속해서 놈의 뒤를 쫓고 있으니 금방 체포될 것입니다"

 "흐응, 그게 말처럼 쉬울까? FH(*Fugitive Hunters, 탈주 사냥대)팀 1개 소대가 출동했는데도 흔적도 없이 사라졌다면서?"

 "소문식의 체포 명령이 긴급 하달된 부분이 있어서, 급습 과정에서 경미한 실수가 있었습니다. 하지만 두 번의 같은 실수는 없을 것이니, 폐하께서는 저희 경찰을 믿으셔도 됩니다."

자신의 어떤 질문이든 척척 대답하는 믿음직한 경찰 책임자의 모습에 여왕의 입꼬리에 미소가 생겨났다.

"그렇구나. 그런데 너는 직급이 뭐야?"

"네?! 저…저 말씀입니까? 여왕 폐하?"

영광스럽게도 여왕을 알현 중인데, 느닷없이 직급을 물어와서 놀란 남자가 칼각의 부동자세로 대답했다. 기합을 넣은 목소리가 단단했다.

"서울지방경찰청 소속, 치안정감 김역상이라고 합니다!"

"결혼은 했어?"

"아? 네! 겨…결혼했습니다!"

"하루 줄게."

"네?"

치안정감이 어리둥절하게 되묻자, 여왕이 땅이 꺼지라고 한숨을 내쉬며 말했다. 명랑하던 조금 전까지와는 달리 시무룩한 모습이다.

"사실, 내가 오늘 모처럼 외출이 잡혀서 되게 신났었거든?"

"아, 네. 축하드립니다. 여왕 폐하."

"그런데 기분이 뭐랄까? 날씨가 좋아서 소풍을 나왔는데, 공원에 돗자리를 펴자마자 우박이 떨어져서 모처럼 만든 내 레모네이드와 살라미 샌드위치가 엉망진창이 된 기분이야. 무슨 말인지 알지?"

"네? 아, 죄송합니다. 그게 무슨 말씀인지…."

"하루 준다고."

"…."

"내일 아침, 내가 잠에서 깨어났을 때까지 소문식을 내 발밑에 데려다 놓든지, 아니면 탈락자 체포율을 30%로 만들어. 못하겠으면, 너희 가족, 일가친척, 친구, 전셋집 집주인이라도 끌고 와서 고기 재료를 채워냐. 심말순 장관, 당신도 체포율이 형편없는 것에 대해서 연대책임을 져야겠지?"

경찰 업무와는 상관도 없는 농림축산식품부 장관 심말순이 느닷없는 날벼락을 맞고서 돌덩이가 되어버렸다. 심말순의 현재 심경 따위는 전혀 궁금하지 않은 여왕이 잔소리했다.

"24시간 밤낮없이 햄 공장을 돌려도 납품일을 맞출까 말까 하는 판국에 이런 거 하나까지 내가 일일이 지시해야겠어? 국가가 곤란한 때니까 육가공 공장이 원활하게 가동될 수 있도록 공무원인 너희들만이라도 모범을 보이라는 얘기야. 명령을 어길 시는…."

국영 식육 가공 공장으로 시찰을 가야 할 시간이 되어서 여왕이 피아노 의자에서 일어섰다. 공작이 수 놓인 화려한 원피스를 입고 깃털 달린 모자를 쓰고서 간만의 외출 준비를 모두 마친 그녀였다.

여왕이 치안정감 김역상을 향해 말했다.

"일요일 내 브런치는, 신선한 연어와 브로콜리, 그리고 네 와이프의 기름기 많은 뱃살로 만든 특제 살라미 샌드위치가 될 테니까 참고해."

***

토요일, 오전 8시.
신현대 상가건물 2층, 프랜차이즈 돈가스 가게.

날이 밝았다.
가게 주인 것으로 보이는 골프채, 골프공 등이 어지러이 흩어진 실내에서 천비안이 답답한 표정으로 물었다.

"그래서 진짜로 집에 가겠다는 거야?"

"다른 방법이 없잖아? 더는 여기서 시간만 축내면서 어영부영하고 있을 순 없어."

현호가 가게 카운터 전화기를 초조한 눈으로 응시하며 말했다. 이 가게가 아동 급식 카드 가맹점임을 나타내는 노란색 쌍 나비 스티커가 수화기에 부착되어 있었다.

"분명히 신호가 가는데도 내 전화를 받자마자 바로 끊어버렸어. 그것도 두 번씩이나. 엄마라면 내 목소리를 듣고 그럴 리가 없어. 더군다나 핸드폰은 받지도 않고…. 집이랑 엄마한테 무슨 문제가 생긴 게 틀림없어."

"그렇다고 해서 무턱대고 나서는 건 자살 행위야. 네 집도 감시 대상인지 몰라. 나도 그게 무서워서 대전 집에도 못 가고 있잖아."

"알아. 멀리서 동태만이라도 살피고 올 거야. 이대로는 도저히 불안해서 안 되겠어."

"네 생각은 알겠지만, 좀 더 신중하게 계획을 짜서 가란 말이야. 밤새도록 사이렌이 울렸고 사람들이 잡혀갔어. 게다가 우리 둘 다 모텔에서 도망치기 바빠서 가방도 핸드폰도 다 두고 나왔잖아. 돈 한 푼 없이 어떻게 집까지 가려고 그래? 더군다나 너 집이 부현구라며? 여기서 차로 가도 30분은 가야 하잖아. 저 차로는 못 가."

왜냐하면, 차에 기름이 없다.

객실을 도망쳤을 때부터 차량 계기판의 연료 경고등이 빨갛게 깜빡이고 있었고, 이젠 아예 E에 멈춰버렸다. 게다가 요즘 찾아보기도 힘든 구식 똥차라, 달리는 중에도 자꾸만 엔진이 꺼져서 평생 남은 운을 끌어모아 구사일생으로 살아났다.

무조건 집에 가겠다고 고집만 피우는 현호가 답답해서 천비안의 언성이 높아졌다.
"어젯밤 같은 기적이 또 있을 거 같아?"

어젯밤 자정, 모텔.
탈락자를 수색하던 경찰들이 우리가 숨어있던 객실을 덮쳤다. 천비안이 경찰을 향해 가방과 핸드폰을 내던졌고 곧 살벌한 육탄전이 벌어졌다. 수갑이 채워질 뻔한 상황에서 격렬하게 저항하자 경찰이 삼단봉으로 내 어깨를 내리쳤다. 아직 회복되지 않은 몸 상태여서 어깨에 가해진 일격만으로 나는 비명도 못 지르고 의자와 함께 바닥에 나뒹굴었다. 이대로 죽는구나, 생각한 그때, 몽롱한 시계視界 사이로 흰 연기가 피어올랐다.

천비안의 말에 동의하며 현호가 말했다.
"불행 중 다행이었어. 화재가 아니었으면 우린 지금쯤 무사하지 못했을 거야."
당시, 모텔 객 중 누군가가 모텔에 불을 질렀다. 경찰의 급습에 대비해서 미리 대량의 화기 용품을 준비한 건지는 모르겠지만, 3층 구석에서 시작된 불은 삽시간에 복도를 삼키고 302호 객실까지 들이쳤다. 시뻘건 화마의 불길과 매캐하게 퍼진 유독 가스 때문에 경찰과 사람들이 쓰러졌고 서로 탈출하려고 뒤엉키면서 모텔은 그야말로 아수라장이 됐다. 천비안과 나는 구사일생으로 모텔을 빠져나올 수 있었다.
천비안이 말했다.
"그리고 한 가지 더 확실한 건, 이제부터 우리한테 더 이상 그런 행운은 없을 거라는 거야."

 천비안의 성격상, 모텔에서의 일은 이미 흘러간 과거였다. 중요한 건 당장 거취를 정해야 하는 지금이다. 그녀가 말했다.

 "아침부터 이런 한가한 대화를 나누고 있는 것 또한 운이 좋아서고. 네가 모텔 앞에서 쓰러졌을 때도, 경찰이 덮쳤을 때도, 불길에 살아남은 것도, 이 상가건물로 들어온 거까지, 싹 다 운이야."

 "…."

 "운이 없어지니까 돈도 카드도 없어서 주유소도 못 가는 게 당장의 현실이고. 아니, 설령 차에 기름이 있다고 쳐도 그래. 차 안에서 라디오 들었지? 경찰이 1차 탈락자의 추적을 시작했다는 말. 벌써 수십만 명이 연행됐다고 하잖아. 일반 도로는 물론이고 톨게이트와 인터체인지, 국도까지 모조리 통제하고 검문 중이라는데, 연비도 후지고 창문도 다 깨진 똥차로 무사히 네 집까지 갈 수 있을 것 같아? 게다가 탈락자들의 집도 감시 대상이라는데? 장담하건대, 넌 현관문을 넘기도 전에 경찰에 체포될 거야."

 "그래서 더욱 가봐야만 해. 경찰이 나를 찾는답시고 집을 뒤지거나 엄마를 협박할 수도 있는데, 나만 숨어있을 순 없어. 그리고 언제까지 여기 있을 수도 없잖아? 곧 가게 주인이 올 거야."

 천비안이 뭐라든 현호는 단호했다. 결심이 섰고 각오도 됐다. 도중에 경찰에 잡히더라도 어쩔 수 없다고 생각했다. 최대한 몸을 사려서 움직일 수밖에.

 토막잠을 잔 후, 둘이 한 시간째 이 문제로 다투고 있었다.

 목요일 저녁 6시 30분을 기해서, 1차 일부이처제의 마감 시한을 지키지 못한 사람들은 일명 '탈락자' 명단에 올랐다. 시가지, 주택가,

학원가, 상가를 가리지 않고 일대는 무장한 경찰들로 뒤덮여 버렸다.

그들은 마치 전쟁에서 승리한 점령군들 같았다.

도심 한 가운데서 경찰의 삼단봉에 맞아 머리가 터지고, 석궁에 맞은 사람들이 피를 흘리며 땅에 질질 끌려갔다.

경찰 엠블럼이 그려진 버스들이 도로에 줄지어 늘어섰으며, 연행된 탈락자들로 만차가 되면 임시 구금소로 실어 날랐다. 영화에서나 보던 채찍도 등장했다. 운반 책임자로 보이는 경찰들이 버스에 오르는 사람들에게 채찍을 휘두르며 쉬지 말고 움직일 것을 강요했다. 몇몇 사람이 채찍에 맞아 쓰러지자, 이번엔 구둣발로 그들을 마구 차대며 '시간이 없다'라고 소리쳤다. 그 과정에서 죽는 이들이 나오자, 경찰들이 욕지거리하며 마치 죽은 가축처럼 사람을 들어서 버스 트렁크 안에 던져넣었다.

현호가 차창 블라인드 슬랫 사이에 손을 넣어 바깥의 동태를 살폈다. 지난밤, 천비안의 말처럼 운이 좋아서 모텔에서부터 뒤쫓아 온 경찰 지구대를 간신히 따돌렸다. 하지만 자동차의 휘발유가 떨어져서 얼마 가지 못하고 멈추어 서야만 했다. 여기가 어딘지도 모르고 구석진 곳에 차를 세우는데, 골목 입구 쪽에서 서너 명의 경찰들이 나타났다. 둘 다 순간적으로 몸을 웅크리며 재빨리 측면 쪽에 난 어두침침하고 좁은 계단으로 몸을 피했다. 1층의 금은방이 두꺼운 철제 셔터로 닫힌 데다, 상가 전 층이 소등된 상태여서 건물 전체가 폐쇄된 느낌을 주기에는 충분했다. 발소리를 죽이며 2층으로 올라가자, 돈가스 가게가 나왔다. 가게 문은 잠겨 있지 않았다.

현호가 날카로운 눈길로 바깥 주변 거리를 탐색했다. 이곳 골목과 주택가는, 이틀간 한차례 회오리 같은 수색이 끝나서 그런지 다니는 사람은 생각보다 적었다. 모두 집 안에 숨어서 꼼짝도 하지 않는가 보았다. 저 멀리 보이는 시가지 쪽에서 119구급차와 사이렌 소리, 경찰차의 사이렌 소리가 스산하게 들려왔다.

자리로 돌아온 현호가 점퍼 주머니에서 곽영후의 차 키를 꺼냈다.

…목요일 아침, 모텔에서 초코파이와 바나나로 아침을 먹은 뒤 영후 형과 헤어졌다. 객실을 나서기 전, 그가 차 키를 테이블에 두며 선심 쓰듯 말했다.

-지금 바깥이 2002년 월드컵 때랑 똑같아서 차가 애물단지야. 모텔 주차장에 세워두고 갈 테니까 쓰려면 써. 혹시라도 내가 전화하면 즉시 나 데리러 오고.

-그리고 시간 되면 차 기름 좀 넣어 줘.

차만 안 끌고 갔어도 클럽 세 군데는 더 갔을 거라며 아침 내내 후회하던 영후 형이었다. 14년도 더 된 낡은 중고차라서 여자 꼬시는 데 방해만 된다는 말은 쏙 뺐지만, 둘 다 아는 사실이었다. 객실 문을 열며 영후 형이 나에게 손을 흔들었다.

-살아서 보자. 차현호.

핸드폰과 가방은 급하게 도망치느라 모텔에 두고 왔어도 이 차 키만은 계속 주머니 안에 있어서 살 수 있었다. 현호가 곽영후의 차 키를 천비안에게 내밀었다.

"줄 게 이거뿐이라서 미안해. 근처 주유소까지는 갈 수 있을 테니까 여기 있다가 사람들한테 도움받을 수 있으면 그렇게 해."

"…."

"그리고 이건 내 핸드폰과 집 전화번호야."

자신의 연락처를 적은 메모지도 천비안에게 건넸다. 손에 든 차 키와 메모지를 응시하고만 있는 천비안에게 현호가 말했다.
"너도 꼭 살아서 네 세상으로 돌아가길 바라."

***

〈 원칙과 믿음이 만드는 행복한 맛! 〉
〈 최고의 자부심으로 최상의 품질을 지켜갑니다. 〉
〈 국가가 보증하는 철저한 위생 시스템과 꼼꼼한 검품 과정! 〉
〈 엄마와 아이도 믿고 안심하고 드실 수 있는 100% 우리 햄! 〉

록스타의 콘서트장인지 회사인지 헷갈릴 정도로 공장 외벽 곳곳마다 긍지에 찬 현수막들이 바람에 나부끼고 있었다.
축구장 다섯 개를 이어 붙인 것 같은 어마어마한 규모의 부지 한 가운데에, 그 또한 성채처럼 우뚝 선 거대한 건물 한 채가 보였다.

〈 국영재단 한국 식육 가공 공장. 본사 〉

며칠 전부터 사전 연락을 받은 재단 이사장과 부이사장, 이사 등의 책임자들이 일찌감치 정원에 도열해 있었다.
두 줄로 나뉘어 허리가 ㄱ자가 되도록 구부린 공장 임원들 사이로 최고급 롤스로이스 자동차가 미끄러지듯 들어와서 정지했다.
왕실 관용차에서 먼저 내린 시종과 시녀, 비서관들이 대기를 마친 후, 왕실 제1 시종이 엄격하고 근엄한 태도로 롤스로이스 뒷좌석 도어를 열었다. 달칵, 하고 차 문이 열리자, 맨 먼저 흰 스타킹과 유광의 검정 메리제인 구두를 신은 작은 발이 땅에 닿았다.

"여왕 폐하를 뵙습니다!"

공장 책임자들이 합창이라도 하듯 입을 맞춰 인사하는 사이, 흰 깃털이 달린 모자와 파란색 원피스를 입은 여왕이 천천히 차에서 내렸다. 대기하던 장견우가 흰 장갑을 낀 그녀의 손을 잡아 부축해 주었다.

최근 생긴 탈모로 마음고생이 심한 재단 이사장이 냉큼 앞으로 나서며 감격에 찬 목소리로 말했다.

"정말 가문의 영광입니다! 여왕 폐하! 이 나라의 주인께서 친히 이 누추한 곳까지 행차해 주셔서 정말이지 지금의 이 감격스러운 심정을 어떻게 말로 표현해야 할지…."

"여긴 직원을 공채로 뽑아?"

느닷없는 여왕의 질문에 재단 이사장이 당황한 표정을 하고서 '네? 그…그렇습니다!'라고 대답했다. 하지만 절반만 정답이라서 재빨리 정정했다.

"다…당연히 모든 직원은 공채 모집을 원칙으로 하고 있습니다만, 일부 경력직 직원이나 계약직 같은 경우는 특채나 수시, 블라인드 채용으로 뽑을 때도 있습니다."

"고졸도 뽑는 거야?"

"네?! 네, 네. 그렇습니다. 당연히 고졸도 뽑습니다! 저희 국영 재단은 여타 다른 재단과 차별화된 채용 시스템 운용으로, 학벌과 스펙 위주의 채용 관행에서 과감히 벗어나 직무능력과 성실을 인재 채용의 최우선 항목으로…."

"고졸이라서 저렇잖아."

여왕이 손가락으로 바람에 나부끼는 현수막 하나를 가리켰다. 정원에 있는 모두의 시선이 그녀의 손가락이 가리킨 방향을 향했다. 여왕이 말했다.

"'국가가 보증하는 철저한 위생 시스템과 꼼꼼한 검품 과정'이라니? 이걸 왜 국가가 보증해? 국가가 네 공장 연대 보증인이야? 햄 씹다가 이 빠진 거까지 국가가 책임져야 해?"

"아! 당연히 아닙니다! 무슨 말씀을. 당연히 공장에서 책임져야 합니다. 너무도 지당하고 타당하신 말씀이라 몸 둘 바를 모르겠습니다. 저희가 미처 생각지도 못한 것을…역시 폐하십니다!"

등줄기를 타고 흐르는 땀이 식을세라, 재단 이사장이 부하 직원에게 벼락같이 소리쳤다.

"여왕 폐하의 현명하신 지적이시다! 어서 저 현수막을 떼어내라!"

재단 이사장이 지시하는 동안, 여왕의 손가락이 또 다른 곳을 향했다.

"그리고, '엄마와 아이도 믿고 안심하고 드실 수 있는 100% 우리 햄'에서 말이야, 믿고를 쓰든 안심하고를 쓰든 한 가지만 해. 문장이 이상하잖아. 학교 다닐 때 국어 안 배웠니?"

"인제 보니 정말로 그렇군요, 여왕 폐하! 저…저도 볼 때마다 조금은 이상하다고 생각했는데…너무도 박학다식한 지식에 저희가 다시 한번 범인임을 뼈저리게 느낍니다."

차에서 내려설 때부터 눈에 거슬렸다. 일을 해결한 여왕이 그제야 공장 안으로 발걸음을 옮겼다. 또각거리는 하이힐 소리를 내며 그녀가 말했다.

"고졸 말고 석박사들로 뽑아. 국내에 남아도는 석박사들 많잖아. 뭐 하러 고졸을 뽑아서 애를 먹니?"

몇 걸음 못 가서였다. 문득 잊은 게 떠올라 여왕이 자리에 멈춰 섰다.

"아, 참, 그리고 이거."

여왕이 방금 시종으로부터 건네받은 두루마리 종이 한 장을 턱 하니 재단 이사장에게 건넸다.

"이건 내가 직접 작사 작곡한 노동요야."

너무도 황송해서 입만 쩍 벌리고 있는 재단 이사장에게 그녀가 그럴 줄 알았다는 듯 거만한 미소로 말했다.

"햄 만들 때 틀어."

***

토요일, 오전 9시 10분.
신현대 상가건물 4층, 내과 의원 앞.

"이런…."

4층 출입문을 손으로 두드리고 흔들어도 봤지만, 디지털 도어록으로 단단히 잠긴 문은 꿈쩍도 하지 않았다. 안에 사람이 없는 게 확실했다. '하봉주 내과 의원'이라고 적힌 간판을 다시 봤지만, 그렇다고 뾰족한 수는 없었다.

이마에 팔자 주름을 세우며 소문식이 말끝을 흐렸다.

"아무도 없는 모양인데…. 흠. 이 친구 생일이 5월이라서 이번 탈락자 명단에 든 것도 아닐 테고, 세상이 어찌 돌아가든 병원문은 하루도 빠짐없이 여는 친구인데…이상하네요."

"괜찮습니다. 어쩔 수 없죠."

"아니면, 모르는 자의 핸드폰 번호라서 일부러 받지 않는지도 모르겠습니다."

친구인 내과 의사에게 대포폰으로 전화를 건 소문식이었다. 자신의 핸드폰은 일찌감치 꺼버렸다.

"우리가 너무 이른 시간에 왔나 봅니다."

의원 개원 시간이 오전 8시 30분이니, 그리 이르다고 할 수는 없었다. 중요한 건, 지금 의원 안에 아무도 없다는 거다. 한시가 급한 미연의 치료 때문에 왔는데, 의사가 없다면 빨리 포기하는 게 옳았다. 노수혁이 애써 준 소문식에게 말했다.

"여기까지도 운 좋게 온 것 같아요. 나머지는 제가 알아서 하겠습니다. 그래서 말인데, 또 염치없지만 아파트까지만 좀 태워다 주시면…."

여기서 아파트까지 고작 500m 남짓한 거리지만, 미연을 업고서 사방에 깔린 경찰을 피해 가긴 어려웠다. 노수혁의 부탁에 그것 또한 이해한 소문식이 흔쾌히 수락했다.

"네. 그러죠. 아, 그전에…."

소문식이 코트 안주머니에서 메모지와 볼펜을 꺼냈다. 그가 뭔가를 적은 메모지를 내과 출입문 틈새를 통해서 안으로 밀어 넣었다.

"혹시나 모르니까요."

두 남자가 계단으로 가기 위해 돌아섰다.

이곳 건물 내부는 비상구가 별도 설치된 형태가 아닌, 각층의 복도와 계단이 서로 통하는 구조로 연결되어 있었다. 의원이 있는 4층으로 올 때도 승강기를 타지 않고 계단을 이용했다. 승강기는 작동 시의 소음과 내부 CCTV가 있어서 피했다.

김미연이 남지훈과 함께 건물 지하 주차장에서 자신을 기다리고 있을 거라 노수혁의 마음이 조급해졌다. 소문식도 더 늦기 전에 '인천항'으로 출발해야만 했다. 마음 급한 두 남자가 막 4층의 첫 계단을 내려선 그때.

"잠깐!"

어떤 상황에서도 침착한 소문식이 별안간 무섭게 인상을 쓰며 팔을 뻗었다. 노수혁이 그의 팔에 걸려 휘청했다. "쉿!" 소문식이 입술에 손을 대고 층계참 벽에 바짝 붙어 섰다. 노수혁도 그를 따라 긴장한 얼굴로 벽에 등을 붙였다. 계단 아래에서 '탁탁'거리는 작은 소리가 들려왔다. 사람의 발소리였다. 그러고는 점차 소리가 커지더니 이젠 계단을 마구 뛰어오르는 것 같았다.

소문식이 노수혁의 팔을 잡아끌었다. 내과로 돌아가자는 신호였다. 소문식을 따라 노수혁이 발소리를 죽이며 발을 옮겼다. 하지만, 그가 채 한발도 떼지 못하고 4층 계단 난간에 우뚝 서버렸다.

"사장님. 저기에…."

소문식이 본능적으로 고개를 돌렸다. 노수혁이 내 뻗은 손가락 끝에 웬 자그마한 여자아이가 숨을 헐떡이며 가파른 계단을 뛰어오고 있었다. 그들이 계단을 내려다보다가 얼결에 아이와 눈이 마주치고 말았다.

"살려주세요. 아저씨! 아저씨!!"

4층 층계참에 선 어른을 발견한 아이가 너무도 반가운 마음에 펄쩍 뛰며 마구 손을 흔들었다.

"살려주세요! 아래층에…헉헉…이, 이층에…."

사람이 가버릴까 서두르다 계단에 넘어질 뻔했지만, 그래도 쉬지 않고 4층까지 올라 온 아이가 소문식과 노수혁을 보자 울음부터 터트렸다. 그러고는 노수혁의 옷깃을 붙잡으며 사정했다.

"흑흑흑…. 제발 좀 도와주세요! 언니가…언니가 죽어요."

소문식과 노수혁의 눈빛이 교차했다.

중학생 또래로 보이는 여자아이의 얼굴과 옷에 시뻘건 피가 묻어 있었다.

***

신현대 상가건물 지하 주차장.

제기랄! 대체 여긴 어떻게 알고….

생각을 멈췄다. 무언가가 휙- 하고 눈앞을 스쳤다. 빛처럼 날아든 그것이, 아찔한 순간에 몸을 피한 남자를 대신해 주차장 기둥에 퍽, 소리를 내며 박혔다. 수십 발을 쏴대도 빗나가기만 하던 화살이 이번엔 제대로 그 위력을 보여준 것이다. 깃털을 단 화살 꼬리가 마치 생물처럼 부르르 몸체를 떨었다. 실로 콘크리트 기둥까지 뚫어버린 가공할 만한 힘이었다. 강철보다 훨씬 부하負荷가 높고 예리한 티타늄 재질로 만든 화살이라서 어쩌면 당연했다. 그러나, 초당 130m의 속도로 발사되는 석궁의 위력에 놀라고 있을 때가 아니었다.

"놈은 독 안에 든 쥐다!"

"멈추지 말고 계속 사격해!!"

지시 명령이 들렸고, 승합차 뒤꽁무니만 쏘아대던 화살이 이젠 좌우에서도 날아들었다. 서서히 포위망을 좁혀오는 모양새였다.

젠장…얕보인 게 분명하다.

주차장 내벽과 승합차 보닛 틈새에서 몸을 최대한 땅에 붙이고 있었다.

남지훈이 방금 주위 든 화살을 손에 꽉 움켜쥐며 입술을 깨물었다.

이런 식으로 무방비로 당한 게 언제인지 기억도 나지 않는다.

차 안에 총이 있는데…괜히 담배는 피우러 나와서는….

별것도 아닌 경찰 지구대나 파출소 나부랭이들일 뿐인데, 꼼짝달싹 못 하고 숨어있는 상황이 남자의 자존심을 긁었다. 증거로, 이놈들은 애들처럼 마구잡이로 활을 쏘아댈 뿐 목표물을 조준하지도 못하고 있었다. 쉭쉭- 소리를 내며 스친 화살이 시멘트벽이나 주차된 차량에 튕겨서 멋대로 날아갔다. 하지만, 아무리 성질이 나도 일어서기는커녕 움직이면 곧바로 고슴도치가 될 판이라, 승합차를 방패 삼아 웅크리고 있을 수밖에 없었다.

"전진해! 놈은 무기도 없어!"

퍼퍼퍼퍽! 그새를 못 참고 또 수십 대의 화살 다발이 날아들었다. 화살은 승합차의 트렁크, 창문, 본체할 것 없이 무자비하게 박혀 들었고, 급기야 세 발의 화살을 연이어 맞은 뒷좌석 창문이 와장창, 소리를 내며 깨졌다.

끼이익! 다른 차 한 대가 지하로 들어왔다가 교전이 벌어진 모습에 황급히 방향을 돌려 달아났다.

남지훈이 화살에 박살 난 승합차의 후면 쪽으로 몸을 틀어서 소리쳤다.

"미연 씨! 움직이지 말고 엎드려 있어요! 고개 들지 말고!"

차의 글러브 박스 안에 내 총이 있다.

운전석까지만 가면 되는데 이놈의 답도 없는 화살들 때문에….

그러는 사이, 시시각각으로 거리를 좁혀온 놈들은 이제 단 몇 걸음만을 남겨두고 있었다. 여기서 지체하면 나도 미연 씨도 둘 다 죽는다….

제길….

각오를 다진 남자가 주먹을 꽉 쥐었다. 화살이 비 오듯 날아드는 가운데, 남지훈이 부서지라고 어금니를 깨물며 휙, 하고 몸을 날렸다.

*

3층 계단을 뛰어 내려가는 중에, '쾅'하는 폭발음이 들렸다.

노수혁과 소문식이 동시에 몸을 수그렸다. 와중에도 소문식이 재빨리 여자아이를 감싸 안았다.

다행인 것이 건물 내에서의 폭발은 아니었다. 복도 창밖 저 너머로 검은 뭉게구름 같은 연기가 피어오른 걸 보면, 도로 건너편에서 발생한 사고인 듯했다. 차량류가 폭발한 것 같았다.

냅다 일어선 노수혁이 한달음에 2층 돈가스 가게 안으로 뛰어들며 고성을 내질렀다.

"뭐 하는 인간들이야?!"

밖으로 나가려던 한 무리의 남자들이 뜻밖의 훼방꾼에 놀란 것 같았다. 하지만, 책임자로 보이는 남자가 손짓하자 다들 노수혁을 무시하고 걸음을 옮겼다.

"그 여자분은 내려놓고 가시죠."

노수혁을 뒤따라 들어온 소문식이 말했다.

대여섯 명쯤 되는 건장한 남자들이었다. 그중 한 명은 기절한 여자를 둘러업고 있었다.

그리고 2층 입구부터 코를 찌르던 매캐한 가스 냄새…가스총?

실내는 가스 냄새가 더하다.

소문식의 가늘어진 눈초리가 재빨리 그들을 훑었다.

여자를 납치하려다 들키고도 신경조차 쓰지 않는 눈치의 남자들이었다. 모두가 점퍼를 걸친 사복 차림이고, 느낌상 경찰 쪽이란 확신이 들었다.

노수혁이 바닥에 떨어진 골프 드라이버를 주워 들었다. 화가 난 그가 드라이버를 남자들에게 겨누며 물었다.

"젠장, 중학생도 칼로 위협했냐?"

소문식이 입술을 핥았다. 이들이 경찰이면 자칫 우리가 위험할 수도 있어서 어떡해야 할지 고심 중인데, 제대로 열 받은 노수혁이 자꾸만 남자들을 도발하고 있었다. 어른들을 데려온 중학생 여자아이는 겁에 질린 눈으로 문밖에 숨어서 가게 안의 동정을 살피고 있었다.

어쩔 수 없이 맨 앞줄에 선 파란 폴로 셔츠를 입은 남자가 나섰다. 검은 피부와 작은 키, 마른 체구를 가졌으나, 신체에 잘 발달한 잔근육들이 암팡지게 생긴 남자였다. 그가 말했다.

"위협한 건 우리가 아니라 여자애였어. 그리고 칼에 찔린 것도 우리고…. 시끄럽게 하지 말고 비켜."

소문식이 남자들의 어깨 너머를 힐끔거렸다.

방금 발언한 폴로 셔츠의 말처럼 한 남자가 동료의 부축을 받으며 간신히 서 있었다. 지혈은 한 것 같지만, 옆구리를 칼에 찔린 듯 상처에 덧댄 천과 손가락이 붉은 피로 물들어 있었다.

"당신들이 먼저 여자를 때리고 위협했다며?! 왜? 나라 전체가 미쳐 돌아가니까 이때다 싶어서 집단 강간이라도 하려고 했냐?! 새끼들아!!"

남자의 등에 업힌 여자의 검고 긴 머리칼이 그녀의 얼굴을 일부 가렸지만, 눈과 광대뼈, 입가에 든 피멍은 선명했다.

침착한 소문식과는 달리, 원래가 다혈질인 데다 어젯밤 미연과 자신이 당한 트라우마까지 겹쳐서 노수혁이 더욱 격분했다.

"저 여자야? 하, 고추 떼라, 새끼들아. 남자 새끼들이 창피한 줄도 모르고 여자 하나를 다구리하냐? 그것도 칼까지 들고 설치면서. 제기랄, 말하다 보니 내가 다 쪽팔리네. 한심한 고자 새끼들."

조금 전, 여자애가 우리를 이끌고 2층으로 뛰어가면서 한 말은, 엄마 심부름으로 가게 문만 잠그려고 왔는데, 가게 안에 어떤 모르는 언니가 잠들어 있었다고 했다. 언니를 깨우려고 했으나, 느닷없이 문이 열리며 남자들이 떼로 들어왔고, 반항하는 언니를 주먹으로 내리치며 마구 때렸다고 했다.

"경찰입니다."

마침내 상급자로 보이는 한 남자가 신분증을 내보이며 경찰임을 밝혔다.

"공무집행 중이니 이 이상 방해하면 연행하겠습니다. 비키십시오."

경찰이란 말에 적잖이 놀란 노수혁이었다. 하지만, 운이 나빴다.

방금까지만 해도 경찰을 잡아먹을 것처럼 대들던 노수혁이 흠칫하며 물러서자, 그를 눈여겨보던 다른 경찰이 노수혁에게 손을 내밀었다.

"죄송한데, 신분증 좀 보여주시겠습니까?"

노수혁이 저도 모르게 소문식을 쳐다보았다. 그러자, 경찰이 이번엔 강하게 요청했다.

"신분증 좀 보여주시죠."

"아, 신분증을 깜빡하고 차에 두고 와서요."

머릿속이 하얗게 된 노수혁을 대신해서 소문식이 나섰다. 그가 노수혁의 팔을 당기며 태연하게 말했다.

"지금 곧 가지고 오겠습니다."

재빨리 뒤돌아섰으나, 벌써 누군가가 척하니 앞을 막아섰다.

흰 와이셔츠 소매를 걷힌 사나운 눈초리의 남자였다.

190cm는 되어 보이는 장신과 큰 덩치, 셔츠가 터질 듯 툭툭 불거진 다부진 근육들이, 경찰이라기보다는 유도나 주짓수 등을 오래 한 운동선수처럼 보였다. 그가 노수혁과 소문식을 위아래로 훑어보며 물었다.

"당신들 둘, 수배자 같아 보이진 않는데…이번 탈락자들 맞지?"

떠 봤다. 아니나 다를까, 두 놈 중 또 늙은 놈이 어떠한 미동도 없이 태연자약하게 대답했다.

"아닙니다. 저는 2월생이고 여기, 제 동생은 9월생입니다."

소문식의 대답에, 흰 와이셔츠가 상급자를 슬쩍 쳐다보았다.

그리고, 잠시 흐른 침묵.

마른침도 삼키지 못해서 노수혁의 입천장이 까칠해진 그때. 경찰 상급자가 입술만 움직여 빠르게 명령했다.

"탈락자들이다. 잡아."

"젠장!"

쾅! 노수혁이 테이블을 발로 차 버렸다. 육중한 테이블이 바닥에 쓰러지며 경찰과 경계를 나눴다. 하지만, 가게 집기 같은 걸로 시간을 벌 수는 없었다. 경찰들이 저마다 무기를 꺼내 들며 소리쳤다.

"이 새끼들이! 어딜 튀어?!"

"문 막아!"

경찰 한 명이 잽싸게 내부를 가로질러 뛰어갔다. 가게 출입문을 막아서며 가스총을 꺼내자, 밖으로 도망치려던 노수혁과 소문식이 급히 유턴했다. 여자를 업었던 경찰이 그녀를 바닥에 던지다시피 내렸고, 다친 동료를 부축하던 경찰까지 합세하자 노수혁과 소문식을 에워싼 경찰은 순식간에 다섯 명이 됐다.

작은 식당 안에서 그야말로 목숨을 건 추격전이 펼쳐졌다. 사방에서 총소리가 울리며 매캐한 화약 냄새가 퍼졌다.

"저리 가! 새끼들아!"

노수혁이 골프 드라이버를 휘둘렀지만, 총에는 별다른 수가 없었다. 경찰이 자신을 향해 총을 겨누자 다급해진 노수혁이 드라이버를 던지며 테이블을 걷어찼다. 큰 소리를 내며 쓰러진 테이블에 이어서 의자까지 집어 던지며 저항했다. 소문식은 주방 쪽으로, 노수혁은 화장실을 향해 내달렸다. 하지만, 몇 걸음 못 가서 금방 경찰에 따라잡혔다. 경찰에게 뒷덜미를 잡힌 노수혁이 의자를 끌어안고 바닥에 나동그라지자, 기회를 놓치지 않고 경찰이 진압봉을 꺼냈다.

"놔! 새끼야!"

하지만, 진압봉에 머리가 깨지기 직전, 노수혁이 더 빨랐다. 꽉 쥔 주먹이 경찰의 턱에 명중했고, 악 소리를 내며 경찰의 목과 얼굴이 활처럼 튕겼다. 하지만, 턱이 빠질 것 같은 고통 속에서도 경찰이 노수혁의 다리를 잡아채자, 둘은 콰당 소리를 내며 앞으로 고꾸라졌다. 그리고 바로 그 순간, 뒤에서 탕 소리가 났다. 정면 벽을 맞고 튕긴 총알이 간발의 차로 바닥에 쓰러진 경찰의 머리를 비껴갔다.

"발포 금지!"

경찰 상급자가 다급히 팔을 치켜들며 명령했다. 20평 정도의 가게 안에서 빗나간 총알들이 벽, 테이블 할 것 없이 사방에 튕겨 되돌아왔다. 방금 자신도 위험할 뻔했던지라, 경찰 상급자가 리볼버 권총을 허리에 찬 홀스트에 끼우며 소리쳤다.

"테이저건과 진압봉으로 생포한다!"

탈락자의 몸에 총알이 박히면 '실적'에 마이너스 처리가 되는 것도 한몫했다. 게다가 총까지도 필요 없는 것이 5대2, 또한 저쪽은 무기도 없고 탈출구는 모두 막혔다. 창문이라도 깨고 뛰어내리지 않는 한.

상급자의 지시가 떨어지기 무섭게 어느새 뛰어든 경찰이 노수혁의 가슴에 테이저건을 발사했다.

"윽!"

훈련된 경찰을 상대로 꽤나 잘 버티던 노수혁이었다. 하지만, 몸을 관통하는 전류에는 당할 재간이 없었다. 무릎을 바닥에 곧추세우고 간질환자처럼 몸을 마구 떨어대던 그가 마침내 바닥에 풀썩 쓰러지고 말았다. 허옇게 까뒤집힌 눈꺼풀에 이어 턱으로 침이 흘렀다.

그리고 노수혁이 쓰러진 즈음. 퍽, 하고 뒤통수를 갈긴 진압봉에 소문식도 무릎을 꿇으며 주방에서 쓰러졌다. 찬장을 붙잡으며 넘어진 바람에, 유리 접시와 스테인리스 냄비들이 시끄러운 소리를 내며 바닥에 떨어졌다. 늙은 몸뚱어리 위로 가차 없는 몽둥이찜질이 날아왔다.

"조용히 가면 될걸, 새끼들이 꼭 사람을 패게 만들어요."

소문식이 팔로 머리를 감싸자, 경찰이 진압봉으로 그의 팔꿈치를 내리쳤다. 비명조차 지르지 못하고 소문식이 팔꿈치의 통증 때문에 바닥을 굴렀다. 조금 전, 소문식의 앞을 가로막던 흰 와이셔츠의 경찰이었다. 여자만 데리고 가면 되는 거였는데, 노인네가 일을 귀찮게 만든 것에 대한 대가를 톡톡히 치르게 하는 중이었다.

홀에서 상급자의 지시가 들렸다.

"도 경장! 끝났으면 안 데려오고 뭐 해?!"

"네! 죄송합니다! 지금 끌고 가겠습니다!"

'도 경장'이라고 불린 흰 와이셔츠가 밖을 향해 우렁차게 대답했다.

사람을 흠씬 두드려 패고 나니 스트레스가 좀 풀렸다. 일부이처제 1차 마감 완료 때부터 지금까지, 잠잘 틈도 없이 근무해서 신경이 머리끝까지 곤두섰고, 컨디션도 개판이었는데….

"일어나."

도 경장이 소문식의 멱살을 잡아 일으켰다. 수갑 채우는 재미도 없을 만큼, 잠깐 사이 엉망으로 얻어터진 소문식이었다. 의식은 있지만, 피가 흐르는 얼굴과 피멍이 든 팔다리가 소금에 절인 배추처럼 축 늘어졌다.

"두 놈 모두 수갑 채워서 차에 실어. 일단 서署로 데려간다."

"번거롭게 서까지 데려갈 필요가 있겠습니까? 팀장님."

팀장이라 불린 경찰 상급자가 방금 말한 발언자를 돌아보았다. 도 경장이 비열하게 웃으며 말했다.

"빠르면, 오늘 중으로 소시지가 될 텐데, 가는 길에 임시 구금소에 떨구고 실적처리 하시죠."

"…."

"발목의 아킬레스건만 끊어서요."

주방에서 가져온 과도를 내보이며 도 경장이 말했다. 그러자 파란 폴로 셔츠가 고개를 흔들며 반대했다.

"그건 안돼. 걷지도 못하면 우리만 힘들어져. 그냥 수갑 채워서 데려가자고."

"시험 삼아서 말이야. 사람 아킬레스건을 끊는 건 처음이라서 해보고 싶어서 그래. 이런 기회가 아니면 언제 해봐? 사실 돼지 새끼에 불과한 것들이라 단칼에 목을 찔러도 그만이지만, 되도록 생포하란 지시니까 그건 따라야지."

"아, 그러면 저도 해보면 안 되겠습니까? 그런 건 영화로만 봐서…언젠가 꼭 한번 해보고 싶었습니다. 팀장님."

제일 나이 어린 순경까지 합세하자, 경찰 팀장이 마지못해 허락했다.

"그럼, 마음대로 해. 대신 차까지 끌고 가는 건 둘이 맡아."

"네! 여부가 있겠습니까! 감사합니다. 팀장님!"

도 경장과 순경이 팀장에게 정자세로 경례했다.

호기심 가득한 경찰들에게 둘러싸인 가운데 도 경장이 엎드린 노수혁의 몸을 발로 차서 뒤집었다. 정신을 차린 노수혁이었지만, 앓는 소리를 내며 일어나지 못했다. 도 경장이 그의 발목을 한 손에 잡아 올렸다.

"내가 알기로는 이 부근을 단칼에 힘을 줘서 끊어야 해."

아킬레스의 지점을 찾기 위해서 과도를 들고 발목을 쿡쿡 쑤실 때마다 노수혁의 발에 빨간 핏방울이 맺혔다.

"여기다."

마침내 아킬레스로 짐작되는 곳을 발견했다. 호기로운 눈초리를 한 도 경장이 어떠한 망설임도 없이 노수혁의 발목을 그어버리려고 한 그때.

"미친 새끼들이!!!"

와장창 소리와 함께 가게의 유리 출입문이 박살 났다. 돌아볼 틈도 없이 누군가 안으로 뛰어들었다. 하지만, 눈치챘을 땐, 문을 지키던 경찰이 권총 손잡이에 머리를 맞고 쓰러진 뒤였다. 곧이어 거대한 도 경장의 몸뚱어리가 공중을 날아 바닥에 처박혔다. 쿵, 하는 소리가 울리며 땅이 흔들리는 듯한 진동이 느껴졌다. 메치기가 끝나자마자 덤벼든 다른 놈의 목에 단수를 꽂아버린 그가 허겁지겁 총을 뺀 놈의 손목뼈를 발 날로 내리쳐서 총을 떨군 후 억 소리를 내기도 전에 뒤돌려차기로 얼굴을 날려버렸다. 자리에서 한 바퀴 반을 회전한 경찰이 테이블을 안으며 저만치 나가떨어졌다. 훈련된 경찰 네 명을 단숨에 처리해 버린 솜씨가 그야말로 전광석화 같았다. 그도 그럴 것이, 화가 머리끝까지 난 '남지훈'이었기 때문이다.

타앙!

경찰 팀장이 총을 빼 들기 전에 그의 발밑을 조준했다. 하마터면 실탄에 맞을 뻔한 경찰 팀장이 펄쩍 뛰며 뒤로 물러선 그때, 어느새 남지훈이 가까이 왔다. '철컥'하며 빈 탄창을 재빨리 갈아 끼운 그가 자신의 HK45CT 자동 권총을 경찰 팀장의 머리에 겨누며 소리쳤다.

"총 내려놔. 새끼야!"

9

 토요일, 오전 9시 30분.
 거대한 군중의 군집이 오히려 몸을 숨기기에 더 적합하다고 느꼈다. 집으로 가는 도중에, 영후 형과 묵었던 제우스 모텔이 있는 근처를 지나게 되자 잠깐 멈춰 섰다.
 강남 테헤란로 대로변, 선국 신문사 빌딩 앞이었다.
 한바탕 전쟁이 휩쓴 것 같은 와중에도 어제부터 대부분의 기업과 은행, 증권회사, 관공서 등은 정상 근무를 했다. 식당과 편의점 등의 가게도 문을 연 곳이 꽤 많았다. 전화와 모바일 네트워크도 되살아났고, 학교와 유치원도 아이들의 등교를 권했다.
 정부 방침이었다. 아침부터 TV 생방송에 나온 정부 인사가 시민들에게 일상으로 돌아갈 것을 적극 권고했고, 높은 타워와 빌딩 전광판은 똑같은 녹화 방송 화면을 반복해서 송출하고 있었다.
 그러나, 이제껏 겪어본 적이 없는 충격과 경악, 악몽으로 점철된 며칠이 말처럼 쉽게 정상으로 돌아갈 리 만무했다. 주말이지만 늘어지게 늦잠을 잘 수도, 낚시나 등산 등의 취미 생활도 할 수 없는 사람들이 아침부터 선국 신문사 빌딩 전광판 밑으로 모여들었다. 사람들의 표정에는 하나같이 시름이 그득했다. 검은 야구 모자를 쓴 그 또한 목을 꺾다시피 하며 빌딩 높이 매달린 전광판을 보고 있었다.

〈 …또한, SNS와 개인 블로그에서 칙령을 비난하는 행위, 가족의 행방을 수소문해서 임시 구금소를 시끄럽게 하거나, 국영 육가공 공장 앞에서 피켓 시위를 하는 등의 행위는, 이 나라의 공공질서를 어지럽힐 뿐만 아니라 공무 집행 방해, 그리고 한국 헌법 제1조 2항, '한국의 주권은 여왕에게 있고, 모든 권력은 여왕한테서 나온다.'라는 헌법 조항을 부정. 위반한 것으로 간주합니다. 따라서 해당 행위가 적발될 시, 영장 없이 체포될 것이며, 재판 없이 반역죄에 해당하는 형벌이 내려질 것이니 부디 주의하시기를 바랍니다. 〉

슬쩍 주변을 돌아본 그가 야구 모자챙을 더욱 푹 눌러썼다. 어느새 주변이 수많은 사람으로 메워졌기 때문이다. 하지만 남자의 걱정과는 달리, 남녀노소가 따로 없는 군중들은 다른 건 안중에도 없다는 듯이 다들 전광판만을 응시하고 있을 뿐이었다.

〈 …또한, 탈락자의 거처를 숨기거나, 은닉한 때도 재판 없이 혀나 귀를 베는 형벌을 받게 됩니다. 가족, 미성년자라도 예외 없으니 참고 바랍니다. …(중략)… '행운 부활권' 이것은, 말 그대로 마지막 기회이기도 합니다. 이에 따른 정부 방침은 다음과 같습니다. 〉

전광판에 비치던 정부 인사의 모습이 경고성 문구의 빨간색 텍스트와 함께 오버랩되었다. 모든 국민이 정보를 숙지하여 불이익을 받는 일이 없도록, 여왕의 자비로운 지시에 따른 발표가 이어졌다.

〈 행운 부활권의 효력, 첫째, '본인이 탈락자'인 경우, 6명 이상의 탈락자를 경찰에 신고하면 일반인의 신분을 회복할 수 있다. 단, 반드시 6명 이상의 집단을 신고하여야만 한다. 예를 들어, 다른 탈락자 1명을 신고할 시, 부득이 본인이 체포될 수도 있으니 주의하여야 한다.

둘째, '본인이 일반인'인 경우, 3명 이상의 탈락자를 경찰에 신고하면 일부이처제법에서 제외된다. 일반인은 1명의 탈락자라도 언제든지 신고할 수 있으며, 탈락자는 3명이 될 때까지 적립된다. 물론, 탈락자 3명을 일시에 신고해도 상관없다.

셋째, 체포 전, 이미 죽은 자는 상기에 해당하지 않는다.

넷째, 상기는, 정해진 숫자만큼의 탈락자가 경찰에 체포 완료되었을 때를 말한다. 신고된 탈락자가 도주한 경우는 상기에 해당하지 않는다. 〉

사람들 틈에서 소곤거리는 말소리가 들렸다.

"뭐야? 그럼, 탈락자가 돼도 같은 탈락자 여섯 명만 신고하면 살 수 있다는 거야?"

검은 야구 모자의 그가 저도 모르게 대화를 들으려고 귀를 쫑긋 세웠다.

"그런 셈이지. 그런데 가능할까? 무슨 재주로 탈락자를 여섯 명이나 신고해? 주변에 누가 탈락한 줄 알고."

"그런 거야 마음만 먹으면 금방 알지. 소문이란 게 왜 있겠어? 내 일이 아니면 주변에 알려지는 건 금방이야."

'일리가 있다'라고 생각했다. 커뮤니티나 SNS에 언급되면 퍼지는 건 한순간이다. 검은 야구 모자의 남자가 팔짱을 끼고 다시 전광판에 집중했다.

〈 …재차 강조하지만, 이상은, 탈락자 도주에 따른 경찰 인력과 행정의 불필요한 낭비를 막기 위함이니, 전 국민의 적극적인 협조를 당부드립니다. 마지막으로, 경찰의 석궁 사용에 대한 불만과 민원이 끊이지 않고 있어서 덧붙입니다. 탈락자 체포에 있어 총기류를 사용할 경우, 납이나 구리 재질의 탄환이 사람 신체 깊숙이 틀어박히면 햄이나 소시지로 가공할 때 탄환 제거를 위한 공정 과정을 몇 단계 더 추가해야 하는 번거로움이 있습니다. 하지만, 티타늄 재질로 만든 석궁은 납 등의 다른 금속들보다 생체 친화적인 속성을 가지고 있어서 임플란트 재료로 쓰일 만큼 인체에 안전하며, 무성 병기라 소음이 없고, 몸에서 뽑기만 하면 되어 위생과 취급에 있어선 총기에 비할 바가 못 됩니다. 이물질이 없는 신선하고 깨끗한 햄을 만들고자 하는 정부의 노력이오니, 국민 여러분의 이해와 적극적인 협조를 당부드립니다.〉

"저기⋯."

전광판을 보느라 옆에 사람이 온 줄도 몰랐다. 검은 야구 모자의 남자가 화들짝 놀라서 돌아보니, 제복을 입은 경찰이었다.

자신을 보고 놀라는 남자를 경찰이 수상쩍은 눈길로 훑으며 말했다.

"실례지만, 직장인이십니까?"

"아닙니다."

"그럼, 학생이신가요? 이 근방에 사십니까?"

"⋯그건 아닙니다."

경찰이 자꾸만 물어서 입안에 침이 말랐다. 이 위기를 어떻게 빠져나가야 할지⋯.

하지만, 방법을 생각할 틈도 없이 경찰이 장갑 낀 손을 척하니 내밀었다.

"신분증 좀 봅시다."

"아, 시⋯신분증을⋯그게, 집에 두고 나와서 지금은 없는데⋯."

"그럼, 주민등록번호와 이름을 대보세요."

경찰이 수첩을 꺼내며 말했다. 진땀이 생겨난 이마와 손을 숨기기 위해서 야구 모자를 눌러 쓰는 척하며 남자가 말했다.

"주민등록번호는 950415-1855XXX, 이름은 김경환입니다."

남자의 인적 사항을 수첩에 받아적으며, 경찰이 또 물었다.

"핸드폰 번호는요?"

"010-859X-82XX."

연락처를 받아적은 경찰이 여전히 미심쩍은 눈초리로 이번엔 남자의 야구 모자를 손짓했다.

"죄송한데 모자를 좀 벗어주시겠습니까?"

"…."

"모자를 벗어주세요."

재차 남자에게 요청하며, 경찰이 어깨에 클립으로 고정한 휴대용 무전기의 PTT 버튼을 눌렀다. 이미 수상한 낌새를 눈치챘다. 경찰이 무전기에 대고 말했다.

"패트롤-B-3, 이재익 순경입니다. 인적 사항 조회를 요청합니다. 이름은…."

그 순간, 경찰의 어깨를 팍 치며 야구 모자의 남자가 앞으로 달려 나갔다. 하지만, 사람으로 꽉 찬 강남 도심을 발로 뛰어서 벗어날 수 있다고 생각한 건 오판이었다. 귀청을 찢는 호루라기 소리와 함께 '악! 뭐야?!' '헉! 왜 이래?' 하며, 남자와 부딪친 사람들이 휘청하거나 바닥에 쓰러졌다. 주변이 더욱 혼잡해졌다. 어떡해서든 도망치려던 남자였지만, 힘으로 뚫을 수 없는 인파에 결국 몇 걸음 못 가서 경찰에 붙잡히고 말았다.

"이거 놔!"

땅에 쓰러진 남자의 손목에 수갑을 채우려고 하자, 남자가 발버둥을 치며 저항했다. 방금 그를 조사한 순경뿐만이 아니라, 주변에 있던 경찰 서너 명이 더 달려들었다.

남자가 쓴 야구 모자가 저만치 휙 날아갔다.

경찰 한 명이 남자의 옆구리를 발로 걷어차자, 남자가 '흡' 하더니 숨쉬기가 힘든 것처럼 기침을 콜록거렸다. 뒤이어 욕설과 함께 무수한 발길질이 날아왔고, 눈 깜짝할 새 엉망으로 얻어맞은 남자가 이젠 콜록거리지도 못하고 축 늘어져 버렸다.

"이놈, 탈락자 맞아?"

상급자로 보이는 경찰 한 명이 남자의 머리채를 잡아 올리며 묻자, 이재익 순경이 우렁찬 음성으로 대답했다.

"네. 맞습니다. 방금 지구대와 통화했습니다."

'그럼 그렇지' 하는 얼굴로, 상급자 경찰이 신경질적으로 남자의 머리채를 땅바닥에 처박아버렸다. 딱딱한 시멘트 보도블록에 부딪힌 이마에서 퍽 소리가 나더니 금방 선혈이 흘렀다. 상급자 경찰이 지시했다.

"연행해."

"앞에 좀 비켜주세요!"

경찰들이 길을 막은 인파에 소리치자, 그들을 둘러싸고 구경하던 무리가 홍해의 기적처럼 두 줄로 갈라졌다.

이마와 코에서 피를 흘리며, 탈락자인 남자가 경찰에 끌려갔다.

그 뒤를 따르던 상급자 경찰이 무슨 생각인지 걸음을 멈췄다. 그가 인파에 섞인 한 젊은 남자를 보는 것 같았다. 키가 큰 젊은 남자도 경찰이 자신을 쳐다보자, 말없이 그를 응시했다.

3초여, 둘의 눈싸움이 있었다.

상급자 경찰이 다시 걸음을 옮겼다. 그러면서도 영 개운치 않은 듯 뒤를 돌아보자, 방금 탈락자 체포에 지대한 공을 세운 순경이 히죽거리며 상급자에게 말했다.

"저놈은 아닙니다."

상급자가 자신을 흘끔 보자, 순경이 더욱 자신 있게 개인 의견을 피력했다.

"모자도 마스크도 하지 않았잖습니까. 아까부터 저렇게 서 있었는데, 구경하러 나온 놈이 틀림없습니다."

일리가 있었다. 저 젊은 놈이 어쩐지 불쾌하고 신경 쓰이긴 했으나, 경찰인 내가 노려봐도 움츠러들긴커녕 되려 당당하게 나를 보고만 있었으니….

여하튼 오늘 아침에만 벌써 37명째의 실적이라 기분 좋은 시작이다.

도로변에 주차한 경찰차에 올라타며 상급자가 말했다.

"하긴, 탈락자들이 하나같이 모자나 마스크를 쓰고 돌아다니니까 말이야. 이 더운 날씨에 나 잡아가라고 광고하는 것도 아니고…멍청한 놈들."

경찰이 떠나자, 웅성거리는 인파들 사이에서 현호가 허리를 굽혀서 바닥에 떨어진 뭔가를 주웠다. 방금 경찰에 연행된 청년이 떨어뜨리고 간 검은 야구 모자였다. 야구 모자를 살펴보던 그가 금방 어깨 너머로 모자를 툭 던져버렸다.

모텔에 들르는 건 포기하고 다시 움직였다. 길을 가던 중에 정부 인사란 작자들이 공식 발표를 한다고 해서 잠시 멈춰 선 것뿐이었다.

또 어떤 신박한 헛소리를 할까, 싶어서….

인파를 빠져나간 현호가 택시 정류장으로 갔다.

그곳에도 이미 상당한 수의 경찰들이 불심 검문 중이었다. 현호 앞에 택시가 와서 섰다.

"부현구 부현4길 71로 가주세요."

택시 차창으로 내다보이는 곳에서 또 누군가가 경찰에 잡혔다.

택시를 타려 했던 60대 중반쯤의 남자였다.

택시 기사가 쯧쯧 혀를 차면서 말했다.

"어이구, 이번 1차 마감에서 남자들이 많이 탈락했나 보네요. 하기는, 그러잖아도 여자들이 부족한 마당에 일부이처제까지 해버리니까…."

승객에게 정부에 대한 불만을 말한 걸 눈치챈 택시 기사가 그 이후부터 한마디도 하지 않고 운전에만 집중했다. 덕분에 차 안에서 앞으로의 일을 정리하기가 편했다.

뒷좌석 시트에 기댄 현호가 점퍼 앞섶을 손으로 쓰다듬었다.

점퍼 안 주머니에 든 지폐 다발과 핸드폰의 형체가 느껴졌다.

천비안과 돈가스 가게에서 헤어졌을 때만 해도 빈손이었던 그였다.

이 돈과 핸드폰은 아까 청년이 떨군 야구 모자처럼 우연히 길에서 주운 것이었다. 사실, 길바닥에서 주운 건 큰 륙색이었는데, 안에는 즉석밥과 통조림, 옷가지, 팩 소주 등과 지갑, 핸드폰 등이 들어 있었다. 륙색이 꽤 묵직했다. 아마도 경찰에 쫓기게 되자 무게 때문에 버리고 도망친 것 같았다. 지갑 속에는 신분증이 있었고, 륙색의 주인은 02년 1월생, '한다…' 뭐라는 여자였다. 마지막 이름 한 자는 먹물이 번진 것처럼 흐려서 읽을 수가 없었다.

륙색은 그대로 두고, 5만 원권 스무 장 묶음의 지폐 다발과 핸드폰만 꺼냈다. 위급 시를 대비한 건지, 핸드폰엔 잠금장치도 걸려 있지 않았다. 돈과 핸드폰을 빌린 현호가 자신의 이름과 연락처를 적은 메모지를 륙색 안에 넣어두고 일어섰다. 아니, 일어서려다 팩 소주도 하나 챙겼다.

륙색 같은 걸 메고 다니다간 경찰의 의심을 사기 딱 좋았다.

방금 잡힌 저 60대 아저씨도 큰 군용(군대는 없지만, 역사 속의 군대와 군인은 이 시대 남자들의 로망이었다) 배낭을 메고 산행 모자를 쓰고 있어서 잡힌 것이다. 도주 중에 알아챈 탈락자들의 특징이라면 특징이다.

처음엔 현호 자신도 곽영후의 차에서 꺼낸 검은 야구 모자를 썼지만, 몇 분도 안 돼서 벗어버렸다. 맨얼굴로 당당하게 대로를 걷자, 사람들은 물론 간혹 마주친 경찰도 나를 의심하지 않았다.

경찰이 '실적'에 목을 매는 것도 알게 됐다.

그들은, 의심 가는 사람의 얼굴과 신분증을 대조하느라 시간과 노력을 들이는 것보다는, 빠른 실적을 위해서 주로 모자와 마스크, 륙색을 멘 사람들 위주로 신분 확인을 하고 있었다. 쉽게 갈 수 있는 길을 어렵게 갈 필요는 없었다.

바깥으로 휙휙 지나는 도시 풍경을 보고 있자니 문득 천비안이 떠올랐다.

걘 어떻게 됐을까?….

아직 가게에서 꼼짝도 못 하는 건 아닐까….

"기사님! 여기서 세워주세요!"

현호가 소리쳤다.

하마터면 목적지를 지나칠 뻔했다.

경찰을 피해 걸을 때는 부산만큼이나 먼 것 같았는데, 역시 차가 빨랐다. 하지만, 집 앞은 아니고, 내 집이 잘 보이는 빵집 골목길에 차를 세웠다. 택시 기사에게 지폐를 건네고 거스름돈을 받기 위해서 잠시 시트에 앉아서 기다렸다.

5만 원권이나 되는 큰돈을 받은 택시 기사가 뭐라며 투덜댔지만 무시했다. 집을 보기 위해 차창 밖으로 눈을 돌렸다. 제발 엄마한테 아무 일이 없어야 할 텐데….

"손님, 거스름돈 여기 있습니다. 잔돈이 부족해서 3,800원은 못 내드려요."

하지만 기사가 돈을 건넨 것도 모를 만큼, 경악에 차서 소리조차 못 내는 현호였다.

*

원래는 멀찍이 숨어서 동태부터 살피려고 했다.

천비안의 말처럼 재수가 없으면 문지방도 넘지 못하고 경찰에 체포될 수도 있었다. 그래서 거듭 조심하자고 다짐했건만.

현호가 택시에서 내린 것도 모를 만큼 눈을 부릅뜬 채 서 있었다.

두 눈으로 보는 중임에도 도무지 믿기지 않아서….

집이…우리 집이….

대체 왜…엄마?

"엄마!" 현호가 불에 타서 절반만 남은 대문을 박차며 집으로 뛰어들었다. 나비가 나는 마당을 가로질러 신발도 벗지 않고 현관문을 벌컥 열었다. 현관 입구에서부터 매캐하고 고약한 화약 냄새가 코를 찔렀다. "윽." 하며 소맷귀로 입 코를 가렸지만, 금방 헛웃음이 튀어나올 뻔했다.

불타버린 전선과 플라스틱, 목제가구, 옷 등의 탄 내가 뒤섞인 것은 그렇다 쳐도 형태마저 불분명한 현관, 거실, 주방, 안방 그리고 벽과 천장까지. 집이 아니라 짐승이 닥치는 대로 파 놓은 동굴 안에 난입한 것만 같았다. 흰색으로 맞춤한 벽과 천장은 검댕 숯 칠을 한 듯 시꺼멓게 그슬렸다.

시뻘건 화마에 달궈져 처참하리만치 망가진 집안 살림살이에서 눈을 뗀 현호가 협탁이 위치한 곳을 보았다. 금방 뭔가 잘못된 것을 알아차렸다.

협탁 위에 놓여 있던 디지털 무선 전화기가 보이지 않았다.

전소된 것이 아니라, 핸드셋과 충전기로 구성된 전화기가 통째로 사라진 것이었다. 혹시나 협탁 주변에 떨어진 건 아닌지 바닥과 연소한 잔재들을 다시 살폈다. 하지만, 전화기뿐만이 아니라 전원 어댑터의 흔적도 찾을 수가 없었다. 추측건대, 누군가가 기기와 어댑터까지 뽑아서 통째로 들고 가버렸다고 생각할 수밖에 없었다.

하지만, 돈가스 가게에서 전화했을 때는 분명 연결 신호가 갔었는데…?

누군가 전화를 받았고 내가 엄마냐며 묻자, 전화를 끊어버렸다. 두 번을 반복해서 그랬다.

'그럼, 아까 내 전화를 받은 사람은 누구야? 엄마는…?'

엄마가 어떻게 된 건지 걱정돼서 심장이 조여왔다.

망연자실한 현호가 거실 한가운데 우두커니 서 있었다.

그리고, 그런 현호의 모습을 집 안 어딘가에 설치된 초소형 IP카메라가 실시간으로 모니터링하고 있었다.

잠시 후, 현호가 대문을 박차고 밖으로 뛰쳐나왔다.

"아니, 현호 아니야?"

목소리가 들린 방향으로 돌아섰다.

아침 출근길에 가끔 마주치는 이웃집 할머니였다.

빗자루로 집 앞길을 청소하시는 중에 만나는 경우가 많은데, 나만 보면 매번 차 조심하라고 잔소리하셔서 대충 인사만 우물거리고 종종걸음으로 지나는 사이였다.

"할머니!"

하지만, 지금은 절실히 그녀가 필요했다.

전소된 집도 충격이지만, 엄마 때문에 속이 새까맣게 타버린 아들이 할머니를 붙잡고 울먹이듯 물었다.

"할머니! 혹시 우리 엄마 어디 있는지 모르세요?! 그리고 우리 집이 왜 저렇게 됐어요? 누가 불을 질렀어요? 그래서 엄마가 어디로 피신한 거예요?! 아니면, 혹시 어, 엄마가 다쳐서…."

"허이고…. 천천히 말해. 이놈아. 말이 빨라서 무슨 소리인지 도통 알아먹지를 못하겠구먼."

"아, 할머니…. 우리 엄마가 어디로 갔는지 아세요? 왜 엄마가 집에 없죠? 전화해도 연락이 안 돼요."

"그런데 밥은 먹었어? 행색을 보니 아직 아침밥도 안 먹은 거 같구먼."

느긋하기 그지없는 할머니의 태도에 현호가 저도 모르게 화를 냈다.

"엄마가 어떻게 된 건지만 알려달라니까요!? 할머니는 아시죠? 옆집에서 이런 큰불이 났는데 모르실 리가 없잖아요!"

"밥 안 먹었으면 따라와. 안 그래도 오늘이…."

하마터면 욕을 할 뻔했다. 인내심이 한계에 달한 현호가 급기야 머리까지 흔들며 소리쳤다.

"밥은 됐다고요! 집이 저 꼴이 됐는데 밥이 목구멍으로 넘어가겠어요?!

혹시 우리 엄마가 병원에 실려 가신 거예요? 어느 병원인지 모르세요?"

"현호야! 야, 인마! 대체 어떻게 된 거야?!"

누군가 불러서 그를 본 현호지만, 즉각 회피했다. 현호의 눈길이 오직 옆집 할머니에게만 있으려고 했다. 왜 할머니가 밥 얘기만 하면서 엄마 얘기를 피하는지, 귀도 안 먹으시고 내 말은 전부 다 이해하면서 자꾸만 딴청을 피우시는 이유가 뭔지. 하지만, 너무도 불길한 그 말을 차마 입에 담을 수는 없었다. 현호가 끈질기게 할머니를 붙잡고 사정했다.

"할머니, 우리 엄마 어디로 간 건지 아시는 대로 말 좀 해주세요. 모르면 모른다고 하셔도 돼요. 집에는 어떻게 불이 난 거예요?! 우리 엄마는 살아있는 거죠?! 제발요!"

"네 어머니, 살아계셔."

스륵. 할머니의 팔을 잡았던 손을 놓았다. 이제야 현호가 곱슬머리를 한 장발의 남자를 돌아보았다.

"어떻게 알아요? 형이?"

현호가 묻자, 양필헌이 뚜벅뚜벅 걸어왔다.

월요일 카페에서도 봤던 필헌 형이다. 같은 부현4길에 살고 있어서 이따금 둘이 동네 호프집에서 노가리에 맥주잔을 기울이곤 했다.

며칠 새 수척해진 얼굴로 양필헌이 말했다.

"네 집이 폭발하고 소방차와 경찰차가 몇 대나 왔었어. 다행히 불은 꺼졌고, 네 어머니는 경찰차를 타고 가셨어."

"그럼, 정말 엄마는 무사한 거예요?!"

"응. 두 발로 걸어 나오셔서 경찰과 함께 차에 타셨어. 내 두 눈으로 똑똑히 봤어."

현호가 고개를 떨구었다. 쓰나미처럼 몰려온 안도감에 하마터면 무릎을 꺾고 주저앉을 뻔했다. 등 뒤에서 나를 토닥이는 손길이 느껴졌다. 그러면서 '무사하실 테니 걱정하지 마'라며 위로하는 형의 음성도 들렸다. 현호가 수그렸던 등을 일으키며 양필헌에게 물었다. 엄마가 살아있다는 말에 안정을 되찾았다.

"그런데, 형. 방금 집이 폭발했다고 했잖아요? 내가 없는 사이에 우리 집에서 뭐가 폭발한 거예요? 도시가스?"

"뭐…?" 뜻밖이라는 듯, 양필헌이 의아한 눈길로 현호를 보며 말했다.

"왜 이래? 왜 모른 척해?"

"뭘 모른 척해요? 난 정말 집이 왜 저렇게 됐는지 궁금해서…."

"네가 사제 폭탄 제조하다가 네 집 날려 먹었잖아."

무슨 말인지 선뜻 이해가 가지 않았다.

말간 얼굴을 한 현호와 그에 못지않게 표정 없는 얼굴을 한 양필헌이었다.

양필헌이 다시 말했다. 이번엔 발음에 신경 써서.

"네가, 네 방에서 사제 폭탄을 만들다가 집이 폭발했잖아. 폭탄이 잘못 터지는 바람에 말이야."

그러니까 말이야.

난 사제 폭탄 같은 걸 만든 적도 없고, 폭탄 제조 방법도 모르는데? 그리고 난 칙령이 발표된 월요일부터 밖에 있었고, 오늘에야 겨우 집에 돌아왔는데, 대체 내가 언제 폭탄을 터트렸다는 말이야? 그리고, 오늘은 토요일이다.

"현호야. 너 말이야…."

현호가 치매라도 걸렸나 싶어서, 양필헌이 안쓰러운 목소리로 그를 불렀다. 그때였다.
"우리 집에서 밥이나 먹고 가."
그들 근처에 있던 이웃집 할머니가 양필헌의 팔을 손가락으로 톡톡 쳤다. 거절할 새도 없이, 하얗게 센 머리칼과 구부정한 허리를 한 그녀가 앞장서서 집을 향해 걸어갔다.

필헌 형이 또 게 눈을 해서 나를 힐끔거렸다.
뭘 어떡해야 하는지 눈으로 묻는 듯한데, 모르기는 나도 매한가지다.
제철 과일과 생선, 나물, 떡 등과 함께 치킨과 피자, 팥빙수가 차려진 제사상 앞이었다.
그리고, 얼떨결에 남의 집 제사상 앞에 선 두 남자였다.
특히 필헌 형은 펑퍼짐한 오렌지색 불꽃무늬 남방에 5부 반바지를 입고 양말도 없이 맨발이었다. 난 며칠 동안 잘 씻지도 못하고 옷도 갈아입지 못해서 괴죄죄한 꼴이고…. 어쩌다 보니 둘이 이런 꼴로 엄숙한 제사상을 마주하게 됐지만, 아직도 적응이 안 돼서 쭈뼛거리고만 있었다.
옆집에 산 지 몇 년 만에 처음으로 방문하게 된 이웃집이었다.
집 안으로 들어서자, 거실 한편에 잘 차려진 제사상이 제일 먼저 눈에 띄었고, 상 위에는 단발머리를 한 앳된 소녀의 영정사진이 놓여 있었다.
제사상 음식에 골고루 젓가락을 두며 절을 한 할머니가 지방을 세운 곳을 향해 두 번 절했다.
걱정과 달리 예식을 대부분 생략해서 의외로 제사는 빨리 끝났다. 온종일 만들었을 제사 음식과 정성이 허무할 정도로 말이다.
마지막으로 영정에 술을 올린 뒤, 할머니가 뒤에 선 두 남자를 돌아보았다.

"이제 다 끝났으니, 둘이 어여 와서 잿밥이나 먹어. 예수 믿어서 저승 밥 못 먹고, 그런 건 없재?"

"저기, 그런데 누구 제사인지 알아야 밥을…."

양필헌이 소극적으로 물었다.

그러자, 할머니가 제사상으로 돌아앉아서 영정 사진을 마주했다.

제사가 끝나서 홀가분한지 할머니의 목소리가 한층 밝았다.

"내 딸…. 30년 전에 죽었어. 아침에 학교에 가다가 교통사고를 당했어. 집 앞에 있는 도롯가였는데, 내가 뛰어갔을 때는 벌써 죽어 있었어."

"…."

"아무렴…. 집채만 한 트럭이 와서 받았는데 어떻게 살겠어? 지가 뭐 도사도 아니고 무슨 재주로 살어? 안 그랴?"

현호와 양필헌의 시선이 교차했다.

어찌해야 할지 모르는 당혹감은 똑같았다.

어린 딸을 먼저 앞세운 어미의 머리칼은 하얗게 세었고, 허리는 엿가락처럼 굽었다. 하지만 이 무엇도 느끼지 못하는 할머니였다. 넋두리 같은 섦이 이어졌다.

"내 딸이라서가 아니라 참 순하고 예뻤어. 슈퍼집 여자가 우리 인희를 볼 때마다 어찌나 미스코리아감이라고 하는지…. 허허허, 내가 듣다 듣다 지겨워서 슈퍼를 그 집 말고 다른 데를 다 갔다니께?"

"…."

"우리 인희가 통닭을 너무 좋아해서 내가 봉급날이면 꼭 한 마리씩 사 왔어. 그러면 집에서 기다리면 되는데, 아, 기어코 버스 정류장까지 나를 마중 나오는 거여. 비가 오든 눈이 오든 그렸어…."

문득, 할머니의 말이 끊겼다.

누군가 곁으로 왔기 때문이다.

잔에 청주를 따르고 영정에 올린 후, 현호가 두 번 절을 했다. 그러자 멋쩍게 다가온 양필헌도 제사상에 절을 했다.

"고맙네. 바깥양반도 없이 항상 우리 인희하고 나하고 둘 뿐이었는데…. 오늘은 정말 기쁜 날이구먼. 지 제삿날에 사람들이 북적북적해서 외롭지도 않고 말이여…."

그때, 현관 벨이 시끄럽게 울려댔다. 곧이어 현관문을 쾅쾅 두드리는 소리가 났다.

"정임순! 문 열어! 이번 일부이처제 탈락자로 체포한다!"

경찰이었다. 흠칫하며 현호가 자리에서 벌떡 일어섰다.

할머니가 천연하게 현관 쪽을 보며 혀를 끌끌 찼다.

"빨리도 왔구먼. 어차피 갈 거 뭐가 그리 급해서 밥도 못 먹게 이러누."

"하…할머니, 경찰이에요!"

열쇠로 여닫는 현관문이라서 문고리를 잡고 흔드는지 덜컹거리는 소리가 커졌다. 할머니가 인자한 표정으로 고개를 끄덕였다.

"그려. 덕분에 나도 오늘은 우리 인희 제사를 빨리 지낼 수 있었구먼. 원래는 밤 10시나 돼야 지내는데 말이여. 허허허…. 딸내미 잿밥도 못 멕이고 가면 어쩌나, 되게 걱정이 되더라고. 그런데 총각들이 밥을 못 먹어서 어떡해? 방금 해서 따뜻한데…아, 음식을 좀 싸면 되겠구먼."

"할머니! 베란다로 나갈 수 있죠?"

다급한 현호의 말에 그제야 사태를 알아챈 양필헌이었다. 정작 현호보다 더 놀란 그가 하얗게 질린 얼굴로 물었다.

"뭐?! 뭐야?! 현호 너, 이번 탈락자야?!!!"

"형! 나 좀 도와주세요!"

할머니가 말했다.

"베란다 밖에도 벌써 경찰들이 왔을 게야. 화장실로 가. 내가 이 집을 지을 때 화장실 창문을 크게 내놨어. 창살도 미리 떼놨고. 거기라면 꽃집 벽으로 통하는 데라서 경찰은 없을 거구먼."

할머니가 비닐봉지에 담은 떡과 약과 등을 현호에게 건넸다.

하지만, 다른 것에 신경 쓸 겨를도 없이 벌써 등을 돌린 현호였다.

현호와 부딪친 할머니가 봉지를 떨구자 애써 담은 음식들이 바닥에 쏟아졌다.

현호가 재빨리 현관에 있던 운동화를 챙겨 화장실로 뛰는 중에도, 흡사 집을 박살 낼 것처럼 경찰들이 문을 두드렸다.

"정임순! 빨리 문 열어! 저항하면 즉시 사살한다!!!"

화장실 도어를 잡고서 현호가 할머니를 돌아보며 소리쳤다.

"할머니도 같이 가요! 지금이라면 빠져나갈 수 있어요!"

하지만, 손을 흔드는 할머니였다.

"빨리 가기나 혀. 난 무릎도 아프고, 우리 인희 제사상도 치워야 해서 못 가."

"할머니…."

그녀가 세월이 팬 주름살로 만면 가득 미소 지었다.

"고마우이…. 조심해서 가시게나."

어쩔 수 없다. 현호와 양필헌이 화장실 안으로 뛰어들었다.

재빨리 문을 잠근 뒤, 현호 먼저 욕조 대에 올라섰다. 할머니 말씀처럼 창살이 모두 빠진 데다 그리 높지도 않아서 단번에 창문을 넘을 수 있을 것 같았다. 현호가 두 손으로 창틀을 잡으며 양필헌에게 인사했다.

"갈게요, 형! 그럼, 나중에 또…."

"나도 가야 해! 빨리 넘어가!"

응? 필헌 형이 왜? 내가 알기로 형은 10월생이다.

하지만 묻기도 전에 양필헌이 현호의 등과 엉덩이를 마구 떠밀면서 외쳤다.

"너 도와줘서 경찰에 잡히면 나도 혀 잘려! 인생 끝장이라고!"

"형이 뭘 도왔어요? 며칠 만에 만나서 길거리에서 몇 마디 나눈 게 다인데…."

늘 사람 좋은 양필헌이었지만, 방금 한 현호의 말에는 두 눈을 고리눈처럼 치켜뜨고 버럭 했다.

"아까 너랑 밖에서 얘기할 때 사람들이 다 봤잖아! 네가 탈락자면 네 집 역시 감시 대상인 거 몰라?! 게다가 이 집으로 나랑 같이 들어가는 것도 봤을 거란 말이야! 너랑 할머니까지 탈락자가 두 명이나 있었다고!! 탈락자 접촉 시에 즉시 경찰에 신고 안 하면 어떻게 되는지 몰라?! 내가 널 신고 못 하면 내가 신고당할 수도 있어. 제길, 넌 왜 그런 얘기를 빨리 안 하고…됐고, 빨리 넘어가! 나도 가게!!"

더는 시간이 없었다. 현호가 휙 하며 날렵하게 창틀에 올라탔다. 양필헌이 뒤를 따랐다.

쿠당탕!

마침내, 40년이나 된 낡은 벽돌집의 현관문이 쪼개지듯 열렸.

석궁과 진압봉으로 무장한 경찰들이 구둣발로 집 안에 들이닥쳤다. 정임순을 보자, 한 경찰이 부리나케 달려와서 그녀의 머리를 발로 걷어차 버렸다. 날도 더운데 이처럼 완고하게 버티는 집들이 한 둘이 아니다.

"이게 경찰인 줄 알면서도 문도 안 열고! 당장 체포해!!"

제기에서 음식을 내리던 노파가 경찰의 구둣발에 쓰러졌다.

제사상이 뒤집히고 바닥에 과일과 치킨, 팥빙수 등이 와르르 쏟아졌다. 하지만, 30년 동안 자신 말고는 아무도 없던 딸의 제사에 오늘은 손님들이 와서 매우 기쁜 할머니였다.

오늘은 너도 즐거웠재? 인희야…. 이제 곧 엄마가 갈 거여….

"왜 이렇게 안 일어나? 누워서 버티면 단 줄 알아?! 일어나! 이 할망구야!!"

"일어나라고!"

노년의 몸으로 사정없이 몽둥이가 날아들었다. 단단한 진압봉에 노쇠한 무르팍과 뼈가 퍽퍽 소리를 내며 깨졌다. 하지만, 딸의 영정 사진을 꼭 껴안고 절대 놓지 않는 어미였다.

엄마 마중은 나오지 말어. 차 사고 나면 안 되니께….

주름으로 쪼그라든 작은 실눈에 덥힌 눈물이 맺혔다.

엄마가 알아서 우리 인희한테 갈거여….

거기서 가만히 기다리고 있어….

몽둥이세례가 멈췄다. 정임순의 상태를 살펴보던 경찰들이 곤혹스러운 투로 말했다.

"할망구 이거, 죽은 거 같은데요? 방금 머리를 잘못 쳐서…."

"젠장…. 재수 없게. 그래도 실적은 실적이니까 차에 실어 놔."

이미 차갑게 굳어버린 정임순이었다.

그녀의 두 팔을 질질 잡아끌며 경찰이 현관을 나섰다.

다 부서진 현관 문짝이 크게 덜렁거렸다.

…불과 1분 전의 일은 거짓말 같았다.

너무도 조용한 거실이었다.

문을 열어둔 창틈으로 5월의 봄바람이 살랑이며 불어왔다.

스륵….

바람을 타고, 어디선가 나타난 샛노란 나비 한 마리가 거실로 날아들었다.

주인이 없는 거실에는 손때 묻고 낡은 액자 하나가 아무렇게나 굴러다니고 있었다. 오랜 시간 동안 엄마만을 기다리고 있던 16살의 어린 딸이었다.

작은 날갯짓을 팔랑이며 쉴 곳을 찾던 나비가 살포시 액자 위에 내려앉았다.

인희야, 엄마가 곧 갈게….

***

♫♪ 빨간 남 노란 여 순살 뭉텅 잘라서 햄소 시지 베이컨 초퍼 안에 넣으면 발버둥 발악비명 질러 또 질러도 믹서는 잘도 도네 돌아가네♬
♩♪ 김사장 장과장 탐스러운 대리 직원 짧은 셔츠 짧은치마 뜨거운 오븐 천일염 죽산염 뿌리고 또 뿌리면 염지는 잘도 되네 숙성되네♩♪♬

전 세계에서도 손꼽히는 초대형 식육 가공 공장 안.

본격적인 인육 햄 생산 설비를 갖춘 공장 내부는, 일반 제조 공장의 천장보다 훨씬 높은 20m의 층고와 대형 체육관이라고 불러도 좋을 만한 광대한 규모를 자랑했다. 1층과 복층 사이의 공간을 오픈해서 복층의 바닥 면이 전체 층고의 중간 높이쯤에 위치토록 한 메자닌 형태로 설계되었으며, 두 층을 오가는 수직적 연결 통로는 나선형 에스컬레이터로 만들어졌다.

입장 전, 여왕과 책임자 몇 명을 제외한 나머지 사람들은 수 겹이나 되는 위생복으로 갈아입었다. 천장을 포함해 공장 곳곳에 설치된 대형 스피커에서는 아까부터 어깨를 들썩이게 하는 흥겨운 노동요가 흐르고 있었다.

시야가 트인 복층 메자닌 난간에 모습을 드러낸 여왕이 도도하게 아래를 지켜보고 있었다. 원재료 샤워 공정 라인을 방문하고, 이곳, 분쇄·절단 라인으로 막 이동한 참이었다.

자기 노래에 도취한 여왕의 얼굴엔 자만이 가득했다.

노동요가 반복 재생될 즈음, 원형 탈모가 온 재단 이사장이 목청껏 '브라보'를 외치며 열렬한 박수를 보냈다. 벌써 17번째 연속이라 손바닥이 터지지는 않았는지, 주변 사람들이 걱정할 정도였다.

"제가 한평생 음악을 들어왔지만, 브람스의 헝가리 무곡 이후로 이렇게 완벽한 노래는 생전 처음 들어 봅니다. 여왕 폐하!"

재단 이사장이 감격에 겨워하자, 그에 뒤질세라 옆에 있던 재단 부이사장도 물개박수를 치며 칭찬했다. 땅딸막한 몸집의 이사장과는 대조적으로 비쩍 마른 몸에 키가 큰 사내였다.

"맞습니다! 작곡이며 음정이며 가사며, 정말 이런 세기의 명곡을 여왕님께서 직접 만드셨다니···. 옛말에 재모쌍전才貌雙全이라 하였으니, 재주와 용모가 어디 하나 흠잡을 데 없는 것이 바로 여왕 폐하를 두고 생긴 말 같습니다."

"으응? 그런데 왠지 멜로디가 어디선가 들어 본 적이 있는 것 같은데?

옛날 노래 중에 '파란 꽃 분홍 꽃 꽃집 가득 있어도' 하는…."

누군가 눈치 없이 불쑥 말해버렸다.

재단 부이사장이 넋 빠진 얼굴로 방금 발언한 이를 보았다. 멀리 갈 것도 없었다. 지난주 재단에 낙하산 입사한 자기 막내아들이자 비서였다.

여왕이 그를 슬쩍 보자, 사태를 감지한 재단 부이사장이 더럭 막내아들의 입을 손으로 막으며 허둥지둥 변명했다.

"제…제, 제 비서입니다만, 나…나이도 어린 데다 입사한 지 얼마 안 돼서 아직 회사 생활을 잘 몰라서…."

"누가 뭐래?"

코웃음 친 여왕이 비서 따윈 신경도 안 쓴다는 듯 난간 아래의 뭔가를 집중해서 보았다.

사실, 큰 스피커에서 왕왕거리며 울리는 음악 소리 때문에 분쇄·절단 생산 시설에서 발생하는 소음이 묻히고 있었다. 하지만 귀가 멀쩡하다면 들리지 않을 리가 없었다.

"아아악! 제발 살려주세요!"

"무서워…무서워…. 이렇게 끔찍하게 죽기 싫어…. 아악!!"

"악! 제길!! 이거 놔!! 아아아악!"

"살려주세요!! 여왕 폐하!! 저한테는 아직 젖도 안 뗀 딸이 있어요. 제발…."

복층 난간에 모습을 나타낸 여왕과 재단 이사장 무리를 향해서 사람들이 고성을 지르거나 울면서 애원했다. 누군가는 그들에게 악담과 저주를 퍼부었고, 몇몇은 눈을 꼭 감고 주기도문을 외거나 찬송가를 부르기도 했다. 그들의 목소리가 기계 작동음과 노동요를 뚫고 허공으로 널리 퍼졌다. 물론, 욕을 하며 발악하는 이들도 있었다.

"이 새끼들아! 내가 이대로 죽을 줄 알아?! 귀신이 돼서라도 복수할 테다!! 이 쳐 죽일 놈들아!!"

"당장 이 미친 짓을 멈추라고! 마녀야!!"

여왕의 발밑에 펼쳐진 광경은 그야말로 생지옥, 아비규환의 현장이 따로 없었다.

벌거벗은 남녀들이 줄을 지어 바닥으로부터 6미터 위, 1층 공중에 설치된 컨베이어 벨트에 실려 나오고 있었다. 앞뒤 사람과의 간격은 서로의 가슴과 등이 맞닿을 정도로 가까웠다. 제모는 하지 않아도 됐다. 가공육의 수출이 국가 전체수출량의 67%에 육박하면서 정육 절단 선행 후, 털과 치아 등의 이물질만 선별 검출하는 신기술이 개발되었기 때문이다. 또한, 인육에 포함된 비정상적 단백질 유전자의 일종인 프리온(Prion)이 인체에 흡수되는 과정에서 뇌에 스펀지 같은 구멍을 뚫어 뇌 조직을 파괴하는 크로이츠펠트-야콥병(vCJD)이나 쿠루병 등의 전염성 스폰지폼뇌병증의 문제와 관련해서도 이미 30년 전부터 발병 억제 약물인 '큐리온(Cureon)'이 개발되어 일부 식인 국가에서 상용화된 지 오래이므로, 수출용 인육 햄의 안전성에 대해서 글로벌식품의약국(GFDA)의 승인을 받는 것은 어렵지 않을 터였다.

질병 유무의 검사 과정을 통과한 뒤, 대형 세척장에서 깨끗이 수세까지 마친 탈락자들이 징-하는 기계음이 들릴 때마다 컨베이어 벨트에 실려 자동으로 나아갔다. 간혹 끌려가지 않으려고 몸을 비트는 사람도 있었지만, 컨베이어의 천장과 바닥에 고정된 팔다리는, 움직일 수 없도록 수갑형의 은색 클램프로 단단히 결박되어 있었다.

"으아아악! 안 돼!!"

"아악!!"

차례가 되자, 20명이 한 팀이 되어 용의 아가리처럼 시뻘건 입을 쩍 벌린 절단기 속으로 떨어졌다.
　1층 바닥에 설치된 일반 가정집 거실 넓이 정도의 거대한 절단기는 원통형 모양에 믹서의 원리를 이용해서 만들어졌다. 20명이나 되는 성인들의 일괄 이분 도체를 위해 특별 맞춤 제작된 중앙의 회전 칼날은 상하 각각 18개였으며, 빵칼처럼 뾰족한 톱날을 가진 칼의 길이는 각각 1.5m와 2m나 되었다. 실로 무시무시한 단두대를 36대나 장착한 것 같은 모습과 위용이었다. 그런 기계들이 이 광장만 한 절단 설비 라인에만 수십 개가 설치되어 있었다.
　자신의 방문을 맞이하여, 공장에서 특별히 준비한 복층 라운지 의자에서 커피를 마시며 절단쇼를 관람 중인 여왕이었다.
　신기한 눈으로 보고 있자니, 컨베이어 벨트에서 떨어진 남자 한 명이 새처럼 파닥거리며 공중으로 날아오를 듯 발버둥 쳤다. 낙하하는 사람들의 어깨와 머리를 마구 짓밟으며 발악했지만, 중력을 당할 재간은 없었는지, 곧 처절한 비명과 함께 6미터 아래로 곤두박질쳤다.
　그 모습이 마치 개그 프로의 한 장면 같아서 여왕이 배를 잡고 깔깔대며 웃었다.
　절단기가 작동되기도 전에, 예리한 칼날 위에 떨어져서 몸통이 찢기고 팔다리가 잘리는 사람들이 속출했다. 등을 내리누르는 무게를 이기지 못하고 배가 반토막이 나서 벌써 죽어버린 사람도 있었고, 눈가가 잘려서 눈알이 튀어나오는 등, 복층에서 내려다보는 절단기 통 속은, 마치 펄떡거리며 살아 있는 고기 토막이 국으로 끓여지기 직전처럼 신선해 보였다. 살아있는 고기 토막이란 게 존재한다면 말이다.
　특수재질로 만든 절단기의 유리 뚜껑이 자동으로 닫히고, 기계가

윙- 하며 작동을 시작했다. 곧, 신체가 산 채로 도륙 나며, 짐승 같은 포효가 들렸다. 압착 된 두꺼운 뚜껑마저 뚫어버린 사람들의 울부짖는 목소리였다. 쑹덩쑹덩 사지가 잘리자 '퍽퍽' 소리를 내며 마치 통째로 들이부은 것 같은 시뻘건 핏물이 유리 뚜껑에 튕기고 맞부딪치며 흘러내렸다. 비교적 가벼운 팔, 발, 손가락 등은 핏물과 뒤섞이어 팝콘처럼 위로 튀어 올랐다.

절단기가 돌아가는 동안은, 잠시 컨베이어 벨트의 작동도 멈췄다. 대낮처럼 환한 조명 아래, 다음 차례를 기다리는 20명의 얼굴은 흙빛을 넘어 파란색이 무색할 만큼 새파랗게 질려 있었다. 남녀가 벌거벗은 알몸이었지만, 뼛속 깊이 사무친 공포에 부끄러움조차도 잊었다. 신체가 조각으로 절단될 생각에 유두가 바짝 곤두선 여자가 있는가 하면, 성기가 빳빳이 발기된 남자, 오줌을 지리다 못해 선 채로 물 같은 설사를 하는 여자도 있었다. 깨끗한 소시지가 되기 위해 미리 하제를 복용하고 내장을 비웠어도 그랬다. 그리고 다음 차례의 20명뿐만이 아니라 긴 줄에 선 모두가 빌었다. 차라리 이대로 죽었으면 하고…. 제발, 이대로, 뇌혈관이 터지든지, 심장마비가 오든지, 그게 안 되면 제발 고마운 누군가가 단칼에 내 목을 좀 날려줬으면 하고….

10여 분이 지나고, 신나는 노동요에 맞춰 돌아가던 절단기가 천천히 회전하면서 멈췄다. 절단기 하부에 설치된 출입구가 덜컹거리며 열리자, 알맞은 크기로 잘 절단된 고깃덩어리들이 뭉툭한 소리를 내며 지하 설비 라인으로 자동 직하했다. 절단을 마친 후에는, 재료들의 내장과 뼈 등 이물질을 적출하는 작업과 분쇄와 염지, 세절 및 혼합 등의 순서가 기다리고 있어서 쫀득한 육질의 훈연 소시지가 되기까지는 몇 차례의 공정 과정이 더 필요했다.

이윽고, 모든 절차를 마친 절단기가 자동 세척에 들어갔다.

여왕이 공장 전체에 밴 비릿한 피 냄새 때문에 손수건으로 코를 막았다. 그러면서도 문득 의문이 생겨서 물었다.

"그런데 저 시스템은 누구의 아이디어야?"

순간, 돌연한 침묵이 흐르며 공장 책임자들이 서로의 눈치를 살폈다. 잘 관람하시다가 왜 갑자기 이런 질문을 하시는 건지….

그러고 보니, 방금 떨떠름한 표정으로 코를 막으셨다.

선뜻 대답하려는 자가 없어서 눈치 싸움이 시작된 즈음. 할 수 없이 재단 이사장이 대표로 나섰다.

"폐하, 왜 그러십니까? 뭔가 마음에 드시지 않는 점이라도…아, 공장 안이 너무 시끄러워서 그러십니까?! 아…아니면 고약한 피 잡내 때문에….'

"아니야. 그냥 궁금해서 그래. 처음 보는 기계라서 묻는 거야."

"그러십니까?!"

죽상을 하고 있다가 금세 활짝 핀 얼굴로 재단 이사장이 떠벌렸다.

"네! 설명드리겠습니다! 지금 보시는 저 기계의 정식 명칭은, '전자동 이분 도체기 컨베이어'라고 하며, 톱날을 가진 도체기와 이송 컨베이어가 일체화된 발명품입니다. 세상 어디에도 없는 저희 공장만의 자랑이죠! 기계를 개발한 사람은 기계화 자동 설비팀에서 근무 중인 33세의 청년으로, 미국 펜실베이니아 대학에서 기계공학 학사 학위를 취득한 후….'

"아, 그런 건 됐어. 내가 궁금한 건 대체 왜 저런 무식한 기계로 작업하느냐는 말이야. 보는 재미는 있지만 청결하지 못하잖아."

"일반 도축 공법과는 육질에서 차이가 나기 때문입니다."

재단 이사장을 제치고 기계화 자동 설비팀의 팀장이 대신 대답했다. 블루칼라보다는 증권맨의 직업이 더 어울릴 것 같은 점잖게 생긴 중년의 남자였다. 회사의 회색 점퍼 유니폼을 입고 지퍼를 목까지 채워서 단정한 차림새다. 팀장이 말했다.

"금번 인육 햄 프로젝트로 인해서 처음으로 시가동하게 되었습니다. 방금 말씀드린 것처럼, 육질의 질을 향상하기 위해서입니다."

"저게 육질의 질을 향상하게 한다고? 산채로 팔다리가 토막 나는 고통에 비명을 지르다 죽으면 스트레스로 질이 더 나빠지는 건 아니고?…. 그런데 너 박사야?"

"네?! 아, 네 그렇습니다. 한용대 대학원에서 IT융합 기계공학 박사를 했습니다."

"응. 계속해."

"네. 가축 도축법에는 전살법, 교살법, 총살법, 압살법, 타액법 등등의 많은 기술이 있습니다만, 특히, 우리 공장에서 주로 사용하는 가스 스터닝 공법은 생육의 방혈이 잘 이뤄지게 하고 모세혈관의 피 한 방울까지 깔끔하게 배출된다는 장점이 있습니다. 하지만, 사람을 도축할 경우는 방금 나열한 방식으로는 최고의 품질을 기대할 수가 없습니다."

"그건 왜지?"

"지능을 가진 인간들이 최상급의 정육이 되기 위해서는 반드시 '고통'이 수반되어야 하기 때문입니다."

말을 멈춘 그가 여왕에게 상냥한 미소를 보였다. 위로 찢어진 얇은 입술 사이로 반짝, 하며 금속성이 빛났다. 정갈하게 뒤로 빗어넘긴 머리와 각 잡힌 점퍼 유니폼과는 전혀 어울리지 않는 누런 금니이다. 하지만, 묘하게 웃음 짓는 잔악한 표정 때문인지, 꽤 어울린다는 생각이

들었다. 팀장이 설명을 이어갔다.

"온몸이 저리는 극한의 공포와 긴장은 신체의 비상사태 모드를 발동시키지요. 뇌에서 분비되는 아드레날린과 노르에피네프린 등의 호르몬은 심박수와 혈압을 높이고 근육에 더 많은 산소와 에너지를 공급합니다. 스트레스를 느낀 인간들은 투쟁하고 발버둥 치고 도망치려고 할 것인데, 이 과정에서 호르몬과 신체 세포의 화학적 반응으로 고기 육질은 더욱 단단하고 고소해지며 전에 없던 깊은 자연적 풍미를 만들어 내게 됩니다."

호르몬이 어떻다는 건지는 모르겠지만, 전문가가 그렇다면 그렇겠지?

"그래서 이 모든 건 싱싱하게 살아있을 때의 상태가 아니면 의미가 없습니다. 고통과 비명이 크면 클수록 더욱 큰 효과가 있기에 자기 신체가 예리한 칼날에 몇 토막으로 조각나는 것을 직접 각막으로 확인해야만 합니다. 오금이 저리다 못 해 팔다리가 해파리처럼 부들거리고, 똥오줌을 질질 싸고 눈알이 빠지고 뇌수가 터질 정도로 극악의 공포를 느껴야 함은 물론이고요."

"…."

"오직 그 길만이, 진정한 햄으로 거듭날 수 있는 단 하나의 레시피입니다."

팀장의 설명이 끝나자, 여왕이 곧장 재단 이사장에게 말했다.

"얘, 승진시켜. 보너스와 휴가도 주고. 얘는 장인이야. 그만한 대우를 해줘야지. 이래서 내가 정직원은 석박사 위주로 뽑아야 한다고 말한 거야."

기계 설비에 대한 의문이 풀린 여왕이 다른 의문을 제시했다. 진정 호기심이 많은 그녀였다.

"그런데 사람들이 다 젊고 어려 보이는데, 그건 왜 그런 거야? 이번 탈락자 중에 노인은 없었어?"

기계화 자동 설비팀 팀장과 여왕의 수준 높은 대화를 부러운 눈으로 지켜보던 재단 이사장이 즉답했다. 전문가인 척, 목소리 톤도 중후하게 낮췄다.

"70세 이상의 노인과 병자, 뇌 장애인 등, 하자가 있는 원재료들은 일반 축산 농장에서 도축되고 있습니다. 이들에게서 세균성의 분뇨가 상당량 배출된다는 전문가들의 의견에 따라서 안전한 곳에서 따로 작업하는 중이지요. 헐값에 덤핑 수출될 베이컨, 햄 통조림류로 제조될 것입니다."

여왕이 고개를 끄덕였다.

"잘했어. 원재료의 질이 다르니 당연히 값도 다르게 매겨야겠지. 그럼, 저 줄 선 소시지들은 프리미엄이 붙어서 수출되는 거야?"

"네네. 당연합니다. 젊고 건강한 남녀들이라서 고기의 잡내가 없고 육질 또한 탄력 있고 쫄깃쫄깃해서 고급 햄 세트나 소시지, 혹은 베이컨 등으로 미국이나 유럽 선진국 등에 비싼 값으로 팔릴 예정입니다. 이미, 백 개가 넘는 나라에서 앞다투어 수입하겠다고 연락이 온 상태입니다."

"그래? 그렇단 말이지?…."

큰돈이 될 거란 생각에, 여왕이 저도 모르게 배시시 웃었다.

여왕이 미소를 짓자, 그 자신도 덩달아 의기양양해진 장견우가 끼어들었다. 궁을 출발하고부터 끊임없이 여왕의 심기만 살피던 그였다.

"목숨을 건 죽음의 게임에서조차 이성에게 선택받지 못한 열등한 자들이나 백수들, 노인들, 병자, 장애인들은 매년 세금과 연금만 축내서 처치 곤란이었는데, 이런 좋은 기회가 올 줄은 꿈에도 몰랐어요. 여왕 폐하의 말씀대로 우성 인자만 남은 국가의 장래는 더 말할 것도 없고, 돼지 바이러스와 상관없이 수출로 돈도 벌고, 민심도 잠재우고…. 이거야말로 일거양득, 마당 쓸고 돈 줍고, 가재 잡고 도랑 치고….”

응? 그런데 저건…?

"잠깐."

장견우의 말을 끊어버린 여왕이 다음 정육이 될 20명을 보고 있었다.

1층에서 소독을 마친 절단기의 육중한 유리 뚜껑이 서서히 열리고 있었다. 차례가 임박한 20명이 어김없이 겁에 질려 발악하고 사정하며 눈물로 읍소하는 중이었다. 벌써 컨베이어 벨트 끝자락에 선 그들이었다. 그 중, 유독 어린애처럼 펑펑 울다가 목을 떨구고 기절했다가 다시 깨어나서 펄쩍 뛰는 한 남자에게 여왕의 눈길이 멈췄다.

미친놈 같아서 여왕이 호기심을 가진 거라고 주변이 짐작할 즈음. 여왕이 손가락 끝으로 재단 이사장을 불렀다. 냉큼 가까이 온 그에게 여왕이 여전히 손수건으로 코를 감싼 채 말했다.

"저기 재료 중에서 뒤에서 세 번째 있잖아…."

"네. 뒤에서 세 번째…아, 남자로군요."

"쟤는 빼."

여왕의 명령에 한순간 눈이 커진 재단 이사장이었다. 그가 여왕 곁에 있던 장견우와 엉겁결에 눈이 마주쳤다. 그러자, 금방 새침한 표정이 된 장견우가 여왕에게 투정 부리듯 말했다.

"폐하. 저기 있는 건 한낱 정육일 뿐인데, 왜 굳이…."

"빼라면 빼."

차갑게 말하고는, 여왕이 의자에서 일어서며 지시했다.

"쟤는 왕궁으로 데려와. 그리고, 오늘 방문은 이것으로 마치지."

아직 남은 일정이 있는데 서둘러 끝내는 여왕이었다. 그러자, 애인인 장견우가 노골적으로 질투하며 물었다.

"곧 소시지가 될 남자를 대체 왜 궁까지 데려가시는 거죠?"

궁궐 밖으로 거의 나간 적이 없는 여왕인지라 분명 그녀가 아는 남자는 아니었다. 그렇다면 짚이는 바가 있었다.

"혹시, 저 남자가 마음에 드신 건가요? 얼굴이나 몸이 폐하의 취향이신가요? 하지만, 물건도 평균보다 작고 힘도 없어 보이는데요?"

질투하는 애인이 귀여워서 여왕이 '글쎄?' 하며 눈썹을 추켜세웠다. 여왕의 장난에 용기를 얻은 장견우가 더욱 투덜거렸다.

"게다가 절단기가 20명 조합으로 제작돼서 짝수를 맞췄다는데 갑자기 저 새끼를…남자를 빼버리시면 햄 생산 공정에도 차질이…."

"아, 그렇지!"

애인이 뭐라고 재잘거리든 무시한 여왕이 재단 이사장을 불렀다. 그녀가 검지만으로 지시했다.

"쟤 대신, 쟤 넣어"

'쟤'는 살았고, '쟤'는 방금 죽었다.

후자의 '쟤'가 돼버린 남자가 금방 상황 파악이 안 돼서 어리둥절하게 주변을 두리번거렸다. 조금 전, 여왕의 노동요에 토를 달았던 재단 부이사장의 막내아들이었다.

10

 토요일, 오전 11시.
 신현대 상가건물 2층, 프랜차이즈 돈가스 가게.

 곳곳에 엎어지고 쓰러진 테이블과 의자, 쌀이 쏟아진 쌀 포대 등으로 난장판이 된 가게 안이었다.
 그곳에서 남지훈이 떨떠름한 표정으로 열중쉬어 자세로 서 있었다. 조금 전 상가 지하 주차장에서 벌어진 일을 회상했다….
 -발사!!!
 경찰 지휘관이 기다렸다는 듯 명령했다.
 마구잡이로 난사된 화살은 애초에 쥐새끼 몰이를 위한 작전이었다.
 후방, 좌우가 막히면 정면뿐이다. 그리고 작전은, 제대로 먹혔다.
 탑차에 올라탄 경찰들이 목표물을 표착하고 석궁을 조준 발사했다.
 독기가 바짝 오른 뱀 대가리 같은 그것이 쉬- 소리를 내며 정확히 남지훈의 머리통을 향해 날아들었다.
 남지훈의 부릅뜬 망막 안으로 수십 배가 확대된 거대한 화살촉이 비쳤다. 생사가 극명히 갈린 그 순간.
 "타세요! 빨리!"
 여자의 고함과 함께 승합차의 윈드실드가 방사형으로 금이 가며 박살이 났다. 김미연이었다.

　남지훈이 한창 경찰의 화살 세례를 받고 있을 무렵, 눈을 뜬 그녀였다. 하지만, 쉼 없이 날아든 화살에 놀라서 승합차 좌석 밑에 웅크리고 있을 수밖에 없었다. 깨진 차창 틈으로 경찰들의 고성이 들렸고 지금 남지훈이 어떤 상태이며 내가 뭐라도 해야만 한다는 걸 알았다.

　저 남자가 위험하다….

　움직일 때마다 허벅지의 상처가 기절할 만큼 아팠지만, 기어이 두 팔로 기어서 차의 보조석으로 넘어갔다. 김미연이, 노수혁이 차에 두고 간 야구 배트를 꽉 거머쥐었다….

　"빨리요! 타요!!"

　방금도 화살 하나가 텅 소리를 내며 문짝에 꽂혔다. 김미연이 '악!' 하며 머리를 수그렸다.

　남지훈이 보닛에 등을 굴려서 재빨리 승합차 안으로 들어왔다. 감사 인사를 할 겨를이 없었다. "머리 들지 마세요!" 남지훈이 운전석 옆의 글러브 박스를 열어서 애인 같은 HK45CT 권총을 꺼냈다. 재고의 가치도 없었다. 백미러로 비치는 놈들을 노려보며 창밖으로 팔을 내밀었다.

　탕탕탕! 넓은 지하 주차장을 메우며 연이은 총성이 울렸다.

　억! 하며 가슴과 어깨를 부여잡은 경찰들이 바닥에 쓰러지거나, 이마에 직통으로 총을 맞고 즉사했다.

　간발의 차로 남지훈을 놓쳐버린 경찰 지휘관이 팔을 휘두르며 소리쳤다.

　"놈이 총을 가졌다! 겁먹지 말고 더 압박해!!"

　끼익! 화살에 맞아 벌집이 된 7인승 승합차가 후진해 미끄러진다 싶더니 그 자리에서 빠르게 반 바퀴 회전했다. 회전 중에도 날아든 화살에 승합차의 우측 헤드라이트가 퍽 하고 깨졌다.

"미연 씨! 꽉 잡으세요!"

기우뚱한 차체에 몸이 쏠린 것도 무시하고 남지훈이 힘껏 액셀러레이터를 밟았다. 승합차의 출력치를 최대한도로 높였지만, 지하 주차장의 제한된 공간 안에서는 시속 60km 속도가 한계였다.

고철과 다름없는 7인승 승합차가 새된 마찰음을 내며 지하 주차장의 출구를 향해 달려 나갔다. 경사진 출구 쪽에는 지휘관의 명령으로 미리 차단벽을 친 경찰차들이 겹겹이 포진해 있었다. 정면 그림이 또렷이 눈에 들어왔다. 남지훈이 이를 악물었다. 다시 '철컥' 기어를 넣자, 속도계 바늘이 불안정한 메트로놈처럼 파르르 흔들리며 계기판의 숫자가 희미해졌다. 승합차가 차단벽을 이룬 경찰차를 향해 그대로 돌진했다. 60km/h를 넘어섰다….

돈가스 가게에서 열중쉬어를 한 채로 남지훈이 변명을 이어갔다.

"석궁에 타이어가 훼손돼서 어쩔 수 없었어요. 더 시간을 끌다간 우리가 위험했어요."

승합차가 경찰차의 차단벽을 들이박고 운 좋게 지하 주차장을 빠져나갔지만, 워낙에 차체 손상이 심해서 끝내 우체국 건물을 들이박고 멈췄다고 했다. 남지훈의 말에 의하면, 창문이 남김없이 깨지고 로커 패널도 떨어져 나가서 거의 걸레 조각이나 다름없었다고 했다.

"그래서 추격하던 경찰차도 우체국에서 폭발했다고?"

조금 전, 여자아이와 함께 2층으로 이동 중에 들린 폭발음과 검은 연기에 대한 의문이 풀렸다. 소문식이 묻자, 남지훈이 순순히 인정했다.

"네. 라이터를 켜서 경찰차 주유구로 던져버렸어요."

타이어뿐만이 아니라 엔진과 변속기도 파손된 터라 더는 버틸 수 없다는 판단이 섰다. 마지막 남은 힘을 끌어모았다. 승합차가 도로 면에 강력한 스퀴드 마크를 남기며 유턴했고, 뒤따르던 경찰차 두 대의 후면이 포착되자마자 총으로 주유구를 쏴 버렸다. 경찰차의 주유구에서 기름이 띠를 이루며 흐르자, 그 위로 불붙인 라이터를 던져버렸다.

"우체국 건물과 충돌하면서 승합차와 경찰차가 동시에 폭발했고, 전 가까스로 탈출해서 우체국 주차장에 있던 차 중에 아무거나 타고 온 거예요. 사장님 혼자 위험하실 것 같아서요."

"그래서 우리 승합차까지 가루가 됐다는 거냐?"

"네. 어쩔 수 없었어요. 승합차가 폭발하기 직전에 륙색이랑 탄창만 챙겨서 뛰어내렸어요. 급해서 미연 씨만 들쳐 안고 냅다 달렸어요."

미안한 건 있어서, 100에서 1정도 작게 줄어든 목소리로 남지훈이 말했다.

"사장님 륙색도 챙기려고 했는데…그것까지 들었다간 뛰기도 전에 잡힐 게 뻔해서 어쩔 수 없었어요."

륙색 안에 들었던 내 태블릿PC와 노트북까지도 다 폭발해 버렸단 얘기가 된다. 남지훈의 무성의한 태도에 결국 소문식이 참았던 화를 터트리고야 말았다.

"지금 그걸 말이라고 해?! 내 노트북과 태블릿 안에 뭐가 들어있는지는 네가 더 잘 알 텐데? 당장 그게 없으면 앞으로의 일정에 심각한 차질이…나중에 얘기하지."

주변을 의식한 소문식이 말을 삼키며 돌아섰다. 이곳에는 경찰들과 노수혁네 부부까지, 우리를 듣고 있는 귀들이 많다.

아니나 다를까, 입장이 난처해진 노수혁이 소문식에게 사과했다.

"죄송합니다. 승합차가 그렇게 되어버려서….."

노수혁 자신의 부탁으로 소문식 일행이 이 동네까지 온 것이기에, 사과 이외에는 입이 열 개라도 할 말이 없었다.

"괜찮습니다. 부인이 아니었다면 지훈이도 무사하지 못했을 테니까요."

마음을 진정시키며 애써 소문식이 말했다.

하지만, 말은 이렇게 해도 성인군자는 못 되는 자신이었다.

별안간 입안이 까끌까끌하고 혀끝에 쓸개의 쓴맛이 느껴졌다.

허탈감이 밀려들었고, 힘이 쭉 빠져서 이대로 주저앉고만 싶었다. 하룻밤 새 지옥으로 변한 세상에서 탈출할 수 있는 유일한 무기였던 승합차와 륙색이었다. 특히 노트북 파일에는 돈으로도 가치를 매기기 힘든 중요한 것들이 들어있었다. 이제껏 전장 같은 생사의 고비를 넘기며 많은 경험에서 녹여낸 내 모든 지식과 정보가 고스란히 담긴 그것을 단 한 방에 잿더미로 날려버리다니…. 더군다나 '감시카메라'에 저장된 메타데이터까지….

뇌가 징징-거릴만큼 솟구치는 울화는 분명히 존재하지만, 이 불행한 사태의 책임을 물을 상대는 없었다. 일은 의도치 않게 벌어졌고, 굳이 책임 소재를 따지자면 의사 친구가 병원에 있는지만 확인하고 곧장 승합차로 돌아갈 계획이었던 내 탓이 크다. 미처 변수를 생각지 못했고, 게으르고 안이한 판단 속에 움직였으며, 륙색을 차에 두고 내린 것 또한 패착이다. 상실감과 후회로 머리를 들 기운조차 없지만…. 다만, 문제는 지금부터다.

"그런데 저 새끼들은 어쩌실 생각이세요?"

남지훈이 경찰들을 턱짓으로 가리키며 천연덕스럽게 물었다. 일말의 긴장감조차 없는 것이, 조금 전까지만 해도 죽음의 문턱을 넘나들 사람이라고는 생각할 수 없는 태도였다. 차량과 륙색을 공중분해 시켜 버린 것에 대한 죄책감 또한 찾아볼 수 없었다. 뭐, 다 끝난 걸 후회해 봤자 어쩌겠냐는 태도이다.

소문식의 시선이 두 개의 기둥에 분산되어 묶인 경찰들을 향했다. 그러자, 양손이 X자로 묶여서 옴짝달싹하기도 힘든 경찰 팀장이 상체를 비틀며 소리쳤다.

"이거 풀어! 경찰한테 이러고도 너희들이 무사할 줄 알아?!"

하지만, 몇 차례의 협박에도 공허한 메아리만 되돌아올 뿐, 풀어 줄 생각이 없는 소문식이었다. 부상자까지, 경찰 여섯 명의 손목에 수갑을 채운 뒤, 세 명씩 나눠서 가게 기둥 두 곳에다 노끈으로 묶어놓았다.

"다시 질문하겠다."

약이 올라서 두 눈을 독사처럼 치뜬 경찰 팀장에게 소문식이 물었다.

"이 건물 안에 우리가 있는지 어떻게 알았어? 미행했나?"

미행밖에 설명되지 않지만, 여기까지 오는 동안 놈들이 우리 차를 미행했다면 나와 남지훈이 모를 리가 없었다. 더욱이, 우리가 이 돈가스 가게에 있는 건 순전히 우연인 데다가 노수혁 부부만 없었다면 지금쯤 목적지에 도착했을 터였다. 4층 내과 의원의 친구 놈이 신고했을 리도 없거니와 전화 또한 불통이라 그는 내가 여기 온 줄도 모른다.

"솔직하게 말하면 죽이진 않겠다."

소문식의 말이 떨어지기가 무섭게 남지훈이 권총의 슬라이드를 철컥거렸다.

"그…그러니까 다 말했는데 뭘 또 말하라는 거냐?"

경찰 팀장이 질린 낯빛으로 물었다.

저 어린놈의 실력으로 봐서 마음만 먹으면 우리를 죽이는 건 일도 아닐 것이다. 잠깐 겨뤘지만, 사람을 많이 죽여 본 자의 솜씨다.

"우린 정말 상부의 명령을 받고 이곳에 출동한 것뿐이라고! 이 가게 안에 검정 티셔츠와 갈색 점퍼를 입은 놈이 있을 테니까 반드시 체포하라고 했어. 그것뿐이야! 아까 다 말했잖아!"

"고작 일반인 한 명을 잡는데, 전원 사복 차림의 정예로 구성된 특수 경찰들이 출동했다고? 그것도 리볼버와 가스총, 테이저건으로 단단히 무장까지 하고서?…. 좋다. 내 팀원과 지하 주차장에서 대치한 경찰 지휘관은 '위험한 인물이니 주의해서 생포하라'라고 명령했다는군. 경찰들은 내 팀원을 보자마자 석궁을 쏴댔다고 했다. 우리가 이곳에 올 줄 미리 알았던 것이지. 누가 내린 명령이지?"

"젠장, 그걸 내가 어떻게 알아?! 네 팀원이라는 저놈은 본 적도 없고 누군지도 모른다고 몇 번을 말했어?! 우린 단지 이 가게를 급습해서 검은 옷의 남자를 체포하라는 명령만 받았을 뿐이고, 정작 이곳에 도착했을 땐 저 여자만 있었어! 우리가 올 걸 알았는지 남자 새끼는 벌써 어디로 튀고 없었다고! 그리고 지하 주차장에서 네 팀원을 덮친 경찰이란 작자들이 어떤 조직의 인간들인지 난 몰라. 우린 상부의 지시만 받았을 뿐이야."

"그건 정말이다. 믿어줘."

줄곧 모른다며 겁을 질려 외치는 경찰 팀장을 대신해서 한 경찰이 나섰다. 파란 폴로 셔츠를 입은 남자였다. 다른 경찰들보다 차분한 모습의 그가 이어 말했다.

"우리는 지하 주차장에서 격전이 벌어진 것도 몰랐고, 그게 네 팀원을 노린 경찰 짓인 것도 몰랐어. 그런데 석궁을 썼다면…분명히 '탈주 사냥대' 팀이다."

"탈주 사냥대라고?"

"그렇다. 탈주 사냥대(*Fugitive Hunters), FH팀이라고도 불리지. 일부이처제 마감을 어긴 탈락자들만을 추적하기 위해서 이번에 전 지역 경찰서에 새로 신설된 특수팀이다."

그들 사이로 남지훈이 끼어들었다.

"그럼, 내가 탈락자 신분이어서 그랬단 말이야? 그래서 죽이려고 했다고?"

그러자 폴로 셔츠가 확고하고 분명한 어투로 말했다.

"당연히. 탈락자라서 연행하려고 했을 테지. 반항하니까 현장에서 사살하려 했을 테고. 당신과 만난 경찰들은 FH팀이 틀림없어."

폴로 셔츠의 말이 끝나자, 소문식과 남지훈이 서로 약속이나 한 듯이 눈짓을 주고받았다. 특히, 남지훈이 다소 황당한 얼굴로 실소했다. 우리가 탈락자여서 쫓았다고? 미행 여부는 둘째치고 절대로 그런 일은 있을 수 없다.

그들을 눈치채지 못한 폴로 셔츠가 설명을 이어갔다.

"물론 탈락자 체포의 의무는 특정팀뿐만이 아니라 전 경찰들에게 있지만, FH팀에게만은 특별히 맞춤 제작된 석궁이 지급됐지. 탄환이 생살에 틀어박히면 햄 가공 시에 일일이 제거해야 하고 정육이 오염될 위험이 있어서 총 대신 티타늄 재질의 석궁을 지급한 걸로 알아. 그리고 우리는 일반 경찰이라서 그 팀과의 교류는 일절 없다고 생각해도 좋다."

폴로 셔츠의 발언을 주의 깊게 경청하던 소문식이 질문을 바꿨다.

"좋다. 주차장 건은 그렇다 치고, 경찰 상부에선 대체 어떻게 이런 외진 돈가스 가게에 그 일반인 남자가 있는 걸 알았지? 남자를 쫓은 게 오늘이 처음인가? 너희 상부는 그 남자의 어디까지 알고 있는 거냐?"

"그런 건 모른다. 우린 내려진 명령만 수행할 뿐, 상부에 그런 거까지 물을 권한 같은 건 없어. 상부에선 남자의 인상착의에 대해서만 알려준 뒤 즉시 출동 명령을 내렸다."

폴로 셔츠의 발언이 끝난 그때였다.

"아! 언니가 눈을 떴어요!!"

여자아이가 기쁨에 차서 외마디 소리를 내질렀다.

경찰들을 추궁하는 사이, 여자가 의식을 차린 모양이었다.

소문식이 눈짓하자, 남지훈이 테이블이 놓인 창가로 걸어갔다.

마땅히 몸을 눕힐 만한 데가 없어서 테이블 두 개를 이어 붙여서 침상을 만들었고, 방금 그 위에서 흐릿하게 눈을 뜬 여자였다.

"물…." 여자의 첫마디였다.

노수혁이 일어서려고 했지만, 벌써 여자아이가 주방으로 달려가고 있었다.

"언니! 여기 물이요!"

아이가 가져온 물을 여자가 꿀꺽대며 마셨다.

물 한 잔을 비우고 나자, 정신이 드는지, 여자가 일어나 앉은 채로 실내를 두리번거렸다. 깨어났다고는 해도 초점 없는 눈동자는 여기가 어딘지 모르는 것 같았다.

"물 더 줄게요!" 꼬맹이가 물컵을 들고 잽싸게 주방으로 내달렸다.

"정신이 들어요?"

남지훈이 여자를 미심쩍은 눈으로 관찰하며 물었다.

"여기가…아, 그렇지." 이제야 기억난 듯, 여자가 고개를 숙였다.

헝클어진 머리를 어깨 위로 떨구고 잠시 그 상태로 쉬었다.

"내가 아직 죽지는 않았나 보죠?"

생기 없는 목소리와 퀭한 동공, 그리고 피딱지가 말라붙은 메마른 입술로 여자가 물었다. '농담인가?' 생각하며 남지훈이 대답했다.

"네. 다행히도."

"몸은 괜찮으세요? 걸을 수 있겠습니까?"

어느새 가까이 다가온 노수혁이 걱정스레 물었다. 김미연은 걸을 수가 없어서 맞은편 구석에서 그들을 보고 있었다.

시퍼런 피멍이 든 눈을 껌뻑이며 여자가 힘없이 대답했다.

"아직은…."

"언니! 진짜로 죽을 뻔한 거 알아요? 경찰 아저씨들이 막 언니를 패서 언니가 기절했잖아요. 아, 정말. 경찰이 사람을 때리니까 경찰에 신고할 수도 없고, 나 진짜 힘들었어요!"

여자아이가 기둥에 묶인 경찰을 째려보며 여자에게 고자질했다.

미처 경찰을 인식하지 못한 여자가 그제야 같은 공간에 있는 그들을 발견하고는 아연실색했다.

"정신이 드셨으면 질문 하나만 해도 될까요?"

사무적인 말투와 함께 침상으로 한 남자가 다가왔다.

남자를 본 천비안의 눈초리가 경계의 빛을 띠었다.

가게 안의 모두가 안면 없는 타인임에도 불구하고, 차분한 느낌의 베이지색 코트를 입은 이 장년의 남자는 더욱더 낯선 느낌이 들었다.

소문식이 질문했다.

"당신은, 차현호라는 남자와 어떤 관계입니까?"

"차현호…라고요?"

"네. 차현호."

단답하며, 소문식의 손가락이 곧장 뒤에 있는 경찰들을 가리켰다.

"경찰들이 그러더군요. 이 가게에 온 건 차현호라는 남자를 체포하기 위해서였다고."

천비안의 눈길이 가게 한구석에 개미 떼처럼 몰려있는 경찰들을 향했다. 악몽 같은 기억이 떠오르자, 그녀가 참지 못하고 물컵을 들어 벌컥거렸다. 탁! 하고 빈 컵을 내려놓으며 천비안이 떨리는 음성으로 말했다.

"네. 알아요. 저 사람들이 다짜고짜 물었어요. 차현호는 어디 있냐고."

"차현호를 찾는 이유가 뭔지는 들었나요? 당신은 누구이며, 왜 차현호와 같이 이 가게에 있었나요?"

"그런 걸 왜 나한테 묻죠? 그리고 난 차현호란 사람을 몰라요. 이름도 처음 들어요."

별안간 싸늘한 반응에 소문식이 침묵했고, 그러자 천비안이 불안한 눈으로 물었다.

"혹시 당신들도 경찰인가요?"

"경찰은 아닙니다. 그리고 저 경찰들은 이유를 말했습니다. 차현호를 체포하라는 경찰 상부의 지시로 이 돈가스 가게를 급습했다고 하더군요. 사실로도 들렸고요."

"그럼 됐잖아요. 굳이 저한테까지 이유를 들어야 할 필요가 있나요?"

"진짜 '사실'인지가 궁금해서요."

잠깐, 말문이 막혔으나 천비안이 곧 비아냥처럼 고개를 끄덕였다. 그녀가 침상에서 내려서 발로 바닥을 디디며 말했다.

"내가 지시를 내린 게 아니라서 사실인지 아닌지는 잘 모르겠고요. 다시 한번 말하지만, 난 차현호가 누군지도 모르고 나랑은 상관도 없는 일…아!"

"언니! 지금 내려오면 안 돼요! 좀 더 쉬어야 해요! 언니, 진짜 많이 맞았단 말이에요."

천비안을 지켜보며 안절부절못하던 여자아이가 쓰러지려는 그녀를 작은 어깨로 막았다.

"넌 저리 비켜."

어느샌가 다가온 남지훈이 꼬맹이를 밀어내고 천비안을 부축하려고 했다. 하지만, 여자의 어깨에 손도 닿기도 전에 매몰차게 거절당했다.

"당신이나 저리 비키세요."

"차현호를 아는지 정도는 말해줄 수 있지 않나요?"

"어이가 없네요…. 모른다고 했어요. 아파서 죽을 거 같으니까 도와줄 거 아니면 비키라고요."

"흠. 다친 거치고 컨디션은 괜찮아 보이는데…아닌가?"

무신경한 남지훈의 말에 천비안이 실소했다. 내 꼴을 보고도 태연자약하게 자기들의 입장만 말하는 남자들이 기가 막혀서 그녀가 아픈 중에도 도끼눈을 치떴다. 여기서 얕보이면 안 될 것 같았다.

"이것 보세요. 당신들이 누굴 찾든 그건 저랑은 상관도 없는 일이에요. 지금 내 상태가 어떤지 알아요? 당장 기절할 만큼 아파죽겠어요. 저 경찰 놈들 때문에 생전 없던 트라우마까지 생길 판이라고요. 본인이 맞은 게 아니라서 그런 거예요? 환자를 앞에 두고 요만큼의 동정도 없이 주야장천 제 말만 해 대는 걸 세간에서는 '소시오패스'라고 하는데, 들어는 봤죠?"

랩처럼 쏟아지는 비난에 남지훈이 양 눈썹을 찡그렸다.

천비안이 남지훈의 어깨를 신경질적으로 치며 길을 텄다. 그때였다.

"저기, 그런데 언니….." 천비안과 남자들을 안절부절못하며 지켜보던 여자아이가 천비안을 불렀다.

"저 아저씨가 언니 구해줬는데…."

언니가 생명의 은인인 아저씨에게 불친절하게 대하는 게 못내 불안하던 아이였다. 천비안의 걸음이 멈춘 순간을 놓치지 않고 아이가 울상이 된 얼굴로 말했다.

"저 아저씨가 경찰 아저씨들과 싸워서 다 이겼어요. 되게 싸움 잘해요. 그래서 언니와 저를 도와줬어요."

천비안이 남지훈을 보았다. 그러고 보니, 처음 이 돈가스 가게 안에는 나와 경찰들만 있었는데, 낯선 사람들이 왜 여기 있는 건지 그제야 의문이 들었다.

소문식이 나서서 설명했다.

"저 꼬마애가 저희에게 도움을 요청했습니다. 겁에 질려서 4층 계단을 뛰어 올라왔더군요. 2층 가게에서 어떤 언니가 경찰들에게 구타당하고 있다고 하면서요."

천비안의 시선이 남지훈으로부터 소문식, 소문식에서 구석에 있는 젊은 부부와 작은 여자아이를 차례대로 훑었다. 꼬마애는 기절하기 직전에 언뜻 본 기억이 났지만, 나머지는 모두 처음 보는 이들이다….

이 사람들이 총까지 가진 저 경찰들한테서 나를 구해줬다고?

전혀 싸움을 잘할 것처럼 보이진 않는데….

잠시 후, 천비안이 들릴락 말락 한 작은 소리로 말했다.

"진작 말을 하지…."

이번엔 남지훈이 어처구니가 없어서 실소했다.

"말 할 시간이나 줬습니까? 다짜고짜 성질부터 부리고선?"

"그거야 눈 뜨자마자 대뜸 현호에 대해서 말하라고 하니까…어쨌든 도와주셔서 고마워요."

남지훈 대신, 소문식이 천비안의 감사 인사를 받았다.

"아닙니다. 그리고 생각해 보니까 제 실수였네요. 막 실신에서 깨어난 분께 질의부터 했으니…아직 몸과 마음의 상처도 가시지 않은 상태일 텐데, 죄송했습니다."

소문식이 고개 숙여 사과하자, 더욱 계면쩍어진 천비안이 손을 내저었다.

"제가 사정도 모르고 화부터 냈죠. 그런데 지금도 뭐가 뭔지는 잘 모르겠어요. 저기, 그래서 말인데, 현호와는 어떤 관계 신지 여쭤봐도 될까요?"

아까와 달리 차현호를 모른다고 잡아떼지는 않는다.

남지훈이 긴장한 얼굴로 소문식을 보았으나, 남지훈에게는 눈길 한 번 주지 않고 소문식이 천연덕스럽게 말했다.

"젊은 시절, 차현호 씨의 모친께 큰 은혜를 입은 적이 있습니다. 저의 생명의 은인이나 마찬가지인 분이시죠. 오늘은 제 일행 중에 환자가 있어서 이 상가건물 4층 병원에 들렀다가 저 여자아이가 도움을 청하길래 노수혁 씨와 함께 이 가게로 들어온 겁니다. 그러다가 경찰들이 차현호 씨를 체포하려던 것을 알게 됐고요."

소문식의 눈길이 미연 부부를 향하자, 천비안의 눈길도 자연스럽게 그를 좇았다. 식당 구석에 다리를 다친 것 같은 30대 초반의 여자가 앉아 있었다. 김미연에게서 시선을 떼며 천비안이 말했다.

"네. 현호 어머님의 지인분이셨군요. 그렇다면 현호와는 저보다 더 가까운 사이일 텐데 왜 그 친구의 행방을 저한테 물으시는지…. 현호에게 연락은 해보셨나요? 그리고, 전 정말 현호가 어디로 갔는지 몰라요. 아침에 눈 떠보니 말도 없이 사라져서….”

석연찮은 눈빛과 표정으로 아직도 반신반의하는 여자다.

머리 회전이 빠른 소문식이 천비안의 의심을 사지 않도록 안정되고 절제된 음성으로 말했다.

"차현호 씨는 저를 잘 모를 겁니다. 최근, 그의 모친과 통화를 하는 중에 아들이 7월생이어서 이번 일부이처제의 탈락자가 됐다고 하더군요. 아들이 며칠째 행방불명 상태라서 애타게 찾고 있다고도 했습니다. 그래서 정말 차현호 씨가 이곳에 있었다면 한시바삐 그의 집에 연락해서….”

천비안이 선을 그었다. 대화는 순조롭지만, 그녀의 '직감'은 그렇지 못했다.

"차현호란 이름이 세상에 하나만은 아닐 텐데요? 그런데 어떻게 이곳에 있었던 차현호가 선생님 지인분의 아들이라고 확신하실 수 있나요?"

"저 경찰들한테서 차현호 씨의 얼굴 사진과 인적 사항을 확인했으니까요.”

"그래서 현호가 7월생이고 탈락자란 걸 아신 건 아닌가요?"

이 질문을 마지막으로 천비안이 입을 닫아버렸다.

처음부터 수상쩍다고 생각했다. 막 정신이 든 내게 대뜸 현호와의 관계부터 물어왔으니까. 바닥에 묶여있는 저 경찰들보다 말투만 친절할 뿐, 어떤 목적이 있어서 날 취조한 게 틀림없었다. 나를 회유해서 오직 현호의 행방만을 캐내려고 했다.

빨리 이 가게에서 나가는 것만이 살길인 것 같아서 천비안이 '죄송하지만…'을 말하며 걸음을 뗀 그때였다. 소문식이 천비안의 눈앞으로 자신의 핸드폰을 내밀었다. 다크모드로 설정된 핸드폰 액정에는 '양교희'라는 이름과 함께 집 전화로 보이는 전화번호가 떠 있었다.

"여기 보이는 양교희 씨가 차현호 씨의 모친이자 저의 지인입니다."

핸드폰을 보는 천비안에게 소문식이 다시 말했다.

"어제도 통화했고, 월요일 아침에도…그러니까 일부이처제가 공표되기 전부터 저와 양교희 씨는 전화로 서로의 안부를 물었습니다. 혹시 차현호 씨의 집 전화번호를 알고 있다면 이 번호와 대조해 보시면 됩니다."

귀찮게 대조할 필요 없이 한눈에 알아보았다. 현호가 준 메모지에 적혀 있던 집 전화번호가 분명했다. 현호가 이곳을 떠난 뒤 망연자실해서 몇 분간을 메모지만 응시하고 있었고, 눈이 외워버린 그 숫자들이었다.

그러자 소문식이 말했다.

"저를 믿지 못하시는 것도 이해하니, 차현호 씨의 행방을 아신다면 직접 이 번호로 그의 어머니께 연락을 부탁드려도 될까요? 지금쯤 하나밖에 없는 외동아들 때문에 속이 새까맣게 타서 숯덩이가 되었을 겁니다."

"그러면 길이 엇갈렸네요. 현호는…."

마침내 천비안이 경계를 풀고 대답했다. 경찰이 그를 어찌할까 봐 맞으면서도 끝끝내 현호에 대해서 불지 않았다. 아니, 사실은 너무 아파서 불고 싶어도 머리를 세게 맞은 데다 가스총까지 쏴대서 말할 수가 없었다.

천비안이 경찰들을 증오의 눈길로 쏘아보고는 마저 얘기했다.

"현호에 대해서는 경찰들이 없는 데서 말하고 싶어요."

***

"어…어디로 가는 거예요?"

여기가 어딘지는 고사하고 지금이 몇 시인지 밤인지 낮인지도 모르겠다. 무시무시한 절단기에 사지가 잘리기 직전, 무슨 일인지 모르겠지만 컨베이어에서 끌어 내려졌다. 난 살았다며, 덜덜 떨리는 손발로 석가모니와 그리스도, 마호메트, 시바 신을 부르짖고 절을 해가며 감격에 울고불고한 것도 잠시, 그 후엔 차로 이동했고, 땅에 발을 디딘 후에는 쉬지 않고 걷기만 했다. 한참 동안 지하 계단을 걸어 내려가기도 했다. 공포감에 사로잡힌 남자가 대뜸 소리쳤다.

"나를 어디로 데려가는 거냐니까?!"

겁에 질린 동공이 확장과 수축을 반복하며 잠시도 가만히 있지를 못했다. 어떤 때는 나뭇가지처럼 쩍 갈라진 핏발이 섰고, 또 어떤 때는 풍선처럼 부풀어서 데굴거리는 눈알이 곧 터질 것 같기도 했다. 검은 안대에 가려져 눈 상태를 직접 확인할 수는 없었지만 말이다.

"날 어떡하려고요? 지…지네랑 살인 진드기가 득실거리는 지하실 같은 데로 끌고 가는 건 아니죠?"

내 팔을 붙잡은 사람이 두 명인 것만 알 뿐, 주변에 몇 사람이 있는지도, 여기가 어딘지도, 수십 킬로미터는 걸었을 법한데 왜 아직도 걷고 있는지, 길은 대체어디까지인지, 언제까지걸어야할지, 왜아까부터 사람이묻는데새끼들이입도벙긋하지않는지!! 이나쁜새끼들아!!!

"들어가."

등이 확 떠밀린 바람에 걸음이 꼬여서 하마터면 넘어질 뻔했다.

입 밖으로 내지는 못하고 속으로 쌍욕과 악다구니를 퍼붓던 새가슴이 철렁 내려앉았다.

"끄…끝난 거야?

그런데 여기는 어디야?…'.

후들거리는 손발과 다리로 간신히 서 있는데 차츰 발소리가 멀어졌다. 등 뒤로 문이 닫히는 소리가 들렸다.

"여…여기가 어디야?! 새끼들아! 이건 풀어 주고 가야지!"

칠흑 같은 어둠 속에서 남자가 절규했다. 느닷없이 혼자가 돼버리자, 증량된 공포가 엄습한 탓이다. 짐승처럼 울부짖는 소리가 공간을 공명했다.

"캄캄해서 코앞도 안 보이잖아! 혼자 미치기라도 하라는 소리야?!! 응?! 이 나쁜 놈들아!! 흐흐흑…나 혼자 어떡하라고…."

급기야 울음이 터졌다.

"흐흐흑…. 너무 어둡고 무섭단 말이야…흑흑, 이거라도 좀 풀어줘. 제발…."

"안…푸세…."

패닉이 와서 펑펑 울던 남자가 '응?' 하며 울음을 그쳤다. 방금, 분명히 사람 목소리가 들렸는데?

"안대 풀라고요."

또 목소리. 아까보다 조금 더 선명하다.

남자가 반신반의하며 손으로 자신의 두 귀를 더듬었다. 귀의 유양돌기에 걸린 실 끈을 잡아 금방 안대를 끌렀다.

"안대만 풀면 되지, 왜 자꾸만 시끄럽게 울고불고…."

비 오는 날 외는 염불처럼 잘 알아들을 수 없게 꿍얼거리는 말소리가 들렸다. 지금도, '아니, 바보도 아니고 손은 뒀다가 어디에 쓰게?'라며, 불만스럽게 투덜거린다.

안대를 풀자, 환한 LED 불빛이 한꺼번에 눈 안으로 쏟아져 들어왔다. '윽' 하며 눈살을 찌푸린 것도 잠시, 드디어 밖으로 드러난 두 눈으로 남자가 맨 처음 망막에 비친 '물체'를 확인했다. 확인하자마자 기절할 듯이 놀란 건 덤이다.

"여기 와서 앉으세요."

손바닥으로 바닥을 치며 '물체'가 대수롭지 않게 말했다.

"네…네가 왜 여기 있어?"

남자의 질문에 '물체'가 또 자신 없게 웅얼거렸다.

"잡혀 왔으니까 있는 거죠."

"…."

"오빠도 그래서 여기 있는 거고요."

친절한 설명에도 여전히 미궁에 빠진 것처럼 얼빠진 표정을 짓고 있는 남자였다. 남자가 눈을 껌뻑거리며 다시 물었다. 입술이 파르르 소리를 낼 듯 가늘게 떨리고 있었다.

"그러니까 말이야…. 네…네가 왜 여기 잡혀 와 있는 거야?…레고?"

직각으로 뚝 떨어지는 단발머리를 했다. 강미주가 한숨을 내쉬면서 말했다.

"점심밥이나 먹으면서 말해요."

"…."

"오빠."

정신병자들의 질펀한 핏빛 향연이 벌어지던 육가공 공장과는 달리, 지금 남자가 서 있는 이곳은 마치 동화책 속 인화된 세상처럼 새하얀 눈꽃 왕국의 한가운데였다.
 안대가 찢어지도록 주먹에 구겨 쥔 것도 잊은 채, 곽영후가 눈을 크게 떴다.

***

 토요일, 오전 11시 50분.

 "아무 데나 앉아." 좀체 진정되지 않는 심장 때문인지 양필헌의 음성이 갈라졌다. 신속히 블라인드를 내린 뒤 거실 사이드 등을 켰다.
 필헌 형의 집이었다.
 거실, 방, 주방이 분리된 투룸 형식의 오피스텔이다.
 소문에 듣기엔, 필헌 형이 조부로부터 몇십 억대의 유산을 물려받을 거라고 하던데, 사실이라면 검소한 편이거나 아직 유산 상속 절차가 덜 끝나서? 부자 스케일에 맞지 않는 이런 작은 오피스텔에 사는 이유는 저 둘 중의 하나일 것이다.
 유산 문제 때문에 미국 시민권자인 할아버지를 뵈러 필헌 형은 지난주에 휴가를 내고 미국에 다녀왔다.
 어스레한 조명에 의지해 현호가 거실 소파에 앉았다.
 소파 한구석에 드라이버, 아이언 등의 골프클럽들이 꽂힌 골프 스탠드백이 세워져 있었고, 근처에 아무렇게나 벗어 던진 골프 티셔츠로 볼 때 최근까지도 사용한 것 같았다.
 "이제 어떡할 거야?"
 이웃 할머니 집에서 도망쳐서 여기까지 오는 도중에도 말 한마디 없이 입만 꾹 다물고 있던 양필헌이 마침내 화를 냈다.

"진짜 내 인생까지 말아먹으려고 작정했냐?! 미리 말은 했어야지! 그랬다면 나까지 엮이는 일은 없었을 거 아니야!"

화를 내는 필헌 형도 이해하지만, 나도 입장이란 게 있다.

여차하다간 한 대 칠 것 같은 양필헌에게 현호가 욱해서 따졌다.

"엄마가 실종돼서 나도 경황이 없었다고요. 정신 차리니까 형이랑 남의 집 화장실 창문을 넘고 있었잖아요."

우리 집이 불탔고, 엄마가 사라졌다. 그래서 난 이웃집 할머니에게 묻고 있었을 뿐이었다. 내가 길 가던 필헌 형을 붙잡은 것도 아니고, 형이 제멋대로 나를 부르고 먼저 말을 걸었다.

현호의 말이 불에 기름을 부었다. 양필헌이 한층 더 격앙된 음성으로 말했다.

"어머니 안위가 걱정되면 나한테 전화해서 물어봐도 됐잖아! 탈락자 주제에 멍청하게 집에는 왜 와? 네 집도 감시 대상인 거 몰라?! 네가 들키면 너는 물론이고 네 어머니, 다른 주변인들까지 다 위험에 빠진다고! 그 정도 머리도 안 돌아가?"

"내가 내 집에 왔을 뿐이고, 할머니와의 대화에 불쑥 끼어든 건 형이에요."

"그렇게 나온다, 이거지? 난 널 도우려고 갔던 거잖아. 네 어머니 소식을 알려준 것도 나고!"

"도와달라고 한 적 없어요."

"젠장! 진짜 그렇게 밖에 말 못 해?!"

현호가 지지 않고 말했다.

"상황을 말할 틈이 없었어요. 일부러 말을 안 한 게 아니라고요.

그리고 솔직히 형이 이렇게까지 화낼 이유도 없는 게 경찰이나 이웃 사람들이 형과 내가 대화하는 걸 봤다는 보장도 없잖아요."

양필헌이 창문의 베니션 블라인드를 일거에 올려버렸다.

드르륵, 소리가 멈추기도 전에 양필헌의 손가락이 바깥을 가리켰다.

"여기가 12층이야. 동네에 큰 집들이 없어서 뷰가 훤히 보인단 말이야. 며칠 동안 지켜본 바에 의하면, 누군지도 모르는 사람들이 끊임없이 미행하고 미행당하고 있어. 저기 골목길에서 파란 야구 모자를 쓰고 어슬렁거리는 남자 보이지? 그리고 시계 10시 방향, 편의점 테이블에서 핸드폰 하는 사람도 보이지?…. 며칠 전부터 저러고 있어. 일이 터지기 전엔 본 적도 없는 사람들이야. 동네 사람은 물론이고, 낯선 외지 사람들이 주변에 수두룩해. 그중에 탈락자가 된 네 집을 감시한 사람이 없었을 것 같냐? 우리를 미행한 사람이 없었을 것 같아?"

"…."

"사방에 깔린 게 경찰이라고. 알지? 치안 유지 같은 건 개나 주고, 탈락자를 잡겠다고 눈이 벌게서 온 동네를 이 잡듯이 뒤지고 있어. 그들 말로는 그걸 '실적'이라고 하더군. 밤낮도 없고, 다른 놈들한테 실적을 뺏길까 봐 이리떼처럼 무리를 지어서 이악스럽게 몰려다니고 있다고. 나도 이 창 너머로 몇 번이나 놈들한테 끌려가는 사람들을 봤어. 그리고 그중에는 '협조 공범'이란 사람들도 있었어."

"…."

"지금 내 꼴처럼."

필헌 형을 만나고 이런 형은 처음 봤다. 말끝마다 뾰족한 가시가 돋아났다. 교수님 밑에서 몇 년째 고생하는 내가 안쓰러워서, 연구실에서도 언제나 내게 친절하기 위해서 노력하던 형의 모습이 아니었다.

오피스텔까지 오는 동안, 길에서도 승강기 안에서도 형은 단 한 번도 나를 쳐다보거나 말을 걸지 않았고, 그때부터 예견된 일이었다.
"탈락자를 숨기거나 신고 의무를 어길 시에 즉, '협조 공범'으로 체포되면, 재판 없이 즉결 처분되고 해당자의 혀를 자른 후에 국영 식육공장에서 평생 노동형에 처한다고 했어."
"…."
"게다가 탈락자가 되는 순간, 베이컨이 돼서 수출용 컨테이너에 탑재되는 건 알지? '행운 부활권'만이 초퍼에 산채로 몸뚱어리가 갈리는 걸 막을 유일한 기회야. 여자들이 부족해서 남자 놈들만 죽어 나가는 판국인데, 탈락자들 몇 명만 신고하면 이 공포의 게임에서 제외해준다잖아. 그보다 더 좋은 게 어디 있어?"
그렇다고 해서 아무런 증거도 없이 누군가 우리를 미행했을 거란 것도 억지다.
하지만, 현호가 마음과는 다른 말을 했다.
"그럼, 형이 먼저 나를 경찰에 신고해요."
짐작도 못 했는지, 양필헌이 눈을 가늘게 떴다.
"뭐…?"
"정 급하면 형이 나를 경찰에 신고하라고요."
"…."
"할 수 없죠. 그리고 일이 이렇게 돼서 미안해요. 본의는 아니었어요."
잠시 말없이 나를 응시하는 필헌 형이었다.
내 말이 참인지 거짓인지, 내 눈과 표정을 스캔 중인 것 같다.
솔직히 형의 이런 모습이 실망스럽지만, 처음엔 형도 나를 도와주려고 했던 거다. 처지를 바꿔서 생각하면, 목숨이 걸렸다면 누구라도 형처럼 행동할 것이며 이게 자연스럽다. 오히려 의연한 태도를 보이는 것이 부자연스럽고 상식적이지 않다. 사람이 그럴 수 있다면, 부처와 예수 중 한쪽의 환생임이 틀림없다고…. 그런 식으로 형을 이해하려고 했다.

그렇게 1분여가 흘렀을까?

느닷없이 양필헌이 핸드폰을 꺼내 들며 말했다.

"됐어. 이왕지사 이렇게 된 거 어떡하겠어…. 요즘 세상 돌아가는 게 무서워서 신경이 좀 날카로웠나 봐. 밥이나 먹자."

생각이 정리됐는지, 잠깐 사이 안정을 되찾은 목소리였다.

"떠들었더니 배고파. 한 시간 후에 잡혀가더라도 점심은 먹고 가는 편이 낫겠지. 참고로 난 스테이크. 괜찮지?"

현호의 묵언을 동의로 알아들었다. 양필헌이 배달 앱으로 식사를 주문한 뒤, 핸드폰을 테이블에 툭 던지며 말했다.

"너도 이게 '마지막 식사'니까 많이 먹어둬."

마지막 식사? 필헌 형이 한 말의 어감이 이상해서 현호가 무슨 뜻인지 물어보려고 했다. 하지만 그에 앞서, 모든 걸 단념한 것 같은 양필헌이 소파에 털썩 기대서 한숨을 내쉬었다.

"이젠 먹을 기회도 없을 테니까 말이야."

별말도 아닌걸, 말꼬투리를 잡을 뻔했다.

현호가 오피스텔을 나가기 위해 소파에서 일어섰다.

"밥은 됐어요. 난 그만 가볼게요."

엄마를 데려갔다는 경찰서부터 알아보는 게 급선무였다.

그러자, 양필헌이 현호를 만류했다.

"밥이나 먹고 가. 아까는 내가 너무 흥분했어. 네 말대로 누가 우릴 봤어도 알 게 뭐야? 탈락자들이 길 한가운데서 시끄럽게 떠드는 게 가능하긴 하냐? 사람들도 모르고 지나쳤을 거야. 역발상인 셈이지. 너도 도망자 행색은 아닌데, 미행당한다는 둥 내가 과민 반응했어."

"…."

"네 어머니 일로 급한 건 알겠지만, 지금까지 밥도 제대로 못 먹은 거 같은데…그러지 말고 앉아."

평소와 다름없이 여유롭고 느긋한 성격으로 돌아온 필헌 형이었다.

하지만, 마음을 정했기에 현호가 등을 돌리며 말했다.

"괜찮아요. 오늘 도와준 건 고마웠어요. 그리고 이건 내 임시 핸드폰인데, 연락할 일이 있으면 이 번호로 하세요."

테이블에 있던 메모첩에 오늘 길에서 주운 여자의 핸드폰 번호를 남기고 현호가 인사했다.

"그럼 또 봐요, 형."

"네가 무턱대고 경찰서에 전화하면 위험해."

"…."

"사과의 의미로 밥 먹고 나서 내가 경찰서에 전화하든지, 아니면 직접 서에 가서 알아봐 줄게. 네 어머니가 어떤 상태인지."

현호가 마지 못한 척 다시 자리에 앉았다.

길에서 주운 핸드폰이 있긴 하지만, 그래도 공중전화로 목소리를 변조하는 게 나을까, 걱정이 많았는데, 탈락자 신분이 아닌 필헌 형이 대신 알아봐 준다면 더할 나위 없다. 양필헌이 물었다.

"그런데, 너, 영후 소식은 알아? 들은 거 없어?"

영후 형!

곽영후가 떠오른 현호가 저도 모르게 목청을 높였다.

"영후 형 소식 알아요?! 형?!"

"아니, 몰라. 그래서 너한테 묻는 거잖아. 네 생일은 몰랐어도 영후 생일이 7월인 건 알아."

"…."

"그 녀석, 7월 23일, 자기 생일 때마다 온갖 핑계 대고 과제 다 쨌잖아. 어떻게 기억을 안 해. 그런데 현호 너도 정말 영후가 어떻게 된 건지 몰라?"

모텔 침대에서 깨어난 후, 천비안에게 혹시 어떤 남자가 302호 객실에 들른 적이 없었냐고 물었었다. 천비안은 그런 일은 없었다고 했다.

"영후 형과는 수요일 아침까지 같이 있었어요. 모텔 객실 하나를 빌려서요. 형은 월요일 이후로 영후 형과 통화한 적 없어요?"

"없어."

양필헌의 대답에, 현호가 다른 질문 없이 수긍했다.

그렇겠지…. 모바일 네트워크와 전화가 완전히 불통이었던 며칠이었으니까. 무심코 호주머니에 손을 넣어 길에서 주운 핸드폰을 만지작거렸다. 영후 형에게 연락해 볼까 망설이던 그때, 양필헌이 말했다.

"모텔에 둘이 같이 있었구나. 하긴 우리 연구실에서 이번 일부이처제에 걸린 게 너희 둘이니까…. 그런데 영후라면 걱정 안 해도 될 거야. 그 녀석이라면 벌써 와이프 두 명 끼고 괌으로 신혼여행 갔을지도 모를 일이거든? 일부이처제가 아닐 때도 양다리 걸치고 살았는데 이젠 대놓고 법까지 바꿔서 뭐, 세상이 매일 생일날 같겠지."

RRRR, 현관 벨이 울렸다. 양필헌이 소파에서 일어나서 현관으로 갔다.

"음식 시킨 게 왔나 보다."

***

토요일, 이제 정오다.

"앗! 놓쳤다!"

여자아이가 양팔을 휘저으며 뭔가를 잡으려고 했다. 하지만, 낑낑대면서 까치발을 해도 '녀석'은 좀처럼 손에 잡히지 않았다. 몸을 웅크렸던 아이가 이번엔 개구리처럼 펄쩍 점프하며 팔을 뻗었다.

"조심해!" 천비안이 가파른 계단에서 발을 헛디뎌 휘청한 아이를 간신히 붙잡았다. 놀란 가슴을 쓸어내리며 천비안이 아이에게 주의를 줬다.

"계단에서 뛰면 안 돼. 다칠 뻔했잖아."

"난 그냥 나비만 잡으려고 한 건데…. 아! 그런데 나비 잡았어요!"

나를 약 올리는 것처럼 요리조리 공중 회전하던 교활한 녀석을 가까스로 붙잡았다. 잡은 나비를 넣으려고 작은 철제 깡통의 뚜껑을 열고 있는데, 비안 언니가 말했다.

"나비 같은 건 뭐 하러 잡아? 먹지도 못하는 거."

"이번 학기 조별 과제거든요. 곤충 표본 만들기인데, 난 나비 채집을 맡아서요."

아이가 싹싹하게 대답하며 깡통 뚜껑을 닫았다. 이 나비 채집 깡통은, 내용물을 비운 파인애플 통조림통에다가 노끈을 매달아서 크로스백처럼 만든 것이었다.

천비안이 창밖으로 고개를 돌렸다.

정오인 지금, 아직도 상가건물 안에 있었다.

작고 노란 나비들이 이따금 열린 창틈으로 날아 들어왔다.

'4층 높이인데도 나비가 여기까지 날아 오네…?'

"나비 또 잡았어요! 와, 기록이다. 5분 만에 두 마리나 잡다니!"

과제가 잘 돼서 기분이 좋은지, 아이가 널뛰기하듯 깡충거렸다.

남들에게 들키기 싫어서 혼자서 불안한 마음을 달래는 중에 천비안이 아이를 돌아보았다. 과제물을 소중하게 깡통에 담는 아이를 보며 그녀가 물었다.

"그러고 보니 언니가 너한테는 아직 인사도 못 했구나. 아까는 도와줘서 고마웠어. 넌 어디 다친 데 없어? 아, 그런데 피가….."

여자아이의 얼굴과 몸에 묻은 피를 보자 오전의 기억이 떠올랐다.

현호가 떠난 돈가스 가게에 혼자 남아있었다.

갈 곳을 정하지 못해서 머리가 지끈거릴 때, 난데없이 가게 문이 박살 나듯 열리며 생면부지의 남자들이 우르르 안으로 들이닥쳤다. 경찰인지도 모르고 그들을 피해서 주방으로 도망쳤으나, 놈들은 금세 나를 뒤따라와 내 머리채를 움켜잡고는 밖으로 끌어내리려고 했다. 반항하자 무자비하게 따귀를 때렸다. 무기라도 잡으려고 주방을 손으로 마구 휘저으며 더듬었고, 운이 좋았던지 손끝에 식칼이 잡혔다. 덜덜 떨면서도 놈의 옆구리를 찔러버렸다. 그리고 그때도 이 애가 나를 구하려고 칼에 찔린 경찰에게 덤벼들었다.

아이가 피로 더럽혀진 자기 옷을 내려다보며 말했다.

"이 피는 내 거 아니에요. 경찰 아저씨 피예요…."

"응. 알아. 너도 무서웠을 텐데, 고맙다는 말로도 부족해. 너 아니었으면 난 크게 다쳤거나 죽었을 거야. 그런데 넌 어떻게 아침 일찍 2층 가게에 온 거야? 아, 혹시 네가 여기 주인이야?"

"네. 부모님이 하시는 가게예요. 아침에 엄마가 가게 문을 잠그고 오라고 해서 와 본 거예요."

명확한 발음으로 거리낌이 없이 대답하는 아이가 귀여워서 천비안이 아이의 머리를 쓰다듬었다.

"그랬구나…. 아무튼 네가 나를 살렸어. 그런데 넌 몇 살이니? 학교는?"

"14살이요. 강오 중학교 1학년 4반이요. 그런데 언니를 구한 건 내가 아니에요. 저 아저씨들이 언니를 구했어요."

정직한 아이의 손가락이 소문식과 남지훈, 노수혁을 차례대로 가리켰다. 졸지에 '아저씨'가 되어버린 남지훈이 떨떠름한 표정을 했다. '오빠'라고 정정해 줘야 하나 고민하는 중에, 노수혁이 초조한 음성으로 말했다.

"전화를 안 받으시나요?" "지금도요?"

노수혁이 연거푸 묻자, 열 차례가 넘도록 통화를 시도하던 소문식이 귀에서 핸드폰을 내렸다. 그가 포기한 어투로 말했다.

"네. 안 되겠네요. 내 전화인 걸 알고 의도적으로 피하는 건지도 모르겠습니다."

절망이 드리워진 얼굴로 노수혁이 4층 회벽에 기대앉은 아내를 바라보았다. 미연 자신은 괜찮다고 하지만, 한 시간 전부터 생긴 미열이 이제 손이 델 만큼 느껴지는 고열로 바뀌고 있었다.

한겨울이 다시 온 것 같은 오한 때문에 미연의 몸이 자꾸만 덜덜 떨렸다. 상처 때문에 눈도 제대로 뜨지 못하는 아내였다.

천비안 역시 걱정스러운 눈길로 김미연을 보고 있었다.

몸 상태가 나빠지기 전까지, 오늘 처음 본 사이임에도 김미연은 친언니처럼 나와 이 아이를 챙겨줬다. 경찰들에게 폭행당한 기억과 심리적 불안감으로 나도 모르게 눈물이 터진 그때, 김미연이 나를 위로했다.

-나쁜 일은 빨리 잊어버려요. 너무 걱정하지도 말고요. 그건 절대로 비안 씨 잘못이 아니니까요. 잘못한 것도 없으면서 자책하고 괴로워할 필요는 없어요. 다 잘될 거예요.

-나도 내 남편도 여기까지 오는 동안 상상할 수도 없는 끔찍한 일을 겪었고, 지금 이렇게 살아서 말이라도 하는 게 기적이라고 할 밖에요.

-주제넘은 소리지만, 탈락자라도 살려고 하면 살 수 있어요. 가위에 눌려서 옴짝달싹 못 하더라도 일단은 발버둥이라도 쳐야 꿈에서 깰 수 있잖아요. 안 그래요?

김미연이 하얗게 질린 백지장 같은 안색으로 쌕쌕거리며 숨을 내뱉고 있었다. 착잡함과 안타까운 마음에 천비안이 손톱을 잘근잘근 물어뜯었다.

상가건물 4층에 있는 '하봉주 내과 의원' 출입문 앞이었다.

소문식을 비롯해 2층 돈가스 가게에 있던 인원들이 모두 모여있었다. 경찰들을 피하고 싶다는 천비안의 의견에 따라 4층으로 이동한 것이었다. 하긴, 대책을 세워야 하는데 경찰들 앞에서 논의할 수는 없는 일이었다. 게다가 김미연의 치료가 한시가 급한 만큼 이곳 내과만큼 적당한 데가 없었다. 경찰들에 대한 뒤처리는 남지훈이 가스총과 재갈로 말끔하게 해결하고 일행을 뒤따라왔다.

하지만, 당장 직면한 과제는 내과의 육중한 출입문이었다.

전자 도어록으로 잠긴 데다가 유리문마저도 무식할 만큼 두껍기 그지없어서 아무리 주먹으로 두드리고 흔들어도 단단한 바위처럼 꿈쩍도 하지 않았다. 병원 원장인 친구의 전화 또한 여전히 불통이다.

"차 안에 해열제와 항생제가 있었는데…어쩔 수가 없군요."

소문식이 안타까운 시선으로 김미연을 보았다.

구급약 상자뿐만이 아니라 식량, 재난 용품까지 실린 승합차를 통째로 폭발시켜 버린 남지훈은 다른 곳을 보며 딴청을 피웠다.

남지훈은 륙색을 메고 한 손에 돈가스 로고가 인쇄된 묵직한 쇼핑백을 들고 있었는데, 쇼핑백 안에는 경찰들에게서 압수한 수갑, 무전기, 총기류와 진압봉 등이 들어 있었다. 탈취한 무기들만 따로 분리한 이유는 여차한 상황이 되면 쇼핑백째 버리기 위해서였다. 생필품과 생존 용품, 태블릿 등 경찰의 불심 검문에도 무사통과할 안전한 물품들은 륙색에 따로 챙겨 넣었다.

비록 의대를 중퇴했지만, 자신이 아는 의학적 지식 한도 내에서 소문식이 노수혁에게 사실만을 말했다. 괜찮을 거라는 위로로 해결될 일이 아니었다.

"허벅지에 난 내상이, 심한 심부 조직 손상을 동반하고 있어서 긴급 수술이 필요합니다. 날이 더워서 세균 감염의 위험이 큰 데다 발열과 오한 등의 패혈증 증세까지 보이고 있어요. 출혈도 멎지 않아서 이대로 두면 과다출혈로 출혈성 쇼크에 빠질 수도 있습니다."

소문식의 진단이 끝나자, 노수혁이 손바닥으로 눈을 가려버렸다.

손 아래로 보이는 파르께한 입술이 지금 그가 어떤 고뇌에 빠져 있을지를 짐작게 했다. 소문식이 말했다.

"이 건물 안에 비상약품이 있을지도 모르니 잠깐 둘러보고 오겠습니다."

남지훈에게 사람들을 부탁하고 소문식이 곧장 5층 계단에 올라섰다. 소문식의 발걸음 소리가 멀어진 그때, 벽에 힘없이 기대 있던 노수혁이 벌떡 몸을 일으키더니 순식간에 4층 계단을 내려섰다.

"뭐 하는 겁니까?!"

하지만, 세 걸음도 못 가서 남지훈에게 앞이 가로막혔다. 남지훈이

고압적인 태도로 노수혁에게 지시했다.

"올라가세요."

"비켜."

"사장님의 지시입니다. 위층에서 대기하세요."

"당신들이 뭔데?"

남지훈의 어깨를 손으로 밀치며, 노수혁이 그를 비껴가려 했다.

"밖에서 약을 구해서 올 거야."

"그건 안 됩니다."

남지훈이 절대 허락할 수 없다는 듯 큰 키로 또다시 노수혁을 막아섰다. 노수혁이 차갑게 말했다.

"왜 안돼? 밖에 문을 연 병원과 약국들이 많은데. 당신도 방금 눈으로 봤잖아."

불과 몇 분 전까지만 해도 생명의 은인이라며 남지훈을 깍듯이 대하던 노수혁의 모습은 온데간데없이 사라졌다. 그도 그럴 것이, 2층을 나와서부터 지금까지, 이 젊은 남자는 툭 하면 미연을 짐짝 취급하고 무례하게 굴었기 때문이다. 치료조차 못 받고 아파하는 아내 때문에 스트레스가 한계에 다다른 노수혁이었다.

노수혁의 눈빛이 살벌하게 바뀐 걸 알았지만, 남지훈은 제 할 말만 했다.

"당신이 경찰에 잡히면 저와 사장님도 위험해지기 때문이죠."

"그런 걱정이라면 접어 둬. 내가 경찰에 잡혀도 너와 사장님을 입에 담는 일은 없을 테니까."

"믿을 수 없죠. 다짐 같은 건 아무 소용도 없어요. 인간이란 손가락 하나만 꺾으면 그 자리에서, 없는 사실까지도 술술 불게 되어 있으니까요.

뭐, 나중에는 상상력까지 보태서 더 그럴싸하게?"

노수혁이 조소하며 대꾸했다.

"내가 그럴 거란 보장이 있어? 사장님이 나와 내 아내의 목숨을 구했는데, 내가 고작 손가락 하나 따위로 당신들을 고발할 거라고?"

'사장님'이란 소문식을 지칭했다.

하지만, 노수혁이 뭐라든 꿈쩍도 하지 않는 남지훈이었다. 그가 턱을 치켜들며 말했다.

"손가락이 꺾이는 고통은 잠깐이면 되지만, 문제는 다음 손가락이 언제 꺾일지 모른다는 공포가 남았죠. 중지, 엄지, 약지, 그러다 발가락, 손톱, 눈…. 시작과 끝을 알 수 없는 무한대의 두려움과 무력감이요. 상상만으로도 견디기 힘든데 뼈마디가 박살 나고 근육이 찢기는 극한의 고통과 공포를 보드랍고 연약한 몸뚱어리가 잘 이겨낼 수 있을까요?"

"개소리하지 마. 세상을 얼마나 살았다고 공포니, 뭐니 떠드는 거야? 네가 날 그렇게 잘 알아?"

"생각해서 하는 말이에요. 경찰에 잡히면 손가락 하나만 병신 되고 다 불어버리는 게 현명하다고 말하고 있는 겁니다. 난 당신을 모르지만, 당신이 겪게 될 공포는 잘 알아요. 그리고 제가 느끼기에 노수혁 씨는…."

"…."

"현명한 사람 같거든요?"

"저…저기, 그럼, 제가 다녀올까요?"

조심스러운 말소리는 들렸으나, 어디에도 사람 모습은 보이지 않았다. 노수혁과 남지훈이 동시에 아래를 내려다보았다.

자그마한 키와 몸집을 한 중학생 아이가 침을 꿀꺽 삼키며 다시 물었다. 긴장 때문에 어깨로부터 맨 철제 깡통을 손가락으로 만지작거리고 있었다.

"난 어리고 학생이라서 약국이나 병원에서 약을 타올 수 있어요. 엄마 심부름이라고 하면…."

"안 돼."

천비안이 딱 잘랐다. 그녀가 철없는 아이를 등 뒤로 감추며 모두에게 말했다.

"아까 사장님 핸드폰으로 뉴스를 봤는데, 오늘부터 병원과 약국도 반드시 신분증이 필요하대요. 탈락자가 이용할 수 없도록 사전에 전면 차단한 거죠."

천비안이 아이를 보며 엄하게 말했다.

"그리고 애라고 해도 너도 안전하지 않아. 네가…."

힘든 말을 해야 해서 그녀가 아랫입술을 잘근 깨물었다.

"네가 탈락자인 나를 살렸기 때문에 너도 위험해. 미성년자라도 예외 없다는 법령을 봤어."

이미 경찰들이 나와 이 아이의 얼굴을 봐버렸다.

집에 돌려보내더라도 안전을 보장할 수 없어서, 아이의 거취에 대한 어떠한 결론도 내리지 못하고 있었다. 오히려 무턱대고 집으로 갔다가 그 즉시 매복한 경찰들에게 체포될 수도 있었다. 그래서 애의 부모님께는 딸아이를 안전하게 데리고 있으니, 당분간 찾지 말라는 문자만 간단하게 보냈다. 졸지에 애 유괴범이 됐지만 어쩔 수 없었다. 문자 전송은, 2층에 잡아 둔 경찰 한 명의 핸드폰을 빌렸다. 여기 있는 사람들 전원이 경찰에 쫓기는 신세라서 부득이 개인 핸드폰은 사용 불가가 됐다.

경찰이 범죄자의 핸드폰 동선을 추적하는 건 기본 중의 기본이다.

모두의 동의하에, 그 자리에서 한 사람도 빠짐없이 각자의 핸드폰 전원을 꺼버렸다. 물론, 소문식과 남지훈은 일찌감치 핸드폰 전원을 끄고 있었고, 나와 노수혁 부부는 핸드폰을 분실했기에, 핸드폰을 가진 사람은 아이뿐이었다. 뉴스 소식은 가급적 휴대용 라디오를 이용하고, 긴급 시에만 소문식의 대포폰을 쓰기로 했다.

나를 살린 아이니, 내가 끝까지 책임질 수밖에 없다.

운이 좋으면 내가 있던 세상으로 이 애를 데려갈 수도 있다.

이곳에 있으면 이 애는 죽은 목숨이다.

이게 맞는지도 모르겠고, 어떻게 내 세상으로 갈 건지 방법도 모르겠지만….

"비키세요."

4층 복도로 되돌아온 남지훈이 별안간 뒤로 물러서며 말했다. 그가 돈가스 쇼핑백에서 경찰로부터 뺏은 38구경 리볼버 권총 두 자루를 꺼내 들었다. 인간 사냥에 나선 경찰들 덕분에, 탄창에 장착된 총알은 공포탄 없이 여섯 발 모두 실탄이었다. 남지훈의 생각이 무엇인지는 출입문의 도어록 상태를 본 모두가 알 수 있었다.

천비안이 중학생 아이를 보호하면서 계단을 내려갔다. 그러자, 노수혁도 김미연을 둘러업고 계단 아래로 몸을 피했다.

사람들이 시야에서 사라지자, 남지훈이 슬라이드가 열린 출입문 키패드에 총을 겨눴다. 지체 없는 총성이 울렸다. '탕탕탕'하고 총알이 발사되자 금속과 금속이 충돌하면서 불꽃이 튕겼다. 흔들림 없이 연사된 총탄 세 발이 연달아 키패드의 한 지점에 날아가 박혔다. 신기에 가까운 사격 솜씨였다. 멈추지 않고 두 발 더 쏜 다음 마지막 한 발은 유리문을 쐈다. 탄환이 떨어진 총을 버리고 재빨리 새 총으로 교체했다. 4층 복도에 매캐한 화약 냄새가 퍼졌다. 금이 간 강화 유리에 일곱 번째 탄환을 조준한 그 순간.

"멈춰!"

소문식이 발사를 중지시켰다. "그만해! 중지!"

유리문을 조준한 총구 주위로 하얀 연기가 피어올랐다.

명령에, 남지훈이 동작을 멈췄다.

총성이 그치자, 그제야 감미로운 클래식 음원 소리가 들렸다.

총성에 놀라서 4층으로 내달려 온 소문식이 핸드폰부터 받았다.

"여보세요?"

그 이후로 일절 아무 말이 없었다.

소문식이 핸드폰을 귀에 댄 채 듣기만 하고 있었다.

적막만이 흐르는…그러나, 통화는 금방 끝났다.

"총은 넣어."

남지훈에게 명령한 후, 그가 내과 의원 출입문 앞으로 다가갔다.

잠시 기다리자, 불투명한 유리문 너머로 너울거리는 검은 그림자 같은 형체가 나타났다. 곧이어 도어록에서 철컥하는 소리가 나며, 그토록 주먹으로 치고 때리며 총알까지 박아대도 꿈쩍도 하지 않던 요새의 출입문이 삐걱- 소리를 내며 열렸다.

열린 문틈으로 누군가 얼굴을 빼꼼히 내밀었다.

나이가 환갑에 가까운 소문식의 대학 동창생이라기에는 상당히 젊어 보이는 남자였다. 26살의 남지훈과 동갑내기로 보였다.

11

 소문식이 병원 출입문 틈새로 밀어 넣은 메모지.

 메시지와 핸드폰 번호가 적힌 메모를 읽었고, 소문식이 누군지도 알았으나 그럼에도 문을 열어 줄 생각은 없었다고 했다.

 "그런데 문이 박살 날 거 같아서요."

 정돈된 느낌의 헤어스타일과 고동색 머리 색을 한 남자가 말했다.

 "아무리 그래도 남의 병원에 총질하는 건 좀 아니지 않나요?"

 의원 내의 대기실 의자는 총 18개였고, 병원 접수대를 마주하고 3열 6행으로 줄지어 있었다. 공간 없이 일렬로 붙여진 의자들은 기다란 등벤치처럼도 보였다.

 대기실 맨 뒷줄에는 남지훈이 팔짱을 끼고 앉아서 눈을 감고 있었다. 그대로 선잠이 든 건지, 아까부터 띠꺼운 불만을 늘어놓는 고동색 머리에는 신경도 쓰지 않았다.

 천비안이 퉁명스럽게 대꾸했다.

 "밖에 위급 환자가 있는 건 알았을 거 아니에요? 메모도 봤고 문틈으로도 조금 들렸다면서요?"

 "네. 듣긴 했죠. 곧 갈 줄 알았고요. 그런데 총까지 쏴댈 줄 누가 알았겠어요."

 이 병원 원장인 '하봉주'의 막내아들인 그였다. 그러면서 뼈마디가 불거진 손가락으로 병원 출입문을 가리켰다.
　무식하게 쏴댄 총알 때문에 출입문은 유리 중앙으로부터 실처럼 얇아빠진 방사형 균열이 생겨났고, 입김만 불어도 무너질 만큼 위태로운 처지가 됐다.
　누가 와도 절대로 문을 열지 말라는 아버지의 말씀에 따라 내과 안에서 꼼짝도 하지 않고 있었는데, 사람들이 아침부터 몰려와서 문을 두드리는 등 시끄럽게 굴더니 급기야 총질까지 해 댔다.
　"그럼, 총이 없었으면 끝까지 안 열어 줄 생각이었어요?"
　천비안이 문이 닫힌 내시경실에 눈길을 주며 물었다.
　응급실과 별도의 수술실이 갖춰지지 않은 동네 내과의원이어서 내시경실이 김미연의 허벅지 봉합수술을 위한 임시 수술실이 되었다.
　물론, 집도의는 의사 면허가 없는 소문식이었다. 처음에, 자신은 의사가 아니라며 수술을 거절한 소문식이었지만, 찬밥 더운밥 가릴 처지가 아닌 노수혁의 끈질긴 애원에 어쩔 수 없이 메스를 들었다.
　노수혁이 소문식을 도와 수술실에 들어간 지 한 시간 정도 됐다.
　접수대가 마주 보이는 1열 대기실 의자에 천비안과 병원장 아들이 간격을 두고 앉아 있었다. 수술 시간이 예상외로 길어지자, 김미연이 걱정된 나머지, 천비안이 손톱을 잘근잘근 깨물었다.
　방금 한 천비안의 뻔뻔스러운 말에 병원장 아들이 정색했다.
　"당연하죠. 내가 왜 문을 열어줘야 하나요? 여긴 우리 아버지가 운영하는 개인 병원이고, 사적 소유권과 재산권이 명확히 법적으로 보장된 곳인데요? 위급한 응급 환자라고 해도 아버지가 의사지, 난 의사도 아니에요. 설혹 아버지가 계셨다고 한들 병원 개폐야 원장 마음인데 문을 열지 않는다고 다짜고짜 무식하게 총질이라니…. 이해가 안 가네요.

아무리 환자 핑계를 대셔도 이건 협박이고 위협이에요. 명백한 불법이란 말이에요."

"예, 예. 뭐, 이해가 잘 안 가면 이해는 안 해도 될 것 같아요."

천비안이 대충 대꾸했다. 병원에 들어오고부터 나 혼자서 이 남자를 상대하는 중인데, 계속 대화하다간 급성 심근경색으로 나가지 위험할 것 같다.

'나이도 어린 거 같은데 뭐 이렇게 꽉 막혔어? 그리고, 총을 내가 쐈어? 왜 나한테 와서 이래?'

등 뒤로 남지훈을 돌아본 천비안이 입술을 삐죽거렸다.

'넌 자는 척만 하면 돼서 편하겠다.'

병원 아들이라는 남자의 말로는, 자신도 이번 일부이처제법의 1차 탈락자라고 했다. 그의 아버지가, 사태가 진정될 때까지 병원에 숨어 있으라고 했고, 그럴 생각이었다고 했다. 웬 낯선 사람들이 문밖에서 소란을 피워댔지만, 그래도 기척 내지 않고 잘 참고 있었는데 급기야 총까지 쏴대서 너무 놀랐다고…. 하는 수 없이 메모에 적힌 아버지 대학 친구라는 남자에게 병원 전화로 연락한 것이라고 했다.

솔직히, 작은 내과이긴 해도 그래도 병원장 아들인 데다 얼굴, 신체 멀쩡하고, 가방끈도 길어 보이는 남자가 왜 탈락자가 됐는지 의아해했더니 이제야 의문이 가셨다. 아니, 정확히는 대화 시작 후 5분 만에.

경황이 없어서 빗지 못한 머리를 고무줄로 질끈 묶은 천비안이 눈을 얄브스름하게 뜨며 물었다.

"주변에 친구 없죠?"

"그런 건 왜 물으세요? 제 교우관계가 어떻든 전 지금 사유 재산 권리에 대해서만 말하고 있는데요?"

"네. 그래서 나도 댁이 친구가 있는지 없는지에 대해서만 물어본 거예요. 대답 안 할 거면 수술 끝날 때까지 서로가 궁금한 거나 물어보자고요."

"너무 뻔뻔한 거 아닌가요?"

"사과는 벌써 했는데요? 그리고 사장님이 병원문은 보상하겠다고 하셨잖아요."

"언제 그런 말씀을 하셨나요? 여기 들어오기 무섭게 내시경실로 직행하셨는데요?"

"어머, 내 기억의 오류인가? 그럼, 내시경실에서 나오시면 직접 물어보세요. 자꾸 저한테만 잔소리하지 마시고. 정 할 일 없으면 인터넷으로 병원 문짝이나 검색해 보시든지."

수술이 끝나야 이 무한 토크의 지옥에서 벗어날 수 있을 거 같아서, 대화 중에도 연신 내시경실을 신경 쓰는 중에, 조금 전 화장실에 갔던 중학생 여자아이가 천비안에게 달려왔다.

"언니! 나, 세면대에서 이거 주웠어요! 봐봐요!"

아이가 자랑스럽게 손바닥을 펴 보였다. 아이가 주운 것은 손가락 한 마디 크기의 타원형 물체에 구멍을 뚫어서 만든 목걸이였다.

"어머, 이거 총알이야?"

가까이서 보니 진짜 총알이 아닌 구리로 만든 모조품이었다. '그럼 그렇지'라고, 생각하면서도 천비안이 아이를 칭찬했다.

"잘 주웠어. 예쁘다. 그런데 네가 하기에는 좀 크지 않아?"

"그럼, 언니 할래요? 목에 걸어줄까요?"

"아, 아니야. 난 됐어. 필요 없으면 버리든지, 아니면…."

천비안이 슬쩍 뒤를 돌아보았다. 팔짱을 끼고 잠든 척하는 남지훈이 얄미워서 그녀가 손짓으로 그를 가리키며 말했다.

"저 아저씨 줘. 저기, 아까부터 의자에서 퍼질러 자는 아저씨 보이지? 스나이퍼니까 이런 거 좋아할 거야."

천비안의 말에 윤기 나는 새까만 단발머리를 한 아이가 '네! 그게 좋겠어요!'라며 씩씩하게 대답하고 남지훈에게 뛰어갔다.

잠시, 대기실 뒤편에서 사람의 성의를 대놓고 거절하는 남지훈과 시무룩해하는 아이 사이에 대화가 오갔고, 결국 미션에 성공한 아이가 해맑게 웃으며 천비안에게 쪼르르 달려왔다.

"아저씨 목에 목걸이 걸어줬어요!"

남지훈에게 선물해서 신난 것 같았다.

하지만, 금방 심심해진 아이가 이번에는 자기 나비 깡통을 조심스럽게 흔들어 보았다. 귀에 대고 듣기도 하는 것이 나비들이 잘 있는지 확인하는 것 같았다. 그 모습을 가만히 지켜보던 천비안이 불현듯 아이의 손을 잡았다. 손으로부터 느껴지는 작고 따스한 온기를 느끼며 그녀가 사과했다.

"미안해…. 곧 집에 가게 될 거야. 조금만 참아."

그럴 수밖에 없었다. 자신이 지금 어떤 환경에 처한 건지도 모르고, 그리고 나를 도와준 대가로 앞으로 어떤 일을 겪을지 예상도 못 한 채 시종일관 햇살처럼 해맑은 아이다.

그러자, 천비안의 안쓰러운 심정을 모르는 아이가 오히려 그녀를 위로했다.

"그런 거면 난 괜찮아요. 학교랑 집에 가면 학습지도 해야 하고, 학원도 가야 해서 맨날 바빴거든요. 지금이 훨씬 좋아요."

"그렇지만, 소풍 나온 게 아니잖아. 집에서 부모님이 널 애타게 기다리고 계실 테니까 언젠가는…아니, 금방 돌아가야지. 그렇게 될 거야.

언니가 꼭 그렇게 해줄게."

지키지도 못할 약속을 하는 사이, 아이의 표정이 시무룩해졌다.

뭔가 말을 할 듯 말듯 입을 달막이는 아이에게 천비안이 물었다. 그러고 보니, 중요한 것을 깜빡하고 있었다.

"그런데, 넌 이름이 뭐야? 아직 이름도 안 물어봤네?"

"네?! 제 이름요?!"

대단한 걸 물은 것도 아닌데, 화들짝 놀라서 아이의 언성이 커졌다. 병원장 막내아들이 그녀들을 돌아봤다. 하지만, 곧 자동 유리문 가격을 검색하던 노트북으로 돌아가 버렸다.

천비안이 여자아이의 기색을 살피며 물었다.

"응. 왜? 네 이름이 궁금해서 물은 건데, 안돼?"

"아…. 안되는 건 아니지만…그…그게요…. 언니…."

천비안이 여자아이의 두 손을 가볍게 감싸 쥐었다. 불안해하는 모습이 이름 때문은 아니라는 생각이 들었다.

"응. 말해 봐. 뭐야? 네 이름이 뭔데 그래? 아니면, 뭔가 나한테 말 못할 비밀이라도 있는 거야?"

"그…그게 내가…사실은 내가 이 세상 사람이 아니에요. 내가 사는 데는 여왕님이 없고, 대통령이라는 아저씨가…."

놀란 나머지 아이의 입을 손으로 막아버렸다. 의자에서 벌떡 일어선 천비안이 다짜고짜 아이의 손을 낚아채서 대기실 구석진 곳으로 데리고 갔다. 남지훈과 병원장 아들이 절대 우리 대화를 엿들을 수 없다고 판단된 곳까지 와서야 천비안이 아이의 손을 풀었다. 아이가 울상이 된 얼굴로 천비안을 보고 있었다.

"미…미안해. 언니가 지금 너무 놀라서…. 그런데, 너 방금 한 말이 뭐야? 대통령이 어쩌고 한 거, 그거 정말이야?"

"네? 네…. 그런데, 그게 굉장히 무서운 거죠? 나도 알아요."

"뭐가 무섭다는 거야? 무서운 이유가 뭔데? 아니, 그전에, 우리나라 대통령 이름이 뭐야? 너, 말할 수 있어?"

"이석찬 대통령 아저씨요."

맞다. 2024년 현재, 한국 제20대 대통령의 이름은 '이석찬'이다. 하지만, 이런 어린 꼬마애가 실재의 한국에서 이세계로 왔다는 사실이 도무지 믿기지 않아서 천비안이 더욱 목소리를 죽이며 물었다. 추궁에 가까웠지만, 정작 흥분한 본인은 모르고 있었다.

"맞아. 지금 한국의 대통령은 이석찬 대통령님이야. 시간 없으니까 언니가 바로 물을게. 넌 어떻게 지금 네가 있는 이곳이 다른 세상이란 걸 안 거야? 부모님이 바뀌었어? 아니면 친구가?"

"처음에는 몰랐어요. 아무것도 바뀐 게 없었거든요. 집도 엄마 아빠도, 학교랑 친구들도 다 똑같은데…. 그런데 SNS랑 구독한 플랫폼 동영상에 자꾸만 여왕님이 나왔어요. 여왕님이 우리나라의 최고 큰 주인이랬어요. 너무 이상하고 신기해서 베프인 주환이랑 예리한테 왜 우리나라 주인이 대통령 아저씨가 아니냐고 물었더니 애들이 나를 막 비웃었어요. '대통령이 뭐야? 우리나라가 뭐 미국인 줄 알아?' 하면서요…. 저녁에는 엄마한테도 말했는데, 엄마가 아빠한테 말하고…. 아빠가 나한테 물었어요. 요즘에 혹시 학교에서 나를 괴롭히는 애가 있냐면서요. 왕따를 당하는 거면 꼭 말하라고 했어요."

"…."

"아빠가 절대로, 아무한테도 그런 말을 하지 말랬어요. 여왕님이 아시면 혼난다고요. 그래서 내가 좀 억울했어요. '전에 대통령 아저씨

뽑을 때 약국 사거리에 선거하는 트럭 아저씨랑 아줌마들이 와서 단체로 춤추면서 트로트 노래 불렀잖아?'하니까 그런 건 내 상상일 뿐이래요. 진짜로 대통령 선거 같은 게 있다고 쳐도 누가 나라의 중요한 선거를 사거리에서 춤추고 트로트를 부르면서 하냐고요. 답답해서 죽을 것 같은데 아무도 내 말을 안 믿었어요. 그런데 제일 이상한 건….”

“….”

“내 이름이 바뀌었어요. 여기선 다들 나를 이상한 이름으로 불러요. 처음 듣는 이름으로요. 엄마 아빠까지도….”

천비안이 눈을 감아버렸다. 이 애도 나와 똑같다. 이름이 바뀐 것까지….

다시 눈을 뜬 그녀가 심호흡으로 마음을 다잡으며 아이에게 물었다.

“그래서, 여왕이 있는 이곳에서의 네 이름은 뭐야?”

“함경민이요.”

“이름이 함경민이구나…. 그럼, 원래 살았던 현실 세계에서의 이름은….”

벌컥. 내시경실 문이 열리며 소문식이 대기실로 나왔다. 하얀 의사 가운을 입은 그가 손에 낀 수술용 장갑을 벗으며 말했다.

“수술은 성공적으로 끝난 것 같습니다. 미연 씨는 이대로 쉬면서 휴식만 좀 더 취하면 깨어나실 거고, 상처도 잘 아물 겁니다.”

천비안이 천만다행이라며 속으로 안도하는 중, 벌써 의사 가운을 벗고 자신의 베이지색 코트로 갈아입은 소문식이 통로를 가로질렀다. 그가 대기실 의자에 있던 병원장 아들에게 말을 건넸다.

“누구신지 모르겠으나, 도와주셔서 감사합니다.”

조금 전, 내과로 들어서자마자 부리나케 수술실을 찾고 또 위급 환자를 수술하느라 다른 건 생각할 틈이 없어서 병원문을 열어 준 이가 누군지도 몰랐다.

소문식이 남자에게 거듭 고개를 숙이며 감사의 말을 전했다.

"조금 전에는 정말 난감했습니다만, 저희 사정을 봐주셔서 환자분의 수술을 무사히 마칠 수 있었습니다. 고맙습니다."

"아니, 제가 꼭 인사를 받으려고 했던 건 아니고…."

아버지뻘 되는 남자가 정중히 인사하자, 병원장 아들이 멋쩍게 말을 얼버무렸다. 그 모습이 거만하게 느껴진 천비안이 톡 쏘듯 말했다.

"그렇게까지 인사하실 필요는 없어요. 저분, 사장님 대학 동창생분의 막내 아드님이래요."

생사가 걸린 일에도 매사 침착하던 소문식이었지만, 방금 들은 말에는 눈을 크게 떴다. 그가 반색하며 말했다.

"정말인가? 네가 봉주 녀석의 막내아들이라고?…. 허허허, 이십오 년도 더 됐지만, 네 돌잔치를 한 지가 엊그제 같은데…. 위에 봉주의 두 아들 녀석 때는 내가 한국에 없어서 못 갔고, 막내 돌잔치만큼은 꼭 가자고 마음먹고 참석했었지. 상그릴라 호텔 연회장이었던가? 이런, 그때 돌잔치에서 봤을 때는 아주 작은 아기였는데, 벌써 이렇게 훌쩍 큰 성인으로 자랐구나. 그래, 봉주는 잘 있고? 여전히 건강하지?"

"네. 아버지께서 의과대학 동기생 중에 개인 사정으로 자퇴한 친구분 얘기를 종종 하셨어요. 그래서 메모지에 적힌 성함을 봤을 때 아, 그분이시구나 했어요."

"…그랬구나."

"아버지 친구분이라서 믿고 병원문을 연 것도 있고요."

잠시 말을 잇지 못하는 소문식이었다.

천비안이 '감격에 목이 메셨나?'라고 생각한 건 당연했다.

그녀의 생각대로, 소문식이 친구 아들 녀석의 어깨를 툭 치며 친근하게 말했다.

"그래, 막내아들이 이렇게 잘 성장해 주었으니, 네 아버지가 얼마나 기쁘시겠니? 그런데 왜 넌 여기 혼자서…."

"아, 이분도 탈락자시래요. 그래서 이 병원에 숨어있는 거래요."

천비안이 또 병원장 아들 대신 말했다. 그러자, 소문식이 안타까움에 혀를 찼다.

"이런, 어쩌다가…. 흠, 그래, 이미 터진 일은 할 수 없고, 잘될 거니까 어떻게든 용기 내서 꼭 살아남아야 한다. 알았지? 아무튼 널 여기서 만나서 반가웠고, 그리고 비안 씨."

친구 아들을 격려한 그가 가까이 있던 천비안을 불렀다.

"저희는 이만 여기서 헤어질까 합니다."

뜻밖의 이별 통보에 말문이 막힌 천비안과는 달리, 대기실 구석에서 잠든 것 같던 남지훈이 눈을 번쩍 떴다. 그가 기다렸다는 듯이 냉큼 륙색과 쇼핑백을 챙겨 들고 소문식 옆으로 달려왔다. 병원장 아들이 남지훈과 그의 손에 들린 불룩한 돈가스 로고 쇼핑백을 호기심 어린 눈으로 힐끔거렸다.

당황한 천비안이 기색조차 숨기지 못하고 물었다.

"네?! 왜요?! 아니, 여기서 헤어지다니, 아직 미연 씨 다리도 낫지 않았고, 우린 갈 데도 없는데요?"

"사정은 우리가 알 바가 아닙니다."

진상처럼 쏙 끼어든 남지훈이 얄미워서 천비안이 쌀쌀맞게 쏘았다.

"나도 그 쪽한테 사정 말한 거 아니거든요?!"

소문식이 설명했다.

"저희는 원래의 일정이 있었습니다. 늦었지만, 지금부터라도 일정대로 움직여야만 합니다. 그리고 2층의 경찰들이 곧 풀려날 수도 있습니다. 포박된 상태라서 당장은 어쩌지 못하겠지만, 동료들의 행방을 찾아서 경찰들이 들이닥칠 가능성도 있고요. 그때는 이 병원도 위험할 수 있어요. 하지만, 그 전에, 아직 비안 씨한테서 듣지 못한 게 있죠? 가기 전에 말씀해 주시겠습니까?"

"뭐, 뭐죠? 제가 뭘 말해야 하나요??"

"이 건물 2층에 있는 돈가스 가게에서 차현호 씨에게 무슨 일이 있었는지 말입니다. 김미연 씨의 치료를 위해서였기도 하지만, 비안 씨가 경찰들이 없는 데서 얘기하고 싶다고 하셔서 이 병원으로 자리를 옮긴 거니까요."

경황이 없어서 잊고 있었는데, 그랬다. 소문식이 이어 말했다.

"그리고 차현호 씨와 비안 씨는 어떻게 아는 사이인지도 말씀해 주시겠습니까? 아까 그와는 초등학교 동창이라고 하셨나요? 죄송하지만, 아직 비안 씨를 전면 신뢰하는 건 아니어서 그렇습니다. 이해해 주시리라 믿습니다."

"당연하죠. 이런 시국에 낯선 사람 말을 덥석 믿는 것도 바보 같은 짓이니까요. 기억나는 대로 말씀드릴게요. 어…어디서 얘기할까요? 병리실이나 아니면 검진실에서요?"

일단, 대화를 해나가면서 이분을 설득해야만 한다. 뭐 하는 사람들인지는 몰라도 사장님도 대단하지만, 특히 저 남지훈이라는 인간. 예의도 없고 못돼 먹은 성격에다가 싸가지는 중고 마켓에 팔아버렸는지 마음에 드는 구석이라고는 단 한 군데도 없지만, 그래도 이 사람들을 놓치면 무기도 없고, 부상자와 애까지 딸린 우리는 이대로 죽은 목숨이나 마찬가지….

"그냥 여기서 얘기하죠."

소문식이 대기실 의자에 앉자, 순간 남지훈의 눈썹이 꿈틀거렸다.

가림막 하나 없는 이곳에서 '차현호'의 얘기를 한다고?

사장님과 천비안과 나, 그리고 세상 물정 모르는 14살 중학생 아이까지는 그렇다 쳐도, 병원장 아들이라는 사람도 있는 자리이다. 아무리 친한 친구분의 아들이라도 모르는 사람이 이 일에 끼어드는 건 있을 수 없다. 그리고 사장님이 그 사실을 모르진 않을 것이다.

"아참, 그 전에 녹음해야 하니, 내 핸드폰을 주겠나? 지훈 군."

남지훈이 건넨 핸드폰의 녹음 기능을 켜며, 소문식이 병원장 아들에게 물었다.

"그러고 보니, 돌잔치를 한지가 하도 오래돼서 자네 이름을 까먹었구먼. 이름이 뭔가?"

"하태형입니다."

소문식이 '그렇군.' 하더니, 또 질문했다.

"하는 일은 뭔가? 학생인가? 직장인?"

"대학원생입니다. 세하대학원에서 미생물 분자생명공학 석사 중에 있습니다."

이번 학기에 석사를 통과했다는 말은 뺐다. 일일이 대답하기 귀찮아서였다.

소문식이 '흠, 아버지를 닮아서 공부를 잘하나 보군.' 하고 칭찬한 뒤, 핸드폰을 다시 남지훈에게 돌려주며 말했다.

"거기서 녹음을 좀 해주게. 천비안 양과의 대화가 끊기지 않도록 신경 쓰고."

'녹음이라면 직접 하시면 될 텐데?' 하고 의아해하면서도 남지훈이 핸드폰을 받았다. 그리고, 즉각 알아챘다. 녹음 기능은 작동되지 않았다. 대신, 급히 찍었는지 오타가 난 문자들이 핸드폰 액정 화면에 나타났다. 주어도 없었다.

[아바타라Avatāra일 ㄱ가능성.]

[하봉주는 여자임.]

***

사방이 하얀 방.

"너…네가 어떻게 여…여기 있는 거냐고…. 레고?"

시간에 맞춰 배급된 점심 도시락을 먹는 중이었다. 강미주가 통통한 비엔나소시지를 케첩에 콕 찍어서 우물거리며 말했다.

"나도 잡혀 왔다고 말했는데…."

체감상 저 말만 천년 정도 들은 것 같다. 축제처럼 터지는 쌍욕을 참으며 곽영후가 침착하게 다시 물었다.

"너 여기가 어딘지는 알아?"

"…."

"왜 대답이 없어? 몰라? 그럼, 넌 언제부터 여기에 있었는데?"

"수요일 아침부터요. 그런데 소시지 안 먹을 거면 내가 대신 먹어도 돼요?"

"네가 왜 여기 있는 건지 말하면 줄게. 제길, 내 식판까지 다 처먹어도 돼."

속으로는 이성을 찾자고 답안지 외우듯 중얼거려도 도저히 제정신으로 있을 수 있는 환경이 아니다. 차라리 스릴러 영화나 공포물에서 보듯, 컴컴한 지하 감방이나 박쥐가 날아다니는 외딴 동굴 같은 곳이라면, '아, 내가 납치란 걸 당했구나.' 하고, 낙담하든 도망칠 궁리를 하든 할 텐데, 당장 이곳은 내가 아는 한국어로는 표현할 길이 없다.

천장, 벽, 바닥, 동서남북 사방이 온통 겨울눈처럼 새하얀 방이다.

응. 그뿐.

왜 이렇게 세상이 하얗기만 하죠? 하고 이유를 물으면 느닷없이 따귀라도 한대 처맞을 만큼, 그렇게 하얗다.

더구나 가구 하나 없는 방이 과도하게 청결하고 깨끗하다.

이 방안에서 5초 동안만 한 지점을 노려본다면, 천장과 벽이 합체되는 신비로운 경험을 할 것이며, 선과 면의 경계는 무너지고 시각적 클래리티는 자각적 공간감마저 상실케 할 것이다.

따라서, 여기가 어딘지 아무도 모른다면, 그냥 '정신병동 513호' 정도로 불리는 게 그나마 위안이 될 듯싶다. 다행히, 미치기 직전의 날 구제하려는지 젓가락질이 서툴기 그지없는 강미주가 자꾸만 소시지를 떨궈줘서 케첩의 빨간 얼룩이 진 데를 '바닥'으로 인식했다.

"시…식판을 사람이 어떻게 먹어요? 이상한 말 좀 하지 마세요."

눈을 거의 가린 묵직한 앞머리를 한 강미주가 '하나도 안 웃기는데, 노…농담인가?' 하면서 불만을 투덜거렸다.

"레고야…."

태어나서 한 번도 해본 적 없는 명상의 힘까지 빌리며 곽영후가 차분하게 그녀를 불렀다.

"오빠가 지금 많이 혼란해. 네가 랩에서 몇 년간 오빠를 봐 와서 더 잘 알겠지만, 오빠가 굉장히 이성적인 사람이란 건 너도 알지? 예를 들어서, 인생이 어떤 난관에 봉착했을 때, 오빠는 우선 그 상황에 해당하는 벡터 공간을 정의하여 문제의 방향성과 크기를 파악한 다음, 고차원 함수의 그래디언트를 찾듯이 다각도의 시각에서 상황을 분석하고, 연립방정식을 풀 듯 복잡한 변수들을 하나로 결합해 나가면서 근본적인 해답을 향한 단계적 접근을 시도하지. 마치 다차원 연속체 위에 세운 함수의 극값을 찾는 방식과 비슷하다고나 할까? 요약하자면, 어떠한 비이성적인 상황에서라도 인간이라면 객관적인 전체론과 학제론적 관점에서, 그리고 인간만이 가진 엄밀한 논리와 이성만을 바탕으로 자신에게 직면한 해解를 풀어나가야 한다고 생각해. 무슨 말인지 알지?"

"네. 이과적인 사고죠. 그런데 그렇게 푼 적 없잖아요. 그리고 죄송한데 무슨 말인지 하나도 모르겠어요."

"…."

"아…안되면 바로 욕부터 박을 거면서."

곽영후가 명상만으로는 힘에 부쳐서 어디서 들은 적 있는 차크라의 힘까지 빌렸다. 쌍욕이 대기 중인 입을 악착같이 봉합해가며 그가 사람 좋게 웃어 보였다.

"욕 안 해. 이 판국에 너 욕해서 뭐 하겠냐? 그냥 나는 여기가 어디고 내가 왜 이런 곳에 끌려와 있는 건지, 뭐, 그래, 그것까진 너도 모르겠지. 너한테 큰 기대는 없으니까, 뭐든 네가 아는 대로만 솔직하게…."

"그런 거보다 살아있는 것부터 고마워해야 할 것 같은데…."

레고, 아니, 강미주가 이어 말했다.

"가공육 공장에서 소시지가 될 뻔했잖아요. 구사일생으로 살아났으면서…."

곽영후의 눈이 돌연 대문짝만하게 커졌다.

"오빠가 두 명의 여자와 혼인 신고하기 직전에 한 여자가 배신하고 떠난 것도 알아요. 그 여자, 미스 대구 선이었다면서요? 오빠는 참 운도 좋지…. 그런데 마감 시간 10분을 남겨두고 느닷없이 로펌 변호사인 전 남자 친구가 나타나서 쌩하니 가버렸죠? 크크크. 아, 이…이건 비웃은 게 아니라…콜록콜록, 아, 갑자기 왜 이렇게 기침이 나지? 아무튼 다급해진 오빠가 우체국을 뛰쳐나갔고, 8분 만에 여자를 구해왔지만, 노력할 필요는 없었죠. 우체국에 혼자 남겨졌던 여자가 벌써 다른 남자와 혼인 신고를 해버렸으니까요. 크크크크. 아, 콜록콜록, 또 기침이…결국 오빠는 마감 시간을 넘겨서 경찰에 체포됐고…."

"…."

"오빠도 오빠 자신이 햄이 될 줄은 몰랐을 거로 생각해요. 처음엔 누구나 그럴듯한 계획이 있기 마련이니까요."

"…."

"처맞기 전까지는."

흘끔흘끔 눈치를 보면서도 할 말을 다 하는 강미주였다.

놀라운 건, 방금 강미주가 말한 것이 모두 사실이라는 '사실'만이 아니다. 더욱 놀라운 건 말이야….

넋이 나간 것 같던 곽영후가 겨우 입을 뗐다.

"네가 그걸 어떻게 알아?…. 어디서 들었어? 그럼, 너 혹시 내가 여기 올 줄도 미리 알고 있었어?"

놀랍게도 방금 강미주가 말한 건, 우리 엄마도 모른다는 것이다.

모든 게 돌발적이고 급박하게 전개된 상황들이라 나조차도 정리하기가 힘들었는데…. 그런데 변두리 작은 우체국에서 혼인 신고를 하려다

막판에 개막장이 된 내 사연을 레고가 알고 있다고?….

난 손 쓸 틈도 없이 마감 3분 뒤 즉시 경찰에 연행돼서 임시 구금소로 끌려갔다. 그곳에서 다른 탈락자들과 같이 탈의했고, 시계, 핸드폰 등을 모조리 압수당했으며, 가릴 것 하나 없는 알몸으로 그것도 남녀가 한 트럭에 뒤섞여서 국영 육가공 공장으로 이동했다.

공장의 축산 센터에서는 철제로 된 돼지우리 같은 철창에서 이틀 밤을 지새웠으며, 아니 사실 한숨도 잘 수 없었다. 다음 날 오전에 가공될 햄 순번이 됐기에, 강제 주입 당한 100알의 하제에 밤새도록 설사해 댔다. 몸 안의 장기가 밖으로 다 빠져나가는 것만 같았다. 남녀를 불문하고 쉴 새 없이 토하고 싸댄 똥오줌과 토사물로 돼지우리는 숨조차 쉬기 어려운 악취가 진동했으며, 자기 토사물로 신체가 범벅된 채 절규하며 나뒹구는 사람들은 그야말로 '개돼지'가 따로 없었다.

인상마저 돌변한 곽영후가 강미주를 재우쳤다.

"말해. 왜 대답이 없어? 네가 어떻게 오늘 아침의 내 정황까지 정확히 알고 있냐고 묻잖아. 너, 정말 내가 여기 올 줄 알고 있었어?"

불길하게도, 입을 꾹 다물고만 있는 강미주에게서 대답을 들은 것 같은 생각이 들었다. 그리고 강미주가 내 직전 상황을 알고 있는 것보다 더 중요한 한 가지.

경계 띤 눈빛과 위협적인 어조로 곽영후가 캐물었다.

"누구한테 들었어? 날 여기로 끌고 온 새끼들이 너한테 알려준 것 같지는 않은데? 넌, 대체 그 모든 걸 어떻게 알고 있는 거야? 같이 일하는 사람이라도 있는 거야?"

"…."

"말해. 내가 이렇게 될 줄 알고 있었어? 그리고 여기가 어딘지도?"

불안과 두려움에 못 이겨 곽영후가 기어코 버럭 소리쳤다.

"빨리 말하라고! 여긴 어디며 넌 어떻게 그 모든 걸 아냐고!!"

"지…진정해요…. 말할게요."

성난 곽영후라, 정말 자신을 때릴 것 같아서 강미주가 쭈뼛거리며 말했다.

"여기는 궁궐 지하에 있는 '아바타라'의 방이에요."

"뭐? 뭔…방?"

뜻밖의 대답에 벙찐 모습의 곽영후였다.

아타바라? 아차파타?…. 그러니까 그게 뭔데?

"간단하게 말하면, 아바타라의 기척이 외부로 유출되는 것을 막기 위해서, 두꺼운 삼중 벽과 진공 층, 적외선 코팅 기술로 열과 적외선, 방사능이나 소음을 차단한 방이요. 패러데이 케이지 같은 전자기 차폐 기술을 적용해서 방 안의 어떠한 전자기적 신호도 밖으로 새어 나가지 않게 하는…."

"스톱!" 곽영후가 그 즉시 관자놀이를 짚으며 다른 손으로 강미주를 저지했다. 너무 복잡해서 머리가 터져버릴 것 같은 그가 잔뜩 인상을 쓰며 물었다.

"네가 이 방을 만들었어? 사실 너도 나처럼 영문도 모른 채 이 방에 끌려온 줄 알았어. 그런데 여기가 지하에 있는 방인 거며 장치된 시스템까지…넌 대체 어떻게 그렇게 자세하게 아는 거야?…. 젠장, 또 입 다물고 있을래?!"

"…내가 바로 아바타라니까요."

'아바…' 뭐란 게, 그러니까 뭐냐고 되물을 수가 없었다. 문이 벌컥 열리며, 누군가가 방 안으로 들어왔다. 그리고 들어서자마자 음식

냄새가 싫은지 손수건으로 코부터 막았다.

"진짜 점심만 한 시간을 먹는 거야?"

방금, 문으로 들어선 '그녀'가 말했다.

'그녀'는 고귀한 숙녀처럼 목까지 채운 흰 레이스 원피스를 입고 있어서 방과 혼연일체가 된 것처럼 보였다.

영혼이 사라져 버린 망막이 물감 속 슬라임처럼 흐물거리는 움직임을 감지했다. 내 눈앞에 거짓말처럼 나타난 그녀를 믿을 수 없었다.

등 뒤로 스무 명이 넘는 경호원을 거느린 그녀가 또 말했다.

"인사도 안 해?"

강미주가 역력히 싫은 내색을 하며 고개만 까딱했다.

억지춘향격의 인사에 '흥'하고 콧방귀를 뀐 여왕이 이번엔 곽영후에게 말을 건넸다.

"오빠도 오랜만이에요."

흰옷과 선명토록 붉은 립스틱….

일부이처제가 발표되고부터 그토록 찾아 헤맸던 황혜지, 그녀였다.

영혼이 증발해 버린 것 같은 곽영후에게 이 나라의 여왕인 황혜지가 싱긋 웃어 보였다.

"아까 공장에서 보니까 컨베이어 위에 웬 잘생긴 남자가 있더라고요."

"…."

"망한 유전자 폐기 프로그램인데 왜 저런 남자가 이곳에 있지? 하고 유심히 봤더니, 아니, 글쎄, 오빠지 뭐예요?"

칭찬에도, 밀랍 인형처럼 입만 벌리고 있는 남자 친구라서, 황혜지가 아쉬운 듯 살포시 눈을 내리뜨며 말했다.

"살아있어서 참 다행이에요. 그렇죠?"

***

상가건물 4층, 하봉주 내과의원.

진료 대기실용 의자 1열을 중심으로 세 명의 성인 남녀가 대화에 몰두하고 있었다. 중학생 함경민은 어른들과 떨어진 곳에서 남지훈이 준 휴대용 콘솔 게임기로 퀘스트 게임에 열중하고 있었고, 노수혁은 내시경실에서 아직도 깨어나지 못하는 김미연을 간호 중이었다.
"…그래서, 6학년 때 같은 반을 했고, 같은 아파트에 살았어요. 그때는 자주 현호네에 가서 숙제하며 놀았고, 엄마들끼리 동갑이어서 더 친하게 지냈던 것 같아요."
잠깐 쉬었다가 천비안이 다시 과거 이야기를 이어갔다.
"주말에 현호네랑 마트에 간 적도 있는데, 내가 현호 티셔츠를 골라 줬고…음, 그리고 점심은 마트의 푸드코트에서 우동이랑 김밥, 비빔밥을 주문해서 먹은 것 같아요. 그해는 김장도 현호네 집에서 같이 했고, 아, 참, 또 문화 센터 수영장을 같이 다닌 적이 있는데…."
우동 같은 쓸데없는 얘기까지 주절거린 이유는, 방안을 강구하기 위해서 시간이라도 끌어야 했기 때문이다. 하지만, 뇌에 땀이 맺힐 정도로 잔머리를 굴리는데도 당장은 어떠한 묘책도 떠오르지 않았다. 여유 있는 '스토리'와는 달리 마음은 초조함에 안달했지만, 한 가지 분명한 사실은 이대로 소문식 일행을 보낼 수는 없다는 거였다. 노수혁도 부를까, 고민하는데 소문식이 천비안의 말을 끊었다. 벌써 세 번째였다.
"네, 됐습니다. 차현호 씨와의 어린 시절 얘기는 그만하면 됐고. 그것보다 조금 전 하던 얘기로 돌아갈까요? 아직도 뭔가 명확하지 않아서 말이죠."

"네. 말씀하세요."

"경찰들이 2층 돈가스 가게에 들이닥쳤을 때 말입니다만, 정말 경찰들이 차현호 씨의 행방만 묻고 다른 말은 없었나요? 예를 들면, 경찰이 차현호 씨의 거처를 알고 급습할 만한 어떤 단서를 가지고 있었느냐 하는 점입니다. 무턱대고 침입할 만큼 허술한 놈들은 아니었거든요."

"네. 그건 몇 번을 물어보셔도 같은 대답을 할 수밖에 없어요. 현호와 헤어지고 잠깐 조는 사이 경찰들이 쳐들어왔고, 난 너무 놀라서 망연히 있었어요. 눈 깜짝할 사이 경찰 두 명이 내 팔을 붙잡았고 다짜고짜 내 뺨을…그들은 반복해서 차현호가 어디 있냐고 나를 협박했고 모른다고 하자 이번엔 내…머리에 총을 겨누면서…."

"네. 힘드실 텐데 그 얘기는 안 하셔도 됩니다. 그럼, 차현호 씨와 함께 있을 때, 그가 한 특이한 행동 같은 게 있나요? 뭐든 기억나는 대로 말씀하시면 됩니다."

현호의 특이한 행동이라…뭐가 있었지? 하지만, 곰곰이 되짚어봐도 특별히 눈에 띄는 점은 없었다. 현호와는 제우스 모텔을 나와서 고물차로 동네를 숨어다녔고, 경찰에 쫓겨서 우연히 이 상가건물로 들어왔을 뿐이다. 그리고 2층 돈가스 가게에서 새벽까지 대화하다가 잠깐 눈을 붙였고, 잠에서 깬 현호가 화장실을 다녀와서는 별안간 집으로 가겠다며 고집을 부렸는데 나는 절대 반대라면서…응?….

"아! 맞아!"

왜 그걸 먼저 말 안 했지?!

천비안이 흥분해서 말했다.

"현호가 집에 전화했었어요! 어머니한테요!"

"차현호 씨가 어머님과 통화를 했다는 겁니까?"

"네! 하지만, 통화가 자꾸 끊겼어요. 현호는 그 길로 집에 간다면서 돈가스 가게를 나갔고요."

"그러면 차현호 씨는 집으로 돌아간 것이군요…. 그렇다면 다행이긴 합니다만."

소문식의 목소리에서 솔직한 안도감이 느껴졌다.

역시, 친한 지인의 아들이어서 걱정을 한 모양이었다.

하지만, 어쩐 일인지 이유 모를 반발심이 생겨나서 천비안이 새초롬하게 말했다.

"네. 저도 현호가 집으로 잘 돌아갔기를 바라요."

"그런데 두 사람 다 모텔에서 핸드폰과 가방을 분실했다고 하지 않았나요? 차현호 씨는 어떻게 집에 연락할 수 있었나요?"

천비안이 대답 대신 손가락으로 병원 접수대를 가리켰다.

"돈가스 가게 카운터 전화로요."

이제야 모든 의문이 풀렸다. 차현호를 미행했을 리 없는 경찰이 어떻게 그의 거처를 알아냈는지.

소문식과 남지훈이 서로 눈짓 교환하는 걸 봤다. 이 여자의 말을 믿어도 되겠냐고 소문식이 눈으로 묻는 것 같았고, 남지훈이 고개를 끄덕였다. '그…그럼, 이제 일행으로 받아달라고 해볼까?'라고, 천비안이 말할 틈을 노리는데, 아쉽게도 소문식이 먼저 그녀의 말을 가로챘다.

"그럼, 다시 이야기를 이어갈까요? 초등학교는 됐으니 이후의 일을 말해주시겠습니까?"

"네? 이후의 일이요? 초등학교 때 이후로는 작년 3월 동창회에서 현호를 한번 본 게 다인데요?"

면담이 점차 경찰의 취조 형태를 띠어가자, 가중된 피로도와 함께 이상하다는 생각이 들었다. 천비안이 내키지 않는 투로 물었다.

"그런데 현호의 초등학교 이후의 일이 중요한가요? 그게 이번 일과 무슨 상관이죠?"

약간 뜸을 들인 후, 소문식이 말했다.

"아시다시피, 특수 경찰팀이 차현호 씨의 행방을 뒤쫓고 있습니다. 그렇다면 그동안 차현호 씨에게 무슨 일이 있었는지, 작은 단서라도 잡아야만 그를 도울 수 있으니까요. 비안 씨와의 대화가 끝나는 대로, 차현호 씨의 모친이신 양교희 씨와 통화해 보려고 합니다. 제가 그 분께 입은 은혜는 차치하고라도, 양교희 씨께 있어서 차현호 씨는 세상에 단 하나뿐인 가족이며 귀한 외동아들이니까요."

소문식의 유창한 말솜씨에 설득당하고만, 천비안이었다.

소문식이 아까와 다름없이 질문을 이어갔다.

"그럼, 어떻게 다시 그를 만난 건지 여쭤봐도 될까요? 천비안 씨말대로라면 차현호 씨와의 연락은 작년 3월 이후로 끊겼던 것 같습니다만…."

"서울에서 우연히 만났어요."

소문식이 고개를 갸웃했다.

"천비안 씨는 서울분이 아니신가요?"

"서울 출생이긴 한데 중학교 1학년 때 집이 대전으로 이사했어요. 아버지의 전근으로요. 그러면서 현호와는 완전히 연락이 끊겼어요."

"실례지만, 천비안 씨의 직업과 사시는 곳을 여쭤봐도 되겠습니까?"

"사는 곳은 서울 마포구고, 1년 전에 혼자서 서울에 왔어요. 현재는 교대역 근처의 공유오피스에서 여성 의류와 가방 등을 판매하는 작은 온라인 쇼핑몰을 하고 있고요. 제 정보가 더 필요하신가요?"

"아닙니다. 말해주셔서 감사합니다. 그래서 차현호 씨를 어디서 다시 만났다고요?"

"강남역 부근이었어요."

"구체적으로 어디쯤인가요?"

장소 하나까지 말해야 한다고?….

어렸을 때 살아서 지금은 낯선 서울 지리를 머릿속으로 더듬으며 천비안이 말했다.

"아, 그게…그러니까, 강남역 사거리에서 논현역 방향으로 가는 지점이었던 것 같아요. 보교생명 타워가 위치한 곳이요."

천비안이 남지훈을 곁눈질했다. 그가 핸드폰으로 우리의 대화를 녹음하고 있었다. 하지만, 소문식과는 달리 대화에 집중하지 못하고 남지훈의 눈길이 끊임없이 하태형을 살피고 있었다. 그들과 떨어진 곳에서 하태형이 무선이어폰으로 음악을 듣고 있었다.

"그렇군요. 그날 거기는 왜 가셨던 건가요? 일부이처제 때문에? 결혼할 남자를 구하러 가셨나요?"

소문식이 묻자, 남지훈에게서 시선을 거두며 천비안이 대답했다.

"당연한 거 아닌가요? 아무것도 안 하고 울기만 하다가 죽을 수는 없잖아요. 외근을 나갔다가 회사로 복귀하던 중에 전단을 봤어요. 몇몇 아는 남자들한테 연락하려고 했지만, 전화도 인터넷도 아무것도 안 됐어요. 더군다나 대전에서 상경한 지 얼마 되지도 않아서 서울엔 아는 사람도 별로 없었고요. 미적거리는 사이에 마감 시간이 가까워졌고, 거리는 삽시간에 파도 같은 인파로 뒤덮여 버렸어요. 끝도 보이지 않는 차량 행렬로 도로는 마비됐고, 그때는…정말이지 지옥이 따로 없는 것 같았어요. 패닉이 온 것도 모르고 우두커니 서 있는데 갑자기 모르는 남자들이 내 손을 잡거나 몸을 만지려고 달려들었어요. 자기랑 결혼하자고요. 나도 모르게 비명을 지르며 도망갔고, 그들은 마치 좀비 떼처럼 아우성치며 나를 뒤쫓아왔어요. 공포에 질려서 어딘지도 모르고 무작정 뛰었어요. 그러다 방금 말씀드린 강남역 부근에서 우연히 현호를 만났고요. 기적 같았죠."

힘든 과정을 거쳐온 것이 느껴졌지만, 위로는 생략하고 소문식이 다음 질문을 했다.

"그랬군요. 당시 차현호 씨는 어떤 모습이었는지 말씀해주시겠습니까? 차현호 씨도 결혼을 위해서 거리로 나선 거였나요?"

"네. 그랬어요. 옷차림은 평범했어요. 난 첫눈에 현호를 알아봤고, 너무 좋아서 펄쩍 뛰었어요. 이런 상황에서 현호를 만난 게 믿을 수 없었어요. 바로 현호한테 달려갔는데, 그런데 현호가…."

"어디 가십니까?!"

깜짝 놀라서 대화가 끊겼다. 느닷없이 남지훈이 언성을 높인 것이다. 녹음 중인 핸드폰은 손에, 눈길은 하태형에게 고정되어 있었다. 자신의 임무를 잊은 것 같았다.

진료 대기실 1열에 몰려있는 소문식 일행과는 달리, 3열 끝에 혼자 있던 하태형이었다. 의자에서 방금 일어선 그가 영문을 모르겠다는 표정으로 남지훈을 보았다. 잠깐의 대치 상황이 이어졌고, 그러자 하태형이 물었다.

"내가 어딜 가건 그건 님이 알아서 뭐 하게요?"

하태형이 뚜벅뚜벅 걸어 나와 대기실 통로를 가로질렀다.

남지훈 앞을 지나치며 그가 말했다.

"분명히 말해두는데…당신들이 회의하겠다고 해서 잠깐 자리를 비켜준 것뿐이고, 여긴 내 병원이란 것만 잊지 마세요. 아무리 깡패 같은 무단 침입자들이라고 해도 그 정도의 예의는 기대해도 되겠죠? 싫으면 지금이라도 나가시면 되고요."

경고성 발언을 하면서 하태형이 접수대 좌측의 화장실 코너로 들어섰다.

"방금 집과 통화했는데, 아버지도 그러라고 하셨어요."

하태형이 다시 대기실로 돌아왔다. 아무 일도 없었다는 듯, 자기 자리로 간 그가 양 귀에 무선이어폰을 꽂았다.

"…그래서 전 너무 반가워서 현호한테 뛰어갔어요."

그런데, 쟤 둘은 아까부터 왜 저래?

무슨 일인지, 하태형에게 신경이 곤두선 남지훈이라 나까지 신경이 쓰였다. 하지만, 막상 다음 얘기에서 천비안이 벌떡 일어설 만큼 흥분했다.

"아니, 그런데 어떤 일이 생겼는지 아세요?! 나 참. 다시 생각해도 어이가 없다니까요?"

"무슨 일이 있었습니까?"

"글쎄, 현호가 나를 모르는 거예요! 분명히 작년 동창회에서도 만났고, 친한 애들끼리 따로 3차까지 갔는데도 말이죠. 청담동에 있는 선술집이었는데 걘 하이볼과 연어구이를 시켰단 말이에요. 난 그런 거 하나부터 열까지 어제 일처럼 생생한데, 길거리에서 만난 현호는 나를 전혀 기억하지 못했어요. 아, 그리고, 현호 주위에 다른 여자들이 엄청나게 많았어요."

"그건 무슨 뜻이죠? 여자들이 많았다는 건?"

"그러니까, 눈대중으로 서른 명도 훨씬 넘는 여자들이 현호를 둘러싸고 결혼해달라며 애원하고 있었어요. 전 현호한테 말을 걸 엄두조차 안 났어요. 그렇지만 나도 일단은 살아야 한다는 생각에 다른 여자들처럼 현호한테 막…현호한테….”

그런데, 내가 왜?

말을 하다 말고, 문득 천비안이 자기 자신에게 반문했다.

다른 여자들은 그렇다 치고, 나는 왜 현호에게 사정하고 있었을까?

이상한 일이다.

"여자들은 모두 현호와 아는 사이였어요. 같은 유치원을 다녔다는 여자도 있었고, 현호가 과외 했던 여고생, 현호와 대학 CC였던 전 여자 친구까지…현호가 자주 가는 편의점 아르바이트생도 있었어요. 그녀들 모두가 어떤 계기로든 현호와 유대가 있었어요.”

그래서 더욱 이상하다.

나 역시, 현호의 초등학교 동창생이었다. 그녀들과 마찬가지로.

그리고, 남자들을 피해서 도망 다니긴 했지만, 대체 언제 강남역까지 간 건지. 난 분명히 외근 거래처인 대치역 부근에 있었는데….

대화를 시작한 지 한 시간 남짓.

여자의 태도가 바뀐 걸 눈치챘다.

소문식의 예리한 눈이, 바닥만을 뚫어져라 응시하고 있는 천비안을 주시하고 있었다. 방해하지 않고 내버려 뒀다.

천비안의 머릿속에 이번엔 기억 대신 의문이 떠올랐다.

'그 여자들은 어떻게 한날, 한시, 한 장소에서 약속이나 한 듯이 모두 현호를 만났을까?'

골똘히 생각에 빠진 그녀가 자신도 모르게 중얼거렸다.

"그런데 현호는 여자들을 하나도 모르겠다고 했어요. 전혀 기억이 안 난다고…."

나한테 그랬던 것처럼.

모텔 객실에서 그가 말했다.

-네가 6학년 6반의 송아현이라고?…그게 누군데?

어떡하나….

고민해 본들 시간만 잡아먹을 것 같아서 차라리 소문식에게 솔직해지기로 했다. 다른 사람은 몰라도 왠지 이분은 내 말을 절반, 아니 절반의 절반이라도 믿어줄 것 같았다.

밑져야 본전이라는 생각에 천비안이 쭈뼛거리며 말을 꺼냈다.

"사실은…사실은, 제가 말을 안 한 게 있는데요, 믿으실지 모르겠지만, 사실 저와 현호는 이곳에 사는 사람이 아니라, 다른 세상에서 온…."

"됐습니다."

천비안이 눈을 빠르게 깜빡였다. 소문식이 남지훈에게 눈짓하자, 핸드폰 녹음 기능을 끈 남지훈이 배낭을 정리하기 시작했다.

천비안이 화들짝 놀라며 말했다.

"네?! 아직 할 얘기가 더 남았는데요?!"

"아닙니다. 차현호 씨에 관한 이야기는 이것으로 충분합니다. 천비안 씨는 신뢰할 수 있는 분인 것도 알았고요. 감사했습니다."

정말 이대로 갈 거라고? 아이랑 나는 경찰한테 잡혀서 죽든 말든 알아서 하라는 거야?

천비안이 의자를 박차고 일어서며 소문식을 막아섰다.

"아닛, 현호에 관한 얘기는 지금부터가 진짜예요!"

한층 고조된 어조로, 이젠 천비안이 두서없이 떠들기 시작했다.

멀찍이 떨어져서 콘솔 게임을 하던 아이가 불안한 눈길로 그들을 쳐다보았다.

"여…여자들이 결혼해달라고 달려들었지만, 현호가 다 싫다면서 거절했어요. 그러다가 현호랑 헤어지고 어영부영하는 사이에 마감 시간이 종료됐고, 경찰을 피해서 도망 다니는데 아니 글쎄! 한 모텔 현관 앞에 현호가 쓰러져 있지 뭐예요?! 그래서 제가 현호를 부축해서 객실로 들어갔는데, 아니, 글쎄! 어떻게 알고 경찰들이 모텔에 떡하니 나타나서…."

"같이 가도록 합시다."

잘 못 들은 줄 알고, 천비안이 미간을 찌푸렸다.

"다만, 저희는 목적지가 있습니다. 그 과정에서 비안 씨와 아이가 위험에 처할 수도 있고, 따라서 안전을 보장할 수는 없습니다. 하지만, 그래도 괜찮으시다면 저희랑 같이 가도록 하시죠."

왜 갑자기 소문식의 마음이 바뀌었는지는 알 수 없었으나, 덧붙인 설명만큼이나 이제는 서로가 분명히 알아들었다. 무슨 말인지 이해 못 한 건, 벌써 병원을 나갈 준비를 마치고 륙색을 둘러멘 남지훈뿐이었다.

아, 한 사람 더.

"미연이가 깨어났어요! 감사합니다! 선생님!"

벌컥, 하고 내시경실 문이 열리며 노수혁이 밖으로 뛰쳐나왔다.

12

"오빠가 해줄 게 있어요."

아직도 하얀 방에 있었다.

경호원들이 재빨리 의자를 운반했다. 고풍스러운 치펜데일 의자가 준비되자, 여왕인 그녀가 손을 들어 경호원들을 물러나게 했다.

방문을 다 닫지 않은 방에, 이제 세 명의 남녀만이 남게 되었다.

의자에 착석한 후, 황혜지가 물었다. 붉은 립스틱이 제법 요염했다.

"해줄 거죠? 되게 간단한 거예요."

대답 대신, 곽영후의 두 눈이 황혜지의 얼굴에서 홀린 듯 목 아래로 내려갔다. 원피스 단추가 터질 것 같은 육감적이고 풍만한 가슴에 거짓말처럼 남자의 시선이 멈췄다. 모텔은 가본 적 없다는 애를 억지로 꼬드겨서 객실에 들어서자마자 허겁지겁 브래지어를 풀고 저 가슴에 코부터 박고 쓰러졌는데…정말, 네가 그 '황혜지'라고?

여자의 가슴만 뚫어져라 쳐다보는데, 황혜지가 실망한 얼굴로 물었다.

"왜 말을 안 해요? 싫어요?"

아니, 싫다기보다…그런 건 아니고…. 조…좋아, 그럼, '예, 아니요.' 로만 하면 돼? 아니잖아! 젠장할, 왜 네 멋대로 결정해?! 기다려 봐. 나도 생각 중이니까.

망치로 맞은 것도 아닌데, 뇌가 쪼개진 것처럼 다중으로 분산되었다.

답을 뭐로 하면 좋을지 무턱대고 고민 중인 좌뇌가 있는가 하면, 정서와 사고가 갓 태어난 신생아 시절로 돌아가 버린 우뇌도 존재했다. 전자는 'YES'를 외치고 싶어서 안달이고, 후자는 반복해서 '여긴 어디? 넌 누구? 입 닫아'를 뇌까리는 중이다. 그래서, 내 눈앞에 펼쳐진 혼돈들은 합의와 일치에 도달하지 못하고 있었다. 보이스피싱을 당한 피카소가 분노로 그려낸 그림 속이라면 이해가 될까?…. 아니, 이해가 안 되겠지. 나도 지금 내가 무슨 말을 하고 있는지 모르겠으니까 말이야.

얼이 빠진 것처럼 눈알만 굴려대는 남자인지라, 황혜지가 토라져서 말했다.

"흠, 지금 뭐야? 고민하는 거예요? 데이트 때마다 내가 원하는 건 뭐든지 다 해주겠다고 하고선…실망이네?"

"그…그게 뭔지 설명도 안 하고 대뜸 해 달라고 하니까 그…그렇지."

겁먹은 말투로 봐서는 안 봐도 강미주였다.

곽영후를 조르던 황혜지의 인상이 돌변하며 그녀가 강미주에게 더럭 화를 냈다.

"넌 조용히 해! 너한테 물은 거 아니니까!"

"칫…뭐래? 내가 내 입 가지고 마…말도 못 하냐? 그리고, 영후 오빠가 아무리 1년 365일 여자 가슴밖에 모르는 변태 새끼…사람이지만 그래도 자기 생각이란 게 있을 텐데 네 말이라고 해서 들어 보지도 않고 무조건 OK할 것 같아? 아…안 그래요? 오빠?"

무서워 움찔대면서도 강미주가 허세를 부렸다. 그러자, 황혜지가 신분마저 망각하고 사납게 소리쳤다.

"감히 누구한테 수작이야! 그리고 너, 내가 눈 그렇게 뜨지 말랬지?!"

"내…내 눈은 원래 이래! 집중하면 이렇게 되는 걸 나더러 어떡하라고?"

"그럼, 쌍꺼풀 수술이라도 해! 사람 불쾌하게 하지 말고!"

"저기…" 충격 이후, 실어증에 걸린 것 같던 남자가 드디어 소리를 냈다.

"내…내가 지금 혜지 너한테 물어볼게…아니, 저, 정말 황송하오나 여왕 폐하께 여쭤볼 것이 있어서…."

"뭐야? 호호호. 왜 그래요, 오빠. 우리 사이에 뭘 여왕 폐하예요. 평상시처럼 편하게 하세요."

또 곽영후의 말문이 막혔다. 얼굴과 목소리는 분명히 황혜지가 맞지만, 내가 아는 황혜지는 절대로 이런 성격이 아니다.

내 여자 친구인 황혜지는 다른 어떤 여자보다 얌전하고 소극적이고 부끄러움이 많은 애인데….

위화감과 두려움이 교차하는 감정 속에서 곽영후가 용기 내어 말했다.

"무…물어볼 게 세 가지가 있어."

"뭐죠? 말해 봐요."

"하나는, 네가 정말 황혜지인지, 또 하나는 네가 정말 이 나라의 여왕이…여, 여왕 폐하가 맞는지, 이곳에 날 납치한 게 정말 너인지…. 이 세 가지 질문인데…."

"맞아요."

황혜지가 흔쾌히 대답했다. "다 사실이에요."

곽영후의 이해를 돕기 위해서, 그녀가 덧붙였다.

"그런데, 네 번째 사실이 빠졌어요"

"…."

"초퍼에 갈리기 직전, 오빠를 구한 것도 나란 거 말이에요."

잠시, 침묵이 흘렀다.

그리고 그건, 남자가 방금 자신이 한 말을 충분히 숙고할 수 있도록 시간을 준 황혜지의 의도였다.

침묵이 8초를 지나자, 황혜지가 말했다.

"말인즉슨, 오빠는 나한테 정말 고마워해야 한다는 거예요. 내가 아니었다면, 강미주의 점심 식판에 올라간 비엔나소시지가 오빠였을 수도 있어서."

"…."

"대답해야죠? 고맙지 않아요? 흐응, 왜 대답을 안 하지?"

잘 훈련된 애완견처럼 눈만 껌뻑거리고 있는 곽영후에게 대답을 강요하는 중, 또 허락 없이 강미주가 끼어들었다.

"영후 오빠는 벼…별로 안 고마운 거 같은데? 그것보다 우리를 언제까지 여기 가둬둘 셈이야?"

"넌 입 닥치고 있어. 누가 너한테 물었어?"

"대충이라도 알려줘야지, 막무가내로 여기 있으라고만 하면 나…나도 스케줄이란 게 있는데, 이렇게 되면 내 스케줄 전반에도 상당한 지장이…."

그때였다.

"너, 그거 알아? 강미주?"

느닷없이 황혜지가 묻더니, 스스로 즉답했다.

"오체분시."

의미를 몰라서 강미주가 고개를 갸웃하자, 황혜지가 설명했다.

"중국 전국구시대부터 시작됐다는 거세형(*중국 전국시대와 거열형車裂刑을 말하는 듯 하다)말이야. 사람 머리와 사지를 소나 말에 묶어서 각 방향으로 달리게 하는 형벌이야. 그렇게 되면 죄인은 팔다리가 찢겨서 죽게 된다는데 나도 안 해봐서 잘 몰라. 살이 잘 안 찢어질 땐 망나니가 겨드랑이와 사타구니에 칼집을 넣어서 도와주기도 했대."

"그, 그래? 거세형이 그렇게 잔인한 형벌이었나? 나…나는 왜 몰랐지? 그런데 그걸 왜 나한테 말해? 혀…협박이야?"

"거기서 한마디만 더 하면 나도 해보려고. 물론, 오체 분리될 신체 제공자는 너고."

"…."

"그러니까 입 닥치라고."

황혜지의 눈빛이 살벌하게 번뜩였다.

강미주가 자꾸만 내 말을 끊고 말대꾸하는 통에 속이 부글부글 끓던 참이었다.

아무리 머리가 나빠도 그렇지, 내가 누군지 몰라?

"못생긴 게…."

황혜지가 강미주의 이목구비를 보며 비웃었다.

촌스러운 머리 모양과 입술 사이로 드러난 비뚤어진 치열, 광대뼈를 덮은 주근깨와 올챙이처럼 생긴 작은 눈.

'너무 못생겼어.'

그러다 문득, 심미에 관한 어떤 감상이 떠올랐다.

'예쁨'은 비슷한 무리 간에 경쟁하지만, '못생김'은 그 형태가 참으로 다양하기에, 말로 다 표현할 수 없는 어떤 종류의 못생김은 어쩌면 거장, 레오나르도 다 빈치의 그림 '모나리자'와 같은 독보적 예술 작품급의 가치와 맞먹는 건 아닐까? 하고….

자신의 상상과, 강미주와 마주한 이 상황이 재미있다고 생각하며 황혜지가 말했다.

"네 얼굴로 태어났으면 난 벌써 나무에 목매달아 죽었어."

무언의 강미주지만, 제까짓 년의 대답 같은 건 필요 없다.

황혜지가 거만하게 말했다.

"앞으로 조심해. 경고하는데, 내가 말하는 중에 방금처럼 말대꾸하거나 말을 끊거나 반박할 시는 곧바로 거세형에 처해버릴…."

황혜지의 목소리가 뚝 끊겼다.

별안간 강미주가 킬킬대며 웃기 시작했기 때문이다.

득이라면, '웃어? 레고, 저게 제정신인가?' 하고, 아까부터 두 여자의 대화를 듣고만 있던 곽영후의 의식이 돌아왔다는 거다.

뭐가 그리 재미있는지, 강미주가 애써 웃음을 참아가며 말했다.

"그럼, 죽여."

"뭐? 너, 방금 뭐라고 했어?"

"그냥 죽이라고. 시청까지 갈 것도 없이 여기서 죽여. 아, 그리고, 오체분시는 시시하니까 한 십팔체분시 같은 건 어때?"

여자들은 싸우느라 몰랐지만, 곽영후가 둘의 대화를 진지한 태도로 듣고 있었다. 이 정신머리 없는 상황의 진짜 정체가 뭔지, 자신만이라도 밝혀야만 한다는 사명감이 생겼다. 그래서 나온 결론은, 대화의 양과 질, 주변 공기의 질소 농도 등을 분석했을 때, 레고가 미친 게 틀림없다고, 이유는 바로 공포 때문이라고, 따라서, 레고가 공포 때문에 미친 게 틀림없다는 연역적 추론에 이르렀다. 하지만, 그의 예상은 보기 좋게 빗나가고 말았다. 알고 보니 예상보다 훨씬 더 미친 강미주였다!

강미주가 즐겁다는 듯이 다시금 키득거렸다.

"큭큭, 세계 최초의 십팔체분시잖아. 네 SNS에도 올려서 자랑하고, 부하 시켜서 해외 신문사에도 제보해. 좋겠다. 더 유명해지겠네?"

"어디다 대고 감히…협박이야?! 미쳤어?! 진짜 죽고 싶어서 그래?!"

황혜지가 날카롭게 외쳤다. 그에 비해 마치 남 일인 양, 강미주가 심드렁하게 대꾸했다.

"뭐래? 오체를 하든 십팔체를 하든, 생선 토막을 내서 석쇠에 굽든 지지든 네 마음대로 하라잖아."

"야! 너, 내가 못 할 것 같아?! 후회하지 마! 네 입으로 하라고 한 거야! 잘못했다고 울고불고 빌어도 다 끝났어! 너는 팔다리가 말에 매달려서 산채로 사지가 북북 찢겨나가는 생지옥보다 더한 고통에 피를 토하며 울부짖게 될 거야! 차라리 끓는 기름에 튀겨지는 게 더 낫겠다고 생각하게 될 거라고!!! 여봐라! 권 비서를 불러라!"

악에 받친 여왕이 밖에 대고 소리치자, 대기 중이던 경호원들이 내실로 뛰어들었다.

"괜찮으십니까? 폐하!"

잘 훈련된 최정예 경호원 십여 명이 삽시간에 방을 포위하자, "으악, 쏘지 마세요!"를 외치며, 곽영후가 머리를 감싸며 바닥에 엎드렸다. 하지만, 두려움에 떨며 어쩔 줄 모르는 곽영후와는 달리, 무장한 남자들과 무시무시한 총기에 둘러싸였음에도 정작 강미주는 눈 하나 깜짝하지 않았다.

"꿇어라!"

우두머리 경호원이 강미주를 향해 소리치는 동안, 뒤이어 달려 온 여왕의 개인 비서관, '권 비서'가 호들갑을 떨며 황혜지의 몸 상태부터 살폈다.

"어디 다치신 데는 없으신가요? 폐하. 그래서, 제가 혼자서는 위험하시다고 몇 번이나 말씀드리지 않았습니까? 제 말은 귓등으로도 안 들으시더니…이런, 쯧쯧."

여왕의 안위를 확인한 권 비서가 목청 높여 소리쳤다.

"뭣들 하느냐?! 빨리 저것들을 포박해라!"

단련된 경호원들이 달려들자, 곽영후가 마구 저항하며 흐느꼈다.

"내가 무슨 잘못을 했다고 이래? 이거 놔! 흑흑, 나한테 왜 이래?! 놔!!!"

겨우 악몽 같은 육가공 공장에서 풀려났는데, 또다시 거기로 끌려갈지도 모른다.

도저히 그것만은 안 돼서, 곽영후가 수갑을 채우려는 경호원을 피해 몸을 비틀며 날뛰었다.

"안돼! 안 갈 거야! 사…살려주세요! 여왕님!! 제발, 한 번만 더 자비를 베푸셔서 목숨만 살려주세요!"

하지만, 여왕의 눈길은 경호원과 실랑이하며 울부짖는 곽영후에게 있지 않았다. 그녀의 눈은, 순순히 수갑을 차는 강미주에게만 못 박혀 있었다.

"너도 살려달라고 빌어."

황혜지가 기회를 줬다.

"그래야 살 수 있어. 내 자비가 없으면, 넌 지금 바로 시청으로 가게 될 거야. 네 몸뚱어리 정도 찢어발기는데 다른 장비는 필요 없을 것 같아. 말들이라면 시청에도 많거든?"

"그래? 원하는 바야. 그럼, 시청으로 가게 앞장서."

곽영후가 아예 통곡했다.

강미주 저게 왜 저러냐고…저것이 왜 황혜지의 심기를 들쑤셔서 나까지 죽게 만드냐고….

억울함과 비통함에 목 놓아 우느라 인·후두가 막혀서 말로는 나오지 않았다.

곽영후의 애끓는 심정을 아는지 모르는지, 강미주가 능청스레 말했다.

"시청으로 가게 앞장서라니까?"

발을 떼지 않는 황혜지였다. 강미주가 다시 재촉했다.

"가자고."

"…."

"지금 당장."

하지만, 강미주의 거듭된 권유에도 인형처럼 서 있기만 할 뿐, 무슨 생각인지 황혜지가 꼼짝도 하지 않았다.

그때였다. 강미주의 입꼬리에 미소가 맺힌 건.

찰나에 스친 알 듯 모를 듯한 미소를 뒤로하고 강미주가 말했다.

"난 잘 알지. 네 욕심을…. 더러운 욕심과 욕망덩어리로 똘똘 뭉쳐진 게 너잖아. 넌 절대로 날 포기 못해. 그렇지? 혜지야?"

이젠 끝장이다.

강미주, 저 미친년 때문에 나까지!

사태를 파악한 곽영후가 경호원들에게서 벗어나려 발버둥 치면서 울부짖었다.

"전 아니에요! 여왕님! 전 강미주와는 아무 상관도 없어요!! 전 여왕님께 진심으로 말할 수 있어요. 엉엉엉. 충성, 충성! 정말 충성을 맹세합니다! 으흐흐흑! 제발 저를 소시지 공장으로 보내지 말아 주세…."

"조용히 해!!!"

사자후 같은 고함이 내실을 울렸다.

곽영후가 딸꾹질했고, 권 비서를 포함한 주변 경호원들은 여왕의 분노에 놀라서 일시, 동작을 멈췄다.

황혜지의 얼음장 같은 얼굴이 휙 소리를 내며 돌아갔다. 그녀가 수갑이 채워진 강미주를 죽일 듯이 노려보았다.

곧이어, 여왕이 분노로 부들거리는 양 주먹을 꽉 움켜쥐며 말했다.

"풀어 주고 다 나가."

***

양필헌의 오피스텔.

믿을 수 없었다. 내 눈과 입, 움직이지 못하는 팔과 다리까지…내가 나라는 게 비현실적으로 느껴졌다. 도저히 눈앞의 현실을 믿을 수가 없어서….

"형…."

현호가 꿈속인 것처럼 누군가를 불렀다.

그러자, 방금 현호에게 불린 그도 느린 영상처럼 천천히 현호를 돌아보았다.

서로를 봤지만, 아무 일도 일어나지 않았다.

양필헌이 그저 손에 골프채를 꽉 쥐고 있을 뿐이었다.

진동이라도 만난 듯 덜덜 떨어대는 골프채 헤드에서 검붉은 액체가 뚝뚝 떨어졌다. 바닥은, 벌써 피로 흥건했다.

한 시간 전.

…속았다. 밖에 있는 사람은 음식 배달 기사가 아니다!

초인종이 울렸고, 배달 음식이 왔을 거라며 필헌 형이 현관문을 열었다. 그리고는, 문 틈새로 누군가와 소리 죽여 대화하면서 연신 거실 쪽을 뒤돌아보았다.

나를 신고한 것이 틀림없다!

위기를 감지한 현호가 벌떡 일어나 화장실로 도망가려고 했으나, 벌써 사람이 집 안으로 들어오고 있었다. 한 남자였다.

"괜찮냐? 차현호?!"

거실에 들어서기가 무섭게 남자가 현호를 불렀으나, 양필헌이 둘 사이를 방해하며 물었다.

"그런데 문 앞에 배달 음식은 없었어?"

그러자, 남자가 머리를 긁적이며 대답했다.

"아, 있었는데 깜빡했어요."

양필헌이 음식을 가지러 다시 현관으로 간 사이, 남자가 달려오다시피 현호에게 걸어왔다.

"야! 어떻게 된 거야. 현호야. 걱정했잖아!"

불시의 방문객은, 세하대학원에서 박사 과정 중인 '김세울'이었다. 그가 현호의 얼굴과 신체 여기저기를 눈으로 살피며 물었다.

"너, 괜찮은 거야? 아무 일 없었어?"

이 형이 왜 필헌 형의 오피스텔에….

아는 사람이라서 한시름 놨지만, 그래도 긴장을 놓지 않고 현호가 대답했다.

"네. 무사해요. 그런데 형은 내가 여기 있는 걸 어떻게 알았어요?"

"아까 밖에서 너랑 필헌 형이 같이 가는 거 봤어."

"어떻게요? 형은 이 동네 사람도 아니잖아요."

"나 취조하냐?"

 발끈하더니, 이내 수긍하면서 김세울이 말했다. 현호의 행동이 이해는 갔다.

 "내 여자 친구가 이 동네에 살아. 아침에 둘이 해장하러 이 근처 국밥 가게에 왔다가 우연히 가게 앞을 지나는 형과 너를 봤지. 그러잖아도 현호 네가 며칠 동안이나 연락이 안 돼서 노심초사하던 참이야."

 현호가 양필헌을 보았다.

 배달 음식 봉투를 들고 거실로 돌아온 양필헌이 탁자에 음식을 차리고 있었다.

 필헌 형이 왜 이 형을 불러들였을까…?

 아무리 같은 연구실의 팀원이라고 해도 상황은 대단히 위태롭다.

 그런데, 왜 내게 말도 하지 않고….

 그런 현호를 느꼈는지, 양필헌이 묻지도 않았는데 대답했다.

 "세울이한테서 먼저 문자가 왔어. 이 근처라더군. 그래서 내가 우리 집으로 오라고 했어."

 현호와 양필헌 사이의 미묘한 공기를 눈치채지 못한 김세울이 흥분해서 말했다.

 "그나마 너라도 무사해서 천만다행이다! 내 친구 두 명도 경찰에 끌려갔는데…아침에 둘 다 소시지가 됐다고 하더라고. 아닌 밤중에 홍두깨라더니, 아니, 이게 대체 무슨 일이야…."

 김세울이 말을 잇지 못하고 고개를 가로저었다.

 더는 아는 단어로 표현할 길이 없어서였다.

 세간에 벌어지는 이 모든 상황이 미친놈 칼춤 같다고 할 수밖에는.

 현호가 물었다. 김세울에게서 의심의 눈초리를 지울 수가 없었다.

"그런데 형은 어떻게 내가 1차 탈락 대상자가 된 걸 알았어요?"

"뭘 어떻게 알아? 너랑 영후 생일이 7월인 거 랩에서 모르는 사람도 있어?"

방금, 세울 형을 만나서 좋은 점이 생겼다.

이 형까지 내 생일을 7월로 알고 있다면, 난 정말 7월생이 맞는가 보았다. 더는 누군가에게 내 생일을 확인하지 않아도 됐다.

"아, 그렇지! 현호, 너 영후하고는 연락됐어?"

현호가 짐짓 모른 체 했다.

"아니요, 영후 형은 잘 모르겠어요. 그럼, 우리 랩에서 이번 명단에 속한 사람은 나와 영후 형뿐인가요?"

김세울이 그렇다고 했다.

양필헌이 밥 먹으라고 소리치는 가운데, 여전히 호기심 그득한 얼굴로 김세울이 현호에게 질문 공세를 퍼부었다.

"넌 지금부터 대책은 있어? 필헌 형 집에는 앞으로의 거취를 의논하려고 온 거야? 아니, 오늘부터 당장 갈 데는 있고?"

"야, 거기 둘! 밥 먹으라고! 안 먹으면 나 혼자 다 먹는다?"

현호가 마지못해서 거실 탁자 앞으로 갔다.

탁자 위에 먹음직한 스테이크와 샐러드가 차려져 있었지만, 아까와 달리 입맛이 싹 가셨다.

같은 연구실 소속이어도, 한 번도 나에게 이런 식의 살가움과 친근함을 보인 적이 없는 세울 형이었다. 까칠하고 냉소적이며 공동의 일에는 무관심하다가도 자기 일만 되면 즉각 이기적으로 돌변하는 남자라서, 매사 솔직하고 자유분방한 성격에다 남을 잘 믿는 필헌 형과는 인격 자체가 다르다. '극도의 개인주의 성향.' 세울 형에 관해 몇 년간 축적된 내 데이터는 그렇다. 따라서, 나에게 있어 '김세울'이란 사람의 최종 결괏값은 '절대 믿을 수 없는 남자'이다.

현호의 표정을 읽었는지, 양필헌이 큼지막하게 썬 고기를 입에 넣으며 말했다.

"세울이, 국밥집에서 나오다가 우리를 봤대. 문자로 자꾸 너에 관해서 물어봐서 내가 그냥 여기로 오라고 했어."

그렇다면, 사전에 나한테 묻거나 언질을 줄 수도 있었다.

왜 나한테 말도 없이 그랬냐고 물으려고 했으나, 곧바로 이어진 필헌 형의 다음 말.

"세울이는 걱정하지 마. 너 신고할 놈 아니야. 그건 내가 보증해."

"…."

"그런 걱정하지 말고 밥이나 먹어. 너 배고프다며?"

그러자, 김세울이 불쾌한 기색을 보이며 둘 사이에 끼어들었다.

"아니, 이 분위기 뭐야?…. 차현호. 설마 너, 지금 나 의심하냐?"

그가 말도 안 된다는 듯, 너털웃음을 웃더니 금방 눈을 동그랗게 떴다. "뭐야? 진짜야?"

양필헌이 아니라고 했으나, 이내 분위기를 눈치챈 김세울이 언성을 높였다.

"그러니까, 혹시라도 내가 현호 널 경찰에 신고할지도 모른다, 뭐 그런 걸로 지금 나를 의심하고 있는 거야?"

"비약이라니까, 세울아? 현호가 의심하긴 뭘 의심해? 서로가 연구실에서 몇 년을 동고동락하며 고생한 정이 있는데…네가 현호가 걱정돼서 온 거 알아. 그렇지? 현호야?"

불편한 기류를 바꾸고자 양필헌이 중재에 나섰지만, 곧 포기했다.

한 놈은 진의를 의심받아서 목까지 벌겋고, 다른 한 놈은 나와 김세울을 믿지 못해서 일자로 꾹 다문 입이 얼음장처럼 냉랭하다.

여지가 없어서 좌우로 나눠 앉은 두 남자 사이에서 양필헌이 혼자 밥을 먹기 시작했다.

"기껏 걱정해서 달려와 줬더니, 나를 무슨 양아치로 알아?"

김세울이 격앙된 얼굴로 따지려다가 다른 생각이 들었는지 언성을 낮췄다.

"그래, 나도 알아. 랩원들이 나를 어떤 놈으로 보는지. 팀웍이라곤 1도 없고, 이기적인 새끼라고 뒤에서 욕하는 것도 안다고. 그런데 그게 맞기 때문에 나도 별말 안 했어. 그런 거에 일일이 대응하고 사는 것도 피곤한 일이고, 박사 졸업만 하면 더 볼일도 없는 사람들 때문에 내 소중한 시간을 쓰는 것도 아까웠고 말이야. 하지만…."

"…."

"네가 생각하는 것만큼 그렇게까지 매정한 놈은 아니야."

"…."

"경찰에 신고할 거면 내가 바로 경찰서로 갔지, 왜 이 집에 왔겠어? 안 그래? 그리고, 왜 널 보러 왔냐고 물었어?"

"…"

"아까 내 절친 두 명이 하룻밤 새 소시지가 됐다고 했지? 어떤 종류의 소시지가 됐을까? 산 채로 초퍼에 갈려서 버스에서 까먹는 간식용 소시지가 됐을까? 밥반찬용 비엔나소시지가 됐을까? 아니면, 사주가 좋아서 명절 선물용 고급 햄 세트가 됐을까? 오늘부터 내 친구가 보고 싶으면 난 마트나 편의점 햄 코너로 가야 하나?…. 경악 정도가 아니라 뇌가 감당할 수 없어서 PTSD까지 왔고, 여자 친구랑 밤새도록 술 먹고 뻗었다가 가까스로 깨어났어. 그러다가 마침 네가 형 집에 와 있다니까 우선 네가 살아있어서 너무 기뻤고, 정말 무사한지 네 얼굴만 잠깐 보고 가려고 온 거야."

말을 마친 김세울이 미련 없이 자리에서 일어섰다.

"이대로 나갈 테니까 안심해. 너랑 내가 한 공간에 있는 걸 본 사람은 필헌 형밖에 없어서 형만 신고하지 않으면 난 협조 공범도 아니야. 경찰이든 누구한테든 네 얘긴 입도 뻥긋 안 할 테니까 걱정하지 말고…. 어딜 가든 몸조심해라. 차현호."

듣고 보니 틀린 말은 아니었다.

그러게. 나를 고발하려고 했다면 곧바로 경찰서로 갔겠지.

한결같이 억울해하는 세울 형의 태도로 봐선 내가 오해한 것인지도 모르겠다. 그리고 아까부터 나를 걱정하는 말들도 거짓은 아닌 것 같았다. 반만 진심이라고 해도.

"죄송해요." 현호가 말문을 뗐다.

수긍하면서 핑계를 만들었고, 왠지 그게 예의 같았다.

"경찰에 쫓기고부터 며칠간 잠도 못 자고 좀 피곤해서…. 나도 모르게 신경이 날카로웠나 봐요. 미안해요. 형."

하지만, 현호의 거듭된 사과에도 마음을 정한 듯, 밖으로 나가려는 김세울이었다. 그러자, 양필헌이 포크를 놓고 자리에서 벌떡 일어섰다.

"어어? 정말 이대로 가려고? 야, 왜 그래? 그러지 마. 현호도 오해했다고 하잖아. 원래 배고프고 잠 부족하고 그러면 지나가는 개미 새끼 한 마리한테도 신경이 곤두서는 법이야. 그리고 배달 음식을 너무 많이 시켜서 세울이 너 없으면 곤란하다니까? 한 젓가락만, 아니, 세 젓가락만 거들어 주고 가라. 아, 그러지 말고 앉으라고."

큰 덩치의 양필헌이 김세울의 어깨를 내리누르며 장난치자, 그제야 마지 못한 척 김세울이 다시 착석했다.

"하하하. 그래야지. 야, 상황이 아무리 초상집 같아도 맥주나 한 캔씩 하자. 이게 다 밥 먹는 자리에 술이 없어서 그런 거야. 남자 새끼들끼리 너무 건조해서 말이지. 큭큭…. 그럼, 싸우지 말고 사이좋게 먹고들 있어라. 난 좀 싸고 올게."

눈치가 보여서 참았더니, 방광이 고장 난 것 같다며 양필헌이 너스레를 떨었다.

"냉장고에 캔맥주 있으니까 좀 꺼내 놔. 세울아."

김세울이 맥주를 가지러 간 사이, 양필헌이 화장실로 들어갔다.

RRRR. 진동으로 해둔 핸드폰이 울렸다.

현호가 바지 주머니에서 핸드폰을 꺼냈다.

문자가 왔다. 이 핸드폰을 습득하고 처음으로, 그것도 왠지 눈에 익은 전화번호로.

현호가 '한다….' 뭐라는 여자 명의의 핸드폰을 켰다.

그 사이, 김세울이 캔맥주들을 들고 거실로 돌아왔다. 떠드느라 목이 말랐던지 그가 먼저 한 캔을 따서 들이켰다.

[읽기만 해.]

필헌 형이었다.

어느새 테이블 위 메모첩에서 현호의 핸드폰 번호가 찢겨나가고 없었다.

[김세울은 네 생일이 언제인지도 몰라. 네가 탈락자인 건 나도 두 시간 전에야 알았으니까. 그저께 세울이랑 술 마실 때만 해도 우리 둘 다 네 생일을 전혀 모르고 있었어. 영후 걱정만 했지, 네가 7월 생이어서 이번 1차에 포함된 지는 더더욱 몰랐고. 그런데 조금 전,

세울이한테서 길에서 우리를 봤다며, 문자가 들어왔어. 네가 무사한지 알고 싶다면서, 우리 집에 오겠다고 계속 나를 졸랐고, 뭔가 뉘앙스가 이상해서 오라고 했어. 이미 눈치챘다면, 내가 거절할 경우, 경찰서로 직행할 수도 있으니까 말이야.]

[길거리에서 너와 내가 한 대화를 전부 엿들었을 수도 있어.]

"너도 한잔해."

화가 좀 풀렸는지, 김세울이 현호에게 캔맥주를 건넸다.

현호가 핸드폰을 테이블 밑으로 감추며 다른 손으로 캔을 받았다. 김세울과 건배하고 시원하게 들이켜는 사이, 필헌 형한테서 또 문자가 왔다.

[오늘 아침에 소시지가 됐다는 세울이 친구 두 명, 모두 세울이가 신고했어. 일반인이 탈락자 3명을 신고하면 칙령에서 제외되는 건 알지? 그리고, 김세울, 여자 친구 같은 거 없어.]

[김세울. 고자야.]

*

"난 이만 가볼 테니, 현호 넌 아무쪼록 몸조심해."

약속에 늦을 것 같다며 김세울이 핸드폰을 챙겨 들었다.

"아니, 왜 벌써 가? 아직 맥주도 남았는데?"

캔맥주에 남은 술을 흔들며 양필헌이 김세울을 만류했다.

다 먹은 맥주 깡통 여섯 개가 거실 탁자와 바닥에 찌그러져 나뒹굴고 있었다.

김세울이 손목의 스마트 워치를 확인하며 말했다.

"낮인 거 감안하면 많이 마셨어요. 이제 가야죠. 벌써 3시예요. 잠깐 현호 얼굴만 보고 가려고 온 거라서, 아참, 그리고 형도 몸조심해요."

정말 이대로 나갈 모양새라 양필헌이 초조한 얼굴로 현호와 눈짓을 교환했다. 서로가 이제 어떡할 거냐고 묻는 듯했다. 김세울이 간다고 할 때마다 술을 먹자며 붙잡은 터라 더는 붙잡을 구실도 없었다.

"바로 랩실로 갈 거예요?"

현호가 묻자, 김세울이 자리에서 일어서며 고개를 내저었다.

"아니야. 약속 있어. 원래는, 논문 1개가 minor revision(*소량 수정) 상태라서 교수님과의 상담이 잡혀 있었어. 시간이 더 지체되면 8월 졸업 일정에 못 맞추게 되니까 가능한 한 다음 달 내로 디펜스 일정을 모두 소화하자고 하셨거든. 그런데 뭐, 지금 시국이 내 박사 학위가 문제가 아니잖아."

"그럼, 랩실이 아니면 어디로 가? 중요한 약속이야?"

양필헌도 김세울을 따라 일어서며 물었다.

"서점에서 찾아볼 전공책도 있고, 개인적인 약속도 있어요. 그런데 그런 건 왜 자꾸 물어요? 형도 현호도 좀 이상하….'

말하는 중에 뭔가를 느꼈다. 김세울이 도끼눈을 치켜뜨며 말했다.

"왜요? 내가 경찰서로 갈까 봐요?"

"아, 아니. 뭐라는 거냐? 누가 그런대? 그리고 너도 몇 번이나 안심하라고 했잖아. 나랑 현호가 왜 널 의심해?"

'경찰서'란 말만 꺼냈을 뿐이다. 그런데도 양필헌이 펄쩍 뛰자, 알만하다고 생각했다. 김세울이 실망한 투로 말했다.

"현호라고 한 적은 없는데요? 둘 다 아까부터 초지일관 안절부절못하는 거 같아서 왜 그런가 했더니, 이젠 형까지 나를 의심하는 거예요?"

"아니라니까 왜 그래? 우리가 알고 지낸 게 몇 년이냐, 세울아. 너 학부생 때부터 봤으니까, 와, 자그마치 햇수로 9년이다, 9년."

"그러니까요. 그래서 형도 나를 잘 알 거로 생각했는데…. 정히 못 믿겠으면 할 수 없죠. 형과 현호의 사정도 이해하지만, 그래도 기분은 좀 그렇네요. 걱정해서 왔더니 끝까지 사람 의심이나 하고…. 잘 지내세요. 가볼게요."

"야…. 김세울 진짜 이렇게 가버리면, 야!"

이도 저도 못 하는 양필헌이 머리를 쥐어뜯으며 김세울을 불렀지만, 미련 없이 현관으로 향하며 김세울이 말했다.

"그리고, 현호한테는 미안해서 숨겼지만, 난 벌써 예비 아내들을 구해놨어요. 그것도 스페어까지 더해서 총 3명이요. 모두가 돈 많은 부모님 덕이긴 하지만요. 언제 내 생일이 공표될지 몰라도 당장 내가 형과 현호를 경찰에 신고할 만큼 급하지는 않다는 말이에요."

"안다니까?! 누가 네 진의를 의심했다고 그래? 와, 넌 왜 사람 말을 안 믿냐? 응?"

잠깐 멈춰선 김세울이, 이 상황에서도 꿔다 놓은 보릿자루처럼 입을 다물고 있는 현호를 돌아보았다. 차라리 필헌 형처럼 알아차리기 쉽게 날 설득하려는 노력이라도 하면 좋으련만, 아무것도 하지 않는 현호였다. 왠지 비위 상해서 김세울이 현호에게 말했다.

"방금 필헌 형 말 들었지? 내가 여기 온 건 아무도 몰라. 오는 길에도 누가 뒤를 밟을까 봐 무지 조심했다고. 그것도 안 믿는다면 할 수 없지. 난 단지, 현호 네가 무사한지, 그리고 다른 하나는, 식육 공장에 끌려간 탈락자들이 처한 환경이 어떤지 네가 아는 정보나 소식 등이 있다면 듣기 위해서 청취차 온 것뿐이야. 시민들의 인권이 여왕의 발밑에서 어떤 식으로 짓밟히는지, 어찌 됐든 나도 진실은 알고 있어야 하니까."

나를 보러 왔다는 말은 반복해서 들었지만, 탈락자의 인권 문제는 방금 추가된 것이다.

"무슨 짓을 해서든 꼭 살아남아라. 차현호."

현호를 격려하고 나가려는 김세울을 양필헌이 황급히 붙잡았다.

울상이 된 양필헌이 사정하다시피 했다. 여차하면 김세울 앞에 무릎을 꿇어도 이상하지 않을 정도였다.

"야, 세울아. 정말 우리 사이에 이러기야? 형이 이렇게까지 부탁하잖냐. 조금만 더 내 얘기라도 듣고 가. 언제 내가 너한테 이런 적이 있었어? 너 이대로 가버리면 나랑 현호는 정말…."

"믿으라고 해도 안 믿고…나더러 뭘 어떡하라는 소리예요. 팔 놓으세요. 서점 갔다가 데이트가야 해서 나도 바빠요. 아, 좀 놓으라고요!"

김세울이 양필헌의 팔을 신경질적으로 뿌리친, 그때였다.

"죄송해요. 형."

거실에 혼자 남아있던 현호가 사과했다.

이제야 필헌 형처럼 내 팔이라도 붙잡고 애원할 생각이 든 모양인데, 한참 늦었다. 의미 없는 사과라서 김세울이 현호는 거들떠보지도 않고 현관 도어를 열었다.

"형도 이제 협조 공범이에요."

현호의 말에 김세울이 코웃음 쳤다.

협조 공범이라니?….

내가 여기 오는 걸 본 사람이 없다니까 무슨 헛소리야.

내가 신고하지 않는 한, 경찰은 내가 탈락자와 접촉한 걸 알 수 없다. 아니면, 현호가 잠깐 미쳐서 스스로 경찰에 신고하거나.

들은 척도 하지 않고 밖으로 나서는 김세울을 향해 현호가 또다시 말했다.

"경찰 추적이 어렵게 방금 Tor(*The Onion Router. 익명 네트워크)로 경찰 게시판에 접속해서 형 인적 사항을 남겼어요. 탈락자 협조 공범으로요."

그리고, 그것은 적중했다. 현관에 있던 김세울의 모습이 워프라도 한 듯, 한순간 거실에 나타났다. 대뜸 현호의 멱살을 움켜쥔 그가 집이 떠나가라고 소리쳤다.

"미쳤어? 너?! 뭐…뭘 했다고?!"

멱살이 잡힌 손을 뗄 생각도 하지 않고 현호가 말했다.

"죄송해요. 형을 믿을 수 없어서 그랬어요."

"그걸 말이라고 해? 내가 방금 말했잖아! 난 너를 신고할 생각이 전혀 없다고! 난 벌써 신붓감도 다 구해놔서 널 신고할 필요가 없다고, 이 새끼야!"

믿지 않았다. 이기적인 세울 형의 성격으로 봤을 때, 자신이 살기 위해서 나를 경찰에 신고할지도 모르고, 만약 내가 잘못되면 실종 상태인 엄마까지도 어찌 될지 모른다. 세울 형에게는 미안하지만, 위험이 확실한 상황에서 그를 순순히 보낼 수는 없었다. 시험해 볼 수밖에 없다고 생각했다. 시간이 더 필요했고, 그래서 경찰 게시판에 신고했다는 건 거짓말이었다.

퍽! 하더니, 생각이 끊겼다. 금세 눈앞이 캄캄해졌다.

김세울의 주먹에 맞은 현호의 목이 뒤로 휘청했다.

망설이지 않고 김세울이 또 힘껏 주먹을 날렸다. 방금보다 더한 마찰음을 내며 현호의 얼굴이 돌아갔고, 중심을 잃은 발이 탁자에 걸리며 그가 바닥에 넘어지고 말았다. 봐주지 않고 김세울이 현호의 멱살을 잡아 일으켰지만, 어느새 끼어든 양필헌의 손에 제지당했다.

한 덩치 하는 양필헌에게서 벗어나려고 김세울이 몸을 비틀며 저항했다.

"놔요! 형까지 때릴 수가 있어요! 현호 저 새끼는 죽여버릴 거니까! 은혜도 모르는 새끼!"

"하지 마! 때린다고 뭐가 달라져?!"

"형이 무슨 상관이에요! 이 손 놓으라고! 아, 가만, 그러고 보니 형도 공범이구나?"

김세울이 양필헌의 팔을 뿌리쳤다. 그가 이제야 정황을 알 것 같다는 제스처를 하며 양필헌에게 따졌다.

"처음부터 이럴 작정이었어요? 형? 둘이 짜고 나를 협조 공범으로 만들려고?"

"오해하지 마. 일단 진정하고 내 말부터 들어."

하지만, 이들에게서는 어떤 말도 들을 생각이 없는 김세울이었다.

지금, 이 순간, 이들과의 모든 관계를 끊어버린 김세울이 양필헌에게 반말했다.

"알아서 도망가라. 이 길로 경찰서에 가서 너희 둘 신고할 거니까."

"뭐?…. 갑자기 그게 무슨 말이야?"

"말 그대로지. 내가 여기서 나가는 순간 경찰들이 이 집에 들이닥칠 거라고."

"너, 현호 얘기 뭐로 들었어? 그렇게 따지면 넌 무사할 것 같냐? 현호가 널 협조 공범으로 경찰 게시판에 올렸다고 하잖아."

양필헌의 말에 김세울이 코웃음 쳤다.

"형, 그렇게 안 봤는데 머리 되게 나쁘네? 경찰한테는 탈락자가 나를 경찰에 무고했다고 하면 그만이야. 내가 신고할까 봐 나한테 앙심을 품고서 말이지. 그리고 그게 사실이잖아? 난, 저 새끼가 경찰 게시판 신고에 이용한 핸드폰이나 노트북만 증거로 제출하면 돼."

그런 다음 현호는 보지도 않고 거실을 나서며 김세울이 말했다. 단단히 열받은 모습이었다.

"미리 경고도 했고, 기회도 줬어. 사람의 호의를 개무시하고 짓밟아 버린 건 너희들이니까. 혹시 경찰에 잡히더라도 나를 원망하지는 마."

"형도 어차피 탈락자가 돼서 도망자 신세가 되거나 죽을 건데, 꼭 그렇게까지 해야겠어요?"

김세울이 그 자리에 정지했다. 그가 의아한 눈으로 현호를 돌아보며 물었다.

"내가 왜 탈락자 신세가 돼? 아까 내가 한 얘기 못 들었어? 난 벌써 두 명의 신붓감을 구해놨고, 예비까지 한 명 더 있어. 그런 내가 왜 탈락자가 돼?"

끝까지 거짓말로 일관하는 김세울이다. 현호가 입가에 흐른 피를 손으로 훔치며 말했다.

"형은 아이를 낳을 수 없으니까요. 결혼해도 3년 이내에 아이를 낳지 못하면, 일부이처제법의 연좌제에 걸려 사형당하거나 평생 노동형에 처해지니까요."

"뭐라는 거야? 미친 새끼가…머리는 안 때렸는데 뇌에 이상 왔어? 아, 됐어."

이 미친놈들과 여기서 노닥거릴 때가 아니란 생각이 들었다.

경찰 게시판에 협조 공범으로 신고됐다면, 지금쯤 경찰이 나를 잡으려고 우리 집 문을 부쉈을지도 모른다.

가까운 파출소에라도 가서 난 공범이 아닌 걸 증명해야만 한다….

마음이 급해진 김세울이 잰걸음으로 현관으로 가면서 핸드폰의 키패드를 눌렀다. 어떡하든 김세울을 붙잡아둬야만 해서, 현호가 다급하게 소리쳤다.

"형이 무정자증인 거 알아요! 그래서 우리를 신고하고 형만 살려고…." 뒷말을 끝맺지 못했다. 둔탁한 소리와 함께 방금 누군가 바닥으로 털썩 쓰러졌다.

무슨 일이 일어난 건지 몰랐다.

톡, 톡톡….

작은 골프공들이 바닥에 튕기며 내 앞을 지나갈 때까지도….

다음 순간, 거실에 서 있는 한 남자가 보였다.

단단한 골프 드라이버를 두 손에 거머쥔 양필헌이었다.

그의 어깨 너머로 바닥에 나동그라진 스탠드형 골프백이 보였고, 그 안에서 쏟아진 골프채와 골프공들이 거실에 흐트러져 있었다.

그리고 마지막으로 현호의 눈이 인식한 것은, 골프채 헤드에 머리를 맞고 바닥에 뻗어버린 김세울이었다.

김세울의 머리에서 새어 나온 피가 거실 바닥을 실개울처럼 흐르기 시작했다. 그의 손에 쥔 핸드폰에서는 '여보세요? 말씀하세요. 탈주 사냥대팀입니다. 탈락자를 신고하실 건가요?'라며, 1115번 종합상황실 접수원의 음성이 반복해서 들리고 있었다.

***

정체 모를 하얀 방.

마지막으로 권 비서가 방을 나갔다. 그 후, 10여 분이 지나도록 방 안은 너무도 고요하기만 했다. 천장의 LED 등이 흰 벽의 색채를 극대화하며 마치 천국의 대낮처럼 환한 빛을 산개했어도, 그 아래에 모인 세 명의 남녀에게 감동을 주기엔 역부족이었다.

조금 전의 난투극은 거짓말이었던 듯, 각자의 자리에서 침묵만을 지키고 있었다. 이윽고, 여왕이 이름을 불렀다.

"강미주."

"…."

"며칠 만이야. 그 뒤는 어떠한 자비도 관용도 없어. 명심해."

길다면 긴 10분을, 단 한 사람만 죽일 듯이 쏘아보던 광기치고는 김이 샐 만큼 짧은 대화였다. 강미주가 예의 무뚝뚝한 표정으로 딴청을 피우는 사이, 여왕이 손끝으로 방의 구석 자리를 가리켰다.

"보기 싫으니까 넌 저기로 가 있어. 구석에서 꼼짝도 하지 말란 말이야."

강미주를 눈앞에서 치우고, 황혜지가 이번엔 다정한 음성으로 그를 불렀다.

"오빠."

소시지 공장으로 가지 않아서 다행이긴 해도 연이은 돌발 상황에 기력이 다 빠졌다. 생기 없이 축 늘어져 있던 곽영후가 숨이 멎을 만큼 놀라서 대답했다.

"응?! 나? 불렀어? 왜? 왜?"

눈알이 흔들리고 손과 입술은 갈 곳을 잃고 떨렸다. 마치 불시에 포악한 도둑고양이와 맞닥뜨린 겁먹은 수탉처럼 말이다. 홰를 치며 울어

대지만 않았을 뿐이었다.

"아까 한 얘기, 이젠 답을 줘야 할 것 같은데? 오빠가 나를 위해 해줄 게 있다는 거. 잊었어요?"

황혜지의 말이 끝나기 무섭게 곽영후가 조건반사적으로 도리질을 했다. 그게 뭐든, 무슨 일이든 내가 거절할 리가 없었다. 소시지 공장으로 가는 것만 아니면.

곽영후가 마른침을 삼키면서도 큰소리쳤다.

"이…잊긴! 내…내가 뭘 하면 돼? 뭐든지 마…말만 해!"

황혜지가 단도직입적으로 말했다.

"차현호를 내 앞에 데려오세요."

"뭐?…."

일순, 내실에 정적이 흘렀다.

일본 닌자처럼 저택에 숨어들어서 사람을 죽이라든가, 재벌가 서재 벽에 걸린 피카소의 진품 그림을 떼오든가, 집안 대대로 내려오는 가보를 훔치는 일 등과 대동소이할 것으로 예상했는데…. 물론, 나열한 저것들도 내 능력 밖이긴 하다.

그런데, 난데없이 뭐라고?!

곽영후가 미심쩍은 눈과 어투로 물었다.

"방금… 차현호라고 했어? 혹시, 우리 랩실의 석사 3년 차, 그 차현호?"

"네. 그 차현호요. 빠르면 빠를수록 좋아요."

곽영후가 자신의 위치를 망각하고 차현호가 왜 필요한지 물으려고 했지만, 황혜지의 다음 말에 질문마저 잊어버렸다.

"오늘 저녁 8시까지 그를 이곳으로 데려오세요."

저녁 8시라고? 지금이 몇 시인데?

이 방 어디에도 시계가 없어서 곽영후가 사방을 두리번거렸다.
그러자, 구석에 있던 강미주가 자신의 손목시계를 확인하고는 "오후 4시요."라고 말했다. 시간을 안 곽영후의 눈이 커졌다.
"지…지금이 4시인데…." 곽영후가 떨리는 목소리로 말했다.
고작 4시간 안에 차현호를 찾으라니, 이건 말도 안 된다고 생각했다.
"난, 현호와 사흘 전 모텔에서 헤어진 뒤로 소식을 몰라. 현호가 어디 있는지도, 죽었는지 살았는지도 모를뿐더러 핸드폰도 없고, 설사 핸드폰이 있다고 해도 현호가 내 전화를 받을지는 장담 못 해. 그…그런 내가 무슨 수로 차현호를 저녁 8시까지 여기로 데려올 수 있겠어?"
내 차 키마저 현호에게 줘버려서 이동 수단도 없거니와 그리고 우리가 헤어졌던 제우스 모텔엔 현호가 없을 확률이 높다. 일부이처제 대상자인 현호가 운 좋게 결혼했든 나처럼 경찰에 잡혔든, 지금까지 그 모텔에서 빈둥거리고 있지는 않을 것이기 때문이다.
자신감 없는 곽영후에, 황혜지가 시큰둥하게 말했다.
"나한테 묻는 거예요? 그렇지만 난 지금 오빠와 딜을 하는 게 아닌데? 그를 정해진 시간 안에 데려올 수 없다면…."
황혜지가 다른 해결책을 제시했다.
"오빠는 다시 육가공 공장으로 돌아가면 되고요."
멈췄던 딸꾹질이 또 시작됐다. 곽영후가 시끄럽게 딸꾹대는 동안, 여왕이 느긋하게 말했다.
"원하는 대로 해요. 정 싫다면, 그 일은 다른 사람한테 맡기면 되니까."
속으로 하느님을 부르짖으며 곽영후가 필사적으로 머리를 굴렸다. 차현호를 4시간 안에 데려올 수도 없지만, 소시지 공장으로 다시 보내진다면 그냥 여기서 혀 깨물고 죽는 게 낫다고 생각했다. 뒷일이야 어찌 되든 곽영후가 대답부터 했다.

"내가 할게. 혜지야."

순간, 좋은 생각이 났다!

나가서 튀면 되는 거잖아?!

여기만 벗어나면 살길이야 있지 않겠어? 지리산 첩첩산중에 숨든 중국 국경을 넘든 내 몸 하나 숨길 데가 없겠어?

돈이라면 좀 있고 미행이 붙어도 따돌리면 된다.

황혜지의 마음이 바뀌기 전에 얼른 곽영후가 말했다.

"내가 가서 차현호를 데리고 올게."

황혜지가 반색하며 기뻐했다.

"그럴 줄 알았어. 그럼, 부탁해요. 아, 현호 오빠가 있는 곳은 강미주가 알려줄 거예요."

뭐라고?! 레고가?!

곽영후가 몸을 휙 틀었다.

방구석 한 귀퉁이에 웅크리고 앉은 강미주가 보였다.

강미주가 현호가 있는 곳을 안다는 말이야?

그렇게 생각하니, 또 다른 의문이 생겼다.

그러면, 강미주나 아까 그 경호원들을 시켜서 현호를 데려오면 되지, 왜 굳이 내게….

그의 생각을 읽기라도 한 듯이, 황혜지가 말했다.

"강미주는 이 방에서 단 한 발짝도 나갈 수 없어요."

곽영후의 뇌리에 조금 전, 점심 식판을 리필하던 강미주가 떠올랐다. 강미주가 감금된 이유가 궁금하지만, 물어본들 친절히 대답해 주지는 않을 것이다.

황혜지가 말했다.

"게다가 경호원이나 궁정 사람들이 접근하면 현호 오빠가 경계할 거니까요. 낯선 사람들이 대뜸 왕궁으로 가자고 한다면 사기꾼이라고 생각하거나 무서워서 멀리 도망가 버릴지도 모르죠."

"…."

"그래서, 그와 랩실에서 가장 친한 오빠한테 부탁하는 거예요."

친하다고? 차현호와 내가?

반문의 타이밍을 놓쳤다. 혜지가 연이어 말했다.

"현호 오빠와 마지막까지 함께 있었던 사람도 영후 오빠니까요. 그래서 오빠가 할 일은, 강미주가 알려준 곳에 가서 그를 데려오기만 하면 되는 거예요. 머리나 몸을 쓸 필요도 없이 되게 간단한 거예요."

"…."

"그리고 이건 정말 중요한 건데, 현호 오빠의 몸에 상처가 없도록 조심해서 데려와야 해요. 작은 손톱자국 하나도 안 돼요. 아시겠죠?"

그럼, 약을 먹여서 재우든지 사기라도 쳐서 데려와야 하나?

잠깐만. 방금 여왕이 한 말.

곽영후의 눈썹이 꿈틀했으나, 모른 척 그가 질문했다.

"그럼, 현호는 어떻게 돼? 내가 현호를 이곳에 데려오면?"

"대답 안 해도 되죠?"

"…."

"오빠는 하나만 알고 있으면 돼요."

황혜지가 진짜 '딜'을 했다.

"현호 오빠만 궁으로 데려오면, 오빠뿐만이 아니라 오빠의 직계가족들은 앞으로 자자손손 일부이처제법에서 제외될 거란 거."

"정말 할 거예요?"

여왕인 황혜지가 방을 나가자마자, 강미주가 쏜살같이 달려와서 곽영후에게 물었다. 목소리에 더할 나위 없는 안타까움과 답답함이 배어 났다.

"네? 할거냐고요. 오빠와 가족들이 자손 대대로 일부이처제법에서 제외된다는 거, 그거 하나 때문에?"

"…."

"정말 그거 때문에 현호 오빠를 팔 거냐고요."

참다못한 곽영후가 확 소리를 질렀다.

"됐다는데 왜 자꾸 짜증 나게 굴어?! 말 시키지 말고 저리 가!"

내 소지품과 핸드폰도 여왕으로부터 돌려받았다. 기쁜 마음으로 핸드폰 전원을 켜며 곽영후가 투덜거렸다.

"그리고 자손 대대는 뭔 자손 대대? 결혼할지 말지 자식이 있을지는 둘째치고 당장 코앞의 일도 감을 못 잡겠는데, 뭔 조선왕조 한오백년까지 설계하냐고."

곽영후가 느닷없이 강미주를 잡아챘다.

그가 강미주의 양어깨를 부여잡고서 그녀를 잡아먹을 듯 노려보며 말했다. 남자의 눈빛마저 번뜩였다.

"이번 게임에서 나 제외해 준다잖아. 난 두 번 다시 그 컨베이어 벨트에는 안 올라가. 아니, 너무 끔찍해서 입에 담기조차 싫어. 레고, 넌 그게 어떤 건지 몰라서 그래. 칼날이 시퍼렇게 돌아가는 36단 절단기 위에 줄 서 본 적이 없으니까. 그러니까, 레고야."

단호한 표정과 발음으로 곽영후가 못을 박았다.

"자꾸만 현호가 불쌍하니 어쩌니 하는 그딴 개소리는 하지 마. 나한테는 씨알도 안 먹히니까."

"…."

"여왕의 꿍꿍이가 뭔지는 몰라도 현호는 적어도 소시지는 안될 테니까 말이야. 그 새끼를 데려다가 뭘 하든 내가 알 바도 아니고."

더는, 이 남자를 설득할 수 없다고 생각했다.

하기는, 현호 오빠보다는 영후 오빠 쪽이 더 절박할 수도 있었다. 명령을 거부하는 즉시, 선택의 여지도 없는 처참한 죽음이 기다리고 있으니까.

그러면 정말 방법이 없는 건가…?

풀이 죽어서 고개를 떨군 강미주에게 불현듯 곽영후가 물었다.

"그런데, 레고, 궁금한 게 있는데, 넌 대체 어떻게 현호가 있는 곳을 안다는 거야? 너, 수요일 아침부터 여기 갇혀있었다면서? 그러면 현호와 내가 객실을 나서기 한참 전인데…. 나도 어디로 사라졌는지 모르는 현호의 행방을 이 방에 갇혀있던 네가 어떻게 알고 있다는 거야?"

말하는 중에 기억이 떠올랐다. 곽영후가 의구심 가득한 눈초리로 강미주의 얼굴을 요목조목 살피며 말했다.

"그리고 보니, 너 며칠 전에도 그랬지? 아무도 너한테 연락한 사람이 없는데 레고 넌 제우스 모텔로 우리를 찾아왔어. 인터넷도 안되고 통신사도 터져서 문자도 전화도 안 되는 상황에서 누가 너한테 우리 거처를 말해줬을 리도 없을 테고…. 너, 우리가 묵는 객실 호수까지 알고 있었잖아. 도대체 어떻게 알고 온 거야?"

"…."

"아까 보니 혜지도 현호와 내가 모텔에서 헤어진 걸 알고 있었어.

네가 말해줬어?"

 말할수록 의문투성이다. 물어도 입을 꾹 다물고만 있는 강미주라 곽영후의 불안감이 더욱 커졌다.

 "말해. 네가 어떻게 그 모텔을 알고 왔는지 묻잖아."

 그리고, 하나 더.

 "어떻게 여왕이 황혜지일 수가 있어. 걘 내 여자 친구인 거 너도 잘 알잖아. 혜…혜지가 언제부터 이 나라 여왕이었어? 넌 벌써 알고 있었다면, 왜 난 그 사실을 오늘에야 알았지?"

 하나만 묻겠다고 하고선 곽영후가 연거푸 물었다. 잇따른 질문은 강미주의 답변을 기다릴 여유 따위는 없어 보였다.

 "여왕이 너한테 맥도 못 쓰고 빌빌거리는 이유가 뭐야? 둘 사이가 원수 같아 보였는데, 그런데도 여왕이 널 못 죽이는 이유가 뭐냐고. 네가 여왕의 약점이라도 잡은 거야? 아, 아니지, 그랬다면 그거야말로 바로 죽여버렸겠지. 아, 그리고…."

 말하는 중에 또 떠올랐다. 마치 깊은 강물에서 끊임없이 부침하는 어떤 물체처럼. 하지만, 거리가 멀어서 그것들의 정체를 명확히 정의할 수 없는.

 "넌 탈락자가 된 내 정황까지도 정확히 알고 있었어. 다른 건 몰라도 이건 꼭 대답을 들어야겠어. 레고, 말해 봐. 네가 어떻게 당시의 내 상황을 손바닥 들여다보듯 그렇게 자세히 알고 있었는지. 혹시 내가 여기 올 줄도 미리 알았어? 그런 거지? 너 정말 정체가 뭐야?"

 숨도 쉬지 않고 몰아치는 질문에 강미주가 체념한 듯 입을 뗐다.

 황혜지가 이 나라 여왕인 것, 그리고 여왕이 내게 그러는 이유와 내가 제우스 모텔을 찾을 수 있었던 이유, 그리고, 곽영후의 우체국

스토리를 알고, 차현호의 행방을 알고 있는 이유에 대해서는 곽영후와 이 방에서 조우했을 때 벌써 다 말했다.

"아까도 말했다시피 난 아바타라Avatāra니까요."

"아바, 뭐?…. 그게 뭔데?"

묻고 나니 언뜻 들은 기억이 났다. 처음 이 방에서 강미주를 만났을 때, 그녀가 자신을 그런 별칭으로 말했었다.

강미주가 말했다.

"신의 화신이자 쌍雙의 절반이며…또한, 예언자요."

13

상가건물 4층. 하봉주 내과의원, 진료 대기실.

"지금 말입니까?"

"네. 사장님 덕분에 미연이도 안정을 되찾았고…."

노수혁이 말하다 말고 내시경실이 있는 복도 쪽을 보았다.

10분 전, 미연이 또 잠이 들었다. 전날 밤을 뜬눈으로 새운 것도 있고, 수술은 잘 됐지만 열이 들끓는 몸으로 도망 다니느라 체력을 소진한 탓인지 내리 잠이 든 아내였다.

하봉주 내과 의원 내 진료 대기실에서 노수혁과 소문식이 대화를 나누고 있었다. 노수혁이 커피 믹스를 한 모금 마시고는 소문식에게 말했다.

"그래서 죄송하지만, 잠시 어디에 좀 다녀와야 할 것 같습니다."

"어디를 가시려고요? 지금 밖의 상황이 너무 안 좋습니다. 실시간 뉴스에서도 벌써 2십만 명이 넘는 탈락자들이 경찰에 체포됐다고 합니다."

인터넷 포털마다 탈락자 집계 현황판이 신설됐다. 올림픽 메달 현황 게시판처럼, 포털에 접속하면 화면 상단에 고정된 배너로 현재까지의 탈락자 체포 숫자를 실시간으로 볼 수 있었다. 그리고, 새로고침을 할 때마다 뒤 숫자는 맹렬한 속도로 앞 숫자를 바꿔나갔다. 돈가스 가게의 경찰들이 진술한 것처럼, '탈주 사냥대'들이 지역을 가리지 않고 종횡무진 활약하는 모양이었다.

"너무 위험합니다. 그건 허락할 수 없습니다."

소문식이 일언지하에 거절했다.

남지훈의 불같은 반대를 무릅쓰고 천비안과 어린아이, 그리고 결국 노수혁 부부까지 동행에 포함했다. 그런데, 일행이 된 지 고작 30분도 지나지 않아 전체 분위기를 흩트리는 건 용납할 수 없었다.

소문식이 노수혁에게 이유를 설명했다.

"아시겠지만, 개인 사정을 다 봐 드릴 수가 없습니다. 만에 하나, 수혁 씨가 경찰에 체포된다면 저희까지 위험해지기 때문입니다. 회의 때 말씀드렸다시피 단독행동은 절대 불가하며 동의한 이상, 제 말에 따라 주시거나 싫다면 지금이라도 수혁 씨와 아내 분은 일행에서 나가셔야 합니다."

단호하기까지 한 소문식의 말에 노수혁이 낙담으로 고개를 떨구었다. 그가 까슬하고 메마른 입술을 핥았다.

그런 노수혁을 못 본 척하고 소문식이 일어날 채비를 하며 말했다.

"그럼, 저는 할 일이 있어서 가보겠습니다. 그리고 이동 차량을 수배해야 하니 식사를 마친 후, 수혁 씨는 지훈이와 한 조가 되어서 지하 주차장으로 가주세요. 모든 건 지훈이가 알아서 할 터이니, 노수혁 씨는 지훈이 옆에서 도와주시기만 하면 됩니다."

대화를 나누는 그들 주위로, 식사 준비를 하느라 분주히 움직이는 천비안과 아이가 있었고, 남지훈은 대기실 한편에서 총기와 테이저건 등의 무기류, 무선통신 장비와 밧줄, 휴대용 라디오, 종이 지도 등의 생존용품들을 점검하고 있었다. 쌀과 부식, 생수, 전기밥통 등은 2층 돈가스 가게에서 가져왔고, 총기는 경찰에게서 빼앗은 것들이었다. 다들 식사 후에 곧바로 이동할 수 있도록 만반의 준비를 하는 중이었다.

잠시 후, 남지훈이 굳은 표정으로 자신의 HK45CT 자동 권총의 탄창에 45ACP 구경의 할로우 포인트 총알을 하나씩 끼워 넣었다. 각 총알이 탄창의 슬롯에 정확히 들어맞을 때마다 작은 '클릭' 소리가 났다. 최대 10발을 장전할 수 있는 탄창에 채워진 총알 수는 현재까지 4개였다.

하지만, 주의를 줬음에도 노수혁이 사정했다. 미안함과 의지가 뒤섞인 목소리였다.

"네. 무슨 말씀인지는 충분히 알고 있어요. 저 또한 단체행동에서 개인적 일탈은 일절 용납되지 않는다는 것도, 저의 이런 행동이 잘못됐다는 것도요. 하지만…."

두 손을 깍지 낀 채, 노수혁이 바닥만을 보고 말했다.

"…11월생이신 고모할머니가 계세요. 80세가 넘는 노령에다 치매기가 있고 귀도 잘 안 들리시는데…돌봐줄 사람이 없어서 세상이 바뀐 줄도 모르고 계실 겁니다."

"지금 그 말씀은…혹시, 수혁 씨의 고모할머니까지 일행으로 받아달라는 말씀입니까?"

노수혁이 고개를 가로저었다.

"그렇게까지 부탁드릴 수야 없죠. 저와 아내를 구해주시고 일행으로 받아주신 것만도 감사한 일인데…. 다만, 할머니가 너무 걱정돼서 그렇습니다. 경찰에 끌려가셨는지 아직 무사하신지, 무사하시다면 잠깐 얼굴만이라도 뵙고 오고 싶습니다."

"…."

"제가 어렸을 때, 식당 일을 하시는 부모님 대신 저를 키워주신 분이세요. 그래서 저한테는 제 친부모님이나 다름없는 할머니입니다. 그래서 마지막으로…."

노수혁이 수척한 얼굴을 들어 소문식을 보았다.

"마지막으로 할머니께 작별 인사만 하고 오겠습니다."

"…."

"약속할게요. 미연이가 잠에서 깨기 전까지…그때까지 꼭 무사히 돌아오겠습니다."

*

탁, 하고 수액실 문이 닫혔다.

식사 준비가 다 된 상태라서 이곳에서 나누는 대화도 10분 안에 끝내야 할 것이다.

"봉사 활동입니까? 자선사업이냐고요."

남지훈이 다짜고짜 물었다. 다혈질의 급한 성격이긴 해도 항상 소문식에게만은 깍듯한 그가 드물게 화가 났다.

벌써 이유를 알고 있기에 소문식이 침착하게 물었다.

"뭘 말이냐?"

"시치미 떼실 생각이세요? 대체 저 사람들은 왜 데려가겠다는 겁니까? 우리 계획에 필요도 없고 도움도 안 되고, 아니, 도움은커녕 짐만 되잖아요."

소문식의 완고한 고집에 하는 수 없이 동의했지만, 지금이라도 늦지 않았다. 남지훈이 말했다.

"다시 생각해 보니 안되겠다고 하고 번복하면 돼요. 사장님이 못하시면 제가 할게요."

회의 내내 속이 부글부글 끓었다. 아무리 사장님이라도 월권이란 생각마저 들었다. 사장님의 얘기를 끊고 끼어들기가 싫어서 꾹 참았을 뿐이다. 남지훈의 손가락이 수액실의 출입문을 가리켰다.

"밖에 여자와 애, 그리고 환자까지 있어요. 남자가 있긴 하지만 큰소리만 쳤지, 제 몸 하나 건사하는 것도 힘들어 보이고요. 무기를 쓸 줄도 모르고 이런 일엔 경험도 없는 것 같고…. 게다가 팀원이 된 이상, 분명히 개인 활동은 불가라고 다짐받았음에도 불구하고 친척 집에 간다며 제멋대로 팀을 이탈했어요. 사장님은 그런 노수혁 씨를 믿을 수 있으세요? '목적지'에 도착할 때까지 순순히 우리 말을 들을 거로 생각하세요? 불행히도 전, '아니요'에요."

"…."

"더욱이 인원이 많아서 경찰한테 눈도장 찍히기 딱 좋을뿐더러, 불심 검문에 걸려서 내빼려고 해도 차체가 무거워서 제 속도를 못 낼 거라고요. 저 사람들을 보호하다간 저뿐만이 아니라, 사장님까지도 위험해질 수 있어요."

"내 몸은 내가 알아서 챙기마."

"그런 말이 아닌 걸 아시잖아요! 왜 일절 상관도 없는 사람들 때문에, 일정에 차질이 생길까 봐 걱정해야 합니까? 저 사람들을 동정하시는 건 알겠지만, 지금 바깥은 온통 저런 사람들로 넘쳐나고 있어요. 그 사람들 다 구하실 거 아니잖아요?"

대답하지 않는 소문식 때문에 남지훈의 말이 더욱 격하고 빨라졌다.

"방해 요소만 없었으면, 지금쯤 사장님은 프란츠 리스트의 라 캄파

넬라를 들으며 오이 텃밭에 물을 주고 계셨을 거고, 전, 보카스 델 토로(*Bocas del Toro-카리브해에 있는 파나마의 휴양지)에서 스노클링을 하고 있었을걸요? 저들만 없었다면 애초에 승합차가 폭발할 일도, 이 낡아빠진 병원에서 죽치고 있을 이유도 없었다고요. 일면식도 없는 부부와 여자, 애까지 구하느라 쓸데없이 시간을 낭비한 결과가 뭔지 아세요? 놀랍지만, 마감 후 이틀째 저녁이 됐는데도 아직 아무것도 한 게 없다는 거요."

"그럼, 네 말처럼 환자에 애까지, 아무런 능력도 없는 사람들을 방치하고 우리끼리 떠나자는 거냐?"

"그러니까 그걸 왜 우리가 신경 쓰냐고요. 우린 일정대로 목적지까지만 가면 되잖아요. 그 후엔 '조성組成'이 제 일을 할거고요. 이미 노바가 모든 걸 예고했어요! 아니라면 노바가 틀렸다는 말이잖아요!"

"노바는 틀리지 않아!"

저도 모르게 고함을 내질렀다. 찰나의 순간이었으나, 소문식의 목덜미에 시퍼런 핏대가 섰다가 사라졌다. 뱀처럼 꿈틀댄 붉은 정맥은 그 이상 드러나지 않았다. 하지만, 노기마저 사라진 건 아니었다.

소문식이 남지훈을 향해 '마지막이어야만 하는 경고'를 했다. 남지훈을 노려보는 장년의 두 눈에 무섭도록 섬찟한 안광이 비쳤다.

"입 조심해. 이번만 실수야. 두 번 다시 노바를 모욕하지 마라."

"…죄송합니다."

수액실 내에 숨이 막힐 듯한 정적이 감돈지, 수초여 후.

소문식이 나직이 말했다. 그때까지도 남지훈은 고개를 떨구고 가만히 서 있었다.

"아바타라일지도 모르는 사람이 저 무리에 섞여 있다…".

일순간, 남지훈의 안색이 바뀌었다.

잊고 있었다….

정말 별로고, 상대하기 껄끄러운 '그것'에 대해서 남지훈이 자기 생각을 말했다.

"아직은 아바타라인지 아닌지 모르잖아요."

"경찰이 오지 않았어."

"…."

"네가 내 허락 없이 병원 출입문에 대고 수 차례의 총질을 해댔음에도 불구하고 말이다. 무슨 말인지 알겠어? 지금 밖에는 무장 경찰들 수십 명이 떼 지어 순찰하고 있어. 저들이 네 총성을 듣지 못했을 리가 없다."

할 말을 잃은 남지훈을 세워두고, 소문식의 추리가 이어졌다.

"게다가 지하 주차장에서 너를 공격한 경찰들…. 팀원들이 다치고 경찰차까지 두 대나 폭발했으면 이유 불문하고 증원해서라도 재차 출동하는 게 상식이야. 전열을 가다듬어서 쳐들어왔다면 아마도 우린 병원 안에는 발도 들이지 못하고 2층에서 잡혔을 게 뻔해. 이 건물 안에선 어디를 가도 마찬가지야. 숨을 데는 없어. 1층이 보석상 건물이라서 잘 지은 성채 같기도 하지만, 반대로 생각하면 우리 역시 건물에 갇힌 생쥐 꼴이니까. 그런데도 경찰이 아직도 우리를 발견하지 못했다고?"

"경찰이 일부러 우리를 방치하고 있으며, 그게 아바타라의 작용으로 발생한 거라고요? 하지만 그거야말로 모순 아닌가요? 정말 그렇게 생각하신다면, 하태형이 엿들을 걸 알면서도 천비안 씨의 증언을 공개할 이유가 없으니까요. 그런데 사장님께서는 모두가 들을 수 있는 탁 트인 대기실에서 거침없이 차현호에 대한 질의를 이어가셨죠. 하태형이 진짜 아바타라라면, 정보를 취득한 이상 어떤 식으로든 우리의 일을 방해하려고 들 텐데….”

"그걸 노린 셈이지.”

또다시 막혀버린 말문.

방금 소문식의 '노렸다'라는 말이 그 자신의 실책에 대한 에두른 핑계인지 변명인지 알 수 없었다. 하지만, 남지훈식의 사고 흐름과는 달리, 소문식은 자신의 이전 행동에 대한 분명한 이유를 댔다.

"하태형의 정체를 확인할 방법은, 우리가 먼저 유인하는 길밖에 없었다.”

"….”

"남자인 아바타라가 현실에 나타났다는 건, 음양으로 이뤄진 한 쌍 중 남자인 양陽이 자신이 누군지를 자각하고 능력을 인지했다는 뜻이지. 이 경우, 양이 각성하면 음陰 또한 자기 의지와는 상관없이 자동으로 각성하게 되고 그 반대의 경우도 마찬가지다.”

"….”

"각성하지 못한 인간으로서의 아바타라는 평범한 일반인의 삶을 살다가 죽겠지만, 어떠한 계기로든 각성이 이뤄지면 그때부터는 신과 같은 예언 능력이 발동되기 시작하지. 또한, 예언 능력치에서도 스스로 각성한 쪽이 후자보다 훨씬 강한 힘과 정교함을 지니게 되지.”

남지훈이 문을 향해 손가락을 뻗었다.

"그렇다면, 저 바깥에 있는 하태형은 먼저 각성한 쪽일까요? 아니면 후자일까요?”

남지훈이 가리킨 출입문을 보며 소문식이 대답했다.

"겉모습만으로는 판단할 수 없지. 다만 한 가지 확실한 건, 저 밖의 하태형이 정녕 아바타라라면, 그가 벌인 일련의 사건들은 그 자신의 개인적 목적을 위한 단독행동임이 자명하다. 쌍雙이 공통의 목표를 가지는 건 이론상이나 확률적으로도 불가능에 가까우니까 말이야."

"왜 불가능한가요? 원래부터 한 쌍이자 한 몸이었잖아요. 서로가 목적이 같으면 힘을 합칠 수도 있잖아요."

"각성도 어렵지만, 서로를 만날 수가 없으니까."

"왜 만날 수 없죠? 우연히 길을 가다가 마주칠 수도 있을 텐데요?"

소문식이 손으로 턱을 매만지며 말했다.

"우연이라…. 흠, 네가 아바타라라고 가정해 볼까? 아바타라들이 목적을 위해서 힘을 합치려면 우선 이 세상 어딘가에 있을 자신의 절반과 조우하는 것부터 시작해야겠지. 그런 다음 친해져야 할 테고. 네가 부모님과 형제를 제외하고 100명의 지인을 둔다고 가정했을 때, 지구에 사는 80억 인구 중에서 무작위로 선출된 이가 네 지인이 될 확률이 얼마나 될까? 약 0.00000125%의 확률에 지나지 않아. 마치 네가 전 세계의 수많은 해변 중 하나에서 무작위로 모래알 하나를 골랐는데, 그것이 며칠 전 다른 해변에서 본 특정 모래알과 모양, 성분, 크기, 부피가 완벽히 일치할 만큼이나 희박한 확률이지. 그리고 이 또한 너와 동시대에 존재함을 전제로 해서이다. 넌 현대의 한국에 살고 있지만, 네 쌍의 절반은 16세기 대항해 시대에 지중해와 대서양을 종횡무진 누비던 스페인 무적함대의 젊은 해군일 수도 있었고, 20세기 말에 발생한 에티오피아 대기근 시기에 아사한 늙고 가난한 아프리카인일 수도 있었다. 아니면, 방금 막 미국 오하이오주의 한 산부인과에서 태어난 아기일 수도 있고, 아직 태어나지 않았을 수도 있지."

"…."

"바꿔 말하면, 억겁의 세월을 보낸다고 하더라도 음과 양의 쌍은 서로의 위상이나 위치, 상태, 생존 여부는 고사하고 그 존재가 그야말로 '존재'하는지조차 알 수 없다. 아바타라에게는 무한한 시간과 공간만이 주어질 뿐 좌표는 없어. 설혹 모래알 한 개만 한 확률을 뚫고 서로가 기적처럼 만난다손 치더라도 힘을 합쳐서 공동의 목표를 이룬다? 아니, 그거야말로 신이라도 불가능해."

"⋯."

"한 쌍은 같은 장field에 존재하는 즉시 소멸해 버릴 테니까."

'소멸'이라는 말에 남지훈이 놀란 눈을 했다.

소문식이 이어 말했다.

"왜냐하면, 아바타라는 전자와 반전자처럼 한 공간에서 만나는 순간, 서로 충돌하며 소멸하도록 운명지어졌기 때문이다. 이유를 막론하고, 죽음의 운명을 피할 수는 없다."

다음 순간, 소문식의 눈이 반짝 빛났다.

"아바타라의 가장 무서운 점은, 쌍소멸의 순간 상쇄되는 폭발적인 에너지이지. 시공간을 왜곡할 정도로 가공할 위력의 힘을 얻게 되니까. 물론, 나도 그 힘을 직접 겪어본 적이 없어서 어떤지는 알 수 없다."

남지훈에게 설명하느라 생각보다 많은 시간을 썼다.

소문식이 주제가 시작된 시점으로 되돌아왔다.

"그런 관점에서 볼 때 다행인 건, 아바타라가 자신의 다른 절반과 현생에서 마주칠 확률은 0에 수렴하므로 하태형은 결국 예언의 능력만을 가질 뿐이란 점이다."

얼굴에 어두운 먹장구름을 드리운 남지훈을 무시하며, 소문식이 덧붙였다.

"하태형이 진짜 아바타라라면 나와 천비안 씨의 대화를 무시할 수만은 없을 것이야. 그의 예언은 천비안 씨가 이 병원에 나타났을 때부터 어긋나기 시작했을 테니까. 왜냐하면 천비안 씨는 이미…."

일반인인 천비안이 퍼즐의 열쇠를 쥐고 있을지도 모르지만, 참을성이 부족한 남지훈임을 잘 알기에 소문식이 말을 아꼈다.

"아무튼 오늘 일이 또 다른 헤프닝으로 이어질지, 아니면 우리 일에 어떤 영향도 미치지 않고 봄 눈 녹듯 사라질 것인지는 지금부터 두 눈 부릅뜨고 지켜보면 될 것이다. 그때까지는 하태형을 자극하지도 말고 경거망동하지 말거라."

소문식이 여기까지 말했을 때, '탁탁탁' 노크 소리가 나며, 중학생 아이가 수액실 문밖에서 소리쳤다. "밥이 다 됐대요!"

하지만, 아직 중요한 얘기가 남아서 나갈 마음이 없었다.

임무를 마친 아이가 복도를 뛰어가는 발소리가 들렸다.

남지훈이 의견을 말했다.

"말씀을 다 이해할 수는 없지만…전 도저히 하태형을 아바타라로 인정할 수 없어요. 제가 본 그는 신神이라고 할 수 없을 만큼 이기적이고 툭하면 잘난 척이나 하고, 특별히 눈에 띄는 점도 없어요. 그냥 좀 짜증 나는 일반인 같아요. 그도 그럴 것이 아바타라가 이렇게 쉽게 나날 리가 없잖아요."

"노바가 그 또한 예견했다."

순간, 남지훈의 안색이 창백해졌지만, 모른 체 소문식이 말했다.

"수학적 확률로만 존재하는 아바타라가 곧 그 모습을 드러낼 것이라고…. 노바는 아바타라의 시기가 도래했다고 말했다고 한다."

그러면서 노바가 덧붙인 말.

-해와 달을 숭배 말라. 지고 피는 꽃도 숭배 말라. 오직 너의 진실된 나무만을 믿으라.

 하지만 몇 번을 곱씹어도 무슨 뜻인지는 알 수 없었다. 남지훈에게 말해봐야 알 것도 아니어서 소문식이 직관적인 생각을 말했다.

 "저 밖에 있는 하태형은 여자인 하봉주를 자신의 '아버지'라고 단언했어."

 "…."

 "아바타라라고 해서 작은 디테일 하나까지 예측할 수 있는 건 아니다. 우리가 이 상가건물로 들어올 상황만 앞서 예견했을 테지. 그래서 미리 4층에서 대기하고 있다가 시의적절하게 병원문을 연 것이고…."

 그래서 정말 하태형이 아바타라라는 말이야?

 아직도 그를 인정하지 않는 남지훈에게 소문식이 못을 박았다.

 "소멸 전의 아바타라는 절대적 예언자라는 걸 잊지 마라."

 매사 진중하고 사려 깊은 판단을 하는 자신이지만, 다음 말에선 감정을 참지 못하고 소문식이 입술을 일그러뜨렸다.

 "이번 시즌에, 예정에도 없던 돌연변이가 나타난 게지."

***

바깥으로 먹구름을 동반한 어스레한 어둠이 내리고 있었다.

현호가 손목시계를 봤다.

저녁 6시 10분이었다.

이틀 전, 일부이처제법의 1차 마감 이후, 48시간도 채 지나지 않았다. 하지만 전신에 흐르는 피로감만으로 봤을 때, 누군가 480년이 흘렀다고 해도 전혀 이상하지 않다고 생각했다.

"불 켜지 마세요!"

어둠 속, 현호가 목소리를 죽이며 빠르게 말했다.

커튼이 드리워진 어둠 속에서 스위치를 찾으려 벽을 더듬던 양필헌이 흠칫하며 팔을 내렸다.

"잠시만요."

이윽고, 거실에서 가느다란 불빛 한 점이 방사되었다.

기계적인 빛을 사이에 둔 두 남자가 서로의 얼굴부터 확인했다.

곧이어, 현호가 손에 든 핸드폰 플래시로 주변을 비췄다.

희미한 불빛에 드러난 거실 내부는, 우리가 떠난 뒤 이곳에서 벌어진 일들을 대략적이나마 유추하게 했다. 방금, 필헌 형이 끈적한 액체 같은 걸 밟아서 욕을 하며 양말을 벗는 건 예상 못 했지만 말이다. 다 녹은 팥빙수인 것 같았다.

핸드폰 플래시로 거실과 천장을 비춰본 뒤, 이번엔 각 방의 방문을 차례대로 열었다. 화장실과 세탁실, 베란다 등 사람이 있을 법한 공간까지 모조리 확인하고 나서야 현호가 말했다.

"아무도 없어요. 빈집이에요."

거실로 되돌아온 현호가 바닥에 떨어진 제사용 양초를 주워서 불을 붙였다. 핸드폰 플래시보다 광도는 약하지만, 조도 또한 낮아서 밖으로 불빛이 새지는 않을 것이었다. 핸드폰은 배터리를 아끼기 위해서 껐다.

"어휴, 집안 꼴이 이게 뭐야? 엉망진창이네."

양필헌이 투덜거리면서 바닥에 흩어진 사과와 약과, 떡 등을 발로 쓸어서 앉을 자리를 마련했다. 현호도 쓰러진 물건과 음식들을 대충 치우고 바닥에 앉았다. 벽에 등을 기대고서 크게 숨부터 내쉬었다. 사건이 시작된 이후, 간만의 휴식이었다.

"나쁜 놈들, 노인이 무슨 힘이 있다고 끌고 가려면 곱게나 끌고 가지, 집안을 아주 개판을 만들어놨네."

화가 느껴지는 양필헌의 말에, 현호가 천장을 향했던 얼굴을 내렸다. 희끄무레한 양초 빛 속에서 현호의 눈길이 천천히 집안을 훑었다.

두 남자가 도둑고양이처럼 몰래 찾아든 이곳은, 오전에 만났던 이웃 할머니 집이었다. 필헌 형의 오피스텔을 떠나 이 집으로 도망쳐왔다. 의견 일치는 쉬웠고, 현관문이 잠겨 있지 않아서 쉽게 들어올 수 있었다. 문짝의 경첩이 뒤틀려서 잘 닫히지도 않았지만.

세상이 뒤집힌 와중에도 오래전에 죽은 딸의 제사를 지내던 할머니였는데…당신이 경찰에 체포될 것을 알고 아침 제사로 바꿨다고 했다. 역시 할머니가 현명하셨다.

그런데, 살아는 계실까…?

엄마….

또, 문득 떠오른 엄마 생각에 현호가 고개를 떨구었다.

생각해 보면 오늘 온종일 엄마를 걱정했지만, 결과적으로는 아무것도 한 것이 없다.

지금도 경찰을 피해서 남의 집 거실에 숨어있는 게 다일 뿐.

혹시, 잘못되진 않았겠지?…경찰이 어떻게 하진 않았겠지?….

그러지 않으려고 해도 자꾸만 솟아나는 불안과 두려움은 쉬이 볼 것이 아니었다. 불길한 마음을 가눌 길이 없어서 현호가 무릎에 얼굴을 파묻은 그때, 창가 쪽에서 쉬고 있던 양필헌이 말했다.

"여긴 괜찮은 것 같군. 경찰들이 한번 수색했던 집이고 할머니도 체포됐으니 당분간 이 집엔 아무도 안 올 거야, 그렇지?"

형이 혼자 말하도록 내버려 뒀다. 엄마에 대한 걱정과 상실감으로 현호가 더욱 얼굴 가까이 무릎을 끌어안았다.

빨리 엄마를 찾아야 해…. 하지만 너무 피곤해….

현호의 생각을 모르는 양필헌인지라 그가 수다를 이어갔다.

"사실, 이런 데가 숨기에 최적이야. 등잔 밑이 어둡다는 속담도 있잖아. 게다가 아까 너 봤어? 베란다에 쌀이 두 포대나 있더라고. 냉장고에 반찬도 많아."

양필헌이 바닥에서 주운 사과를 베어 물며 말했다. 오피스텔에서 이 집으로 도망쳐올 때와는 달리 목소리엔 활기마저 띠었다.

"내 생각엔 경찰 놈들이 '실적'을 올리려고 혈안이 된 상태라서 노인 혼자 살았던 집에 다시 올 리는 만무해. 그러니까 이 집에 며칠간 숨어있으면서 탈출 계획을 제대로 짜면 돼. 이건 우리가 살아날 절호의 기회야."

아삭대며 과일을 베어 무는 소리가 규칙적으로 들려왔다.

겨우 찾아든 안도와 함께 생명수처럼 달콤한 과즙을 삼키며 양필헌이 말했다.

"아, 친척들이 있으려나? 할머니 유품과 집 정리를 위해서 내일이라도 들르려나?…. 아니, 그건 아니겠지. 일부이처제법 때문에 제 살기 바빠서 노인이 죽든 말든 신경도 안 쓸 것 같아. 게다가 집안 살림살이를 봤을 때 유산이랄 것도 없을 것 같고, 이 집도 낡고 오래돼서 팔아봤자 돈도 안 될 것 같고…. 현호야. 너, 이 집 할머니가 혼자 사셨다고 했지? 다른 가족들이 있는 건 몰라?"

모른다. 관심도 없고…할머니의 가족 따위….

현호의 대답이 없어도, 양필헌이 혼자만의 상상을 떠들었다.

"만약 할머니 가족이란 사람이 불쑥 여길 찾아오면 어떡하지? 유품을 정리하러 올 수도 있잖아."

"…."

"아, 그러면 안 되는데…. 아직 계획도 세우기 전인데 갑자기 사람이 들이닥치면 또…."

"그러면 또 죽이면 되잖아요."

아삭대던 소리가 멈췄다.

막, 침묵과 등가교환을 끝낸 듯.

양초 하나와 불빛 하나, 스산하리만치 고요한 적막 하나.

거짓말처럼 흐른 적막 사이로 현호가 눈을 들었다.

베어 문 사과를 손에 들고서 양필헌이 자신을 뚫어져라 쳐다보고 있었다.

***

김미연이 예상보다 일찍 잠에서 깨어났다. 중학생 아이가 밥이 다 된 걸 알리려 제멋대로 내시경실에 들어가서 김미연을 깨웠기 때문이었다. 노수혁과 미리 입을 맞춘 대로, 소문식은 노수혁이 근처 은행에 갔다고 둘러댔다. 고모할머니 집이 차로 가도 30분은 걸리는 곳이라, 김미연이 걱정할 것을 안 노수혁이 아내에게는 그렇게만 말해달라고 했다.

밖에 있을 남편이 걱정되었는지 김미연의 안색이 좋지 못했지만, 그녀가 아무 말 없이 임시 식탁이 된 대기실 의자로 갔다. 허벅지의 상처 부위가 쓰라렸으나, 소문식이 워낙 솜씨 좋게 치료해서 움직임이 한결 편해진 걸 느꼈다.

아이가 챙겨주는 수저를 건네받으며 김미연이 물었다.

"수혁 씨가 돌아오면 우리는 어디로 가나요?"

다리 수술 후, 내리 잠만 잤기에 중요한 회의엔 참석하지 못했다.

김미연의 질문에, 남지훈이 소문식을 흘끔 보고는 금방 모른 척했다. 소문식이 오늘의 첫 끼를 위해 젓가락을 들며 대답했다.

"인천항으로 갈 겁니다. 밀항선을 수배해 뒀으니 내일 새벽까지는 배를 타야 합니다."

밀항선이라는 말에 약간 놀랐지만, 다른 대안은 없어 보였다.

외국이든 무인도든 당장은 한국을 벗어나는 게 급선무였다.

천만다행이라는 안도감과 처음 타보는 밀항선에 대한 불안이 교차하는 가운데 김미연이 물었다.

"그럼, 목적지는 어디인가요? 중국? 아니면 일본인가요?"

"죄송하지만, 목적지는 말씀드릴 수가 없습니다. 그 점에 대해선 남편분과 천비안 씨께 사전 동의를 받았으니, 미연 씨만 이 자리에서 동의 여부를 말해주시면 됩니다."

김미연이 고개를 갸웃했다.

"왜 목적지를 알려줄 수 없다는 거죠? 승선이라면, 지정한 도착지가 있을 거잖아요? 아, 혹시 다들 최종 목적지가 달라서 그런 건가요? 예를 들면, 인천항에서 가까운 중국 위해항이나 대련항 같은 곳에 내려서 각자 다른 배로 환승한다던가…."

"그런 건 아닙니다."

달칵, 소문식이 수저를 내려놓고 물을 마셨다. 두어 모금 들이켠 물컵을 내리며 그가 말했다.

"여기에서 인천항까지는 70킬로미터 정도, 차로 가도 고작 1시간 남짓한 거리지만, 지금 출발해도 내일 새벽 출항 예정인 밀항선의 승선 시간에 맞출 수 있을지 없을지는 장담할 수 없습니다. 왜냐하면…."

"…."

"현재, 지역, 장소, 구역을 불문하고 공항이나 항구로 향하는 경로가 경찰에 의해 폐쇄 혹은 봉쇄되었기 때문입니다. 보도나 골목을 막론하고, 전국 곳곳에서 예고 없는 불심 검문이 시행되고 있으며, 국도, 고속도로와 간선도로는 물론, 톨게이트와 인터체인지 지점마다 검문소와 통제 초소가 세워져 차량의 출입이 통제되고 있습니다. 민간인은 철저한 신원 확인을 받고 있으며, 검문에 걸린 대다수가 탈락자로 밝혀져서 임시 구금소로 끌려갔다고 합니다. 따라서, 탈출 과정에서 우리는 검문을 피해서 숲길을 통과해야 할 수도 있고, 먼 길을 돌아갈 수도 있고 차를 버려야 할지도 모릅니다. 도보로 인천까지 가야 할 수도 있고, 그 과정에서 전원이 경찰에 체포될 수도 있고, 한 사람이 잡힐 수도, 뿔뿔이 흩어질 수도 있습니다. 한 마디로 개미 한 마리 빠져나갈 수 없는 경찰의 철통 통제 속에서 모두가 인천항에 안착할 때까지는….”

“….”

“그 누구도 믿어서는 안 되기 때문입니다.”

소문식이 비로소 긴 이야기의 핵심에 도달했다.

“경찰에 체포된 한 사람 때문에, 우리의 탈출 계획이 수포가 될 수도 있으며, 신변 또한 장담할 수 없습니다. 여기 계신 분들이 그런 결과를 원하진 않는다고 봅니다.”

설명 이후, 더 이상 김미연으로부터의 질문은 없었다.

소문식이 다시 수저를 들며 말했다.

“목적지는 인천항에 무사히 도착하면, 그때 알려드리겠습니다.”

***

“뭐라고 했어? 방금?”

금세 뾰족하게 돋아난 가시. 양필헌이 다시 물었다.

“너, 방금 뭐라고 했냐니까?”

바닥 한곳에는 동화책에서나 본 양초가 노란빛을 내며 타들어 가고 있었다. 작은 그것이 발하는 따뜻하고 살가운 광원 속에서도 나만을 향한 싸늘한 시선을 느꼈다. 기억대로 말하는 수밖에.

“또 사람을 죽일 거냐고 물었어요.”

현호의 말이 떨어지기가 무섭게 양필헌이 말했다.

"실언이지? 그렇다면 사과는 받아줄게."

"죽일 필요까지는 없었어요."

"입 닥쳐."

나도 그러고 싶지만, 그러려면 내 심장과 뇌가 나머지 대가를 치러야만 한다. 필헌 형의 오피스텔에서 그 일이 벌어진 직후부터 지금까지, 일관되게 관철한 무언無言에 대한 대가를.

양필헌이 벌써 자리에서 일어나고 있었다.

불끈 움켜쥔 두 주먹이 낯처럼 또렷이 보였다.

하지만, 여전한 어둠 속. 현호가 말했다.

"세울 형을 설득할 수도 있었어요."

"웃기지 마. 네가 무슨 수로 세울이를 설득해? 길에서 널 봤다면서 막무가내로 내 오피스텔까지 찾아온 놈이야. 말 몇 마디 나눠서 그 새끼가 순순히 네, 그러겠습니다, 하고 물러났을 거 같아?"

"그래도 어떻게든 설득해야만 했어요. 골프채로 사람을 때릴 만큼 위급한 상황도 아니었고요. 딜을 제시하고 그것도 안 되면 무릎이라도 꿇고 빌었어야 했어요."

"제길, 시 쓰냐? 어떻게든 설득? 뭘 어떻게 설득할 건데? 세울이가 애초에 그런 말랑한 생각으로 온 게 아닌데 그게 네 말처럼 쉬웠을 거 같아? 걔 상태가 어떤지는 내가 다 말했잖아. 먼저 선수 치지 않았으면 되레 우리가 당했을 거라고! 됐고, 아무튼 네가 하고 싶은 말은 세울이가 죽은 게 다 내 탓이라는 거지?"

현호로부터 답이 없자, 양필헌이 헛웃음을 지으며 실소했다.

어이가 없는 듯, 허리춤에 손을 대고 잠시 웃어대던 그가 현호를 불렀다.

"차현호. 그건 불의의 사고였어. 설마 내가 진짜로 세울이를 죽이려고 했겠어? 너무 두렵고 긴장한 상태라서 힘 조절을 놓친 거야. 너도 다 봤잖아?! 부지불식간에 벌어진 일이라서 나도 손 쓸 틈이….”

"처음에는 살아있었어요.”

현호가 고개를 들었다. 일그러진 얼굴로 자신을 쏘아보고 있는 양필헌이 잘 보였다.

"처음에, 세울 형은 살아있었다고요. 그때 병원으로 옮겼으면…아니, 응급처치만 했어도 살았을 거예요. 그런데 형이….”

"그래, 내가 살아 있던 세울이를 한 번 더 골프채로 내리쳤어. 하지만 너무 경황이 없고 놀라서 그랬어. 그런데 핵심은 그게 아니잖아. 그때 내가 그러지 않았다면, 넌 지금쯤 어떻게 됐을지 생각해 봤어?”

"….”

"세울이가 1115번에 신고까지 했어. 그게 위급한 상황이 아니면 대체 뭐가 위급한 상황이야? 세울이가 죽지 않았다면 넌 벌써 경찰에 체포돼서 이곳에 있지도 못했…아니, 살아는 있었을 것 같아? 구금 전에 죽는 사람만 수만 명이 넘는다는데, 시발, 내가 아니었으면 넌 살아는 있었을 것 같냐고!”

거실 공간이 남자의 분노로 물결쳤다.

어느새 다가온 양필헌이 현호 앞에 우뚝 섰다. 무릎을 세워 앉은 그대로 꼼짝도 하지 않는 현호에게 양필헌이 말했다.

"잊었어? 내가 널 도왔어. 그 대가로 나는 잘못한 것도 없는데 너와 똑같은 도망자 신분이 됐어. 오늘 아침에 너만 만나지 않았더라도, 그리고 내가 널 동정하지만 않았더라도 난 이런 꼴은 안 됐을 거라고. 무슨 말인지 알아?”

"…."

"세울이는 어쩔 수 없었어. 다시 한번 말하지만, 만약 그때 내가 세울이를 죽이지 않았다면 네가 죽었어. 김세울은 무정자증이라서 자신이 살려면 반드시 너를 신고해야만…."

"그러니까 그럴 필요까진 없었다고요!"

앵무새처럼 똑같은 말을 반복하며 현호가 자리에서 벌떡 일어섰다.

"안 죽여도 됐잖아요. 세울 형은 살아있었다고요. 살려달라는 말을 내 두 귀로 똑똑히 들었어요. 그런데 형이…형이…."

잊히지 않았다. 그래서 더욱 미칠 것만 같았다.

세울 형의 피투성이가 된 손이 환상처럼, 살려달라던 형의 음성이 환청처럼 반복되는 것은 내가 저지른 못된 거짓말과 죄에 대한 죗값.

왜냐하면, 병신 같은 나는 그가 죽어가는 걸 가만히 보고만 있었기 때문이다.

손가락 하나 까딱할 수 없었다. 붉은 피가 내 얼굴에 튀었어도 그랬다. 그로기 상태로 텅 비어버린 뇌와 망막 탓을 하기엔 나는 너무도 병신 같았고, 그래서 난, 기회가 있었음에도 세울 형의 죽음을 막지 못한….

"너도 공범이야. 알지?"

고맙게도 내 입으로 고백하기 전에 필헌 형이 먼저 말했다.

"내가 널 돕지만 않았어도 세울이가 죽을 일은 없었어. 살인의 책임 소재를 따질 거면, 네가 이번 탈락자가 된 게 제일 큰 죄야."

현호를 가만히 노려보던 양필헌이 돌아섰다. 서로 다퉈봐야 득 될 것이 없다고 판단한 그가 등을 보이며 말했다.

"안심해. 세울이가 죽은 걸 알아도 경찰은 안 와. 누군가 우리를 살인죄로 신고해도 '실적'도 안되는 일반인 살인 사건 같은 거에 경찰

인력을 쓰진 않을 거거든. 왜냐하면, 며칠째 경찰들이야말로 살인을 밥 먹듯이 저지르고 있으니까. 이미 세상은 무법천지가 됐어."

"…."

"세울이한테는 미안하지만 어쩔 수 없어. 내 죄는 나중에 저승 가서 세울이한테 직접 받을게."

"세울 형 가족들한테는 알려야 해요."

현호가 핸드폰을 꺼내 들었다. 하지만, 바람처럼 달려 온 양필헌에 의해서 현호의 핸드폰이 바닥에 떨어졌다. 양필헌이 현호의 손을 쳐버린 것이었다.

"정말 죽고 싶어서 환장했어?!"

현호의 멱살을 틀어쥔 양필헌이 눈을 부라리며 윽박질렀다.

"너 정말 왜 이래? 내가 나만 살자고 이러는 거야? 세울이는 실수라고 몇 번을 말했어?! 나도 무서웠어! 피를 보자 아무 생각도 안 났고, 그래서 그랬어. 나라고 안 힘든 줄 알아? 나도 미칠 것 같다고. 현호야."

윽박이 흐느낌으로 바뀌어 갔다.

"세울이가 정말 죽을 줄은 몰랐어. 흐흑…그냥, 세울이가 핸드폰을 켜길래 놀라서 골프채를 잡은 거뿐이야. 나도 제정신이 아니었다고…. 흐흐흑, 내가 왜 사람을 죽이겠어? 너를 도우려고 한 건데, 일이 이렇게 될 줄은 나도 정말…"

그때였다.

"뭐… 뭐 하는 거야?"

현호와 양필헌이 동시에 목소리가 들린 곳으로 고개를 돌렸다.

방금 거실로 들어선 웬 남자가 예고도 없이 핸드폰 플래시를 비췄다. "윽" 하며, 드잡이한 채 붙어서 있던 두 남자가 눈부신 플래시 때문에,

이번에도 동시에 빛을 피했다.

"너… 네가 어, 어떻게 여기에…."

양필헌이 입을 뗐지만, 도무지 믿기지 않는 현실에 그의 동공이 확장됐다. 현호 또한 멍하니 입만 벌리고서 서 있을 뿐이었다.

아직도 서로가 멱살잡이한 그들 앞에 가서 섰다. 그 역시 영문을 모르는 얼굴로 곽영후가 물었다.

"두…둘이 왜 이러고 있어요? 왜, 싸…싸움을…."

말하다 말고 곽영후가 주변을 두리번거렸다.

그러면서 겁먹은 목소리로 물었다.

"현호만 있는 줄 알았는데…형은 왜 여기에 있어요?"

〈 2권에서 계속 〉

이상한 나라의 정육점 1

ⓒ 스카이마린 2024
펴낸날   초판 1쇄 발행 2024년 5월 1일

지은이   스카이마린
펴낸이   김경희
표지디자인   공중정원 박진범

펴낸곳   파란문어
출판등록   2023년 6월 13일 제 369-2023-000008호
주소   울산광역시 중구 반구정4길73 아트하우스 3층
이메일   book@paranmuneo.com
홈페이지   www.paranmuneo.com

ISBN   979-11-983704-3-3 (04810)
             979-11-983704-1-9 (세트)

※ 이 책 내용의 전부 또는 일부를 재사용하려면 지은이와 파란문어 양측의 동의를 받아야 합니다.
※ 잘못된 책은 구입하신 곳에서 바꾸어 드립니다.
※ 책값은 뒤표지에 표시되어 있습니다.